B.C. Schiller
Immer wenn du tötest

AF177844

Das Buch

»Immer wenn du tötest, bin ich bei dir…«

In einem stillgelegten Schlachthaus findet die Berliner Polizei die Leichen von drei jungen Menschen, allesamt blond und blauäugig. Ihre Körper sind bizarr in Szene gesetzt und fast vollständig ausgeblutet. Der Verdacht fällt auf Freya von Rittberg, eine exzentrische Künstlerin, die mit dem Blut ihrer Fans Gemälde malt. Doch jemand aus Regierungskreisen scheint eine schützende Hand über Freya und ihre einflussreiche Familie zu halten.

Das BKA sieht sich gezwungen, seine beste Undercover-Ermittlerin einzusetzen: Targa Hendricks. Die furchtlose Einzelgängerin heuert bei Freya als Bodyguard an. Sie hat nichts zu verlieren, bis Freya ihre einzige Schwäche entdeckt …

Die Autoren

Barbara und Christian Schiller leben und arbeiten in Wien und auf Mallorca. Sie waren über zwanzig Jahre in der Marketing- und Werbebranche tätig. Gemeinsam schreiben sie unter dem Autorennamen B.C. Schiller packende Thriller. Sie gehören zu den erfolgreichsten Spannungsautoren im deutschsprachigen Raum und haben bisher mit ihren Büchern über 1.500.000 Leser begeistert.

B.C. SCHILLER

IMMER WENN DU TÖTEST

TARGA HENDRICKS

THRILLER

Die Originalausgabe erschien 2018 unter dem Titel »Immer wenn du tötest«
bei Penguin Verlag, München.

Veröffentlicht bei
Edition M, Amazon Media EU S.à r.l.
38, avenue John F. Kennedy, L-1855 Luxembourg
Juli 2020
Copyright © der deutschsprachigen Ausgabe 2018
By B.C. Schiller

Umschlaggestaltung: zero-media.net, München
Umschlagmotiv: © IS MODE/Shutterstock; © Klaus Vedfelt/Getty Images
Korrektorat: Manuela Tiller/DRSVS
Gedruckt durch:
Amazon Distribution GmbH, Amazonstraße 1, 04347 Leipzig /
Canon Deutschland Business Services GmbH, Ferdinand-Jühlke-Straße 7,
99095 Erfurt /
CPI books GmbH, Birkstraße 10, 25917 Leck

ISBN 978-2-49670-523-2

www.edition-m-verlag.de

PROLOG

In einer kalten Winternacht stirbt eine junge Mutter.

Vor zehn Minuten hat sie ihre neugeborenen Zwillinge auf den eisigen Stufen eines Krankenhauses abgelegt. Weinend sitzt sie nun in einem gelben Porsche Targa. Doch der Fahrer tröstet sie nicht.

»Es ist aus! Schluss und vorbei!« Seine Stimme ist hart und unversöhnlich. Mitten auf einer Brücke bremst er und reißt die Seitentür auf. »Raus jetzt!« Er stößt Luisa hinaus in die einsame Nacht. »Lass dich nie wieder blicken.«

Seine Worte übertönen den Song »Jeannie« von Falco, der gerade im Radio läuft. Der Fahrer gibt Gas, und der Sportwagen braust mit aufheulendem Motor davon.

»Meine Babys sterben! Sie erfrieren!«, ruft Luisa dem Wagen hinterher. »Komm zurück!« Doch ihre panischen Rufe verhallen ungehört. Auf dem vereisten Gehsteig rutscht sie mit ihren Stilettos aus. Sie fällt auf die Knie, ihre dünne Strumpfhose zerreißt, und sie schürft sich die Haut auf dem rissigen Beton auf.

Die junge Frau rappelt sich hoch und stolpert in die Richtung, aus der der Porsche gekommen war. Es beginnt heftig zu schneien. Sie zittert vor Kälte, ihre Finger sind eiskalt. Noch immer ist sie auf der Brücke, deren Ende im Schneegestöber untergeht. Warum nur hat sie sich überreden lassen, ihre Babys auf den Stufen des Krankenhauses abzulegen? Weil sie ihn liebt? Weil sie Angst vor ihm hat? Weil sie mit ihren siebzehn Jahren mit neugeborenen Zwillingen einfach überfordert wäre? Oder weil sie ganz allein in dieser kalten Welt ist?

»Ich wollte das nicht«, jammert Luisa. Sie hockt sich in den Schnee und öffnet mit klammen Fingern die zarten Riemchen ihrer Stilettos. Ohne Schuhe kann sie besser gehen. Zitternd steht sie in ihren zerrissenen Strümpfen auf der Brücke. Die dünne Bluse bietet keinen Schutz gegen die Kälte. Luisa schlingt die Arme um ihren Körper, um sich aufzuwärmen, bevor sie losrennen wird. In Gedanken ist sie schon bei ihren Babys. Aber vielleicht sind die Zwillinge bereits erfroren. Aus der Ferne glaubt sie das Schreien eines Babys zu hören. Panik befällt sie. Sie bemerkt nicht, dass jemand mit schnellen Schritten über die Brücke auf sie zugeht. Erst als sie verhaltenes Lachen hört, schreckt sie auf.

»Ist dir kalt, meine Süße?«, fragt eine höhnische Stimme.

»Wer sind Sie?« Luisa kneift die Augen zusammen, erkennt aber nur die schemenhaften Umrisse einer Gestalt im Schneegestöber.

»Du weißt genau, wer ich bin!«, hört sie die Antwort. Die Person kommt näher.

Jetzt erkennt Luisa, wer es ist.

»Was willst du?«, fragt sie ängstlich.

»Du kriegst ihn nie!« Die Stimme ist eisig wie der Schnee. Ihr Klang gefühllos wie das Herz des Porschefahrers. »Du hast alles kaputtgemacht.«

»Er hat mich kaputtgemacht!«, antwortet Luisa. *Ich muss die Babys retten.* Sie hat nur diesen einen Gedanken im Kopf. Luisa dreht sich um. Ihre Füße sind wie Eisblöcke.

Plötzlich packt sie eine Hand an dem Fledermausärmel ihrer Bluse. Schubst sie nach vorne. Durch den Stoß verliert Luisa das

Gleichgewicht. Fällt wieder zu Boden, kriecht über den vereisten Bürgersteig. Sie zieht sich an der Steinbrüstung der Brücke hoch. Ihre Wangen glühen. Die Angst verdrängt die Kälte. Luisa klammert sich an das Geländer. Das Scheinwerferlicht der DDR-Wachtürme spiegelt sich in der Spree. Noch glaubt Luisa an eine Zukunft mit ihren Kindern.

Die Person steht nun direkt hinter ihr. Luisa spürt zwei Hände, die sie fest an den Hüften packen. Ihre Füße verlieren den Halt. Sie wird über den Rand der Brüstung geschoben. Luisa ist dünn und zart. »Du bist meine Elfe«, hat der Porschefahrer einmal zu ihr gesagt.

»Bitte! Ich kann nicht schwimmen.« Luisas Stimme ist nur noch ein heiseres Krächzen.

»Brauchst du auch nicht. Dein Tod ist für alle die beste Lösung.«

Mühelos hebt die Person Luisa weiter in die Höhe. Stößt sie über die Brüstung in das eisige Wasser der Spree. Luisa hat keine Kraft. Sie geht sofort unter und taucht nicht mehr auf. Der Lichtstrahl des Scheinwerfers vom gegenüberliegenden Wachturm jagt hektisch über das aufgewühlte Wasser vor der Brücke.

Eine behandschuhte Hand stellt Luisas Stilettos ordentlich nebeneinander vor das Geländer. Ihr Tod wird wie ein Selbstmord erscheinen.

1

30 Jahre später

Alle müssen sterben.

Die beiden jungen Frauen können sich kaum auf den Beinen halten, als sie aus dem Lieferwagen stolpern. Noch immer tropft Blut aus ihren notdürftig verbundenen Handgelenken. Der junge Mann blickt apathisch umher, ehe er aussteigt. In seinem rechten Unterarm steckt ein langer Schlauch, der mit Tape auf der Haut fixiert ist. Das blutverschmierte Ende baumelt im Wind.

»Beeilt euch«, flüstert die hochgewachsene Gestalt, die sich das Kapuzenshirt tief ins Gesicht gezogen hat.

»Wir sind müde.«

»Bald könnt ihr schlafen.«

Die drei jungen Leute ahnen nicht, dass sie mit dem Tod unterwegs sind. Die Gestalt klopft an die Seitenscheibe des Lieferwagens. Der Motor heult kurz auf, als der Fahrer wendet und das Fahrzeug in der Dunkelheit verschwindet.

Es ist bereits nach Mitternacht, und im Schutt zwischen den Fabrikruinen huschen Füchse umher. Die vier Personen gehen über das Industriegelände und bleiben vor einem verlassenen Schlachthaus stehen. Das Tor hängt windschief in den Angeln.

Aufgescheuchte Tauben flattern umher, als die vier eintreten. Die beiden jungen Frauen zucken erschrocken zusammen. Der junge Mann sackt in die Knie.

»Ich schaffe das nicht«, stammelt er. »Ich bin nicht mutig genug.«

»Doch, das bist du«, antwortet die Gestalt mit dem Kapuzenshirt. »Jetzt gibt es kein Zurück mehr.«

Im Inneren des Schlachthauses ist es komplett dunkel. Der Strahl eines Handys huscht über die schmierigen weißen Fliesen. Von der Decke baumeln eiserne Haken, die an schweren Ketten in Flaschenzügen hängen. Sie klirren leise, als die Gestalt mit ihrer behandschuhten Hand an ihnen zieht. Eine der jungen Frauen stolpert und schlägt sich die Knie auf. Ihr erstickter Schrei hallt von den kahlen Wänden wider. Niemand reagiert darauf.

»Wo sind wir hier?«, fragt das andere Mädchen mit banger Stimme.

»Das ist ein altes Schlachthaus. Früher wurden hier Kühe und Schweine getötet.«

»Wie ekelhaft«, flüstert die junge Frau. »Die armen Tiere. Es kommt mir vor, als würde ich ihr panisches Brüllen noch deutlich hören.«

»Das ist gut möglich. In dieser Halle hängt der Duft von Panik und Tod. Habt ihr Angst?«

»Nein. Deswegen sind wir doch hier«, sagt die junge Frau. Sie sinkt auf den schmutzigen Boden und streicht mit den Fingerspitzen über die blutigen Verbände an ihren Handgelenken. »Weil wir mutig sind.«

»Die Schlachter haben die Tiere mit Schussapparaten getötet und sofort an diesen Haken aufgehängt. Im nächsten Arbeitsschritt wurden ihnen mit dem Fleischermesser die Arterien geöffnet. Das Blut ist dann hier abgeflossen.« Die Gestalt in dem Kapuzenshirt leuchtet mit der Handylampe in die verschmierten Abflussrinnen. Dann greift sie nach einem Haken und schwingt ihn wie einen Klöppel durch die Luft. Instinktiv zieht die junge Frau den Kopf ein, um nicht getroffen zu werden.

»Jetzt ist der Zeitpunkt gekommen, an dem ihr beweisen könnt, dass ihr mutig seid.« Die Gestalt verschwindet im Dunkeln und kehrt kurz darauf mit einer Rolle Plastikfolie zurück. Schweigend breitet sie die Folie unter den Haken auf dem Boden aus. Dann gibt sie einer der jungen Frauen ein Zeichen.

»Leg dich auf die Folie!«, befiehlt sie. Aus den Taschen ihres Kapuzenshirts zieht sie einen Kabelbinder, mit dem sie die Beine des Mädchens zusammenbindet.

»Jetzt du.« Sie deutet auf den jungen Mann, der noch immer auf dem Boden kniet und leise wimmert.

»Ich schaffe es nicht.«

»Doch, du bist mutig«, versucht sie, ihn zu motivieren. Aber er schüttelt nur resigniert den Kopf.

Finster blickend, geht die Gestalt auf ihn zu und packt ihn im Genick. Sie ist stark und zerrt ihn mit Leichtigkeit auf die Folie. Ergeben lässt er sich die Beine zusammenbinden. Das andere Mädchen ist problemloser. Es ist durch den Blutverlust bereits so geschwächt, dass es sich wie ein Zombie führen und fesseln lässt. Jetzt befestigt die Gestalt die Haken an den Kabelbindern und zieht die zwei Mädchen und den jungen Mann mit einer Winde in die Höhe. Kopfüber hängen sie einen halben Meter in der Luft und baumeln sanft wie ein Mobile des Todes.

»Seid mutig und genießt jeden eurer letzten Momente! Die Wunden an euren Handgelenken werden wieder aufplatzen und Blut wird rinnen. Das ist euer persönlicher Mutausbruch.«

Die Gestalt kommt mit drei niedrigen Stühlen zurück, die sie unter die Opfer stellt. Dann nimmt sie drei große

Metallschalen und stellt je eine davon auf jeden Stuhl. Vor dem mittleren Stuhl platziert sie eine Single in einer abgegriffenen Hülle. Die hat sie auf dem Flohmarkt erstanden. Dann schreitet sie zur Tat.

Mit einem schnellen Ruck reißt sie die Mullbinden von den Handgelenken der Mädchen. Wie feine Regentropfen beginnt das Blut, in die Schalen zu sprühen. Die Augen des jungen Mannes sind verdreht, als sie sich zu ihm hinunterbeugt. Mit ihrem weichen Handschuh schlägt sie ihm auf die Wangen, bis er wieder zu sich kommt. Erst dann zerrt sie den Plastikschlauch aus seiner Vene, damit das Blut ungehindert fließen kann.

Gebannt starrt die Gestalt in die Gesichter ihrer Opfer, die sich in Schmerzen winden. Sie hört die Schreie, die von den kahlen Wänden widerhallen. Es ist die Musik des Todes. Jetzt schlüpft sie aus ihrem Kapuzenshirt und verstaut es sorgfältig in einem Rucksack. Mit nacktem Oberkörper steht sie vor ihren Opfern. Sie spannt die Muskeln an und streicht mit den Lederhandschuhen über ihre Brustwarzen. Das Mondlicht leuchtet durch ein zerbrochenes Fenster in der Decke, flutet über ihren gestählten Körper. Die Tattoos auf ihren Armen glänzen. Sie zieht eine blonde Perücke aus ihrem Rucksack und setzt sie auf. Jetzt ist sie eine andere.

»Ich gebe auf«, stöhnt eines der Mädchen.

»Okay, wie du willst.« Die Gestalt beugt sich ganz nahe zu dem Mädchen und schaut in die blauen Augen, die sich bereits gerötet haben. Versonnen betrachtet sie das lange blonde Haar, das bis in die Metallschale reicht. Ihr Blick bleibt an dem weißen Hals hängen, der sich entblößt und schutzlos darbietet. Sie zieht den Kopf des Mädchens an den Haaren zu sich heran und flüstert ihr ins Ohr: »Möchtest du zum Abschied meine Tattoos küssen?«

Im Kopf entwirft die Gestalt bereits das perfekte Szenario. Aber noch fehlt etwas. Sie greift in die Tasche ihrer Jeans und holt ihr Springmesser heraus. Es ist scharf wie eine Rasierklinge. Ihr Großvater hatte dieses Messer aus Spanien mitgebracht. Die Klinge stammt aus Toledo. Sie selbst hat diese Klinge am eigenen Leib verspürt.

Mit einem scharfen Klicken springt die Klinge aus dem Griff. Die Gestalt zieht den Kopf des Mädchens noch näher an sich heran. Die Klinge kitzelt bereits die Haut. Das Mädchen stöhnt und windet sich, ist aber zu schwach, um sich zu wehren. Die Klinge glänzt im Mondlicht. Zerteilt Haut, Fleisch und Knorpel, als sie quer über den Hals des Mädchens saust. Wie ein Sturzbach fließt das Blut in die Schale. Gierig saugt die Gestalt den Geruch ein.

Der junge Mann hat davon nichts mitbekommen. Er ist wieder ohnmächtig. Doch davon lässt sie sich nicht beirren. Als sie ihm die Kehle durchschneidet, erwacht er kurz aus seiner Ohnmacht. Das Blut spritzt. Der Blick des Mannes ist panisch. Sekunden später ist er tot.

»Ich will nicht sterben«, bettelt das andere Mädchen und bäumt sich verzweifelt auf. Ihr Gesicht ist kalkweiß und ihre sinnlichen Lippen zittern. Sie weiß, dass sie gleich tot sein wird. Trotzdem versucht sie, sich zu wehren.

»Es ist mutig von dir, dich gegen dein Schicksal aufzulehnen. Aber für dich ist hier die Endstation unserer gemeinsamen Reise.«

»Bitte lass mich leben.«

»Das geht nicht. Aber dein Tod wird sinnvoll sein. Denn so wirst du unsterblich.«

Dann hebt die Gestalt das Messer und zieht die scharfe Klinge quer über den Hals des Mädchens.

»In meiner Kunst lebst du weiter.«

2

Seit Tagen hockt sie immer um die gleiche Uhrzeit auf dem Boden. Vor sich hat sie ein aufgerissenes Fischernetz liegen, das sie mit einer großen Nadel flickt. Manchmal hebt sie den Kopf und blickt hinaus auf den Atlantik. Vor der Küste von Asturien peitscht das Wasser wütend an die Felsen. Ständig weht ihr ein scharfer Wind die blonden Haare ins Gesicht. Neben ihr auf dem Beton liegt ein Hund mit gestromtem Fell und einem halb abgerissenen Ohr. Der Hund ist taub und beobachtet sie aufmerksam. Hinter ihrem Rücken ragt eine Felswand nach oben. Sie ist über und über mit Löchern durchsetzt und sieht wie ein pockennarbiges Gesicht aus. Rostige Eisenleitern und eingeknickte Förderbänder führen zu den Löchern hinauf. Neben einer vom Salzwasser halb zerfressenen Wellblechhütte steht ein weißer VW-Bus. In ihm wohnt sie bereits ihr halbes Leben.

»Warum bist du in dieser unwirtlichen Gegend gestrandet, Targa Hendricks?«, hört sie die raue Stimme eines alten Mannes. Er kommt gerade aus der Wellblechhütte. Sein Gesicht ist von Wind und Wetter zerfurcht. Es sieht aus wie gegerbtes Leder. »Ein junges Mädchen wie du muss doch hinaus in die Welt und unter Leute.«

»Ich bin kein junges Mädchen mehr. Ich bin dreißig Jahre, drei Monate und vier Tage alt. Und im Augenblick ist das hier meine Welt«, antwortet Targa abweisend und flickt weiter das große Loch in dem Fischernetz. »Weshalb sollte ich weg von hier, Jorge?« Sie blickt dem Fischer direkt ins Gesicht.

»Ich meine ja nur. Dieser Ort ist so gottverlassen, dass niemand freiwillig hierherkommt. Ja, früher war das mal ein stark frequentierter Hafen. Überall in den Bergen wurde das Erz abgebaut und auf die Schiffe verladen.« Der Alte seufzt. »Aber der Bergbau ist schon seit Jahrzehnten unrentabel. Deshalb wurden die Fabriken und Anlagen nach und nach geschlossen. Ohne die Fische könnte ich nicht überleben.«

»Warum bist du dann noch hier?«, gibt Targa die Frage an Jorge zurück.

»Weil es für mich keinen anderen Platz mehr gibt«, entgegnet er müde.

»Mir geht es ähnlich«, murmelt Targa. »Ich muss so lange bleiben, bis ich weiß, ob ich einen Menschen erschossen habe oder nicht.«

»Hast du jemanden getötet?«, fragt Jorge überrascht. »Wie ist das denn passiert?«

»Ich kann mich nicht an viel erinnern. In meinem Kopf gibt es immer nur das eine Bild: Ich ziele mit einer Pistole auf einen Mann. Dann ist alles schwarz. Als ich erwache, sitzt er erschossen an seinem Schreibtisch.« Targa erinnert sich an die Schreie einer Frau: »Was hast du nur getan!« Und daran, dass sie auf dem Boden lag und noch immer die Waffe in der Hand hielt.

»Wer war der Mann, den du angeblich getötet hast?« Jorge hockt sich neben Targa. Mit seinen schwieligen Fingern greift er nach dem Netz.

»Mein Vater«, antwortet sie knapp und fasst ihre langen blonden Haare mit einem Gummiband zusammen. *Ist Ole*

Bergstein wirklich mein Vater gewesen? Damals war sie sich so sicher. Jetzt zweifelt sie daran. Und sie kann sich nicht erklären, warum.

»Wolltest du deinen Vater denn töten?«

»Ja.«

Targa steht langsam auf. Sie wischt sich die Hände an ihrer Jeanslatzhose ab.

»Und warum kannst du dich an nichts erinnern?«, fragt Jorge. »Oder willst du es einfach nicht?«

»Natürlich will ich wissen, was sich vor drei Monaten in Berlin zugetragen hat. Aber die Erinnerung kommt erst langsam wieder zurück.« Unwillkürlich streicht sie sich mit der Hand über den Hinterkopf. Dort hatte sie eine Beule. Die Verletzung stamme vom Sturz, meinte die Polizei. Vermutlich war sie nach dem Schuss ohnmächtig geworden.

»Manchmal ist es gut, wenn man die Vergangenheit ruhen lässt«, brummt Jorge.

»Das ist nicht so einfach. Die Polizei sucht mich.« Targa dreht sich zum Meer. Hält ihr Gesicht in den Wind.

»Hier findet dich keiner«, beruhigt Jorge sie. »Niemand wird dich an diesem unwirtlichen Ort vermuten.«

»Einer weiß immer, wo ich bin.« Targa denkt an Volker Lundt, den Leiter der Sonderabteilung K2, ihren Vorgesetzten. Ein einziges Mal hat sie von der nahen Tankstelle aus mit ihm telefoniert. Das war riskant. Aber sie musste wissen, ob das Ergebnis des DNA-Tests schon eingetroffen war. Damit sie endlich Gewissheit bekam. Damit sie endlich erfuhr, ob Ole ihr Vater war. Aber Lundt konnte ihr nichts Neues berichten. Außer dass man diskret nach ihr fahndet. Er hat ihr geraten, sich zu verstecken. So lange, bis der Fall aufgeklärt ist.

»Das verstehe ich nicht.« Jorge schüttelt den Kopf. »Du versteckst dich hier und verrätst doch jemandem deinen

Aufenthaltsort. Pass bloß auf dich auf. Du bist hier ganz auf dich gestellt.«

»Ich bin nicht allein.« Targa denkt an ihre Schwester Yella, die immer bei ihr ist. Und an Carlos, ihren Beschützer, in der Urne. Auch ihn hat sie auf diese Reise im VW-Bus mitgenommen. Nein, sie ist nicht allein. Und natürlich hat sie Hund.

»Du bist eine besondere Frau. Du redest keinen Blödsinn. Das gefällt mir.« Jorge steht ächzend auf. Er betrachtet das geflickte Netz. »Außerdem bist du sehr geschickt«, murmelt er anerkennend und sieht Targa an. »Aus dir wird noch eine richtig gute Fischerin.«

»Körperliche Arbeit beruhigt mich. Dann schlafen meine Gedanken.«

»Auch das Fischen ist beruhigend«, meint Jorge. »Lass das Netz jetzt liegen. Fahr mit mir hinaus aufs Meer.«

Jorge dreht sich um und geht über den betonierten Platz. An der abbröckelnden Mole liegt sein Fischerboot.

Mit den Händen in den Taschen ihrer Latzhose sieht ihm Targa hinterher. *Interessant,* überlegt sie, *immer lerne ich Männer kennen, die gerne fischen.* Hund stupst sie mit seiner feuchten Schnauze an. Für Targa ist es eine Aufforderung, dass sie mitfahren soll. Sie lässt sich noch einen Moment Zeit und blickt aufs Meer. Tief in ihrem Inneren spürt sie eine Unruhe, die sie nur zu gut kennt. Auch wenn die Ablenkung ihr guttut, macht die erzwungene geistige Untätigkeit sie nervös. Sie braucht wieder eine Aufgabe, eine Herausforderung. Lundt hat ihr befohlen zu warten, bis sie von ihm hört. Er hat die Telefonnummer der nahen Tankstelle. Doch er hat sich noch nicht gemeldet.

»Ich nehme Hund mit!«, ruft sie und gibt dem Tier mit der Hand ein Zeichen. Targa nennt ihn Hund, weil sie sich Namen nicht besonders gut merken kann. Für sie ist es logisch, einen Hund einfach Hund zu nennen.

17

»Heute ist es stürmisch. Aber ein kluger Hund fällt nicht so einfach ins Wasser«, meint Jorge.

»Dann muss ich mir keine Sorgen machen.« Targa krault Hund hinter den Ohren. Er kennt das Boot, und er vertraut Jorge. Trotzdem lässt er sich von ihm nicht kraulen. Das darf nur Targa.

Targa klettert über die Reling. Hund ist aufgeregt und leckt ihre Hände. Als das Boot aus der schützenden Bucht nach draußen tuckert, wird es sofort von den Wellen hin und her geworfen. Die Herbststürme haben bereits eingesetzt. Auf dem offenen Meer ist es unangenehm kühl. Targa schlüpft in einen grob gestrickten Pullover und kurbelt gemeinsam mit Jorge das große Fangnetz hinunter ins Wasser. Ganz langsam steuert Jorge das Boot über die wogende See.

Nach einiger Zeit überprüft er die Gewichte, die an dem Netz hängen. »Das genügt für heute!«, ruft er und stellt den Motor ab. »Wir müssen die Fische an Bord bringen, ehe der Sturm losbricht.«

»Du glaubst, es kommt ein Unwetter auf?« Targa sieht sich um. Das Meer ist jetzt bleigrau und der Himmel düster. Die Küste mit der stillgelegten Fabrikanlage ist nur noch ein schmaler Streifen am Horizont. Dunkle Wolken drücken die Landschaft nieder.

Während Targa und Jorge das schwere Netz einholen, nimmt der Wind an Intensität zu. In den engen Maschen zappeln silbrige Fische, die wie Diamanten glitzern.

Es macht keinen Unterschied, ob sie groß oder klein, hässlich oder schön sind. In der Stunde des Todes sind alle gleich, denkt Targa. Sie ist dem Tod schon oft begegnet. Er macht ihr keine Angst.

»Los, beeil dich«, drängt Jorge. Er läuft nach vorne in das winzige Steuerhaus und startet den Motor. »Wir müssen sofort zurück.«

Der Wellengang wird stärker. Salzwasser spritzt Targa ins Gesicht. An Deck wird es gefährlich. Sie schiebt eine Luke auf, um nach unten in den Laderaum zu klettern. Plötzlich hört sie Hund jaulen.

»Wo ist Hund?« Sie blickt hektisch umher. »Wo ist er?«, ruft sie nach vorne in Richtung des Steuerhauses. Jorge umklammert mit beiden Händen das Steuerrad, um die schweren Brecher auszutarieren.

»Hund ist sicher in dem Verschlag im Heck«, ruft Jorge ihr zu. »Bleib du, wo du bist!«

»Ich muss zu ihm! Muss ihn beruhigen. Er hat Angst.«

»Geh sofort unter Deck! Die Wellen sind zu gefährlich!«

»Ich lasse Hund nicht allein!«

Mit einem Ruck schiebt Targa die Luke wieder zu. Sie tappt schwankend auf den nassen Planken nach hinten. Ein Brecher fegt über das Deck. Sie krallt sich an der Reling fest, ist bis auf die Knochen durchnässt. Hund liegt zitternd auf dem Boden im Heck des Schiffes. Er hebt den Kopf, als er sie sieht.

Nur noch wenige Schritte, dann ist sie bei ihm. Sie lässt die Reling los. Streckt die Hand nach Hund aus. Ist für einen Augenblick unachtsam. Eine haushohe Welle fegt über das Boot und spült Targa von Bord.

3

»Es gibt keine Vergebung«, flüstert die Frau, als sie um zwei Uhr morgens aus dem Taxi steigt. Sie hüllt sich fester in ihren schwarzen Umhang. Zögert ein wenig und blickt zu dem düsteren fensterlosen Gebäude. Es ist der angesagteste Club in Berlin. Dann gibt sie sich einen Ruck. Selbstbewusst geht sie an den jungen Leuten vorbei, die in einer langen Schlange vor dem Eingang warten. Geeignete Opfer filtert sie mit einem Blick heraus. Selektiert die Auswahl. Ein einziges männliches Gesicht bleibt übrig. Das prägt sie sich ein. Speichert es in ihrem fotografischen Gedächtnis. In den finsteren Archiven ihres Bewusstseins sind schon Dutzende Gesichter abgelegt. Bei Bedarf holt sie eines davon hervor und lässt es vor ihrem geistigen Auge Revue passieren. Die meisten dieser Menschen, die sie in ihrem Kopf gespeichert hat, sind bereits tot.

»Schön, dich zu sehen«, grüßt der Türsteher, als sie sich an der Menschenschlange vorbeigeschoben hat. Sie nickt bloß und zieht sich das Cap noch ein wenig tiefer ins Gesicht. Wartet, bis der Security-Mann ihr die Tür zum VIP-Bereich aufdrückt.

»Siehst du den Typen mit den schwarzen Ohrringen? Der darf rein«, sagt sie, während sie weitergeht.

Der Türsteher ruft ihr noch etwas hinterher, aber da ist sie längst im Dunkel des Clubs verschwunden. In der VIP-Area greift sie zu dem Tequila-Shot, den ihr der Barkeeper wie immer unaufgefordert auf den Tresen stellt. Sie trinkt in einem Zug und dreht ihm den Rücken zu. Hat keine Lust auf Konversation. Der Typ redet immer nur Müll und will sie beeindrucken. Deshalb hat sie ihn längst aussortiert. Nur wenige bestehen ihre Selektion.

Selektion. Sie benutzt das Wort wie selbstverständlich. Es war eines der Lieblingsworte ihres Großvaters. Seltsam, wie kommt sie gerade jetzt auf ihn?

»Noch einen Shot?«

Der Barkeeper bemüht sich verzweifelt, ihre Aufmerksamkeit zu erlangen. Gelangweilt winkt sie ab. Ihr Blick wandert über die wogende Menge. Sie sucht den jungen Mann mit den schwarzen Ohrringen. Er steht seitlich neben dem DJ-Pult. Sie mischt sich unter die Tanzenden, lässt sich von der Musik nach vorn treiben. Der Sound ist bretterhart. Jetzt trennen sie nur noch wenige Meter von dem Mann. Sie fängt seinen Blick ein und hält ihn fest. Mit einem Mal ist alles anders. Der gewaltige Klangrausch tritt in den Hintergrund. Sie hat nur noch Augen für ihn. Jetzt wirft sie ihr unsichtbares Netz nach ihm aus.

»Komm mit mir.« Sie ergreift seine Hand. »Wie heißt du?«

»Ich bin Francis.«

»Francis, wie süß.« Sie zieht ihn mit sich.

»Und du? Wie ist dein Name?«

Sie überhört die Frage.

»Gehen wir in eine ruhigere Ecke«, sagt sie. Neben dem Podium ist ein Ausgang. Mit der Schulter drückt sie die zerkratzte Stahltür auf. Der Korridor dahinter ist schwarz gestrichen. Eine schmale Treppe führt nach unten zu den Toiletten. Dort ist auch der Notausgang, durch den man in einen

Hinterhof gelangt. So kann man ungesehen verschwinden. Das weiß sie, denn sie hat es öfter schon getan.

Sie bugsiert Francis in den Vorraum der Damentoilette. Die Wände sind dunkel gefliest, das Licht vor den Spiegeln kommt von unten. Es verleiht ihren Gesichtern einen unheimlichen Ausdruck. Francis ist erregt. Er stützt sich an einem Waschbecken auf, das wie ein stählerner Futtertrog aussieht. Erwartungsvoll beobachtet er sie durch den Spiegel. Will den Gürtel seiner Hose öffnen, doch sie winkt ab.

»Was soll das?« Mehr kann Francis nicht sagen, ehe sie ihm mit einem kräftigen Griff den Mund verschließt. Mit einer schnellen Bewegung der anderen Hand zieht sie ein Klappmesser aus ihrer Lederjacke. Lässt die Klinge aufschnappen. Francis ist wie paralysiert, als die Messerspitze auf ihn zurast.

Nur einige Sekunden später wäscht sie sich in aller Ruhe die Hände und betrachtet sich im Spiegel. Unter dem schwarzen Cap ist ihr Gesicht fast nicht zu erkennen. Nur ihre braunen Augen glühen unergründlich.

Plötzlich wird die Tür aufgerissen. Ein Mädchen stolpert herein. Die Musik schwappt in den Raum und dröhnt in den Ohren der Frau vor dem Spiegel. Blitzschnell schlägt sie die Toilettentür zu. Dann dreht sie sich lächelnd zu dem Mädchen.

»Hier hast du dich versteckt«, sagt das Mädchen vorwurfsvoll. »Ich habe dich überall gesucht.«

»Jetzt hast du mich ja gefunden, Candice.« Fast zärtlich streicht sie der jungen Frau über die blonden Haare. Sie selbst hat schwarzes Haar. Warum das so ist, hat ihr Großvater nie akzeptiert. Das Einzige, was sie jetzt mit seiner kalten Welt verbindet, ist diese Liebe zu blondem Haar.

»Der Club ist so voll, da kann man kaum noch atmen.« Candice fächelt sich Luft zu.

»Da hilft wohl nur Mund-zu-Mund-Beatmung.« Mit beiden Händen fährt sie ihr durch das Haar. Sie ist verrückt nach blonden Haaren. Jetzt berühren sich die Lippen der Frauen. Es wird ein leidenschaftlicher Kuss. Beide wiegen sich im Takt der Musik. Umkreisen sich wie Raubkatzen, Umschlingen sich, verschmelzen zu einer Einheit. Sie hebt die Blonde auf das Waschbecken, küsst ihren Hals. Reißt ihr das T-Shirt vorne auseinander.

In diesem Moment schlägt die Tür einer Toilettenkabine auf. Im Spiegel sieht sie Francis mit blutigen Armen neben dem Spülkasten liegen. Sie will mit dem Absatz ihres Stiefels die Tür wieder zustoßen. Doch das blonde Mädchen hat bereits genug gesehen.

»Du hast es schon wieder getan, Freya! Warum brauchst du das?«

»Weil es für mich keine Vergebung gibt.«

4

Kaltes Wasser schlägt über Targa zusammen. Von den wirbelnden Wellen wird sie unerbittlich nach unten gezogen. Sie kämpft dagegen an, um wieder an die Oberfläche zu gelangen. Doch der Sog ist stärker. Gegen die Strömung hat sie keine Chance.

Plötzlich wird sie ruckartig zurückgerissen. Die Rettungsleine, die Jorge zu Beginn ihrer Ausfahrt um ihre Hüften gebunden hat, strafft sich. Zum Glück hat Jorge mitbekommen, dass sie über Bord gegangen ist, und zieht sie an der Leine aus der Tiefe. Die Luft wird knapp. Targas Lungen brennen, und ein leichter Schwindel befällt sie. Sie sieht bereits den dunklen Rumpf des Bootes über sich. Noch einmal mobilisiert sie alle Kräfte und schnellt keuchend aus dem Wasser.

»Hier! Der Rettungsring!«, hört sie die verzerrte Stimme von Jorge. Der orangefarbene Ring klatscht neben ihr ins Wasser. Sie krallt sich daran fest. Noch immer herrscht starker Wellengang. Für Jorge ist es mühsam, Targa an Bord zu ziehen. Hustend und nach Luft ringend liegt sie auf dem Deck. Sie spuckt Wasser und starrt in den düsteren Himmel.

Heute ist ein schlechter Tag, denkt Targa. Dann steht sie auf und wankt zu dem Holzverschlag, wo Hund auf sie wartet. Sie geht in die Knie und lässt sich von ihm das Gesicht ablecken.

Je näher sie der Küste kommen, desto mehr verliert der Sturm an Stärke. Jetzt kann Jorge das Boot sicher in den Hafen steuern und an der Mole vertäuen.

»Hilfst du mir beim Ausladen der Fische?«, fragt er.

»Später. Ich bin ganz nass.« Targa springt von Bord.

»Dann lass uns nachher bei der Tankstelle ein Bier trinken.«

»Ich trinke keinen Alkohol, das weißt du doch. Wir haben auch keinen Anlass dafür.« Targa wendet sich zum Gehen.

»Ich habe dir gerade das Leben gerettet. Das können wir auch mit Wasser feiern«, ruft ihr Jorge hinterher, als sie grußlos verschwinden will.

Targa stoppt und dreht sich um. Jorge hat recht. Sie muss sich bei ihm bedanken. Das macht man so. Auf diese Weise entstehen soziale Kontakte und Bindungen. Darüber hat sie gelesen.

»Danke«, sagt sie nach einigem Zögern. »Das war sehr mutig von dir.«

»Schon gut«, brummt Jorge. Er fragt kein zweites Mal, ob sie mit ihm zur Tankstelle geht. Mittlerweile kennt er Targas Eigenheiten und weiß, dass sie sich mit persönlichen Beziehungen schwertut. Er akzeptiert das. Das rechnet Targa ihm hoch an. Sie spürt, dass er ihr hinterherblickt, doch sie dreht sich nicht mehr um.

Mit einem Ruck öffnet sie die Schiebetür ihres Busses. Sofort fällt ihr Blick auf das schmale Bücherbord oberhalb der Sitzbank. Gestern hat sie wieder zu viel an ihren Vater gedacht und dabei die Bücher durcheinandergewirbelt. *Ich muss die Bücher wie einen Regenbogen ordnen.* Das ist ihre Therapie, wenn es ein schlechter Tag ist. So wie heute. Beinahe wäre sie ertrunken. Wie immer kommen zuerst die schwarzen Umschläge.

Dann folgt das ganze Farbenspektrum. Zum Schluss hält sie noch ein Buch in der Hand. Mit einem blauen Einband. Er passt nicht ans Ende und bringt den Regenbogen jedes Mal durcheinander. Doch das blaue Buch muss am Ende stehen.

Anders als sonst beruhigt sie das Ordnen heute nicht. Noch immer hat sie ihre nassen Klamotten an. Kleine Wasserpfützen bilden sich auf dem Boden. Sie muss sich umziehen. Doch zuerst greift sie nach der silbernen Urne, die neben den Büchern auf dem Bord steht. Sie öffnet den Deckel. Darin befindet sich die Asche von Carlos. Er hat ihre Mutter geliebt, aber er konnte sie trotzdem nicht retten. Dafür hat er sich um Targa gekümmert. Er hat ihr bei der Suche nach ihrem Vater geholfen. Anfangs wollte er sie von ihrer gefährlichen Suche nach ihm abbringen. Doch das hat er nicht geschafft. Es ist ihre private Rache. Andere Menschen laufen vor ihrem Vater davon, sie ihm hinterher.

Als Targa vorsichtig hineingreift, fühlt sich die Asche zwischen ihren Finger wie Staub an. *So wenig bleibt übrig, wenn man stirbt. Warum macht man sich dann immer so viele Sorgen um das Leben?*, überlegt sie. Sie ertastet einen harten Gegenstand und zieht ihn aus der Asche. Es ist eine Pistole. Vorsichtig bläst sie die Asche von der Waffe. Dann stellt sie die Urne wieder zurück auf das Bord. Die Pistole gehörte Carlos, ihrem Beschützer. Sie steckt sie in die Brusttasche ihrer nassen Latzhose. Denn heute ist kein guter Tag.

Sie steigt aus dem VW-Bus und geht hinunter zur Mole. In ihren Sneakers sammelt sich die Nässe. Sie hat vergessen, sich umzuziehen, aber der Wind wird ihre Kleidung schnell trocknen. Sie will Jorge jetzt doch helfen. Mit ihm den Fang aus dem Boot holen und in Kisten verladen. Das schuldet sie ihm. Und dann können sie anstoßen.

Jorges Boot dümpelt einsam an der Kaimauer, von ihm keine Spur.

»Jorge?«, ruft sie. Sein Name steigt ungehört an der Felswand empor und verschwindet in den Bergwerksschächten. Sie wartet noch eine Weile. Dann gibt sie Hund ein Zeichen, und sie machen sich auf den Weg. Ihr Ziel ist die Tankstelle, die zwei Kilometer entfernt an der Landstraße liegt. Wahrscheinlich ist Jorge schon längst da.

Auf dem Weg dorthin zerreißt plötzlich lautes Rotorengeknatter die Stille. Ein Hubschrauber taucht am Horizont auf und verschwindet schnell wieder. Der Überlandbus rast an Targa vorbei und hüllt sie in eine Wolke aus Staub. Bisher das einzige Fahrzeug auf dieser Straße, die wie ein graues Band die eintönige Landschaft durchschneidet. Die Sonne brennt vom Himmel, aber der Wind bläst noch immer heftig.

Als Targa mit Hund die Tankstelle erreicht, ist sie völlig durchgeschwitzt. Wie immer füllt sie zunächst für Hund eine Plastikschüssel mit Wasser. Sie stellt sie unter das rostige Vordach und wartet, bis Hund getrunken hat. Dann geht sie in den menschenleeren Verkaufsraum. Wie es aussieht, ist sie die einzige Kundin. Seit der Schließung des Bergwerks und der Fabrik kämpft der Tankwart ums Überleben. Er telefoniert und nickt ihr zu. Als er das Gespräch beendet hat, schlurft er wieder hinter seinen Tresen. Sie weiß nicht mehr, wie er heißt, denn sie hat ein schlechtes Namensgedächtnis. Aber sie redet sowieso nie viel mit ihm. Ein Ventilator schaufelt die stickige Luft durch den Raum. Trotzdem ist es nicht kühler als draußen. Langsam geht Targa durch die beiden Regalreihen. Die Waren sind angestaubt und zum Großteil bereits abgelaufen, aber das macht ihr nichts aus. Sie widersteht dem Zwang, die Produkte in den Regalen der Größe nach zu ordnen. Vor dem dritten Regalfach bleibt sie stehen. Sie nimmt vier Dosen Ravioli von dem Bord. Damit geht sie zum Tresen, zögert einen Moment und stellt die Dosen dann doch exakt parallel zur Kante in einer Reihe auf. Der Tankwart weicht ihrem Blick übertrieben auffällig aus.

»Warum kannst du mir heute nicht in die Augen schauen?«, fragt sie. Ihr Gefühl ist richtig. Heute ist irgendetwas anders.

»Darum«, antwortet er einsilbig. Er deutet auf ihre Latzhose. Dort zeichnen sich die Umrisse der Pistole unter dem Jeansstoff ab. Sie hatte sie völlig vergessen.

»Ich brauche sie, um mich sicher zu fühlen.« Targa streicht den feuchten Stoff glatt. »Heute ist kein guter Tag.«

»Ich habe mit Jorge über dich gesprochen. Warum lässt du uns nicht in Ruhe? Warum bist du nicht längst verschwunden? Eine Frau, die mit einer Pistole herumläuft, bedeutet Ärger. Aber Jorge will dich hierbehalten. Der Alte hat wohl einen Narren an dir gefressen.«

»Wo sollte ich denn hin?«

»Verschwinde einfach. Du passt nicht hierher«, antwortet der Tankwart ungerührt.

»Du hast recht«, sagt Targa, nachdem sie einige Sekunden lang nachgedacht hat. »Vielleicht verschwinde ich morgen.«

»Morgen ist es zu spät.« Noch immer starrt der Tankwart auf den Tresen und weicht ihrem Blick aus. »Ich habe dich schon früher gewarnt. Aber du hast nicht auf mich gehört.«

Ein Auto taucht auf der Landstraße auf und nähert sich rasch. Mit quietschenden Reifen stoppt es direkt unter dem verrotteten Vordach der Tankstelle. Es ist ein SUV der Guardia Civil. Die Türen werden aufgerissen, drei Männer in schwarzen Overalls springen heraus. Sie halten Schnellfeuergewehre in den Händen. In einem ersten Reflex will Targa hinter dem Tresen in Deckung gehen und schnell durch die Hintertür verschwinden. Doch Hund steht mit gefletschten Zähnen vor dem Eingang. Er verteidigt Targa, lässt die Männer nicht herein. Einer der Polizisten legt das Gewehr an und zielt auf ihn.

»Nicht schießen!« Mit erhobenen Händen geht Targa in die Mitte des Verkaufslokals. »Lasst meinen Hund am Leben! Er tut nichts.«

Hund dreht den Kopf zu ihr. Targa gibt ihm ein Zeichen. Widerstrebend trottet er von der Tür weg, beobachtet Targa jedoch angespannt. Er wittert die Gefahr.

Zwei Polizisten gleiten vorsichtig mit angelegten Waffen in die Tankstelle. Einer hält sein Gewehr direkt auf Targas Kopf gerichtet. Der andere zieht mit spitzen Fingern die Pistole aus ihrer Brusttasche. Dann wird sie brutal im Nacken gepackt und auf den Boden geworfen. Jemand drückt ihr die Arme auf den Rücken und legt ihr Handschellen an. Alles geschieht fast lautlos und professionell. Targa wird hochgezogen und zum Eingang gezerrt. Noch einmal wendet sie sich zu dem Tankwart.

»Du hast mich verraten«, stellt sie emotionslos fest. Zum ersten Mal sieht ihr der Mann jetzt in die Augen.

»Ja«, sagt er leise. »Wir wollen hier unsere Ruhe haben.«

»Jorge soll auf Hund aufpassen, bis ich zurück bin«, ruft sie ihm über die Schulter zu. »Versprichst du mir das? Das bist du mir schuldig.«

Der Tankwart nickt. In diesem Moment schrillt das altmodische Telefon an der Wand. Er nimmt den Hörer ab und meldet sich mit dem Namen der Tankstelle, dem Ort und schließlich seinem kompletten Namen, wie er es immer tut.

»Wartet!«, ruft er den Polizisten verwundert hinterher, als Targa gerade aus der Tankstelle tritt. »Es ist die Berliner Polizei. Jemand will mit ihr reden.« Auffordernd hält er den Hörer in Targas Richtung.

Die Polizisten blicken sich überrascht an. Es vergehen einige Sekunden, bis einer von ihnen den Hörer nimmt. Mit unbewegter Miene hört er, was der Anrufer zu sagen hat. Dann winkt er seinen Kollegen heran. Dieser schiebt Targa zum Tresen. Der Polizist hält ihr den Telefonhörer ans Ohr.

»Lundt hier«, hört Targa die vertraute Stimme. Anspannung und Nervosität fallen augenblicklich von ihr ab. Lundt ruft an. Alles wird gut. Eine große Ruhe durchflutet sie.

»Man hat mich festgenommen«, sagt sie.

»Vergiss es«, antwortet Lundt. Sie hört, wie er an seiner Zigarette zieht und kurz darauf lautstark ins Telefon hustet.

»Du wirst bald sterben«, sagt Targa, als sein Husten abebbt.

»Das müssen wir alle. Vergiss das mit deiner Festnahme.«

»Warum?«, fragt Targa, obwohl sie weiß, dass Lundt diese Warum-Fragen auf die Nerven gehen.

»Wir haben ein Geständnis.«

5

Der Regen klatscht gegen die Scheiben. Niklas Bülow stellt den Staubsauger ab und sieht aus dem Fenster. »Es stimmt, dass es in Hammerfest an zweihundert Tagen im Jahr regnet«, stellt er mal wieder kopfnickend fest, während er einen Mann in gelbem Ölzeug beobachtet, der mit seinem Moped die gewundene Straße zum Sanatorium hinauffährt. Es ist der Postbote. Niklas nimmt die Post jede Woche in Empfang. Er ist stolz auf diese Aufgabe. Sie bringt ein wenig Abwechslung in den grauen Alltag. Viel Zeitvertreib gibt es nicht in der nördlichsten Stadt Europas, dort, wo im Winter die Sonne nie aufgeht. Die ständige Dunkelheit macht trübsinnig. Zu Beginn hatte Niklas damit Probleme. Er wurde depressiv und hatte zu nichts mehr Lust. Aber inzwischen hat er sich an die Dunkelheit gewöhnt.

Niklas lebt seit über dreißig Jahren in Hammerfest. Genauer gesagt im Sanatorium »Stralsund«. Der Name klingt harmlos. Er sagt nichts über den tatsächlichen Zweck der Anstalt aus. Denn »Stralsund« ist in Wahrheit eine psychiatrische Klinik. Niklas war zunächst Patient. Er litt unter einer bipolaren Störung. Seit einigen Jahren ist er geheilt. Auf eigenen Wunsch arbeitet er nun als Hilfspfleger und will den anderen Patienten mit seiner

Erfahrung helfen. Dieses Argument hat auch die Klinikleitung überzeugt.

»Hallo, Niklas. Wie geht's?«, begrüßt ihn der Postbote, als er das Foyer betritt.

»Bald kommt wieder die ewige Dunkelheit.« Niklas' Stimme klingt bedeutungsschwer.

»Ja. Die Sonne verschwindet. Dann kommen die Toten aus ihren Gräbern.« Der Postbote grinst und holt ein schmales Päckchen Briefe aus seiner Tasche. »Das ist für diese Woche alles. Die Menschen haben das Schreiben verlernt. Nur der Alte bekommt noch regelmäßig Briefe.«

»Das ist schade. Die meisten kommunizieren heutzutage im Internet«, seufzt Niklas und dreht sich zur Seite. *»Aber das ist nichts für unsere Patienten. Das würde den Therapieprozess nur stören.«* Er erinnert sich an die Worte der Klinikleitung, als das Internetverbot ausgesprochen wurde.

»Wie geht es übrigens deiner Freundin Fatima?«, fragt der Postbote neugierig. »Hast du sie schon …?« Anstatt es auszusprechen, zwinkert er Niklas verschwörerisch zu.

»Sie ist nicht meine Freundin«, antwortet Niklas verschlossen. Er weiß, dass er gut aussieht. Mit seinen blonden Haaren und dem einnehmenden Lächeln könnte er ein Mädchenschwarm sein. Fatima ist gerne in seiner Nähe, das spürt er. Aber das genügt ihm. Denn da gibt es diese Schranke in seinem Kopf.

»Bist du schwul?«, fragt der Postbote ganz unverblümt. »Fatima ist doch bildhübsch, und sie mag dich.«

»Sie ist nicht mein Typ«, sagt Niklas nach einer kurzen Pause. Unbewusst tastet er nach dem Griff des Staubsaugers. Das Metallrohr glänzt im Schein der Lampe. Es ist aus stabilem Eisen gefertigt und liegt gut in der Hand. Wenn man wütend ist, kann man es wie einen Baseballschläger benutzen. Doch Niklas war schon lange nicht mehr wütend.

»Wie auch immer. Dann bis nächste Woche.« Der Postbote klopft Niklas aufmunternd auf die Schulter und geht. Er fährt mit seinem Moped wieder den Hügel hinunter.

Routiniert sortiert Niklas die Post. Wie jede Woche. Einen Brief legt er sofort zur Seite. Das Kuvert ist an den Patienten Gerd Kraft adressiert.

Niklas bringt die Post zur Klinikleitung. Die Sekretärin lächelt ihm zu. Sie hat einen Liebesroman neben sich auf dem Schreibtisch liegen. Den Brief an Kraft versteckt er in seiner Jackentasche. Wie jedes Mal.

Erst als er wieder allein in seinem Zimmer ist, zieht er ihn heraus. Der Poststempel stammt aus einer Stadt in Deutschland. Niklas war noch nie in Deutschland. Er weiß nur, dass vor langer Zeit deutsche Soldaten in Hammerfest waren. Ihr Kommandant zwang norwegische Mädchen, sich mit den Soldaten einzulassen, um eine nordische Rasse zu gründen. Von dieser düsteren Vergangenheit erzählt man sich in dieser Stadt. Niklas steckt den Brief wieder in seine Jackentasche. Denn er meint es nur gut mit dem alten Patienten. Er will Kraft nicht irritieren, sondern in seiner Welt lassen. Das ist besser für ihn.

In der Mittagspause öffnet Niklas die Tür aus Panzerglas, hinter der sich die Zimmer der Patienten befinden. Zögernd tritt er in den Korridor. Boden und Wände sind weiß gestrichen. Aus versteckten Lautsprechern ist beruhigende Musik zu hören. Links und rechts gehen nummerierte Türen vom Gang ab.

Vor der Nummer sieben bleibt Niklas stehen. Er überprüft, ob er seinen Kittel ordentlich geknöpft hat. Dann räuspert er sich und öffnet die Tür.

»Leider wieder keine Post für Sie«, sagt er. Gerd Kraft reagiert nicht. Der Alte sitzt mit dem Rücken zu Niklas in einem hohen Sessel und blickt aus dem bodentiefen Fenster.

Niklas versteht nicht, wie man ständig in diese trostlose Gegend blicken kann.

»Sie hat also wieder nicht geschrieben«, flüstert der Patient nach einer Weile enttäuscht.

»Nein.« Niklas legt sein ganzes Mitgefühl in dieses Wort. Kraft ist über neunzig Jahre alt und leidet laut seiner Akte an Altersdemenz. Manchmal hat er einen lichten Moment. Dann denkt er messerscharf. Doch Niklas glaubt, dass Kraft alles nur spielt. Dass er eigentlich immer ganz klar im Kopf ist.

»Spielen wir eine Partie Mikado. Das bringt mich auf andere Gedanken.« Kraft steht langsam auf. Er schlurft gebeugt zu dem Tisch, der in der Mitte des Zimmers steht. »Nimm Platz.«

»Das letzte Mal habe ich gewonnen«, sagt Niklas, während er sich auf einen Stuhl setzt.

»Nein, das war ich!«

»Es geht immer um die letzte Partie«, erinnert Niklas den alten Mann. »Wer die letzte Partie gewinnt, dem gehört alles. The winner takes it all.«

»Ich hab es anders hier drinnen abgespeichert.« Kraft tippt sich auf den kahlen Kopf. Die Falten in seiner Pergamenthaut vertiefen sich, während er angestrengt nachdenkt.

»Nein, ich habe gewonnen«, wiederholt Niklas, um den Alten zu provozieren, der aber nicht mehr darauf eingeht. Niklas öffnet die Schachtel, holt die dünnen Mikadostäbchen heraus und wirft sie auf die leere Tischplatte. »Der Sieger darf beginnen.« Niklas zieht ein Stäbchen aus dem Haufen, bewegt dabei jedoch zwei andere.

»Jetzt komm ich an die Reihe.« Kraft drückt mit der Fingerspitze auf das Ende eines Stäbchens und richtet es auf. Elegant dreht er es zur Seite und kann so noch zwei weitere Stäbchen nehmen. Die Luft in dem Zimmer ist abgestanden. Niklas beginnt zu husten.

»Tut mir leid«, krächzt er, als die Stäbchen unter seinem Atem zittern. Er hat das Gefühl, keine Luft zu bekommen, und jetzt ist es mit Niklas' Konzentration vorbei. Schon nach kurzer Zeit ist das Spiel entschieden. Er verliert die Partie und auch die folgenden zwei.

»Gewonnen!« Kraft reibt sich seine von blauen Adern durchzogenen Hände.

»Ich habe Sie gewinnen lassen.« Diese Bemerkung kann sich Niklas nicht verkneifen, als er zur Tür geht.

»Typen wie du sind immer Verlierer, also spar dir diese Lüge«, keift ihm Kraft hinterher. Jetzt wirkt der Alte energiegeladen und hellwach. Selbstbewusst. Wie ein Siegertyp. »Was verbirgst du vor mir?«, schiebt Kraft lauernd hinterher, ehe Niklas die Tür schließen kann.

Er tritt zurück ins Zimmer. »Ich habe nichts zu verbergen.«

»Das glaubst du. Jeder Mensch hat ein Geheimnis. Denk darüber nach.« Mehr sagt Kraft nicht. Mit zitternden Händen erhebt sich der alte Mann von dem Sessel und schlurft in Zeitlupe zu seinem Ohrensessel am Fenster. Ächzend lässt er sich hineinfallen und starrt in die Landschaft.

»Worüber soll ich nachdenken?«

Aber Niklas erhält keine Antwort.

Kraft sinkt in seinem Sessel zusammen und blickt mit leeren Augen umher.

Nun tut er wieder, als hätte er keine Ahnung mehr von unserem Gespräch, denkt Niklas genervt. *Warum provoziert mich der alte Mann so oft?*

Er öffnet die Tür. Draußen stehen Patienten herum und bilden links und rechts im Korridor ein Spalier.

»Ich weiß, warum du ständig verlierst«, hört er Kraft in seinem Rücken grummeln.

»Ich verliere nicht.« Niklas dreht sich nochmals um. Er lehnt sich an die Tür. »Wenn jemand ein Verlierer ist, dann sind

Sie es, Kraft. Sie sitzen hier in Hammerfest und warten auf den Tod. Das ist nicht schön.«

»Du hast keine Ahnung, weshalb ich hier bin«, flüstert Kraft. Niklas muss sich anstrengen, um ihn zu verstehen. »Es stimmt, ich warte auf den Tod. Aber nicht auf meinen eigenen. Ich warte auf die Nachricht vom Sterben der anderen.«

6

Zwei Gestalten sitzen auf Stühlen nebeneinander. Ihre Körper sind mit weißen Mullbinden umwickelt. Sie erinnern an Mumien, denn auch ihre Köpfe und Gesichter sind einbandagiert. Auf den ersten Blick sind die zwei Gebilde nicht zu unterscheiden. Bei genauerer Betrachtung fällt jedoch auf, dass es minimale Abweichungen gibt. Bei einer Figur ist ein Auge zu sehen. Bei der nächsten sind es die rot geschminkten Lippen.

Sie sitzen in der Mitte eines riesigen verglasten Wohnzimmers. Von dort aus hat man einen Rundumblick über Berlin. Der Raum wirkt kalt und unbarmherzig. Das liegt zum Teil an den Scheinwerfern, die diese Inszenierung in grelles Licht tauchen, zum anderen an den versteinerten Gesichtern der Betrachter. Sie haben eine Menge Geld bezahlt, um dieser geheimen Vorstellung beizuwohnen. Es ist ein handverlesener Zirkel von Personen, der sich hier trifft. Sie sprechen nicht und wissen nichts voneinander. Nur, dass sie diese krankhafte Liebe zur Kunst verbindet.

Alle Augen sind auf dieses spezielle Kunstwerk gerichtet. Die Gäste sind der Einladung der Künstlerin Freya von Rittberg gefolgt. Freya ist für ihre exzessiven »Mut-Bilder« berüchtigt.

Die Öffentlichkeit weiß nichts Genaues darüber. Das steigert den Mythos um Freya und den Wert ihrer Bilder.

Die Gäste verfolgen gebannt eine rote Flüssigkeit. Sie rinnt durch dünne Schläuche, mit denen die Figuren untereinander verbunden sind. Die Plastikschläuche erinnern an Venen, wirken wie durchsichtige Blutbahnen. Die rote Flüssigkeit wird von einer Figur zur nächsten weitergepumpt. Aus dem bandagierten Arm der letzten Figur rinnt die Flüssigkeit in ein steinernes Becken.

Neugierig nähert sich ein Mann den Figuren. Erregt dreht er sein Champagnerglas zwischen den Fingern. Er blickt in das Auge der ersten Gestalt. Es hebt sich dunkel umwölkt von den weißen Mullbinden ab. Der Gast neigt den Kopf zur Seite. Für einen Augenblick hat er das Gefühl, als würde ihm das Auge in der Bewegung folgen.

»Eine unglaubliche Darbietung.« Er trinkt sein Glas in einem Zug leer.

»Freya ist eine große Künstlerin«, bestätigt ein anderer, der neben ihn tritt. Es ist Zac, Freyas Manager, der das Event organisiert hat.

»Wie wahr.« Der Besucher nickt zustimmend.

»Habe ich Ihnen zu viel versprochen?« Plötzlich steht Freya hinter ihnen. In der Hand hält sie ein Glas Tequila. Sie fixiert den Gast mit einem durchdringenden Blick.

»Nein, das übertrifft meine kühnsten Erwartungen«, murmelt er. Er weicht Freyas Blick aus und dreht den Kopf zur Seite. »Das Auge vermittelt einen panischen Ausdruck. Es wirkt so lebendig und gleichzeitig sterbend.«

»Dieses Auge spiegelt das Leben wider.« Freya hakt sich bei ihrem Gast unter. Sie überragt ihn, und ihre Größe wird durch enge schwarze Jeans und hohe abgewetzte Boots unterstrichen. Ihr Shirt ist so tief ausgeschnitten, dass der BH hervorblitzt.

Dennoch wirkt sie mit ihrem kurzen schwarzen Haar maskulin. Ihre Arme sind mit stilisierten Porträts des nordischen Göttervaters Odin und der nordischen Liebesgöttin Freya tätowiert. »Die Installation verkörpert eine Transformation vom Tod zum Leben und wieder zum Tod«, redet sie mit leiser Stimme. »Der junge Mann stirbt. Damit seine Geliebte mit seinem Blut leben kann. Doch sein Blut ist unrein, deshalb wird auch sie sterben. Dann stirbt die zweite Figur. Und dann ist die Transformation vorbei.«

»Was geschieht mit dem Blut?«, fragt der Gast weiter. Er deutet auf das steinerne Gefäß. Die Flüssigkeit aus dem letzten Schlauch tropft träge hinein.

»Nennen wir es besser ›rote Lebensfarbe‹«, korrigiert ihn Freya. »Diese Flüssigkeit wird von mir in meinen Bildern zu neuem Leben erweckt. Dadurch werden meine Kunstwerke unsterblich. Es ist ein immerwährender Kreislauf.«

»Gibt es bereits ein Bild zu dieser Performance?«, fragt der Mann neugierig.

»Nein. Doch es gibt ein Bild zu einer anderen Installation«, erwidert Freya.

»Inwiefern anders?« Er greift nach einem neuen Glas Champagner.

»Weniger friedlich. Gewalttätig. Brutal. Blutig wie ein Schlachthaus.«

»Klingt aufregend. Kann ich es sehen?«

»Es ist unverkäuflich.«

»Weshalb?«

»Es ist der Beginn eines neuen Zyklus.« Freya lächelt unbestimmt. »Entschuldigen Sie mich.«

»Der letzte Tropfen ist soeben in das Becken gelaufen«, kommentiert ein anderer Gast in einem teuren Maßanzug. Er starrt auf den dünnen Schlauch. Das Plastik glänzt leer und durchsichtig im Scheinwerferlicht. Das Mystische ist verflogen. Der Schlauch ist nur noch ein banaler Gegenstand.

»Können wir es nicht noch ein wenig hinauszögern?«, fragt der Mann.

»Nein! Das Projekt wurde exakt nach dem Lebenszyklus gestaltet«, antwortet Freya. »Und der ist nun abgelaufen.«

»Aber man kann das Leben doch verlängern«, lässt der Gast nicht locker.

»Verliert ein Mensch mehr als zwei Liter Blut, dann stirbt er. Ich habe die Zeit genau berechnet.« Freya blickt ihn ein wenig genervt an.

»Aber ich habe so viel für diese Darbietung bezahlt, und dann ist nach drei Stunden bereits alles vorüber«, beschwert sich der Maßanzug.

»Sie haben die Performance doch hier oben gespeichert.« Freya tippt sich mit dem Finger an die Stirn. »Erinnern Sie sich daran und träumen Sie heute Nacht davon.« Sie senkt die Stimme und beugt sich zu ihm. »Sie waren Teil des Ganzen. Sie waren dabei.«

»Ich muss Ihnen danken, meine Liebe«, mischt sich eine ältere Frau mit schweren Diamantohrringen in das Gespräch. Sie umfasst mit ihren dünnen, spinnenartigen Fingern Freyas Hände. »Es ist ergreifend zu sehen, wie neues Leben entsteht. Wie gerne würde ich mit frischem Blut ewig weiterleben.«

»Auch wenn dafür jemand sterben muss?« Freya mustert die Frau.

»Das wäre mir egal«, antwortet sie mit eisiger Stimme.

»Bewegt sich da der Mund?«, flüstert plötzlich ein Mann in einem Smoking. Auf seiner hohen glatten Stirn bilden sich kleine Schweißperlen. »Man sieht es doch ganz deutlich. Die Lippen bewegen sich!« Der Mann rückt seine Designerbrille zurecht, um besser sehen zu können. Zögernd streckt er die Hand aus, will die blutroten Lippen berühren.

»Das ist nicht möglich. Ihr Verstand spielt Ihnen einen Streich.« Freya drückt die Hand des Mannes weg. Dabei lächelt sie charmant. »Bitte das Kunstwerk nicht berühren.«

»Sind das vielleicht doch echte Menschen?« Irritiert steckt der Mann die Brille in die Innentasche seiner Smokingjacke. Er fixiert Freya mit einem prüfenden Blick. »Sie haben diese Skulpturen doch aus Latex oder einem ähnlichen Material gemacht, nicht wahr?«

»Das verrate ich Ihnen nicht. Es ist mein Geheimnis.« Freya schiebt ihn von den Figuren weg bis an das andere Ende des Raums. Sie versucht sich zu erinnern, wer der Mann ist, aber es fällt ihr im Moment nicht ein. Sie weiß, dass er großen Einfluss hat, und es ist gut, ihn zu kennen, sollte es später einmal Probleme geben. »Hier stellt man keine Fragen«, fügt sie mit einem charmanten Lächeln hinzu.

Jetzt erinnert sich Freya an eine frühere Performance, wo sie ihn in Begleitung seines älteren Freundes gesehen hat. Damals hatte sie einem jungen Mann selbst Blut aus der Vene gezapft, um damit ein Bild zu malen. Live und vor Publikum. Es war eine Mutprobe, und der junge Mann kam beinahe ums Leben. Aber dennoch war die Darbietung weit weniger spektakulär und nichts im Vergleich zur heutigen Vorstellung. Diesmal hat sie sich selbst übertroffen.

»Mit dieser Vorführung gehen Sie aber eindeutig zu weit«, widerspricht der Mann. »Ich habe den Eindruck, dass vor unseren Augen echte Menschen sterben. Das ist doch krank.«

»Sie bilden sich das nur ein. Eine Reaktion wie die Ihre ist beabsichtigt. Dieses Spiel mit Sein und Schein gehört dazu.«

»Für mich ist das Ganze einfach abstoßend. Ich gehe jetzt.«

»Aber selbstverständlich.« Freya geleitet den Mann aus dem Raum hinaus in einen dunklen Flur. Er holt seinen Mantel aus der Garderobe, und sie hilft ihm galant hinein. »Ich hoffe, meine Performance hat Sie nicht zu sehr irritiert.«

»Mich werden Sie nicht mehr wiedersehen, Freya von Rittberg.« Ohne sich zu verabschieden, steigt der Mann in den Privataufzug, der ihn direkt in die Tiefgarage bringen wird. Mit einem leisen Zischen schließen sich die Türen hinter ihm.

»Mit dem größten Vergnügen«, antwortet Freya mit einem ironischen Unterton. Sie wirft ihrem verzerrten Spiegelbild, das ihr auf den polierten Stahltüren des Aufzugs entgegenstarrt, eine Kusshand entgegen. Spannt ihre Muskeln an und geht zurück. Das große Wohnzimmer mit der Installation ist inzwischen leer. Ihre Gäste sitzen bereits an der langen Tafel. Zac versteigert Fotos von Details der Performance. Freya ist allein mit ihrem Kunstwerk. Langsam beugt sie sich zu der jungen Frau und küsst den roten Mund. Freya spürt die immer noch warmen Lippen, die um ihr Leben kämpfen. Lippen, die bereits todgeweiht sind.

7

Im Mondlicht wirkt der Güterzug wie eine silbrig glänzende Schlange. Auf den niedrigen Waggons stehen Container. Dazwischen befinden sich Viehwagen. Durch vergitterte Lüftungsschlitze dringt das Grunzen und Blöken der Tiere nach außen.

Mit einem lauten Zischen kommt der Zug in einem verwaisten Rangierbahnhof zum Stehen. Eine Gestalt springt aus dem einzigen Personenwagen hinter der Lokomotive. Sie läuft an den Containern entlang. Geschickt schwingt sie sich auf einen Waggon, reißt die Türen eines Containers auf und verschwindet darin. Schon nach kurzer Zeit taucht sie mit einem gestromten Hund wieder auf. Sie stellt einen zerschlissenen Klappstuhl auf die freie Fläche zwischen den beiden Containern. Mit der Hand krault sie den Hund, der sich zu ihren Füßen auf den Boden legt. Plötzlich hebt er witternd den Kopf. Er beginnt leise zu knurren.

Sie kneift die Augen zusammen, sieht eine rote Zigarettenglut aufglimmen. Aus dem Dunkel des Bahnhofsgebäudes löst sich eine Person. Kommt langsam näher. Es ist ein dünner Mann mit einer Zigarette im Mundwinkel. Sein grauer Anzug verschmilzt mit der bleiernen Nacht.

»Hallo, Targa, gemütlich hast du es hier. Gibt es noch einen Stuhl für mich?« Lundt hebt grüßend die Hand.

»In meinem Bus«, antwortet Targa knapp. Sie lässt sich nicht anmerken, dass sein plötzliches Auftauchen sie überrascht. Natürlich weiß sie, dass Lundt dramatische Auftritte liebt. Doch in Südfrankreich hätte sie ihn nicht erwartet.

»Auf die Idee, einen alten VW-Bus in einem Container nach Berlin zu transportieren, kommst auch bloß du«, meint Lundt. Er verschwindet für einen Moment im finsteren Inneren des Containers, kommt kurz darauf mit einem Campingstuhl zurück und klappt ihn auf. Kopfschüttelnd setzt er sich und zündet sich eine neue Zigarette an.

»Du hast genau fünf Minuten und dreißig Sekunden, um deine Zigarette zu rauchen. Dann muss Hund wieder in den Bus. Und der Zug fährt weiter.«

»Na, in der Zeit schaffe ich drei Zigaretten.« Lundt zieht heftig an seiner Kippe. »Hund muss also seinen geliebten Bus nicht verlassen. Sehr tierlieb.« Er winkt Hund zu. Doch dieser dreht den Kopf zur Seite. »Er mag mich noch immer nicht.«

»Warum sollte er dich mögen? Du hast kein Geschenk für ihn mitgebracht.«

»Geschenk? Was denn für ein Geschenk?«

»Hundekeks zum Beispiel.«

»Richtig. Ich werd's mir merken.«

»Warum bist du gekommen? Und woher weißt du, dass ich hier bin?« Targa sieht ihn prüfend an und zwirbelt einen ihrer Zöpfe. Selbst hier, auf diesem gottverlassenen Güterbahnhof im Vallée du Rhône, trägt Lundt einen grauen Anzug. Für seine Verhältnisse sieht er fit aus. Obwohl er vor einigen Monaten von einem Messerstich lebensgefährlich verletzt wurde.

»Ich habe deine Warum-Fragen vermisst, deshalb bin ich aufgetaucht. Ich weiß doch immer, wo du dich aufhältst.« Lundt streckt seine langen Arme in den nächtlichen Himmel. »Und du fährst doch auch gern mal mit der Bahn. Der Autoreisezug von Narbonne nach Berlin ist längst eingestellt. Bleibt also nur der Frachtverkehr übrig. Da war es leicht herauszufinden, welcher Güterzug nach Berlin fährt und einen VW-Bus transportiert.«

»Du hättest warten können, bis ich wieder in Berlin bin«, antwortet Targa emotionslos. »Wozu dieser Aufwand?«

»Ich wollte wissen, ob meine Intuition richtig ist.«

»Jetzt siehst du ja, dass sie richtig ist. Wer hat Ole Bergstein erschossen?«, wechselt sie sofort das Thema.

»Martha, die Frau von Bergstein, hat ein Geständnis abgelegt: Sie habe ihren Mann wegen jahrelanger Demütigungen erschossen.«

»Warum hat sie das gerade in dieser Nacht vor drei Monaten und fünf Tagen getan?«, fragt Targa. Sie versucht, sich das Gesicht der Frau ins Gedächtnis zu rufen. Aber es bleibt unscharf wie hinter einer Wand aus Milchglas.

»Sie hat deinen nächtlichen Überfall spontan ausgenutzt, um ihre eigene Rache zu decken.«

»Mag sein. Und du glaubst ihr?«

»Aber ja doch.« Lundt legt die Zigarettenschachtel auf den Boden des Waggons. Er stellt das Streichholzbriefchen wie ein Dach daneben. Das abgebrannte Streichholz lässt er achtlos dazwischenfallen.

»Was soll das, Lundt? Du solltest dir mal einen anderen Test einfallen lassen.« Immer überprüft er ihren mentalen Zustand. Wenn Targa die Zigarettenschachtel, das Streichholzbriefchen und das abgebrannte Zündholz der Größe nach ordnet, dann weiß Lundt, dass sie zwanghaft handelt. Aber diesen Gefallen tut sie ihm nicht. Mit ihrem Sneaker tritt sie auf die Zigarettenschachtel.

»Hey, das sind meine Letzten«, beschwert sich Lundt.

»Dann hör mit dem Rauchen auf.«

»Guter Tipp.« Er hebt das zerdrückte Päckchen auf.

»Warum hat Bergsteins Frau plötzlich ein Geständnis abgelegt?«, fragt Targa nun. »Habt ihr sie unter Druck gesetzt?«

»Das musst du die Leute vom LKA fragen. Die haben das Verhör geführt. Ich hatte damit nichts zu tun. Aber wahrscheinlich wollte sie ihr Gewissen erleichtern.«

»Das macht man doch nur, wenn man bald stirbt.«

»So ist es. Martha Bergstein ist unheilbar an einem seltenen Virus erkrankt. Da hat sie wohl reinen Tisch machen wollen.« Lundt zuckt mit den Achseln. »Damit bist du entlastet.«

»Gibt es außer diesem Geständnis noch Beweise?«, fragt Targa skeptisch.

»Es gibt reichlich Indizien. Ein Handschuh mit Schmauchspuren wurde in der Villa gefunden. Er gehört Martha. Die Pistole hat sie dir wohl in die Hand gedrückt, als du bewusstlos auf dem Boden lagst. Vorher hat sie dir mit einem Golfschläger einen Hieb verpasst. Das hat sie gestanden. Und daher kam auch die Beule auf deinem Hinterkopf, nicht von einem Sturz.«

»Klingt alles logisch.« Targa überlegt. »Ich will selbst mit ihr sprechen. Organisiere mir einen Termin im Gefängnis.«

»Das bringt doch nichts. Du bist rehabilitiert. Was willst du also noch?« Lundt sieht sie überrascht an.

»Ich will die Wahrheit wissen.«

»Das ist die Wahrheit. Martha hat Ole Bergstein erschossen. So einfach ist das.« Hastig zündet er sich eine weitere Zigarette an.

»Du hast noch zwei Minuten dreißig Sekunden. Dann fährt der Zug weiter.«

»Willst du gar nichts über die DNA-Analyse wissen, die wir bei Ole Bergstein durchgeführt haben?«, fragt Lundt und steht auf. »Hat ziemlich lange gedauert, bis ich das Ergebnis erfahren habe.«

»Okay.« Targa presst die Lippen zusammen und denkt an Yella. Ob sie ihr zuhört? Natürlich, denn auch ihre tote Zwillingsschwester will wissen, ob Ole ihr Vater gewesen ist. »Sag schon«, drängt sie Lundt, der seinen Stuhl zusammenklappt.

»Ole Bergstein war nicht dein Vater«, antwortet er. »Das hat die DNA-Analyse eindeutig ergeben. Du hättest also beinahe einen unschuldigen Mann erschossen.«

»Ich habe niemanden getötet. Das ist jetzt erwiesen«, sagt Targa. Doch wenn Ole ihr Vater gewesen wäre, dann hätte endlich alles ein Ende gehabt. Jetzt geht die Suche weiter. »Kann die DNA-Probe nicht manipuliert worden sein?«, setzt sie vorsichtig hinzu.

»Nein, das ist ausgeschlossen, und das weißt du.«

Ein gellender Pfiff zerreißt die Stille.

»Der Zug fährt gleich los«, sagt Targa.

Lundt schnippt seine Kippe in die Dunkelheit. »Ich rate dir übrigens, die Suche nach deinem Vater endgültig aufzugeben. Zu viel Zeit ist vergangen. Du manövrierst dich in gefährliche Situationen. Ich kann dir nicht immer helfen. Es hat mich eine Menge Energie gekostet, deinen Namen aus den Medien herauszuhalten.«

»Das verstehst du nicht«, entgegnet Targa kurz angebunden. »Ich muss einfach wissen, wer mein Vater ist. Gibt es sonst noch etwas Wichtiges?«

»Ja, wir haben einen schwierigen Fall, zu dem ich dich vielleicht bald hinzuziehen werde. Aber ich muss erst die Leute vom Staatsschutz davon überzeugen, dass du die beste Wahl für diesen Job bist.«

»Was ist passiert?«

»In einem Schlachthaus hat man drei Leichen gefunden. Sie wurden geradezu künstlerisch inszeniert. Wir befürchten, es ist der Auftakt zu einer Serie.«

»Wie sind sie getötet worden?«

»Man hat ihre Körper kopfüber aufgehängt und sie dann ausbluten lassen.«

»Das ist eine ungewöhnliche Tötungsmethode.«

»Dachte ich mir, dass dich das interessiert.«

Der Waggon beginnt zu zittern, und ein lautes Zischen verhallt in der Nacht.

»Ich muss jetzt verschwinden!« Targa springt vom Waggon. »Gib mir Bescheid, wenn es so weit ist.« Schon spürt sie das Adrenalin, das durch ihre Venen rauscht. Bald wird sie wieder eine Aufgabe bekommen, die ihren Verstand fordert. Eine Ermittlung, die sie bis an ihre Grenzen bringt. Denn nur dann verschwindet diese Leere in ihrem Inneren.

»Ruf mich jeden Freitag um elf Uhr an, wenn du in Berlin bist«, sagt Lundt. »Ich nehme an, du hast immer noch kein Handy, aber sicher findest du irgendwo einen Münzfernsprecher.«

»Alles klar.« Targa sieht Lundt hinterher, als er in der Nacht untertaucht.

In Gedanken ist sie aber schon ganz woanders. Sie muss Yella sagen, dass sie doch keine Mörderin ist.

8

Ich bin doch keine Mörderin, Yella.

Ich habe das auch nie geglaubt, Targa.

Ole Bergstein war nicht unser Vater. Ich bin wieder am Ausgangspunkt.

Du drehst dich im Kreis.

Ich weiß. Soll ich weiter nach unserem Vater suchen? Was meinst du, Yella?

Er ist es nicht wert.

Aber er hat dich und Mutter auf dem Gewissen. Euren Tod muss ich rächen. Und du fehlst mir so.

Ich bin doch trotzdem bei dir. Wo ist da der Unterschied?

Es geht um Gerechtigkeit.

Ist es gerecht, jemanden zu töten?

Wenn er es verdient hat, dann schon.

Pass auf, dass die dunkle Seite deiner Seele nicht die Oberhand gewinnt, Targa.

Ich habe mein Herz unter Kontrolle. Rache ist etwas anderes. Wenn ich unseren Vater gefunden habe, ist es vorbei.

Bei deinem letzten Fall hattest du dein Herz nicht mehr unter Kontrolle. Sandman hat dich deinen Herzschlag spüren lassen. Du hast mit dem Feuer gespielt.

Das passiert mir kein zweites Mal.

Du wirst unseren Vater nie finden. Er ist in den Untiefen der Vergangenheit versunken wie in einem schwarzen Meer des Vergessens.

Ich finde den Schlüssel zu dieser Vergangenheit. Das bin ich dir schuldig.

Wie meinst du das?

Ich habe als Baby diese kalte Winternacht überlebt. Doch du bist auf den Stufen des Krankenhauses erfroren.

Mir geht es gut, da wo ich bin!

Aber die Suche geht immer weiter.

Du willst also nicht aufgeben, Targa?

Ich gebe niemals auf, Yella.

9

Ein großer weißer Jeep fährt aus der Tiefgarage eines modernen Apartmentblocks. Es ist ein trüber Tag, und die Wolken hängen tief.

»Gleich wird es zu regnen beginnen.« Zac, der am Steuer sitzt, dreht den Kopf nach hinten. »Ausgerechnet heute, wo wir das Casting für unser Mut-Event haben.«

»Es kommt immer anders als geplant«, murmelt Freya, die im Fond des Jeeps sitzt. Durch die abgedunkelten Fenster blickt sie nach draußen. »Das Wetter passt zu meiner Gemütslage.«

Für diesen kühlen Tag ist Freya viel zu luftig gekleidet. Tanktop und abgeschnittene Jeans, dazu schwere Stiefel. Zum Glück hat sie ihren Umhang mitgenommen. Sie hüllt sich in den schwarzen Stoff.

»Ich habe eben gerne alles perfekt. Und dazu gehört schönes Wetter. Regen verdirbt mir die Laune«, erwidert Zac. Er drückt auf die Hupe, als ein Wagen vor ihm nicht weiterfährt. »Dieser Verkehr macht mich noch krank.«

»Entspann dich, du lässt dich von zu vielen unwichtigen Dingen ablenken.« Freya beobachtet seine hektischen Bewegungen. Zac ist Mitte dreißig, klein und steht immer unter Strom. Das ist sein Naturell. Eigentlich ist er sehr intelligent, aber heute ist er nervös. Zac fängt ihren prüfenden Blick im Rückspiegel auf, sieht aber gleich wieder weg.

Endlich erreichen sie die Ausfahrtstraße nach Potsdam. Zac drückt aufs Gas. Der Zwölfzylindermotor des Jeeps heult auf. Freya wird in den Sitz gepresst.

»Kontrolliere deine Emotionen! Fahr langsamer, Zac!«, ruft sie nach vorne. Zac zeigt keinerlei Reaktion. *Fuck,* denkt Freya, *vielleicht sollte ich doch irgendwann den Führerschein machen.* Aber insgeheim weiß sie, dass es nie dazu kommen wird. Was, wenn sie bei der Prüfung durchfällt? Sie geht grundsätzlich allen Situationen aus dem Weg, in denen man verlieren kann. Ihr Großvater verachtete Verlierer, und darum wird sie niemals zu ihnen gehören.

»Verdammt! Jedes Mal verpasse ich den Weg.« Zac bremst hart und knallt den Rückwärtsgang hinein. Die Abzweigung ist nicht mehr als ein schmaler Schotterweg, der anscheinend ins Nichts führt. Nach einigen Hundert Metern versperrt ihnen ein rostiges Tor aus Maschendraht den Weg. Dahinter steht ein junger Security-Mann in einem schwarzen Overall.

Zac lässt das Seitenfenster hinunter. »Wie viele sind es heute?«

»Zweiunddreißig«, liest der Mann von seinem Handy ab.

»Okay. Du lässt niemanden mehr hinein.«

»Geht klar.« Der Security-Mann schiebt das Tor auf. Zac braust den unbefestigten Weg entlang. Plötzlich verwandelt sich der Schotterweg in eine breite Asphaltstraße und mündet in eine lang gestreckte Betonpiste. Zac bremst den Wagen ab, und der Jeep rollt im Schritttempo weiter. Links und rechts stehen gewölbte Flugzeughangars. Sie wirken wie überdimensionierte Konservendosen, die man der Länge nach durchgeschnitten hat. Einige der Hangars sind eingestürzt. Bäume ragen zwischen den geborstenen Mauern in den Himmel. Der halb von

Gestrüpp überwucherte Tower des Flughafens überragt die restlichen Gebäude.

Vor einigen Jahren hat Freya diesen verlassenen sowjetischen Flughafen entdeckt und das Gelände für wenig Geld gekauft. Einen der Hangars hat sie als Atelier für ihre Kunstprojekte umgebaut. Ein anderer wird für die Mut-Events verwendet. Die restlichen Gebäude verfallen. Vor dem Mut-Hangar stehen junge Männer und Frauen zwischen zwanzig und dreißig Jahren. Freya lässt das Seitenfenster herunter und mustert sie. Fast alle sind blond. Auf den ersten Blick wirken sie gleich groß und durchtrainiert. Schon bei der Anmeldung auf ihrer Website hatte Freya klare Selektionskriterien angegeben. Sie hat keine Zeit für böse Überraschungen. Aber wie immer gibt es Personen, die bei der Anmeldung gelogen haben.

»Der muss weg.« Freya deutet auf einen hübschen Jungen mit schwarzen Haaren und olivfarbenem Teint.

»Ich kümmere mich gleich darum.«

Zac stoppt den Wagen. Freya muss erneut an ihren Großvater denken. An seine Erzählungen, wie er die Reihen der Frauen und Männer abschritt, um seine Selektion vorzunehmen. Jetzt macht sie es genauso. Sie selektiert. Ein Mädchen ragt aus der Gruppe heraus. Es ist größer und dünner als die anderen. Sein Haar ist hell und erinnert Freya an Seidengewebe. Das Gesicht ist schmal und schön.

Freya öffnet die Wagentür. Die junge Frau dreht den Kopf zu ihr. Ihr Mund ist schmal. Die Augen haben einen harten Glanz. »Willst du heute schon mutig sein?«, fragt Freya sie.

Begeistert reißt sie die Augen auf. »Ja. Ich kann mir nichts Schöneres vorstellen!«

»Dann komm mit!« Freya streckt die Hand aus und zieht das Mädchen in den Jeep. Erwartungsvoll blickt es im Wageninneren umher. Freya schätzt das Mädchen auf höchstens siebzehn Jahre. Wahrscheinlich hat es beim Ausfüllen des Fragebogens mit dem Alter gelogen.

»Ich kann es einfach nicht glauben, dass Sie mich ausgesucht haben«, sagt das Mädchen euphorisch und küsst überschwänglich Freyas Hände.

»Wie heißt du?« Freya windet ihre Finger aus der Umklammerung.

»Ich bin Lana.«

Im Rückspiegel sieht Freya, wie Zac die Stirn runzelt.

»Hast du den Online-Fragebogen korrekt ausgefüllt?«, fragt er. »Wie alt bist du tatsächlich?«

»Ich bin fünfundzwanzig«, sagt sie schnell und senkt die Lider. »Ich bin gesund, habe niemals schlimme Krankheiten gehabt. Mein IQ liegt über 125. Das Blut in meinen Adern ist rein. Ich bin wie geschaffen für das Mut-Event.« Sie nickt eifrig und sieht dann Freya mit ihren großen blauen Augen an. »Das stimmt alles.«

»Keine Sorge, wir glauben dir, Lana«, beruhigt Freya sie und gibt Zac ein Zeichen, dass er losfährt. Vor dem letzten Hangar auf dem Rollfeld bleibt Zac stehen. Er drückt auf eine Fernbedienung, die auf dem Armaturenbrett liegt. Langsam schiebt sich das große Stahltor zur Seite und gibt den Blick frei in ein riesiges Atelier. Der Boden des Hangars ist schwarz gestrichen, die rückwärtige Wand blutrot. Überall auf dem Boden liegen große weiße Leinwände. Sie wirken wie Eisinseln in einem schwarzen Meer. Durch schmale Fenster, die wie Schießscharten in die gewölbte Decke geschnitten sind, sickert Tageslicht in den gigantischen Raum.

»Willst du es dir nicht noch mal überlegen?«, fordert Freya das Mädchen auf. Lana schüttelt nur wortlos den Kopf. »Dann zeig mir, wie mutig du bist.«

Der Jeep fährt langsam in den Hangar. Das große Stahltor schließt sich lautlos hinter ihnen. Vor einem länglichen Stahlbecken hält Zac an.

»Aussteigen. Wir sind da.«

»Was ist das?«, fragt Lana, steigt aus dem Wagen und deutet zu dem Becken, in dem eine rötliche Flüssigkeit schwappt.

»Das ist Schweineblut. Ich lasse es mir aus einem Schlachthof liefern«, antwortet Freya.

»Es riecht so intensiv.«

»Das ist der Duft des Todes.«

10

Von ihrem VW-Bus aus beobachtet Targa die Frau, die durch die Schrebergartensiedlung »Parzellen des Glücks« in Treptow geht. Sie ist Mitte fünfzig und trägt einen gestärkten Übergangsmantel. Ihr graues Haar hat sie sorgfältig hochgesteckt. Überhaupt macht sie einen gepflegten Eindruck. Es ist Margarete Hendricks, ihre Adoptivmutter. Vor mehr als dreißig Jahren hat Margarete sie und ihre Zwillingsschwester Yella als Babys in einer eisigen Winternacht auf den Stufen des Krankenhauses gefunden, in dem sie arbeitete. Yella starb, aber Targa überlebte. Margarete hat sie adoptiert.

Targa weiß, dass sie sich jetzt wie eine normale Tochter über das Wiedersehen freuen muss. Sie atmet tief durch. Dann öffnet sie die Schiebetür des Busses.

»Margarete, schön dich zu sehen«, sagt sie und lächelt.

»Wie geht es dir, mein Kind?«

»Jetzt wieder gut. Ich habe meinen Vater doch nicht getötet.«

»Was redest du da?« Margarete schüttelt fassungslos den Kopf. »Suchst du deinen Vater noch immer? Hast du ihn etwa gefunden?«

»Ich wollte ihn erschießen. Dann wäre es endlich vorbei gewesen. Aber er war nicht mein Vater.«

»O Gott, mein Kind, was soll das?« Margarete ringt die Hände und blickt zu Boden. »Hast du dich schuldig gemacht?«

»Nein, ich bin unschuldig. Aber ich muss weitersuchen.«

»Du musst damit aufhören.«

»Warum? Mein Vater hat Yella erfrieren lassen. Meine Mutter hat er in den Selbstmord getrieben. Ich muss beide rächen.« Targas Stimme zittert leicht. Das Thema liegt wie ein Schatten über ihnen.

»Bitte hör endlich damit auf.«

Margarete steht noch immer mit den beiden Einkaufstüten vor dem Häuschen. Ihre Miene ist traurig. Targa weiß, dass sie das Thema jetzt beenden muss. Sonst geht Margarete. Deshalb nimmt sie einen neuen Anlauf.

»Reden wir später darüber. Ich freue mich, dass du meiner Einladung gefolgt bist.« Dieser Satz stammt aus einem Small-Talk-Ratgeber. Sie kann ihn perfekt wiedergeben.

»Vergessen wir die alte Geschichte. Ich bin froh, dass du wieder hier bist. Ich habe dich so lange nicht gesehen.« Margarete lässt die Tüten sinken und kommt mit ausgebreiteten Armen auf Targa zu, drückt mit beiden Händen ihre Wangen zusammen und gibt ihr einen dicken Kuss auf die Stirn. »Wie hübsch du bist«, sagt sie gerührt.

Targa umarmt ihre Mutter. Sie streift kurz mit ihren Lippen Margaretes Wange, ein angedeuteter Kuss. Margaretes veilchenblaue Augen werden feucht. Sie hat zu viele Emotionen. Targa zu wenig.

»Weshalb wohnst du nicht bei mir?« Margarete sieht sich mit skeptischer Miene um. »Das ist doch nur eine Laubenkolonie.«

»Ein Bekannter hat mir sein Häuschen geborgt«, antwortet Targa. »Hier kann ich in Ruhe arbeiten.«

»Ist die Laube wenigstens sauber?« Margarete wirkt besorgt.

»Weiß nicht«, Targa zuckt mit den Schultern. »Ich wohne in meinem Bus.« Sie hat noch nie darüber nachgedacht, woanders zu leben. Der weiße VW-Bus mit dem schwarzen Reserverad vorn am Kühler hat sie schon überallhin begleitet. Er ist ihre Heimat. Die Konstante im Leben, die sich nie ändert. Im Inneren gibt es sogar ein winziges Bad und eine Kochecke, ein Bücherregal über der Sitzbank, einen schmalen Schrank und hinten das Bett. Mehr braucht sie nicht.

»Du lebst noch immer in dem alten Bus? Obwohl du die Laube deines Bekannten nutzen könntest?« Margarete schüttelt den Kopf.

»Der Bus ist mein Zuhause. Wir fühlen uns hier einfach wohl.«

»Wer ist wir? Dein Bekannter wohnt auch hier?«

»Nein, nur Hund«, antwortet Targa. »Und Yella und Carlos. Wir haben alle Platz.«

»Ach, Kind«, seufzt Margarete. »Das ist doch nicht normal, sich nur mit Toten zu umgeben.«

»Du findest mich nicht normal?«, fragt Targa überrascht. Bisher hatte Margarete nie etwas an ihrem Verhalten auszusetzen.

»Nein. Du bist nur ein wenig anders«, schwächt Targas Adoptivmutter ihre Aussage sofort ab. »Mit liebenswerten Ticks. Ich habe die Einkäufe mitgebracht«, wechselt sie schnell das Thema. Sie deutet auf die Plastiktüten. »Ich bin neugierig, was du uns jetzt zu essen kochst.«

»Du wirst satt werden.«

Targa ist bereits seit einer Woche in Berlin. Von einer Telefonzelle aus hat sie Margarete angerufen und sich mit ihr zum Essen verabredet. Diesmal geht Targa nach einem Leitfaden zu sozialer Kompetenz vor, den sie im Internet gefunden hat. Dort steht, dass man für Freunde kochen soll. Da Targa keine Freunde hat, hat sie eben Margarete eingeladen.

»Wir essen im Bus«, sagt Targa.

»Warum nicht draußen?«

»Der Gartentisch ist jetzt eine Krankenstation.« Targa deutet auf einen großen Karton, der auf der Resopalplatte steht.

»Wen musst du denn gesund pflegen?«, fragt Margarete interessiert. Sie ist Krankenschwester. Neugierig beugt sie sich über den Karton. »Oh, ein Vogel. Was fehlt ihm?«

»Nicht so laut. Du verschreckst sie«, sagt Targa leise. »Es ist eine junge Elster, die sich den Flügel gebrochen hat. Ich habe ihn geschient und kümmere mich jetzt um sie, bis er wieder zusammengeheilt ist.«

»Schon als Kind hattest du ein Herz für Tiere.« Margarete drückt Targa an sich. »Ich dachte immer, du wirst einmal Tierärztin.«

»Nein, das passt nicht zu mir. Ich bin einfach nur eine Frau, die sich um einen Vogel und einen Hund kümmert.« Targa wartet, bis Margarete den Arm von ihrer Schulter genommen hat, und geht dann mit den Einkaufstüten in den Bus. »Hast du alles bekommen?«

»Ja, drei Raviolidosen und vier Konserven mit Gemüse.«

Targa beäugt die Dosen nervös. »Ich habe aber gesagt, ich brauche vier Dosen Ravioli und drei mit Gemüse. Außerdem haben sie unterschiedliche Ablaufdaten.«

»Das ist doch egal«, winkt Margarete ab.

»Nein, ist es nicht. Es stört die Ordnung.« Targa sortiert die Dosen nach dem Ablaufdatum und öffnet dann eine Ravioli- und eine Gemüsekonserve.

»Weißt du, dass es das allererste Mal ist, dass du für mich kochst?«, fragt Margarete wenig später. Sie sitzt auf der schmalen Bank und sieht sich um. Sie hat den Bus zuvor erst einmal betreten. Meist besucht ihre Adoptivtochter sie in ihrer Wohnung. Targa steht gebückt vor dem Gaskocher, auf dem ein Topf mit ihrem Ravioli-Gemüse-Gemisch köchelt. Hund liegt auf dem Bett und beobachtet alles interessiert.

»Die Bücher sind nicht in der richtigen Ordnung.« Margarete hat bereits das blaue Buch in der Hand und will es an der üblichen Stelle im Regenbogen, neben einem grünen Einband, einordnen.

»Ich mache das nach meinem System.« Targa beugt sich über den Tisch. Sie nimmt Margarete das Buch aus der Hand und stellt es an den Schluss der Reihe. So wie immer.

»Lässt du Hund in deinem Bett schlafen?«

»Wo denn sonst?«

»Es ist doch sehr eng hier drinnen. Und die Luft ist stickig.« Margarete knöpft ihren Mantel auf und zieht ihn aus. »Wie du das nur aushältst.«

»Häng den Mantel in den Schrank«, sagt Targa.

Umständlich zwängt sich Margarete zwischen Bank und Tisch zum Schrank und öffnet ihn. »Was für ein hübsches Kleid.« Sie zieht ein schwarzes Abendkleid hervor. »Das war sicher sündhaft teuer.«

»Häng es wieder zurück«, sagt Targa mit ungewohnter Schärfe in der Stimme. »Es war ein Geschenk. Ich habe vergessen, es wegzuwerfen.« Das Kleid war ein Geschenk von Falk Sandman, dem Serienkiller, den sie vor drei Monaten überführt hat. Sie hat es behalten, denn sie muss immer wieder an seine letzten Worte denken: »In dir lebe ich weiter.«

»Das war aber ein großzügiger Verehrer.« Das Thema interessiert Margarete. »Sonst hast du ja nur Lederjacken, Latzhosen und Turnschuhe. Nicht viel für eine junge, hübsche Frau.«

»Für mein Leben reicht das«, antwortet Targa einsilbig. Vielleicht war es ein Fehler, Margarete in ihren Bus einzuladen. Sie stört die Ordnung.

»Wir können jetzt essen.« Targa klatscht mit einem Holzlöffel ihre Kreation auf die Teller.

»Schmeckt gut.« Margarete lächelt, nachdem sie den ersten Löffel probiert hat. Sie tätschelt Targa die Wange. »Du kannst richtig kochen.«

»Ist doch nur Dosenfutter.«

»Trotzdem. Du hast was draus gemacht.«

In der Laube neben dem Bus schrillt das Telefon. Durch die dünnen Wände klingt es, als würde der Apparat direkt neben ihnen stehen.

»Da klingelt ein Telefon«, sagt Margarete.

»Das geht mich nichts an.«

»Aber vielleicht ist das dein Bekannter«, lässt Margarete nicht locker. »Und er will dich sprechen.«

»Sicher falsch verbunden. Ich gehe nie in dieses Haus.« Lundt hat ihr das Häuschen überlassen. Niemand weiß davon. Niemand ruft sie an. Sie telefoniert nur freitags von einer Telefonzelle aus mit Lundt. Heute ist Mittwoch. Aber das Klingeln hört nicht auf.

»Sei doch nicht so stur. Das Klingeln macht mich nervös.« Margarete steht auf und öffnet die Schiebetür. »Ich gehe hinüber und frage, wer dran ist.«

»Nein.« Targa hält sie am Arm zurück. »Ich mache das. Bleib du ruhig sitzen.«

Sie nimmt den Schlüssel vom Tisch, geht zur Laube und öffnet die Tür. Das Telefon mit großen altmodischen Tasten auf dem kleinen Tischchen im Eingangsbereich ist klobig. Es schrillt durchdringend.

»Ja?«

»Es ist so weit.« Lundt.

»Heute ist doch nicht Freitag.«

»Ich habe die Routine geändert.«

»Warum?«

»Weil wir jemanden brauchen, der keine Angst kennt.«

11

Die riesige rote Wand in Freyas Atelier wirkt wie in einem Blutrausch gemalt.

»Das sind Tausende von Pinselstrichen«, flüstert Lana beeindruckt. Sie geht durch den Hangar und fährt mit den Fingerspitzen über die feinen Unebenheiten an der Wand. »So stelle ich mir ein kreatives Universum vor.« An den anderen Wänden lehnen riesige Leinwände. Manche von ihnen sind voll roter Farbe, andere noch unberührt und weiß. Dazwischen hängen große Gemälde, die realistische Szenen mit Menschen zeigen. Vor einem Bild bleibt Lana stehen.

»Der Todeskuss der Mutigen‹«, liest sie den Titel. »Sein Blut strömt durch den Schlauch direkt in ihr Herz. Wie erotisch«, fügt sie ergriffen hinzu. »Woher hast du nur diese einzigartigen Ideen?«

»Die Inspiration kommt aus mir. Es ist ein kreativer Strahl, der freigesetzt wird. So, als würde man jemandem die Schlagader öffnen.«

»Du scheinst dich ja sehr für Kunst zu interessieren«, stellt Zac fest, der hinter ihnen geht.

»Ich will später einmal Kunst studieren. In den Schulferien arbeite ich immer auf der Museumsinsel als Info-Guide. Das gefällt mir«, antwortet Lana, ohne nachzudenken.

»Merkwürdig, dass du mit deinen angeblichen fünfundzwanzig Jahren noch zur Schule gehst«, stichelt er.

»Hör auf, Zac«, mischt sich Freya ein. »Warum sollte uns Lana denn belügen?« Sie streicht ihr sanft über das weiche Haar.

»Wenn du lügst, bringt Zac dich auf der Stelle um.« Als sie Lanas erschrockenes Gesicht sieht, lacht sie laut auf. »Das ist ein Scherz. Und du hast ganz recht. Blut ist etwas sehr Erotisches.«

Freya gibt Zac ein Zeichen. Er steigt wieder in den Wagen, wendet in der Halle. Das Tor öffnet sich. Licht flutet in den Hangar und vertreibt die Düsterheit. Der Jeep fährt nach draußen. Lautlos schließt sich das riesige Tor hinter ihm wieder. Blutgeruch und fahles Licht bleiben zurück. Freya führt Lana auf die andere Seite der Halle.

»Setz dich dorthin.« Sie deutet auf ein breites Fellsofa, das an der Wand steht. Aus einem schwarz bemalten Retro-Arzneischrank nimmt sie ein Glas. Sie füllt es mit einer gelben Flüssigkeit.

»Was ist das?« Lana schnuppert argwöhnisch wie ein Tier an der Flüssigkeit.

»Es ist ein südamerikanischer Schnaps«, antwortet Freya.

Sie beobachtet, wie Lana das Glas in einem Zug hinunterstürzt. Sie selbst trinkt nicht. Die Worte ihres Großvaters gehen Freya durch den Kopf: »Man muss immer bei klarem Verstand bleiben. Nur so kann man die anderen kontrollieren und Macht ausüben.«

»Du weißt, was ich jetzt von dir verlange?«

»Ja.« Lana nickt. »Ich habe mir bei der Anmeldung alles genau durchgelesen. Ich kenne die Regeln.«

»Bist du bereit?«

»Ich denke schon.«

»Das war eine ausweichende Antwort.«

»Ich bin mutig.«

»Dann lass es uns versuchen.« Freya steht auf und hält Lana die Hand hin. »Komm, meine Hübsche, gehen wir nach hinten.«

Hand in Hand schlendern die beiden Frauen bis vor die Blutwand. Dort steht ein schmales Bett auf Rollen, daneben ein kleiner Stahltisch mit Skalpellen, Spritzen und Tupfern. Eine leere weiße Leinwand liegt auf dem Boden. Auf einem langen Tresen sind mehrere Zentrifugen aufgestellt, deren Kontrolllampen in unregelmäßigen Abständen blinken.

»Leg dich hin«, fordert Freya die junge Frau auf.

»Tut es weh?«, fragt Lana beklommen.

Der Mut verlässt sie. Freya spürt die Angst, die aus jeder Pore des Mädchens dringt. Das erregt sie. Lana will mutig sein, das hat Freya an ihren Augen erkannt. Aber vor dem Schmerz fürchten sich alle. Nun wird sich erweisen, ob Lana durchhält. Ob sie dieser Selektion würdig ist.

»Es ist nur ein kleiner Schnitt.« Freya zieht einen kleinen Metallwagen mit Phiolen und Skalpellen heran. »Streck deinen Arm aus und mach eine Faust«, befiehlt sie Lana. Sie legt einen Riemen locker um den Oberarm des Mädchens. Dann klopft sie mit der Hand eine Vene hoch. Greift zu einem Skalpell. Die Klinge glitzert im Licht. Freya spürt, wie ein warmes Gefühl langsam in ihren Lenden hochkriecht.

Für sie ist es jedes Mal etwas Berauschendes, wenn sich eine Vene hervorhebt. Wenn das Skalpell diese Vene der Länge nach aufschneidet. Wenn das scharfe Metall die Haut zerteilt. Wenn die ersten Blutstropfen aus der Wunde treten. Wenn die rote Flüssigkeit über die weiße Haut rinnt. Wenn Blut auf die Leinwand spritzt. Dann erst beginnt die Kunst, aus ihr zu strömen.

»Der Schnitt blutet aber ziemlich stark.« Lana blickt ängstlich auf ihren Arm.

»Keine Sorge. So bekomme ich schneller genügend Blut von dir.« Freya hält eine Phiole an die Wunde und wartet, bis sie halb gefüllt ist. Lanas Wangen sind blass.

Freya nimmt die Phiole mit Blut. Steckt sie in die Zentrifuge. Die Farbe des Blutes regt ihre Fantasie an.

»Mir ist schwindlig.« Lana fährt sich mit der Hand über die Stirn. Noch immer rinnt ihr Blut über den Arm auf den Boden. Ihre Lippen sind bereits bleich.

»Gut. Dann beenden wir es.« Freya zurrt den Riemen an Lanas Oberarm fest. Der Blutstrom versiegt. »Mal sehen, ob die Menge für ein Mut-Bild reicht.«

Sie leert das Blut aus der Phiole in eine Schale. Dann schüttet sie ein wenig von der roten Flüssigkeit auf die Leinwand. Sie fährt schwungvoll mit dem Pinsel über die weiße Fläche. Freya spürt die Energie, die sich von ihrem durchtrainierten Körper auf die Leinwand überträgt. Mit jedem Pinselstrich hofft sie auf Vergebung, die ihr aber auch diesmal nicht gewährt wird. Es ist zwar ein kraftvoller Schwung, der bis an den Rand der Leinwand reicht, dort aber im Nichts verendet. Für ein richtiges Mut-Bild muss sie töten.

»Schluss«, murmelt Freya erschöpft. Sie spürt, wie die Energie aus ihrem Körper weicht. Enttäuscht legt sie den Pinsel zur Seite.

»Wie meinst du das?«, fragt Lana. Sie richtet sich langsam auf. »Ist mein Blut nicht gut genug für das Bild?«

»Es ist einfach zu wenig. Ich will die Leinwand mit Blut überschwemmen. Eine gewaltige Eruption darstellen. Mit dem bisschen Blut wird es bloß eine klägliche Vorstellung. Das hat mit Mut überhaupt nichts zu tun.«

»Du kannst mehr Blut von mir haben«, sagt Lana und hält Freya bereitwillig ihren aufgeschnittenen Arm entgegen. »Ich habe keine Angst.«

»Du hast zwar keine Angst, aber hast du auch genug Mut, um weit genug zu gehen?« Freya sieht dem Mädchen lange in die Augen.

»Ja, den habe ich«, flüstert Lana. »Mit meinem Blut lebe ich in deinem Bild weiter.«

»Alle, die hierherkommen, wollen ewig leben. Aber dafür muss man über seine Grenzen gehen. So paradox das auch klingt. Man muss bereit sein, für das Weiterleben zu sterben.«

»Ich bin mutig, will aber nicht sterben.«

»Bei uns stirbt niemand. Ich will nur einen Schwall von deinem Blut. Einen Vulkanausbruch. Wie Lava soll dein Blut über die Leinwand spritzen. Das bedeutet allerdings eine große Wunde, aus der es ungehindert fließen kann. Aber dafür fehlt dir wahrscheinlich der Mut. Du hast Angst.« Freya wendet sich ab.

»Nein, ich bin sehr mutig!«, widerspricht Lana, und ihre Stimme bekommt einen leicht hysterischen Klang. Lana wirkt jetzt wie eine Besessene. Rationale Schranken fallen von ihr ab. Sie ist enthemmt.

»Beweise es, meine Schöne.« Mit der Hand deutet Freya auf die Leinwand. »Spritze mit deinem Blut die Leinwand voll. Nur so wirst du Teil dieses unsterblichen Mut-Bildes.« Lana zögert. Freya nickt enttäuscht. »Dafür bist du nicht geeignet. Das lese ich in deinen Augen. Los, du kannst gehen.«

Freya bückt sich, hebt ihren schwarzen Umhang auf und holt ihre Polaroidkamera vom Tisch. »Ich mache noch eine Aufnahme von dir für mein Archiv«, sagt sie beiläufig. Dann blickt sie nach oben zu den schmalen Fenstern. Der Himmel ist ganz schwarz. Es donnert in rascher Folge. Soll sie Lana töten?

Plötzlich steht das Mädchen mit kalkweißem Gesicht vor ihr.

»Ich zeige dir, wozu ich fähig bin«, flüstert Lana.

Freya startet die Videofunktion ihres Handys.

Blitzschnell greift Lana nach dem Skalpell, das noch immer auf dem Metalltisch liegt. Sie schneidet sich damit in die Innenseite des Oberschenkels. Dort, wo die Schlagader sitzt. Die scharfe Klinge teilt mühelos Fleisch und Muskeln. Durchtrennt die Schlagader. Wie eine Fontäne spritzt helles Blut aus der Wunde und verteilt sich wie Lava über die Leinwand.

»Glaubst du mir jetzt, dass ich mutig bin?«, keucht Lana. Sie wankt über die Leinwand auf Freya zu. Das Skalpell gleitet ihr aus der Hand und fällt zu Boden. Aus der tiefen Wunde spritzt ununterbrochen Blut. Auf der Leinwand hinterlässt es eine intensive Spur des Todes. Lanas Bein färbt sich rot, gehört nicht mehr zu ihrem Körper. Elektrisiert betrachtet Freya dieses Schauspiel. Wie lange wird Lana durchhalten? Wie weit wird sie gehen? Freya macht schnell ein paar Polaroids, bevor es zu spät ist. Plötzlich beginnt Lana zu zittern. Sie bricht mitten auf der Leinwand in einer Blutlache zusammen.

»Ich bin mutig«, murmelt sie noch, ehe sie das Bewusstsein verliert. Mit einem Schlag zerplatzt der Blutrausch wie eine Seifenblase. Nüchtern stoppt Freya die Aufnahme. Sie nimmt einen breiten Gurt von dem Stahltisch. Kniet sich zu Lana. Schnallt ihr den Gurt oberhalb der Wunde um den Schenkel. Zurrt ihn fest, um die Ader abzubinden. Es sind erst ein paar Minuten vergangen. Nur ein wenig länger, und Lana wäre tot. Dann drückt Freya die Kurzwahltaste ihres Handys.

»Lana hat sich verletzt.«

Einige Augenblicke später läuft Zac mit einem Arzt in das Atelier.

»Sie hat sich geschnitten und viel Blut verloren.« Freya deutet auf die blutverschmierte Leinwand und wendet sich an Zac. »Das Bild ist dadurch sehr intensiv geworden. Es wird viele Sammler interessieren und einen ziemlich guten Preis erzielen.«

»Wie konnte das passieren?« Der Arzt legt Lana einen Druckverband an. Fragend dreht er sich zu Freya.

»Intelligente Mädchen sind unberechenbar. Sie wollen ihren Mut unter Beweis stellen.«

»Lange mache ich diese abscheulichen Spiele nicht mehr mit«, sagt der Arzt bitter. Er deutet auf das blutige Skalpell. »Damit verletzt man sich nicht so einfach.«

»Dieses Mädchen anscheinend doch.« Freya zuckt mit den Achseln.

»Sie braucht sofort eine Bluttransfusion«, erklärt der Arzt, als er Lanas Herz abhört. »Welche Blutgruppe hat sie?«

»Einen Moment.« Zac springt auf, holt Lanas Umhängetasche. Er leert den Inhalt auf den Boden und sucht nach dem Anmeldeformular mit der Angabe der Blutgruppe. »Nichts«, meint er nervös, nachdem er alles durchwühlt hat. »Scheiße, sie stirbt uns noch weg! Tut doch etwas.«

»Das Mädchen braucht sofort frisches Blut.« Der Arzt hält die Finger an Lanas Hals. »Ihr Puls geht nur noch ganz unregelmäßig.«

Freya greift nach Lanas Jeansjacke, die zusammengeknüllt auf dem Boden liegt. Aus der Brusttasche zieht sie ein gefaltetes Papier. Es ist das Anmeldeformular.

»Null positiv«, verkündet Freya nach einem Blick darauf.

»Zum Glück haben wir davon genügend Blutkonserven.« Der Arzt nickt und öffnet seinen Kühlkoffer. Eisiger Dampf steigt auf, als er einen Blutbeutel herauszieht. »Das ist absolut krank, was Sie hier aufführen«, sagt er, während er Lana die Infusion setzt.

»Sparen Sie sich diese Kommentare, Doktor«, weist ihn Freya zurecht. »Kümmern Sie sich lieber darum, dass sie uns nicht wegstirbt.«

»Wenn sie nicht durchkommt, dann sind Sie geliefert. Dann kann Ihnen Ihr Freund aus dem Ministerium auch nicht mehr helfen«, redet der Arzt weiter. »Die Polizei hat Sie doch schon wegen der Toten im Schlachthaus verhört.«

»Da will uns jemand etwas anhängen«, mischt sich Zac ein. »Eine Inszenierung nach einem von Freyas Bildern.«

»Das Mädchen hat sich selbst verletzt. Hier ist der Beweis.« Freya hält dem Arzt ihr Handy hin. »Lana wollte einfach todesmutig sein und hat sich überschätzt.«

»Was sind Sie nur für ein kaltes Wesen«, flüstert der Arzt verächtlich. Er presst den Koffer wie einen Schild schützend vor seine Brust. Zuckt zusammen, als ein greller Blitz das Atelier erhellt. Kurz darauf zerreißt ein Donnerschlag die angespannte Stille.

»Ich bin harmlos im Vergleich zu meinen Vorfahren«, antwortet Freya. »Die waren noch viel kälter als ich.«

12

Nach einer endlosen Fahrt mit ihrem VW-Bus erreicht Targa ihr Ziel in Berlin-Mitte. Es ist eine weitläufige Baustelle mit halb fertigen Hochhäusern, die ihre Betonarme wie Skelette in den düsteren Himmel strecken. Als sie die Einfahrt passiert, sieht sie bereits die zuckenden Blaulichter der Einsatzfahrzeuge. Targa parkt den Bus etwas abseits des Trubels und steigt aus. Sofort kommt ein Uniformierter mit finsterer Miene auf sie zu.

»Wer sind Sie, und was haben Sie hier zu suchen?«, herrscht er sie an.

»Targa Hendricks, Sonderabteilung K2«, sagt sie mechanisch und hält dem Mann ihren Ausweis entgegen.

»So sehen Sie also aus.« Der Polizist nickt wissend und betrachtet sie von oben bis unten. Natürlich sieht sie nicht aus wie eine typische Polizistin. Sie trägt ihre abgewetzten Sneakers, eine verblichene Latzhose und hat blonde Zöpfe. Aber der Polizist hat nicht ihre Aufmachung gemeint, sondern etwas anderes. Das spürt sie.

»Was meinen Sie?«, fragt Targa.

»Ich habe Sie mir ganz anders vorgestellt«, antwortet er spontan.

»Wie denn?«

»Hässlicher.«

»Wenn man anders ist, darf man nicht attraktiv sein?«

»Nein, das meine ich nicht. Aber was man so über Sie hört, da stellt man sich ...« Der Rest des Satzes bleibt ungesagt.

»Was erzählt man denn?«

»Ach nichts«, antwortet der Polizist und wird rot.

»Warum erwähnen Sie es dann?«

»Äh, ich weiß nicht. Ist ja im Augenblick auch nicht wichtig. Ihr Kollege vom K2 ist bereits oben«, wechselt der Beamte schnell das Thema. Er deutet zu einem halb fertigen Hochhaus, vor dem Absperrbänder der Polizei flattern.

»Danke für die Information.«

Targa dreht sich um und geht zu einem verbeulten großen Drahtkorb, der als behelfsmäßiger Aufzug dient. Nachdem sie einen Knopf gedrückt hat, setzt er sich ratternd in Bewegung. Mittlerweile hat sich herumgesprochen, dass Targa hier ist. Männer und Frauen von Polizei und Spurensicherung blicken ihr hinterher. Es gibt Gerüchte über ihre eigenartige Methode, Serienkiller zur Strecke zu bringen. Man tuschelt über ihre Gefühlskälte, über die mangelnde Teamfähigkeit. Über ihr einsames Leben in einem VW-Bus.

Langsam hebt sich der Drahtkorb mit Targa über die Menschen. Die umliegenden Häuser verschwinden aus ihrem Blickfeld. Nur der Himmel über Berlin weitet sich über ihr. Es ist ein befreiendes Gefühl, losgelöst von Zwängen durch die Luft zu treiben. Targa schließt die Augen. Denkt an den Tatort, der sie oben erwartet.

Der Aufzug stoppt ruckartig bei einer Plattform im zwanzigsten Stockwerk, dem obersten. Lundt erwartet sie bereits.

»Dachte ich mir, dass du mit dem Außenlift kommst«, sagt er und zieht an seiner Zigarette. »Jetzt hast du also deinen Auftrag. Der Tatort wurde bereits oberflächlich untersucht. Es hat mich einiges an Überredung gekostet, alle wieder wegzuschicken. Wir haben fünfzehn Minuten bekommen. Wie du gesehen hast, wartet unten das komplette Team, also beeilen wir uns lieber.«

Jetzt müsste Targa so etwas wie ein Glücksgefühl verspüren. Darüber hat sie einen Artikel gelesen. Wenn Wünsche in Erfüllung gehen, hat man ein Kribbeln im Bauch. Es fühlt sich an, als würde man schweben. Aber Targa kann das nicht nachvollziehen. Denn das sind Emotionen, die ein normaler Mensch empfindet. Targa ist kein normaler Mensch, denn sie hat fast keine Gefühle. Nur einmal hat sie dieses Kribbeln im Bauch bislang verspürt. Damals, als sie auf den Serienkiller Sandman getroffen ist. Doch der ist tot.

»Gehen wir nach oben«, reißt Lundt sie aus ihren Gedanken. Sie steigen einige provisorische Stufen auf das Dach des Hochhauses hinauf, das noch keine Brüstung hat.

Schon aus der Ferne sieht Targa die zwei Gestalten, die kerzengerade auf Stühlen sitzen. Es ist ein junges Pärchen. Sie sind mit Kabelbindern an den hohen Stuhllehnen fixiert. Zwischen den beiden befindet sich ein Tisch mit einem dreiarmigen Kerzenleuchter und zwei gefüllten Rotweingläsern. Unter dem Tisch steht ein altmodischer Kofferplattenspieler mit aufgeklapptem Deckel. Eine dunkle Flüssigkeit ist daraufgespritzt. Auf dem Plattenteller liegt eine Single. Das Mädchen hat blutige Mullbinden um die Handgelenke. Es trägt ein ärmelloses Abendkleid. Auf den ersten Blick wirkt das Kleid wie aus rotem Stoff, doch als sie näher tritt, erkennt Targa, dass es Blut ist. Es muss mit einem Schwall aus der klaffenden Wunde des Mädchens geströmt sein. Der junge Mann trägt nur eine Smokinghose. Sein Oberkörper ist nackt und mit einer rötlich braunen Flüssigkeit überzogen. Getrocknetes Blut. Ein präziser Schnitt hat die Halsschlagader des jungen Mannes durchtrennt.

Die Wunde wirkt wie ein verschmiertes, klaffendes Maul. Weit hinter den beiden Toten türmen sich am Horizont dunkle Wolken auf. Vereinzelte Blitze zucken gespenstisch durch die Dunkelheit.

»Wer hat sie gefunden?«, fragt Targa.

»Es gab einen anonymen Anruf.«

»Sie sehen aus wie ein Liebespaar.« Targa lässt die Szene auf sich wirken, tritt näher und stellt sich direkt vor den Tisch. Erst jetzt entdeckt sie, dass auch ein Schlauch aus dem Arm des jungen Mannes baumelt. Er ist mit Tape am Unterarm befestigt. In dem Schlauch befindet sich noch ein wenig gestocktes Blut.

»Sie haben noch gelebt, als man sie hergebracht hat. Aber das Blut aus den Armvenen wurde ihnen bereits früher abgezapft. Es ist schon eingetrocknet.«

»Glaubst du, dass sich die beiden freiwillig an den Tisch gesetzt haben?«, fragt Lundt.

»Vielleicht standen sie unter Drogen. Tatsache ist, dass man ihnen erst hier die Kehle durchgeschnitten hat. Das Blut ist über ihre Körper auf den Boden gespritzt.«

»Das sehe ich genauso.« Lundt nickt zustimmend.

»Stopp. Etwas fällt mir auf.« Targa tritt einen Schritt zurück. »Das Blut spritzt aus den Kehlen der beiden Opfer. Es rinnt über ihre Körper auf den Boden.« Sie hockt sich auf den staubigen Beton und neigt den Kopf. »Aber hier sehe ich nur sehr wenig Blut.«

»Du hast recht.« Lundt dreht seine ausgeglühte Zigarette zwischen den Fingern. »Für diese Art der Verletzung gibt es viel zu wenig Blut.«

»Unser Mörder hat einen Großteil des Blutes mitgenommen. Das ist vielleicht seine Trophäe.«

»Blut als Fetisch, das deutet für mich auf einen obsessiven Killer hin und passt zu dem Dreifachmord im Schlachthaus.«

Die Stimme von Lundt klingt verzerrt, als Targa hinter die beiden Leichen tritt. Nachdenklich balanciert sie am Rand der Plattform entlang.

»Pass auf. Das ist gefährlich«, mahnt Lundt und wischt sich dabei den Schweiß von der Stirn.

»Hast du Angst um mich?«

»Ja, ich brauche dich noch.«

»Ich habe keine Angst, aber das weißt du ja«, antwortet Targa. »Und die Täterin auch nicht.«

»Du denkst also, dass der Mörder eine Frau ist?«

»So wirkt es auf den ersten Blick. Sie hat Charisma, denn sie bringt ihre Opfer dazu, sich die Pulsadern aufzuschneiden oder sich von ihr öffnen zu lassen. Die Opfer bluten langsam aus. Erst einige Zeit später schneidet sie ihnen mit einem scharfen Messer die Kehle durch. Dann platziert sie die Leichen wie ein Liebespaar in einem artifiziellen Arrangement. Das passt zu einem künstlerisch veranlagten Killer. Und das sind eher Frauen. Mich erinnert es ein wenig an Performancekunst. Kaltblütig stellt die Täterin dann die Opfer mitten in Berlin zur Schau. Das zeigt, dass sie bewundert werden will und furchtlos ist. Sie hat keine Angst davor, entdeckt zu werden.«

»Gut kombiniert. Ja, es ist tatsächlich eine Frau, die wir im Verdacht haben, die Killerin zu sein.«

»Welche Indizien habt ihr?« Targa balanciert weiter am Rand des Hochhauses entlang. Gekonnt springt sie über einen quadratischen Schacht im Boden, der bis ins Erdgeschoss reicht.

»Hör auf, ich kann das nicht mit ansehen!«, sagt Lundt mit leichter Panik in der Stimme.

»Rede einfach weiter. Beachte mich nicht.« Targa geht jetzt auf einer Abflussrinne an der Außenkante des Hochhauses entlang. »Was ist mit den Beweisen?«

»Die reichen nicht aus. Sie hat ein Alibi. Die Details erfährst du morgen früh bei der Besprechung. Wie ist deine erste Einschätzung?«

»Die Inszenierung ist perfekt.« Targa springt zurück auf die Plattform. »Welches Lied hat die Mörderin für sie ausgewählt?«, fragt sie dann. »Schalte den Plattenspieler ein.«

»Es ist David Bowie, ›Helden‹. Die deutsche Version.« Lundt setzt den Tonarm auf die Single. Die charakteristische Melodie hallt durch die Dämmerung und vermischt sich mit einem Donnergrollen.

»Der absolute Berlin-Song. Außerdem eine Hymne auf den Mut«, meint Targa nachdenklich. »Der Mörder will uns damit sagen, dass dieses Liebespaar mutig gestorben ist. Alles hier scheint bis in die kleinste Einzelheit durchdacht. Gab es bei den früheren Morden auch diese Details?«

»Ja. Zwar keinen Plattenspieler, aber eine Single. ›Leben heißt Leben‹ von der slowenischen Band Laibach.«

»Wieder ein deutsch gesungener Song. Wäre interessant herauszufinden, was das zu bedeuten hat.«

»Wie meinst du das?«

»Ich glaube, die deutsche Kultur spielt für unsere Mörderin eine große Rolle. Wie sahen die früheren Opfer aus? Waren sie auch blond?«

»Ja. Auch das passt zu unserer Verdächtigen. Wir sind uns da sehr sicher. Die jungen Frauen und Männer sind immer blond und blauäugig«, sagt Lundt.

»Legen wir uns nicht zu schnell fest. Das ist nur eine Hypothese von mir.«

Targa hockt sich wieder vor den beiden Leichen auf den Boden.

»Erzählt mir eure Geschichte. Wie kommt es, dass ihr euch die Pulsadern aufschneiden lasst? Hat man euch dazu gezwungen? Oder geschah es freiwillig?«, flüstert Targa und lauscht in die Stille hinein. Noch ist sie zu weit entfernt vom Denken dieser vermutlichen Serienkillerin. Noch ist sie auf der sicheren Seite.

»Jetzt hast du selbst gesehen, wozu diese Killerin fähig ist.« Nach einer kurzen Pause deutet Lundt unauffällig mit dem Kopf auf ein Apartmenthaus, auf dem sich ein flaches Penthouse befindet. »Siehst du das moderne Gebäude dort weit hinten? Da wohnt die Person, die das hier höchstwahrscheinlich zu verantworten hat. Das ist dein nächster Auftrag.«

Targa kneift die Augen zusammen und erkennt ein futuristisches Penthouse völlig aus Glas auf einem Bau mit schwarzer Fassade. In diesem Moment beginnt es zu regnen, und sie kann nichts mehr sehen. Trotzdem fühlt sie sich wie magnetisch von diesem schwarzen Monolithen angezogen. Dort wohnt eine Killerin, die sie überführen muss. Eine Kälte durchflutet sie, die sie nur zu gut kennt. Es ist der Augenblick, wenn eine verdeckte Ermittlung am Anfang steht. Wenn das Feld offen und der Himmel weit ist. Wenn man die Situation noch unter Kontrolle hat. Wenn man noch glaubt zu siegen.

Die Polizeitechniker kommen auf das Dach und bauen ein Zelt über dem Tatort auf. Jetzt kann Targa überhaupt nichts mehr sehen. Aber sie stellt sich vor, dass dort drüben eine Frau atemlos am Fenster steht und die Aktivitäten auf dem Dach beobachtet. Das ist zwar unmöglich, aber so wie Targa lässt auch diese Killerin ihrer Fantasie freien Lauf. Sie ist eine skrupellose Frau, die bereits fünf Morde begangen hat und weitertöten wird.

Targa ahnt mit einem Mal, dass dieser Auftrag die dunkle Saite ihrer Seele zum Klingen bringt.

13

Gebannt starrt Freya durch das Fernrohr. Das Hochhaus-Plateau mit den beiden Leichen ist zu weit entfernt, um etwas Genaues zu erkennen. Der Regen verwischt alle Details, und sie kann nur erahnen, dass zwei Personen ratlos vor ihrem Kunstwerk stehen. Trotzdem ist es ein zusätzlicher Kick zu wissen, dass die Polizei verzweifeln wird.

»Freya, Liebes, was kostet denn nun dieses Bild?«, reißt eine Stimme sie aus ihren Gedanken. Freya steht in ihrem Schlafzimmer. Sie trägt einen dünnen Seidenkimono, den sie nachlässig gebunden hat. Darunter ist sie nackt, denn sie kann sich nicht entscheiden, was sie anziehen soll. Ihre Haut, die sie zuvor mit einem Spezialöl eingesalbt hat, glänzt metallen in dem gedimmten Licht. In der Mitte des Raumes steht ein breites Bett auf einem Betonsockel, der die Form einer versteinerten Muschel hat. Daneben stehen eine Lampe aus Stahl und ein betoniertes Sideboard mit Gläsern. Auch die Wände sind aus unverputztem Beton und bis auf einen Spiegel mit eisernem Rahmen schmucklos. Die Längsseite des Schlafzimmers ist aus Glas. Von dort hat Freya einen atemberaubenden Blick über Berlin. Hier steht auch das Fernrohr, mit dem sie zuvor das Treiben auf der Plattform beobachtet hat. Die beiden Toten dort wirken durch das Objektiv merkwürdig entrückt. Es wird nicht mehr lange dauern, dann wird die Polizei das Bild »Der Todeskuss der Mutigen« im Online-Katalog der Galerie entdecken. Sie werden Freya verhören. Doch sie hat ein Alibi.

»Bist du eine Mörderin?«, fragt sie die schwarzhaarige Frau, die ihr im Spiegel entgegensieht. In dem diffusen Licht wirkt sie vollkommen, doch sie ist unperfekt. Da kann sie trainieren, so viel sie will. Das Blut, das durch ihre Adern rinnt, zerstört alles. Nie wird sie rein sein. Nie wird sie Vergebung erlangen. Nachdenklich schiebt Freya die Türen des Wandschranks auf. Sie blickt auf elf blonde Perücken, die auf bemalten Schaufensterpuppenköpfen sitzen. Große Mangaaugen starren sie an. Noch nie hat sie es gewagt, eine dieser Perücken aufzusetzen. Es würde ihr wie eine Schändung vorkommen. Zögernd streicht sie mit der Hand über künstliches blondes Haar. Es knistert elektrisch, und Freya zuckt zurück, als hätte sie einen Stromstoß erhalten. Hastig schließt sie den Schrank wieder, verbannt die Perücken aus ihren Gedanken.

»Wo bist du?«, hallt wieder diese Stimme aus dem Wohnzimmer. »Soll ich dich suchen?«

»Es dauert nicht mehr lange. Ich komme gleich«, ruft Freya in die Dunkelheit hinein. Sie bückt sich und öffnet die Tür eines kleinen Kühlschranks, der in dem Betonsockel verborgen ist. Vorsichtig nimmt sie einen Behälter mit Phiolen heraus. Die schlanken Glasgefäße sind alle beschriftet. Unschlüssig kreist Freyas Hand darüber.

»Ludmilla«, sagt sie schließlich und öffnet die entsprechende Phiole. Sie nimmt ein Glas und lässt die rote Flüssigkeit hineinrinnen. Dann gibt sie noch etwas Tomatensaft und einige Spritzer Gin dazu. Sie leert alles in einen Shaker. Zählt die Sekunden, bis sich das Blut gut vermischt hat, und leert den Drink wieder zurück in das Glas. Zuletzt streut sie noch eine Prise Currypulver darüber. Für das innere Feuer.

»Hier bin ich.« Mit wehendem Kimono und dem Glas in der Hand geht sie barfuß ins Wohnzimmer. Eine rothaarige Frau sitzt mit dem Rücken zu Freya auf einem Designersofa. Ihr gegenüber hängt ein Gemälde an der Wand: Es zeigt zwei Mädchen und einen Jungen, die in einem weiß gekachelten Schlachthaus über einem See aus Blut hängen. Ihre Körper wirken blutleer. Sie sind umringt von Männern, die Kuhmasken tragen.

»Hier ist dein Drink, Diana«, flüstert Freya. Die Frau dreht sich überrascht um, als sie sie in den Nacken küsst. Für einen Moment lässt Freya es zu, dass Dianas Hände über ihre kleinen festen Brüste streichen. Diana ist eine der einsamen Millionärswitwen, die glauben, sich mit Geld alles kaufen zu können, aber sie ist attraktiv und sehr leidenschaftlich. Seit Freya verdächtigt wird, eine Mörderin zu sein, ist Diana fasziniert von Freyas Kunstwerken.

»Das genügt.« Sie drückt ihr das Glas in die Hand. Mit unbewegter Miene wartet sie, bis Diana von dem Drink genippt hat. Dann stellt sie sich zwischen Diana und das Bild.

»Wie schmeckt dir dein Drink?«, fragt sie.

»Wer ist es diesmal?«

»Es ist Ludmilla.« Freya deutet auf das Bild. »Sie ist das Mädchen links. Der Drink wird dich verjüngen.«

»Gut, dass du von dem Bild sprichst. Deswegen bin ich auch gekommen.« Diana trinkt das Glas leer und schüttelt ihre kupferroten Haare. »Blut ist das Geheimnis ewiger Jugend«, sagt sie träumerisch, setzt aber sofort wieder eine geschäftliche Miene auf. »Ich will dieses Bild kaufen. Nenne mir einfach einen Preis.«

»Zac hat dir doch bereits am Telefon gesagt, dass es unverkäuflich ist.«

»Das stimmt so nicht. Zac meinte, ich soll mit dir über den Preis verhandeln«, erwidert Diana.

»Warum willst du genau dieses Bild? Du kannst dir doch alle Bilder dieser Welt kaufen.« Mit einer raschen Handbewegung zieht Freya den Kimono vorne zusammen. Plötzlich beginnt sie zu frösteln. Sie ahnt, warum Diana das Bild will. Zwei Mädchen und ein Junge wurden ermordet und wie auf dem Bild in einem Schlachthaus zur Schau gestellt. Die Ähnlichkeit mit Freyas Bild war verblüffend, und das Gemälde ging durch die Presse. Der Preis stieg ins Astronomische. Kunstinteressierte Beobachter und auch die Polizei stellten sich die Frage, ob es mehr als ein Zufall ist. Aber es fehlten ein paar entscheidende Details auf dem Gemälde.

»Weil du berüchtigt bist und ich es einfach besitzen will«, antwortet Diana unverblümt.

»Das Bild ist unverkäuflich. Basta!«

»Alles hat seinen Preis.« Dianas Stimme zittert leicht. Sie ist gewohnt zu bekommen, was sie sich in den Kopf setzt. In ihren Aktiendepots vermehrt sich das Geld automatisch, ohne dass sie einen Finger rühren muss.

»Dieses Gemälde ist nichts für dich.« Ein kurzes Lächeln huscht über Freyas Gesicht. »Es ist zu perfekt für dich.«

In ihrem Kopf knallen plötzlich die Hacken von Stiefeln zusammen. Sie sind aus schwarzem Leder und glänzen. Großvater putzte sie täglich, auch lange nach dem Krieg noch. Er führte ein strenges Regiment. Oft hat er nach seiner Peitsche gegriffen, wenn sie nicht perfekt war.

»Hast du diese drei Menschen getötet?«, fragt Diana plötzlich.

»Was denkst du?«, antwortet Freya mit einer Gegenfrage.

»In der Zeitung steht, dass die Opfer keinen Tropfen Blut mehr in sich hatten.«

»Journalisten übertreiben gerne«, meint Freya achselzuckend.

»Trinke ich das Blutserum von einem toten Mädchen?«

»Ludmilla war auf einem meiner Mut-Events. Von dort habe ich auch das Blut.« *Das stimmt doch so, oder?*, fragt sich Freya selbst. Sie erinnert sich an das Mädchen. Zart und blond, so wie alle. Das Blut, das aus ihrer Vene quoll, war dick und rubinrot. Ludmilla war leicht für eine Performance zu verführen. Natürlich wusste die Kleine nicht, dass fremdes Blut sie vergiftete. Deswegen musste sie auch gereinigt werden.

»Irgendwann wird dich die Polizei überführen. Dann brauchst du viel Geld für deine Verteidigung. Also verkauf mir das Bild.«

»Nein.« Freya schüttelt hochmütig den Kopf. »Wozu soll ich mich verteidigen? Ich bin unschuldig.«

»Ich zahle zehn Millionen Euro. In bar. Steuerfrei«, fügt Diana noch schnell hinzu. »Und ich sage auch niemandem, dass du das Blut einer der Toten bei dir hast.«

»Es ist besser, du gehst jetzt, sonst werde ich böse«, antwortet Freya kühl. Ohne ein weiteres Wort begleitet sie Diana zu ihrem privaten Lift und wartet, bis sich die Türen hinter ihr schließen. Dann geht sie mit einem leisen Seufzer zurück in ihr Schlafzimmer und öffnet die Schranktür. Sie nimmt eine blonde Perücke heraus. Damit versucht sie, die schwarzen Löcher in ihrem Gedächtnis zu füllen. Wieder muss sie an ihren Großvater denken. Sie fühlte sich glücklich, wenn sie gemeinsam ein Tier töteten. Und sie erinnert sich an seine Worte:

»Immer wenn du tötest, bin ich bei dir.«

14

Am nächsten Morgen steht Targa an der U-Bahn-Station und wartet auf Lundt. Hund sitzt neben ihr und betrachtet interessiert den Verkehr. Immer wieder kreisen ihre Gedanken um den Tatort und die Perfektion der Inszenierung. Sie beginnt, ihre störrischen blonden Haare zu zwei Zöpfen zu flechten. Ohne Spiegel ist das nicht so einfach, aber sie hat eine gewisse Routine darin. Als Hund bellt, blickt sie hoch. Sie sieht Lundts dunklen Wagen bereits am Straßenrand parken.

»Was stört dich an dem Fall?«, fragt er, als Targa mit Hund in den Fond des Wagens steigt.

»Warum fragst du?«

»Du wirkst so abwesend und hast einen verkniffenen Gesichtsausdruck.«

»Es ist eine Inszenierung wie aus dem Lehrbuch für Serienkiller«, sagt Targa und krault Hund im Nacken.

»Da hat eben jemand seine Hausaufgaben gründlich gemacht«, brummt Lundt. Er fädelt sich in die Kolonne ein, die langsam in die Innenstadt schleicht.

Targa schweigt und blickt aus dem Fenster auf die belebten Bürgersteige. Sie weiß, dass sie jetzt wieder in den Besprechungsraum des BKA gehen werden. Sie wird auf fremde

Menschen treffen. Fremde Gesichter werden sie anstarren. Diese Vorstellung behagt ihr nicht. Aber Lundt hat einen interessanten Auftrag für sie. Deshalb muss sie sich zusammenreißen.

Vor einem schmucklosen Plattenbau biegt Lundt in die Tiefgarage ein.

»Wir sind spät dran«, mahnt er nach einem Blick auf seine Armbanduhr. »Alle warten schon.«

»Warum hast du dich um zehn Minuten verspätet?«

»Ich war noch auf dem Friedhof.«

»Beim Grab deiner Tochter?«

»Ja«, antwortet Lundt knapp und steigt aus. »Los, beeil dich«, sagt er unwirsch, denn er will nicht darüber reden.

Sie kann das verstehen, bei ihr ist es ähnlich. Es gibt nichts Privates zu erzählen, außerhalb des Jobs lebt sie eintönig und ohne nennenswerte soziale Kontakte. Wenn man von den regelmäßigen Treffen mit ihrer Adoptivmutter Margarete absieht.

»Hund kommt mit.«

»Ich weiß.« Lundt hebt die Hände, und sie gehen zum Fahrstuhl.

Targa riecht den Rauch an Lundts Kleidern. Ohne diesen Geruch nach Tabak und die grauen Anzüge kann sie sich Lundt nicht vorstellen. Lundt ändert sich nie, und das ist beruhigend. Auch die geheime Besprechung ist immer im selben Zimmer. Im obersten Stockwerk steigen sie aus dem Lift. Über dicke Teppiche gehen sie durch den düsteren, holzgetäfelten Korridor mit den verblichenen Rechtecken an den Wänden. Dort hingen früher die Fotos von DDR-Größen. Gleich wird Lundt wieder »Stasi-Schick« sagen, wie jedes Mal, denkt Targa, als sie daran entlanggehen.

»Stasi-Schick«, sagt Lundt, und in seiner Stimme kann Targa einen Hauch von Wehmut entdecken. Irgendwann muss sie ihn nach seiner Vergangenheit fragen. Das hat sie sich fest vorgenommen.

»Stell bitte nicht zu viele Warum-Fragen. Das nervt alle«, flüstert er, als sie vor dem abhörsicheren Besprechungsraum stehen.

»Warum?«

Lundt verdreht die Augen und öffnet die Tür. Zwei Personen sitzen an dem riesigen Besprechungstisch. Vor sich haben sie Laptops stehen und Unterlagen aufgestapelt. Targa kennt nur eine Person im Raum. Es ist der IT-Experte, dessen Namen sie natürlich vergessen hat.

»Hallo, ich bin's, Pierre«, sagt der Mann. Er weiß, dass sich Targa keine Namen merken kann. »Rita wird extern über eine sichere Leitung zugeschaltet.«

Rita ist in der Abteilung K2 für Analysen und Strategien zuständig. Während eines Auftrags war sie in die Hände eines Serienkillers gefallen. Mit einer Drahtschlinge sollte sie langsam stranguliert werden. Hätte Targa sie nicht im letzten Augenblick gerettet, wäre Rita gestorben. Von diesem Horror hat sie sich bis heute nicht erholt.

Targa mustert die attraktive Frau, die in ihren Unterlagen blättert. Sie ist Ende zwanzig, trägt eine brünette Hochsteckfrisur und kommt Targa vage bekannt vor.

»Sie sind also Targa Hendricks«, sagt die Frau. Sie blickt zwischen Targa und Hund hin und her, verkneift sich aber eine Bemerkung. »Ich habe Ihre Akte gelesen. Ausbildung an der FBI-Akademie in Quantico. Nach einem kurzen Intermezzo beim BKA jetzt bei der Abteilung K2 mit dem Spezialgebiet Überführung von Serienkillern. Ihr letzter Auftrag war ein voller Erfolg, Kompliment.«

»Ich kenne meine Akte«, sagt Targa ungerührt. »Wie ist Ihr Name?«

»Ich bin Nicola Grün und arbeite für den Staatsschutz.« Die Frau lässt sich nicht aus der Fassung bringen. »Und Ihren

Lebenslauf erwähne ich nur, damit Sie wissen, dass ich informiert bin.«

»Fangen wir an?«, mischt sich Lundt ein.

Er dreht sich zu Pierre und gibt ihm ein Zeichen.

Pierre startet eine Videosequenz. Man sieht eine Frau mit kurzen schwarzen Haaren vor einer Leinwand stehen. Auf einem Feldbett daneben liegt ein blonder Mann, aus dessen Armbeuge ein dünner Schlauch ragt. Daraus rinnt Blut in eine Schale. Die Frau taucht ihren Pinsel in die Schale und beginnt, die Leinwand zu bemalen.

»Das ist Freya von Rittberg«, sagt Nicola. »Sie ist eine exzentrische Künstlerin, die sich immer größerer Berühmtheit erfreut. Sie malt Bilder mit dem Blut ihrer Anhänger. Dieses Video ist eine Performance, die ihr Manager Zacharius Mann, kurz Zac, organisiert hat. Sie nennen die Veranstaltungsreihe ›Mut-Events‹ und fordern die mutigsten ihrer Fans auf, sich freiwillig als Blutspender live zur Verfügung zu stellen. Freya steht in dringendem Tatverdacht, bisher fünf Morde begangen zu haben. Der Modus Operandi ist immer derselbe: Den Opfern werden die Pulsadern aufgeschnitten. Von dort fließt das Blut wahrscheinlich in ein Gefäß. So genau wissen wir das nicht. Zum Schluss schneidet man ihnen die Kehlen durch. Die Leichen werden dann mit etlichen Details künstlerisch zur Schau gestellt. Begonnen hat alles damit.« Nicola legt einen Schnellhefter auf den Tisch. Sie fächert einen Stoß nummerierter Fotos vor Targa auf. »Drei Leichen in einem Schlachthaus. Zwei junge Frauen und ein Mann.«

»Die Toten hängen wie Tiere an den Haken von der Decke«, kommentiert Targa die Bilder, die vor ihr auf dem Tisch liegen. Sie widersteht dem Drang, die Fotos nach den Nummern zu ordnen.

»Wie gestern gab es auch damals einen anonymen Anruf, und die Polizei ist dann darauf gestoßen.«

»Die Polizei hat ein Video gedreht. Sehen wir uns das einmal an.« Lundt gibt Pierre ein Zeichen, und dieser startet das File.

Man sieht die drei Toten an den Haken kopfüber baumeln. Darunter stehen drei Stühle. Vor dem mittleren Stuhl lehnt eine Single.

»›Leben heißt Leben‹ von der slowenischen Gruppe Laibach«, sagt Lundt.

Auf den Stühlen stehen große Metallschalen, die mit Blut gefüllt sind. Den Opfern hat man die Kehlen durchgeschnitten. Die Mädchen tragen schwarze Tops und Shorts, der junge Mann nur eine lange Hose. Alle drei sind blond. Die langen Haare der Mädchen bewegen sich im Wind. Auf dem Boden gibt es fast kein Blut. Plötzlich hört man aus dem Off ein lautes Würgen, und der Film endet.

»Da wurde es dem Polizisten, der gefilmt hat, wohl zu viel …«, kommentiert Lundt.

»Verständlich«, meint Pierre und schluckt. Er schickt ein Bild auf den großen Screen. Es ist das Foto eines Gemäldes.

»Das Bild heißt ›Mutiges Trio Infernale‹. Die Künstlerin ist Freya von Rittberg.« Lundt blättert in seinen Unterlagen. »Es sieht dem Tatort verdammt ähnlich.«

Er hat recht, denkt Targa. Auf dem Gemälde hängen zwei junge Frauen und ein Mann an Haken von der Decke. Aus ihren aufgeschlitzten Kehlen fließt Blut über weiße Stühle auf den Boden. Dort hat sich bereits ein roter See gebildet. Hinter den Toten stehen Männer und Frauen in Abendkleidung mit Weingläsern in der Hand. Ihre Gesichter sind nicht zu sehen, denn sie tragen Masken.

»Es fehlen zwar entscheidende Details«, sagt Nicola, »aber die Ähnlichkeit ist trotzdem verblüffend.«

»Warum wird Freya von Rittberg nicht verhaftet?«, fragt Targa. Sie fängt Lundts Blick auf. Sie hat schon wieder eine Warum-Frage gestellt. »Damit ist sie doch tatverdächtig?«

»Natürlich wurde Freya von Rittberg bereits verhört«, antwortet Nicola Grün. »Sie leugnet nicht, die Opfer zu kennen. Das wäre auch sinnlos, denn wir haben noch viel weitreichendere Indizien. Alle drei Opfer waren Anhänger ihrer sogenannten Mut-Kunst und haben in diesem Zusammenhang an einer Inszenierung teilgenommen. Wir haben ihre DNA in mehreren Bildern der Künstlerin gefunden. Sie mischt sie unter die Farbe und malt damit. Doch als Beweis reicht es uns leider nicht aus, denn diese Menschen spenden ja freiwillig ihr Blut.«

»Und der gestrige Doppelmord?«

»Die Sondereinheit hat sie noch in der Nacht befragt. Freya von Rittberg hat ein Alibi durch Zac, ihren Manager. Sie waren zum fraglichen Zeitpunkt in ihrem Penthouse«, meint Nicola mit resignierter Miene. »Freya von Rittberg hat der Polizei auch Fotos und eine Namensliste von den Teilnehmern ihrer Mut-Events überlassen. Wir haben die drei Opfer eindeutig identifiziert.«

»Fünf Tote aus dem direkten Umfeld von Freya von Rittberg. Das kann kein Zufall sein. Und dann dieses Bild, das erst nach den Morden im Schlachthaus entstanden ist. Deshalb glauben wir, dass sie unsere Killerin ist. Es fehlt uns nur noch der entscheidende Beweis. Den musst du uns liefern«, sagt Lundt.

»Wie soll das ablaufen?«, fragt Targa.

»Das wird dir jetzt Rita erläutern.« Pierre aktiviert einen Bildschirm, auf dem das Gesicht von Rita erscheint. Wie immer hat sie ihre schwarzen Haare straff nach hinten gebunden. Sie ist schmaler als früher und hat dunkle Schatten unter den Augen. Ein angedeutetes Lächeln huscht über ihr Gesicht, als sie Targa begrüßt.

»Was ist dir an den Opfern aufgefallen, Targa?«, fragt sie nach einem kurzen Blick in die Runde.

»Die Opfer sind alle blond, und die drapierten Singles sind deutsche Versionen englischer Songs.«

»Richtig. Unsere Killerin hat ein Faible für blonde Frauen. Das ist auch in ihrer Biografie begründet.«

»Wieso nur für Frauen?«

»Freya von Rittberg macht keinen Hehl aus ihrer Neigung zu Frauen«, ergänzt Nicola.

»Mit einer ungesunden Deutschtümelei war sie bereits als Kind konfrontiert. Nach dem Tod der Eltern bei einem Verkehrsunfall wuchs sie bei ihrem Großvater auf«, fährt Rita fort. Pierre blendet das Foto eines Mannes in einer schwarzen SS-Uniform ein.

»Das ist Thorwald von Rittberg. Während des Krieges war er verantwortlich für die Lebensborn-Heime im ›Dritten Reich‹.«

»Was ist das?«, fragt Targa.

»In den Lebensborn-Heimen wurden neben den Freiwilligen zahlreiche arisch aussehende Frauen gezwungen, sich von SS-Männern schwängern zu lassen. Damit wollte man eine nordische Rasse begründen. Rittberg hat dieser Philosophie nie abgeschworen.«

»Lebt er noch?«

»Nein. In den Achtzigerjahren tauchten Unterlagen auf, die seine Verwicklung in mehrere Nazi-Verbrechen dokumentierten. Kurz vor Prozesseröffnung ist Thorwald von Rittberg allerdings verstorben«, sagt Rita.

»Deshalb tötet seine Enkelin ausschließlich blonde junge Frauen und Männer.«

»Kommen wir nun zu dir.« Rita blickt jetzt direkt zu Targa. »Du bist blond und hast blaue Augen. Dein Gesicht ist schmal geschnitten und wirkt ausgesprochen nordisch. Und du bist erst knapp über dreißig, passt also noch in das Beuteschema von Freya von Rittberg.«

»Ich soll mich bei einem ihrer Mut-Events bewerben?«, fragt Targa skeptisch.

»Natürlich nicht. Ich habe mit Lundt eine Strategie ausgearbeitet, wie du unverdächtig in der Nähe von Freya von Rittberg sein kannst.«

Lundt schiebt eine dünne Mappe über den Tisch zu Targa. Darin sind nur zwei Blätter und das Bild eines arabisch aussehenden Mannes.

»Der Mann auf dem Foto ist Yussuf Klein. Er ist der Personenschützer von Freya von Rittberg. Sie erhält wegen ihrer grenzwertigen Kunst mit dem vielen Blut zahlreiche Morddrohungen, weshalb ihr Manager ihn bei einer Agentur als Bodyguard gebucht hat. Klein wurde gestern wegen illegalen Aufenthalts in Deutschland festgenommen. Er hatte die Unterlagen gefälscht, vermutlich ist Klein auch nicht sein echter Name. Ihn erwartet nun die Abschiebung nach Afghanistan.«

»Was habe ich damit zu tun?«

»Sie werden Yussuf Kleins Nachfolge antreten. In der Agentur sind Sie unter Ihrem richtigen Namen bereits als Personenschützerin registriert.«

»Das war's.« Nicola Grün blickt auf ihre Armbanduhr. Dann rafft sie ihre Unterlagen zusammen und steht auf. »Halten Sie mich auf dem Laufenden.« An der Tür bleibt sie noch einmal stehen und dreht sich zu Targa. »Bei diesem Auftrag müssen Sie vielleicht eine psychologische Grenze überschreiten. Ich hoffe, das ist Ihnen bewusst.«

»Die einzige Grenze, die es für mich gibt, ist der Tod.«

15

Der Leuchtturm steht an der äußersten Spitze der Halbinsel. Seine Scheinwerfer strahlen in die schwarze See. Das Licht ist eine Orientierung für die Walfangschiffe. Besonders jetzt, wenn die Stürme über das Polarmeer hinwegfegen. Im Herbst ist es hier menschenleer. Fast unmerklich schlängelt sich der schmale Pfad bergauf. Erst beim Blick zurück merkt man, dass man an Höhe gewonnen hat. Auch Niklas ist jedes Mal überrascht, wenn er auf halbem Weg stehen bleibt. Dann sieht er die Lichter von Hammerfest bereits weit unter sich.

Unablässig klopft er mit der Hand gegen seine Hosentasche. Trommelt mit den Fingerspitzen gegen den Stoff. Hört das leise Knistern des Papiers. Das Rascheln des Briefumschlags. Vor lauter Erregung beißt er sich die Lippen blutig. Er kann es gar nicht mehr erwarten, den Brief zu öffnen. Immer und immer wieder denkt er an die Sätze aus dem letzten Schreiben. Sätze, die ihn noch immer merkwürdig erregen. Sätze, von denen niemand etwas wissen darf.

Es beginnt leicht zu regnen. Niklas zieht sich die Kapuze seiner Jacke über den Kopf. Um diese Jahreszeit wird es nicht mehr richtig hell. Tagsüber ist es dämmrig. Deshalb sind die Bewohner von Hammerfest auch alle grau und niedergedrückt. Dazu kommt der viele Regen. Niklas hält sein Gesicht in den bleiernen Himmel, der ganz tief hängt. Spürt die Regentropfen auf seiner Haut. Ihm macht der Regen nichts aus. Er fürchtet sich nur vor Schnee. Das erinnert ihn an etwas, das vor langer Zeit passiert ist.

Plötzlich hört er ein Geräusch. Es kommt von weiter unten. Er bleibt stehen und lauscht. Aber außer dem Rauschen der Wellen vernimmt er nichts. Er starrt prüfend in die düstere Landschaft, aber der Weg ist leer.

Kurz darauf steht Niklas vor der massiven Tür des Leuchtturms. In Gedanken versunken kramt er den Schlüssel hervor, den der ehemalige Leuchtturmwärter ihm gegeben hat, und sperrt auf. Niklas hatte dem Mann erzählt, dass er als Kind selbst Leuchtturmwärter werden wollte. Das hat ihn gerührt. Jetzt darf Niklas immer in den Leuchtturm. Damit er das Meer und die Schiffe beobachten kann.

Langsam geht er in den runden Vorraum, legt den Kopf in den Nacken und blickt zur Wendeltreppe, die weit oben in der Dunkelheit verschwindet. Es sind dreihundertzwanzig Stufen bis auf die oberste Plattform. Niklas ist in guter Kondition. Er atmet nur ein wenig schneller, als er oben ankommt. Dort ist alles verglast. In schweren eisernen Halterungen stehen noch immer die riesigen Scheinwerfer. Früher mussten sie per Hand geschwenkt werden. Mittlerweile wurden sie durch halb so große LED-Scheinwerfer auf dem Dach ersetzt.

Die Lichtspuren der Scheinwerfer streichen über die Felsen. Sie werfen Sekundengemälde auf den rissigen Stein. In dem runden Zimmer befinden sich nur ein Schreibtisch und ein schmaler grauer Schrank. Hinter dem Treppenaufgang gibt es noch einen winzigen Waschraum. Niklas steuert zielgerichtet auf den hohen Metallschrank zu. Auch für ihn hat Niklas den Schlüssel. Es ist jedes Mal ein feierlicher Moment, wenn er die Türen öffnet. Das Innere des Schrankes ist in Fächer unterteilt. Dort sind Briefe abgelegt, ordentlich nach Monaten sortiert.

Alle paar Wochen bekommt Gerd Kraft einen Brief, den Niklas dann hier einsortiert. Es sind bereits Dutzende Briefe in dem Fach. Manche Schreiben sind ausufernd und schwer verständlich. Andere Texte kurz und dramatisch. Diese mag Niklas besonders. Sie regen seine Fantasie an. Seit ungefähr einem Jahr nehmen die kurzen Briefe überhand. Sie lesen sich beinahe wie ein Fortsetzungsroman.

Mit zittrigen Fingern zieht Niklas das Kuvert aus seiner Hosentasche. Öffnet es. Sofort erkennt er die Handschrift. Es ist derselbe Absender aus Deutschland. Wie er vermutet hat, schließt dieser Brief an den von vorletzter Woche an. Es ist nur ein einziger Satz.

»Mit dem Rasiermesser schneide ich in die Haut und betrachte gebannt das Blut, das über den weißen Arm läuft.«

Leise wiederholt er den Satz. Dann öffnet er die Tür, die in den kleinen Waschraum führt. An der Innenseite befindet sich ein fleckiger Spiegel. Niklas klebt den Brief an den Spiegel. Er schiebt sich den Ärmel seiner Jacke hoch. Versonnen betrachtet er seinen weißen Unterarm. Die bleiche Haut ist von einem feinen Gitterwerk durchzogen. Es sind die Schnitte einer Rasierklinge. Aus der Lade unter dem Waschtisch nimmt er ein Rasiermesser. Prüfend fährt er mit dem Daumen über die Klinge. Sie ist scharf.

»Mit dem Rasiermesser schneide ich in die Haut und betrachte gebannt das Blut, das über den weißen Arm läuft.«

Die scharfe Klinge zerteilt seine Haut, und Niklas spürt den gleißenden Schmerz. Die Gedanken an die Winternacht verblassen. Eine große Ruhe breitet sich in ihm aus. Mit offenem Mund starrt er auf das Blut. Es rinnt leuchtend rot aus der Wunde. Er seufzt glücklich und sinkt in die Knie.

Plötzlich wird unten die Eingangstür geöffnet. Niklas hört Schritte, die über den Steinboden gehen. Der Hall dringt bis zu ihm herauf. Die gusseiserne Wendeltreppe klappert metallen. Jemand steigt nach oben.

»Niklas? Bist du da?« Eine weibliche Stimme dringt zu ihm. Zerstört den feierlichen Moment. Es ist Fatima. Die Syrerin erledigt im Sanatorium den Abwasch. Ist sie ihm gefolgt? Niklas weiß, dass er jetzt ein Pflaster über seine Wunde kleben muss. Er sollte den Ärmel nach unten schieben. Hinausgehen und aus dem Fenster in den schwarzen Himmel blicken. Aber er kann sich nicht von dem Anblick des Blutes losreißen. Wie hypnotisiert starrt er auf seinen Unterarm. Unentwegt quillt Blut aus der Wunde.

Er bemerkt, dass er das Rasiermesser noch in der Hand hält. Schnell will er es zurück auf den Waschtisch legen. Doch in der Hektik reißt er die Lade aus der Verankerung. Sie fällt zu Boden. Er steckt das Rasiermesser in seine Hosentasche.

»Beobachtest du die Sterne?« Fatimas samtweiche Stimme ist schon ganz nahe.

»Ich bin im Waschraum!«, ruft Niklas und schlägt die Tür zu. In diesem Moment fällt ihm ein, dass der Metallschrank noch geöffnet ist. Hastig läuft er aus dem Waschraum und verschließt ihn. Atmet tief durch. *Jetzt nur noch den Brief vom Spiegel nehmen*, denkt er. Genau in diesem Moment taucht Fatimas Kopf in der Treppenöffnung auf.

»Überraschung!« Sie hält ein Tablett in den Händen. Es ist mit einem Geschirrtuch zugedeckt. »Das habe ich aus der Küche.«

»Ich bin nicht hungrig«, murmelt Niklas. Er weicht ein wenig zurück. Streift sich unauffällig den Pulloverärmel über seinen zerschnittenen Arm.

»Aber diesen Kuchen musst du probieren.« Mit einer geschickten Handbewegung reißt Fatima das Tuch von dem Tablett. »Los, komm schon, koste ein Stück.«

»Na gut.« Niklas langt zu.

»Was ist denn das?« Fatima deutet auf den blutigen Pullover.

»Ach nichts, ich habe mich bloß geschnitten«, antwortet Niklas. Er versteckt seinen blutenden Arm hinter seinem Rücken.

»Du bist ganz bleich im Gesicht. Brauchst du einen Arzt?« Fatima macht ein mitfühlendes Gesicht und fährt sich durch ihre dicken schwarzen Haare.

»Es geht schon. Ist nur ein Kratzer.«

Neugierig sieht sich Fatima um. »Was machst du eigentlich so oft hier?«

»Ich betrachte die Sterne«, stammelt Niklas wenig glaubhaft.

»Heute gibt es nicht viele zu sehen.« Sie deutet auf den schwarzen Himmel.

»Ist mir auch gerade aufgefallen.«

»Was ist das?« Zielsicher geht Fatima auf den Metallschrank zu. »Cool, ein alter Aktenschrank. Hast du einen Schlüssel?«

»Nein. Da ist auch nichts drin.«

»Wer weiß, vielleicht hat jemand viel Geld darin versteckt«, lässt sich Fatima nicht beirren. »Wir sollten ihn knacken. Dann können wir aus diesem Nest endlich abhauen.«

»Ich greife nach meinem Werkzeug und gehe auf sie zu. Mit dem Rasiermesser kann ich die Luft zerteilen, so scharf ist es.«

Niklas erinnert sich an diese Zeilen aus einem der letzten Briefe. Wie einen Sermon wiederholt er die Zeilen in Gedanken immer und immer wieder. Er fühlt das Rasiermesser in seiner Hosentasche.

»Was ist denn heute bloß los mit dir?« Fatima blickt ihm fest in die Augen. »Komm, sag, was dich bedrückt.«

»Was hast du vor?«, fragt sie verständnislos, als ich das Rasiermesser aufklappe. »Nichts, was dich beunruhigen muss«, flüstere ich zärtlich.

Die Sätze dröhnen durch Niklas' Schädel. Das Rasiermesser in seiner Tasche glüht.

»Es ist nichts. Lass mich einfach in Ruhe«, flüstert er. Er weicht zurück, bis er mit dem Rücken an die Tür des Waschraums stößt. Sein Pulloverärmel ist bereits völlig mit Blut vollgesogen.

»Du brauchst einen Arzt.« Fatima deutet auf das Blut, das auf den Boden tropft.

»Ich brauche keinen Arzt«, zischt Niklas. »Ich will, dass du mir nicht ständig hinterherrennst. Hau endlich ab. Hast du das verstanden?«

»Wie bitte?« Fatima presst gekränkt die Lippen zusammen, dann nickt sie. »Nur um eines klarzustellen. Ich laufe dir nicht nach. Ich bin nur einsam. Alle meine Verwandten sind tot. Ich habe niemanden mehr auf der Welt.« Ihre Augen füllen sich mit Tränen. Sie wendet den Kopf ab. Mit kraftlosen Schritten will sie an ihm vorbei in den Waschraum. Es wirkt, als wäre alle Energie aus ihr gewichen.

»Geh da nicht hinein«, sagt Niklas. Er spürt, wie er langsam wütend wird. Es ist ein Gefühl, das er schon lange nicht mehr hatte.

»Du hast mir nichts zu befehlen.« Fatima öffnet die Tür, stutzt und deutet auf den Spiegel.

»Was ist das für ein Brief, der dort klebt? Gehört er dir? Wer schreibt dir denn?«

»Was hast du vor?«, fragt sie verständnislos, als ich das Rasiermesser aufklappe. »Nichts, was dich beunruhigen muss«,

flüstere ich zärtlich. Mit einer entschlossenen Handbewegung schneide ich ihr die Kehle durch.

Fatima dreht sich nicht um, als Niklas leise in den Waschraum tritt. So sieht sie nicht, wie er langsam das Rasiermesser aus seiner Hosentasche zieht und es aufklappt.

16

In einem düsteren Hangar stehen vierundzwanzig Feldbetten aus weiß lackiertem Eisen. Darauf liegen schmutzig weiße Wolldecken aus russischen Armeebeständen. Sie tragen kyrillische Schriftzeichen. Auf diesen Decken liegen vierundzwanzig Personen in weißen Overalls. Sie tragen weiße Kopfhörer und hören klassische Musik. Neben jedem dieser Betten gibt es ein Gestell aus Metall. Darauf steht eine kleine Schale, in die eine rote Flüssigkeit tropft. Blut. Es rinnt aus dünnen Schläuchen, die mit den Venen der Personen auf den Betten verbunden sind. Schwesternschülerinnen in weißen Kitteln huschen umher. Sie kontrollieren den Blutverlust. Bedrohliche Musik flirrt durch den Hangar. Sie vermischt sich mit dem Brummen von vier Drohnen. Wie riesige Insekten schwirren sie durch die Luft und filmen alles.

Freya steht auf einem Metallgerüst über dem Eingang. Sie dirigiert die Drohnen wie ein Feldherr. Die aufgenommenen Bilder werden live auf die Rückwand des Hangars projiziert. Zwischen den Betten irren cool gekleidete Männer und Frauen umher. Es sind Zuschauer, die eine der limitierten Karten erworben haben, um an dieser Mut-Performance teilzunehmen.

Zac steht neben Freya auf dem Baugerüst. Er fotografiert die bizarre Szenerie. Verstörte Zuschauer in Abendkleid und Smoking. Daneben blutende Patienten in Krankenbetten. Freya ist angespannt. Mit beiden Händen umklammert sie ein Stahlrohr, das als Brüstung dient.

»Kommen wir zum Finale«, sagt Freya. Sie trägt einen schwarzen Overall und den schwarzen Umhang – ihr Markenzeichen. »Wo ist eigentlich Yussuf, mein Bodyguard?«, fragt sie Zac. »Er hat sich schon seit drei Tagen nicht mehr blicken lassen.«

»Ich habe mich bereits bei der Agentur beschwert. Dort ist er auch nicht aufgetaucht. Man wird sich darum kümmern. Wir bekommen so schnell wie möglich einen Ersatz«, antwortet Zac.

»Ist gut.«

Mit wehendem Umhang steigt Freya am Baugerüst nach unten. Eine Drohne filmt sie. Ihr Körper erscheint überlebensgroß auf der rückwärtigen Wand. So sieht sie sich gerne. Sie wird die Reinheit der Herzen zelebrieren. Zehn dieser jungen Frauen und Männer, die in den Feldbetten liegen, hat sie ausgewählt. Bald werden sie ihren Mut beweisen müssen.

Die Performance ist nur die Ouvertüre. Im Anschluss daran wird sie ein Bild dieser Aufführung malen. Es wird großformatig sein. Erschaffen mit dem Blut dieser Menschen. Die Kunst reproduziert sich selbst.

Freyas Blick schweift über die Reihen. Verharrt bei einem der Zuschauer. Es ist ein älterer Mann in einem zu großen Smoking. Etwas stört sie an ihm, er passt nicht hierher. Dann fällt ihr Blick auf eine Frau. Sie trägt ein schwarzes Abendkleid. Ihr Haar ist blond und zu zwei Zöpfen geflochten. In der Hand hält die fremde Frau einen Pappbecher mit Wasser. Diese subtile Abgrenzung gefällt Freya. Alle anderen Zuschauer trinken Champagner.

Freya blickt wieder in die Richtung, wo sie den Mann zuvor gesehen hat, kann ihn aber nirgends entdecken. Er wirkte sonderbar. Freya hat ein ungutes Gefühl. Sie will keine neuerlichen Schwierigkeiten.

Lana macht Probleme, das ist genug für den Moment. Ihre Verletzung ist schwerer als angenommen. Aber Freya kann sie nicht in ein Krankenhaus bringen. Das würde zu viele Fragen aufwerfen. Zu Freyas Pech wohnt Lana noch bei ihrem Vater. Der bereits eine Vermisstenanzeige aufgegeben hat, wie sie von ihrem Informanten weiß.

»Sie werden büßen«, hört Freya plötzlich eine leise Stimme neben sich. Der eigenartige Mann tritt direkt vor sie und versperrt ihr den Weg. »Meine Tochter ist tot. Daran sind Sie schuld.« Er redet lauter. »Wie ein Stück Vieh haben Sie mein Mädchen in einem Schlachthaus getötet.«

»Wer sind Sie?«

»Ich bin Adrian Gmeiner. Der Vater von Johanna, die Sie auf dem Gewissen haben!«

Seine Stimme wird noch lauter. Er hat die wässrigen Augen eines Säufers. Sein Smoking riecht nach Mottenkugeln. Zuschauer, die sich in der Nähe befinden, werfen Freya Blicke zu. Denken, die Szene gehöre möglicherweise zu der Performance.

»Die Polizei sagt, sie haben keine Beweise. Aber im Grunde tun die Bullen nichts. Ich sage: Scheiß auf Beweise. Ich weiß, dass Sie meine Tochter getötet haben!«

»Ich bin Künstlerin, keine Mörderin.« Freya versucht, ruhig zu bleiben. Für genau solche Situationen hat sie einen Personenschützer engagiert. Aber Yussuf ist nicht hier. »Es tut mir leid, was mit Ihrer Tochter Johanna geschehen ist. Jemand hat sich durch mein Bild inspirieren lassen. Ich bin zutiefst schockiert.«

Schockiert?, überlegt Freya. *Nein, ich habe es genossen, wie langsam all das Blut ihr Leben weggeschwemmt hat. Endlich war sie nur noch eine reine, leblose Hülle. Es gab nichts Verdorbenes mehr in ihr. Stattdessen habe ich sie in Kunst verwandelt.*

»Ich glaube Ihnen kein Wort. Sie haben sie ermordet. Geschändet. Zur Schau gestellt. In einem Schlachthaus aufgehängt wie ein totes Tier.« Die Augen des Mannes füllen sich mit Tränen.

»Ich empfinde Mitleid mit Ihnen«, sagt Freya leise und legt ihm die Hand auf die Schulter. Der sägende Sound in dem Hangar steigert sich. Die Drohnen surren, und ihre roten Augen blinken bedrohlich. Das Blut in den Schläuchen der Patienten pulsiert. »Soll ich Sie hinausbegleiten?«, fragt sie Adrian Gmeiner, der von ihrem Mitgefühl überrumpelt scheint. Sie hakt sich bei ihm unter und schiebt ihn sanft zum Eingang. Er wird ihr keine Schwierigkeiten machen.

»Ich habe lange auf diesen Augenblick gewartet«, sagt er geradezu enttäuscht, als sie unter dem Baugerüst vor dem Tor des Hangars stehen. Es ist zugeschoben. »Ich habe mir immer wieder neue Todesarten für Sie ausgemalt.«

»Nochmals. Ich habe mit dem Tod Ihrer Tochter nichts zu tun.« Freya verliert langsam die Geduld. »Bitte gehen Sie jetzt.«

»Man sollte Sie einfach aufknüpfen«, flüstert Adrian Gmeiner. Unbändiger Hass steigt in seine Augen. Plötzlich hält er eine Drahtschlinge in der Hand. Freya zuckt zurück. Blitzschnell stülpt er ihr die Schlinge über den Kopf. Reflexartig greift Freya nach dem Draht. Der dünne Stahl schneidet in ihre Finger. Sie beginnen zu bluten. Adrian Gmeiner ist schmächtig. Aber er entwickelt unglaubliche Kräfte.

Die Schlinge um ihren Hals zieht sich weiter zu.

Alles beginnt sich zu drehen.

Ihr wird schwarz vor Augen.

Plötzlich lässt der Druck nach. Adrian Gmeiner weicht zurück. Freya atmet stoßweise. Ihr Puls rast. Was ist geschehen?

Die fremde Frau im schwarzen Abendkleid nimmt ihr die Schlinge vom Hals. Adrian Gmeiner sitzt auf dem Boden und weint.

»Was haben Sie zu ihm gesagt?«, fragt Freya überrascht.

»Das ist mein Geheimnis.«

»Sie haben mir das Leben gerettet«, sagt Freya leise und blickt der Frau in die strahlend hellblauen Augen. Diese erinnern an das klare Eismeer. Darin spiegelt sich keine Angst, nur der Wille, bis ans Äußerste zu gehen. Das erfordert Mut. »Wer sind Sie?«

»Ich bin Targa Hendricks. Ihre neue Personenschützerin.«

Die Energie, die von Targa ausgeht, ist beeindruckend. Freya spürt, wie diese Kraft sie umhüllt wie ein schützender Mantel. Es ist, als müsste sie in der Gegenwart dieser jungen Frau keine Furcht mehr haben.

Ein Scheinwerfer leuchtet durch die Streben des Baugerüsts. Im gleißenden Strahl schimmern Targas blonde Haare wie Gold. Eine widerspenstige Strähne, die sich gelöst hat, tanzt im Gebläse einer Windmaschine. Freya ist fasziniert, würde Targa gerne küssen, ihr über die Haare streichen. Doch sie zögert, als sie die Kälte in den Augen sieht. Wie das Polarmeer, das niemals schmelzen wird.

»Du hast deinen ersten Job perfekt erledigt, Targa Hendricks.« Freya lächelt kurz. »Bleib ab jetzt in meiner Nähe.«

Endlich taucht Zac wieder auf.

»Öffne das Tor. Dieser Mann will gehen.« Sie deutet auf den weinenden Adrian Gmeiner. Mit hängenden Schultern schleicht er an Freya und Targa vorbei.

»Kommen Sie!« Zac greift fest nach dem Arm des Mannes und geleitet ihn zum Eingang. Als er den ersten Schritt nach draußen macht, dreht Zac sich um und will zurück zu Freya gehen. Doch es ist noch nicht vorbei. Blitzschnell zieht Adrian

Gmeiner ein Messer aus der Innentasche seines Smokings. Springt auf Freya zu.

»Stehen bleiben!«, brüllt Zac. Doch da hat Adrian Gmeiner Freya bereits erreicht. Mit einer schnellen Armbewegung hebt er das Messer.

»Jetzt räche ich meine Tochter!«

Dann sticht er zu.

17

Die Messerklinge schneidet durch die Haut. Blut rinnt aus der Wunde. Targa ist zwischen Freya und Gmeiner gesprungen. Kurz spürt sie einen gleißenden Schmerz am Unterarm, der jedoch schnell wieder abebbt. Gmeiner zuckt erschrocken zurück. Er ist kein Killertyp, das erkennt Targa in seinen traurigen Augen. In Gmeiners Zügen halten sich Wut und Bestürzung die Waage.

»Ich wollte Sie nicht verletzen«, stammelt Gmeiner.

»Sie sind kein gewalttätiger Mann«, antwortet Targa und drückt einen Zipfel ihres schwarzen Kleides auf die Wunde.

»Wann wird diese Person endlich zur Verantwortung gezogen?«, fragt Gmeiner verzweifelt.

»Ich habe Ihre Tochter nicht getötet.« Die Stimme von Freya klingt sanft. Sie passt nicht zu ihrem martialischen Äußeren. Jetzt steht Targa neben Freya von Rittberg, der vermutlichen Serienkillerin. Es war der perfekte Start. Freya ist beeindruckt, das kann Targa in ihrem Gesicht lesen. Das leichte Zucken um die Mundwinkel entlarvt sie. Die Mimik ist der große Verräter, das hat Targa in Quantico gelernt. Targa spürt das Adrenalin durch ihre Venen rauschen. Die Jagd beginnt. Was ist Freya für ein Mensch? Ist sie ein Monster? Eine Psychopathin? In jedem

Fall spielt Freya eine gefährliche Rolle. Das ist Targa sofort klar. Welche Rolle, das wird sie herausfinden.

»Ich rufe die Polizei.« Zac taucht auf und schwenkt sein Handy in der Hand.

»Nein.« Freya winkt müde ab. »Gmeiner soll bloß von hier verschwinden. Was meinst du?«, wendet sie sich an Targa.

»Er ist ein Vater, dessen Tochter tot ist. Er konnte sie nicht beschützen. Er ist verzweifelt.«

Erst jetzt bemerkt Freya, dass Targa verletzt ist.

»Du blutest.«

»Nur ein Kratzer«, erwidert Targa. »Ich wickle schnell einen Verband um die Wunde.«

»Komm mit mir.« Freya legt ihren Arm fast zärtlich um Targas Schulter. Sie ist größer als Targa und durchtrainiert. Trotzdem wirkt eine Seite von ihr verletzlich.

»Was ist mit der Performance?«, fragt Zac und gestikuliert mit den Händen. »Die Leute wollen dich noch einmal sehen.«

»Das letzte Bild ist die Abwesenheit«, antwortet Freya.

»Welche Abwesenheit?«

»Die von Gott.« Freya lächelt, während sie Targa langsam aus dem Hangar zieht. »Im Zweiten Weltkrieg war Gott abwesend. Wusstest du das?«

»Was hat das mit deiner Performance zu tun?« Zac blickt Freya zweifelnd an.

»Dann nenne es Mut zur Abwesenheit.«

»Ich verstehe dich manchmal nicht«, murrt Zac, ehe er wieder zurück in den Hangar geht.

»Zac ist immer so materialistisch orientiert«, klagt Freya, während sie mit Targa über das Rollfeld geht. »Interessiert dich Geld?«

»Geld ist notwendig, um die wichtigsten Bedürfnisse zu befriedigen. Für mehr taugt es nicht«, antwortet Targa. »Wohin gehen wir jetzt?«, wechselt sie dann das Thema. *Erzähle nie zu viel von deinem Leben. Bleibe interessant,* denkt sie.

»In mein Atelier. Du brauchst einen Verband.« Sie bleiben vor einem mit Gestrüpp überwachsenen Hangar stehen. Freya zieht eine Fernbedienung aus der Tasche ihres Umhangs und drückt darauf. Ein großes Stahltor öffnet sich und gibt eine gigantische Halle frei.

»Hier malst du deine Bilder?«, fragt Targa, als sie langsam hineingehen. Durch schmale, schießschartenartige Fenster in der gewölbten Decke sickert ein wenig Licht in die Halle. Targa bleibt vor der roten Rückwand stehen. Mit den Fingerspitzen streicht sie über die raue Oberfläche.

»Gefällt dir meine Wand der Mutigen?«

»Ja. Was haben die Mutigen dafür gemacht?«

»Sie haben mir ihren Lebenssaft geopfert. Meine mutigen Fans sind mit ihrem Blut auf dieser Wand verewigt. Hier sind wir alle für immer und ewig vereint.«

Freya tritt hinter Targa und fasst sie sanft an den Schultern. »Ich habe mich noch gar nicht bei dir bedankt.« Sie schiebt Targas Zöpfe zur Seite und drückt ihr einen Kuss auf den Nacken.

»Warum machst du das?«

»Du hast mir das Leben gerettet.«

»Es ist nur eine kleine Schnittwunde. Wo hast du den Verband?«, fragt Targa und blickt sich interessiert um. Überall lehnen halb fertige Leinwände an den Wänden. Den abstrakten Flächen fehlt noch die Intensität, die man sonst von Freyas Gemälden kennt. *Vielleicht sind diese Bilder die Zeugen einer Krise,* überlegt Targa. *Bald muss sie sicher wieder töten, um den Kick zu erlangen.* Während Freya mit einem Verbandskasten zurückkommt, erinnert sich Targa, dass für John Douglas, einen FBI-Profiler, Serienkiller Künstler sind. Daher sein Rat: Um einen Künstler zu verstehen, muss man sich seine Kunst ansehen.

»Du musst das Kleid ausziehen, damit ich deinen Arm verbinden kann«, sagt Freya.

»Okay.« Targa dreht sich um und öffnet den Reißverschluss. Mit einer fließenden Bewegung sinkt das Kleid zu Boden.

»Ein wunderbarer Stoff«, murmelt Freya, als sie sich bückt und das Kleid hochhebt. »Es ist beinahe schwerelos. Woher hast du es?«

»Das Kleid ist ein Geschenk«, antwortet Targa. *Kann es sein, dass Freya die böse Aura von Sandman spürt? Dass ein Serienkiller die Witterung eines anderen Serienkillers aufnimmt?*

»Leider ist das Kleid jetzt ruiniert.« Freya deutet auf einen langen Schnitt im Ärmel, den das Messer verursacht hat. »Morgen bekommst du ein neues Kleid.«

»Das musst du nicht tun. Dich zu schützen, ist mein Job«, erwidert Targa. »Gib mir das Kleid. Ich lasse es reinigen und nähen. Schicke dir dann die Rechnung.« Das Kleid von Sandman wird sie nie wegwerfen. Es soll sie immer an ihre dunkle Seite erinnern.

»Ganz wie du meinst.« Beinahe widerstrebend reicht Freya ihr das Kleid. Sie betrachtet Targa eingehend, als sie nur in ihrem dünnen Slip vor ihr steht. »Du gefällst mir. Vielleicht sollte ich dich malen.«

»Ich eigne mich nicht zum Modell. Mein Körper hat weibliche Formen«, erwidert Targa kurz angebunden.

»Gerade das gefällt mir an dir«, sagt Freya, während sie den Verband um Targas Unterarm wickelt. »Was hast du eigentlich früher gemacht?«

»Ich war Polizistin und habe den Verkehr geregelt. Der Verdienst war schlecht, und ich habe mich gelangweilt. Deshalb bin ich zu der privaten Sicherheitsfirma gegangen.« Targa steht auf und blickt umher. »Was soll ich jetzt anziehen? Hast du etwas für mich?«

»Du kannst einen meiner Overalls haben.«

Freya erhebt sich ebenfalls und geht zu einer niedrigen Truhe. Sie öffnet den Deckel und zieht einen mit Farbspritzern überzogenen schwarzen Overall heraus.

»Der ist mir zu groß.«

»Das macht nichts. Kremple einfach die Ärmel hoch.« Freya wirft den Overall zu Targa. Widerstrebend schlüpft sie hinein. Es ist, als würde sie in die Haut von Freya gleiten. Sie spürt, wie sich ihr Körper gegen die Berührung mit dem Stoff sträubt. Freyas Aura zieht durch die Poren in ihr Inneres. Aber Targa ist stärker. Energisch zieht sie den Zipp bis zum Hals zu.

»Warum lässt du den Overall nicht offen oder knotest das Oberteil locker um die Hüften? So würde ich dich am liebsten malen. Mit nacktem Oberkörper und blutverschmiertem Overall.«

»Ist das wirklich Blut?«, fragt Targa interessiert, als sie auf die dunklen Flecke auf dem Overall deutet.

»Keine Angst, das ist nur rote Farbe.«

»Ich habe keine Angst vor Blut.«

»Ich weiß. Deshalb verstehen wir uns«, erwidert Freya und blickt sie lange an.

Jetzt spürt Targa plötzlich eine Verbundenheit mit Freya, die sie noch nicht einordnen kann. Sie bückt sich und krempelt die Beine des Overalls hoch. Schlüpft wieder in ihre Sneakers. Das Licht in dem Hangar wird fahler, die Schatten werden länger. Targa streift an der Wand entlang. Bleibt dann vor einem Gemälde stehen und betrachtet es.

Ein junges Pärchen sitzt an einem Tisch. Ihre Unterarme sind aufgeschnitten und Blut tropft auf den Boden. Das Bild ist noch in einem Rohzustand, trotzdem unglaublich intensiv.

»Ich habe von dem toten Pärchen auf dem Dach des Hochhauses im Netz gelesen. Das hat mich fasziniert, und ich begann, intuitiv zu malen.« Freyas Stimme ist nur ein Flüstern, als sie neben Targa stehen bleibt.

»Das Bild gefällt mir, wie es ist. Die Brutalität ist erschreckend.« Vor Targas geistigem Auge vermischt sich das Bild mit der Wirklichkeit. Sie sieht die junge Frau und den Mann auf dem Dach.

»Ob das Sterben der beiden wohl lange gedauert hat?«, fragt Targa.

»Wer weiß das schon? Für mich ist der langsame Tod die Quelle der Inspiration.«

18

Niklas schleicht mit gesenktem Kopf durch den strömenden Regen. Immer wieder muss er auf Gerd Kraft warten, der mit langsamen Schritten hinter ihm den schmalen Pfad entlangtrippelt. Krafts bleiches, verwittertes Gesicht wirkt unter der schwarzen Kapuze wie ein Totenschädel. Einmal pro Woche begleitet Niklas den alten Mann in das Walfänger-Gasthaus von Hammerfest.

»Geh langsamer«, kommandiert Kraft. Seine brüchige Stimme ist in dem Prasseln des Regens fast nicht zu hören.

»Wir sollten besser umkehren. Sie holen sich sonst eine Lungenentzündung«, gibt Niklas zu bedenken. Er beugt sich zu Kraft, um dessen dünnen Körper die viel zu große Regenjacke schlottert. »Sie sind doch schon ganz nass.«

»Kümmere dich um deinen eigenen Kram.«

Krafts blaue Augen funkeln lebendig in seinem zerfurchten Gesicht.

»Ich meine ja nur, dass es in Ihrem Alter draußen gefährlich ist bei diesem Wetter.«

»Ich überlebe alle.« Kraft macht eine abwertende Handbewegung. »Auch dich. Du wirst schon sehen.«

»Das glaube ich nicht«, antwortet Niklas. »Es ist völlig unlogisch. Sie sind ja schon über neunzig Jahre alt.«

»Na und? Das Alter spielt keine Rolle. Es kommt auf den Kopf an.« Kraft tippt sich mit seinem Zeigefinger an die Stirn.

»Aber Sie sind doch dement«, rutscht es Niklas heraus.

»Jetzt geht's mir eben wieder besser«, antwortet Kraft, ohne mit der Wimper zu zucken.

»Ich glaube, Sie spielen das bloß, damit Sie im Sanatorium alle bemitleiden.«

»Mitleid ist etwas für Schwächlinge.«

Völlig durchnässt erreichen sie endlich die Gaststätte. Als Niklas die Tür öffnet, schlägt ihm der Dunst von feuchter Kleidung entgegen. Jedes Mal, wenn Niklas das Lokal betritt, spürt er die Beklemmung, die dieser schlauchförmige düstere Raum bei ihm auslöst. Die Holzbalken der Decke hängen so niedrig, dass man den Kopf einziehen muss, wenn man über die knarrenden Dielen zum Tresen geht. Wie immer ist der Gastraum brechend voll. Männer und Frauen drängen sich vor einem großen Flatscreen und kommentieren lautstark eine Sportveranstaltung.

»Bestell mir ein deutsches Bier«, sagt Kraft wie üblich, als sie sich an einen leeren Tisch neben der Toilettentür zwängen. Hier wirkt der Raum noch niedriger. An der Decke ist ein Fischernetz befestigt, in dem die ausgebleichten Gerippe von Meerestieren baumeln. An den Wänden hängen Speere, Harpunen und verblichene historische Fotos von Walfängern. Hinter dem Tresen hat der Wirt die gigantische Flosse eines Pottwals an die Holzwand genagelt.

Die Kellnerin ist neu. Sie ist jung und flachsblond. Kraft starrt sie mit großen Augen an.

»Ist etwas?«, meint die Frau unwirsch und wirft Niklas einen fragenden Blick zu.

»Sie erinnern mich an die Frauen meiner Jugend«, sagt Kraft, ohne wegzusehen. »So jung, so schön, so unschuldig.«

»Jetzt übertreiben Sie aber«, winkt die Kellnerin brüsk ab. Doch Niklas entgeht nicht, dass sie ein wenig geschmeichelt ist.

»Tut mir leid. Er ist schon sehr alt«, entschuldigt sich Niklas bei der jungen Frau.

»Schon in Ordnung.« Die Kellnerin nimmt die Bestellung auf und verschwindet im Gedränge.

»Das wäre die richtige Freundin für dich«, meint Kraft. »Nicht dieses Mädchen, mit dem du dich triffst. Wie heißt sie doch gleich?«

»Ihr Name ist Fatima«, antwortet Niklas kurz angebunden. Er will nicht an Fatima erinnert werden. Heute früh hat er den Wetterbericht gehört. Das Sturmtief kommt direkt auf sie zu. Dann wird Fatima für ewige Zeiten in den schwarzen Fluten versinken.

»Ich habe sie schon seit einiger Zeit nicht mehr gesehen«, redet Kraft weiter. »Sonst fährt sie morgens immer mit dem Kaffeewagen durch das Sanatorium. Weißt du, was mit ihr los ist?«

Niklas reagiert nicht, er hängt seinen Gedanken nach: *Fatima war ein introvertiertes Mädchen. Der einzige Mensch, mit dem sie sich unterhalten hat, war ich. Das wusste auch die Klinikleitung. Deshalb hat man mich befragt, als Fatima nicht zur Arbeit erschienen ist. Aber ich habe keine Ahnung, wohin die Strömung sie getrieben hat.*

»Ich habe dich etwas gefragt.« Kraft klopft genervt mit der Hand auf die Tischplatte.

»Tut mir leid, ich war in Gedanken«, entschuldigt sich Niklas. »Was haben Sie gesagt?«

»Ob du weißt, wohin sie verschwunden ist?«

»Keine Ahnung. Flüchtlinge kommen und gehen. Da weiß man nie, ob sie lange bleiben.«

»Das arme Mädchen«, murmelt Kraft ironisch. »Du denkst wohl häufig an sie?«

»Nein, wieso?«

»Sie war doch deine Freundin.«

»Ich kannte sie nur flüchtig. Das habe ich auch der Sanatoriumsleitung gesagt«, antwortet Niklas. Er wundert sich, dass Kraft heute so klar denken kann. Irgendwie ist ihm der Alte manchmal unheimlich mit seiner metallischen Stimme.

»Wie dem auch sei. Jedenfalls wird sie schon seit einiger Zeit vermisst«, sagt Kraft. »Ist sie nicht eine Jüdin?«

»Nein. Sie kommt aus Syrien.«

»Die sind doch alle gleich da unten.« Kraft greift nach seinem Glas und trinkt einen kräftigen Schluck.

Plötzlich wird die Tür der Gaststätte aufgerissen, und ein Fischer stürzt herein.

»Wir haben eine Leiche gefunden!«, ruft er und schiebt sich die Kapuze nach hinten. Für einen kurzen Moment verstummen die Gespräche, ehe das Stimmengewirr verstärkt wieder losgeht.

»Was für eine Leiche?«

»Es ist eine Frauenleiche. Ein junges Mädchen«, sagt der Fischer. »Ich habe sie öfters oben im Sanatorium gesehen.«

Die blonde Kellnerin dreht sich zu Kraft und Niklas.

»Wird bei euch nicht eine junge Frau vermisst?«, fragt sie. »Dieses Flüchtlingsmädchen?«

»Kann sein«, antwortet Niklas ausweichend. »So genau bin ich darüber nicht informiert.«

»Viele junge Frauen gibt es hier in diesem gottverlassenen Ort ja sonst nicht mehr«, meint die Kellnerin frustriert.

Verdammt, denkt Niklas. *Die Leiche muss Fatima sein. Das Unwetter hat sie nicht in die See hinausgetrieben, sondern, im Gegenteil, an die Klippen gespült. Dort hat man sie jetzt gefunden.*

Es wird eine Untersuchung geben. Die Polizei wird feststellen, wie sie gestorben ist. Dann kann ich alle meine Pläne begraben. Ich werde dem Absender der Briefe nie gegenübertreten.

»Das ist sicher Fatima«, sagt Kraft und sieht Niklas dabei scharf an.

»Vielleicht ist es eine andere Frau.«

»Nein. Wir beide wissen, wer die Tote ist.« Kraft legt den Kopf schief. Niklas hat das unbestimmte Gefühl, als würde Kraft in sein Gehirn eindringen, um in seinen Gedanken wie in einem offenen Buch zu lesen.

»Wolltest wohl mal probieren, was es für ein Gefühl ist, Herrscher über Leben und Tod zu sein. Nicht wahr?«, flüstert Kraft.

»Ich weiß nicht, wovon Sie reden.«

Kraft will etwas darauf erwidern, doch Niklas dreht ihm den Rücken zu und steht auf. Er mischt sich unter das Publikum, das gebannt dem Bericht des Fischers lauscht. Breitbeinig steht dieser mitten in der Gaststätte und berichtet mit dramatischem Timbre von dem schrecklichen Fund.

»Die Leiche ist ziemlich übel zugerichtet«, sagt der Fischer mit lauter Stimme. Der Mann genießt es, im Mittelpunkt zu stehen und die Gäste um sich zu scharen. »Die stürmischen Wellen haben das Mädchen immer wieder gegen die Felsen geschlagen. Ihr ganzer Körper ist mit klaffenden Wunden übersät. Ein grauenhafter Anblick. Nicht einmal das Gesicht kann man erkennen.«

»Weiß man schon, wie sie gestorben ist?«, fragt einer der Gäste neugierig.

»Wahrscheinlich ist sie von den Klippen gestürzt.« Der Fischer zuckt mit den Achseln. »Oder gesprungen. Wäre ja nicht das erste Mal. In diesem verfluchten Ort.«

Niklas entspannt sich. Die tote Frau war eine Selbstmörderin, die aus Verzweiflung in die Tiefe gesprungen ist. Wenn ihn jemand fragt, wird er sagen, dass Fatima sehr deprimiert gewesen sei. Sie war fern der Heimat und hatte keine Familie mehr. Dazu der ewige Regen und die Dunkelheit in Hammerfest. Das alles habe wahrscheinlich zu einer Kurzschlussreaktion geführt. Besser hätte es für Niklas gar nicht laufen können. Niemand wird an Mord denken.

19

Der alte VW-Bus passt nicht in die Masse der chromblitzenden Fahrzeuge. Targa steht im Stau und bereut es bereits, dass sie nicht die S-Bahn genommen hat. Doch als sie den Friedhof Pankow III erreicht, ist von der Hektik der Großstadt nichts mehr zu spüren. Eine tiefe Ruhe breitet sich über dem Friedhofsareal aus. Auf dem Parkplatz stehen nur wenige Fahrzeuge.

Targa parkt den Bus und öffnet die Seitentür. Hund springt heraus. Sie lässt das Tier ein wenig auf dem Parkplatz umherlaufen. Dann gibt ihm Targa ein Zeichen, und Hund trottet gehorsam zu ihr zurück. Er drückt seine feuchte Schnauze auf ihre Wange und sieht sie mit seinen dunklen Augen treuherzig an.

»Keks.« Targa formt das Wort mit dem Mund. Hund versteht das Zeichen, wenn er will. Als sie in die Brusttasche ihrer Latzhose greift, macht Hund sofort Platz und beginnt zu sabbern. Sie steckt ihm den Keks ins Maul und leint ihn an. Dann gehen sie zum Haupttor.

Die breiten Alleen sind verlassen. Nur weiter vorne sieht sie schon die graue Gestalt, die auf einer Bank hockt.

»Warum treffen wir uns auf einem Friedhof, Lundt?«, fragt Targa. Lundt schweigt und zieht an seiner Zigarette. Erst nach einer gefühlten Ewigkeit antwortet er.

»Dieser Friedhof hat eine Bedeutung.«

»Warum?«, fragt Targa. Auf sie wirkt Lundt jetzt ein wenig sentimental. Auch das Wort Bedeutung gehört nicht zu seinem sonstigen Wortschatz.

Wie so oft bei ihren geheimen Treffen antwortet Lundt nicht auf private Fragen.

»Hunde sind auf dem Friedhof verboten.« Lundt deutet mit seiner Zigarette auf ein Schild am Wegrand.

»Seit wann kümmern wir uns um Verbote?«

»Wie immer hast du recht.« Lundt schmunzelt. »Wann musst du bei Freya von Rittberg sein?«

»Um die Mittagszeit. Ich soll sie begleiten.«

»Was ist das?« Lundt deutet auf ihren Verband am Unterarm.

»Gmeiner, der Vater des getöteten Mädchens Johanna, ist bei der Performance aufgetaucht«, antwortet sie und erzählt Lundt, was passiert ist.

»Du musst dich in Acht nehmen. Menschen wie Freya ziehen gerne Verrückte an. Sie sind ein Magnet für merkwürdige Existenzen.«

»Ich habe Freya gestern das Leben gerettet. Mein Einsatz war wichtig. Das war es wert.«

»Was ist Freya für ein Mensch?«, fragt Lundt.

»Sie ist jemand anders. Diese ganze Inszenierung ihrer Person ist nur ein Schutzwall, den sie um sich errichtet hat.«

»Serienkiller spielen oft die unterschiedlichsten Rollen.«

»Ich habe übrigens ein halb fertiges Gemälde gesehen, das den Mord des Pärchens auf dem Dach des Hochhauses darstellt.«

»Das klingt ja fast wie ein Schuldeingeständnis«, sagt Lundt. »Aber es ist natürlich zu wenig.«

»Freya hat von dem Mord im Netz gelesen. Dort kursiert auch ein Foto vom Tatort von einem Journalisten.« Targa denkt nach. »Der Tod hat eine belebende Wirkung auf ihre Kunst.«

»›Der Tod ist belebend.‹ Das ist ein Oxymoron«, sagt Lundt ironisch.

»Stimmt. Aber in Freyas Fall trifft es tatsächlich zu«, entgegnet Targa, ohne eine Miene zu verziehen.

»Wir brauchen mehr Beweise für ihre Taten. Du musst nach einem Platz suchen, an dem sie ihre Trophäen aufbewahrt.«

»Meine Aufgabe ist mir vollkommen klar«, sagt Targa unwirsch. »Ich gehe wie immer meinen eigenen Weg.«

»Darin ähnelst du meiner Tochter«, meint Lundt nachdenklich.

»Sind wir deshalb auf diesem Friedhof?«, hakt Targa sofort nach. »Hier liegt deine Tochter begraben? Das ist also die Bedeutung dieses Ortes.«

»Ja. Hier ruht ihre Urne«, antwortet Lundt kurz angebunden und fischt eine weitere Zigarette aus der Tasche seines grauen Sakkos. »An diesem einsamen Ort. Ich kann hier das Tragische mit dem Beruflichen verbinden.«

»Wie alt war deine Tochter?« Lundt ist sehr zugeknöpft, was seine Vergangenheit betrifft. Targa weiß nur, dass seine Tochter an einer Überdosis Drogen gestorben ist.

»Noch keine zwanzig Jahre alt. Meine Kleine ist von zu Hause weggelaufen, weil sie mit mir nicht mehr unter einem Dach leben wollte.«

Lundt steht auf und geht zu einem schmalen Grab mit einem schmucklosen Grabstein. Karen Lundt steht darauf geschrieben. Kein Jahr und kein Datum. Nur dieser Name in einer schnörkellosen Schrift. Auf einem grauen, schmucklosen Stein. Irgendwie passt dieses Grab zu Lundt.

»Was ist mit ihrer Mutter passiert?«, fragt Targa, die hinter Lundt steht.

»Die war schon lange vorher weg.«

»Hatte deine Tochter keinen Kontakt zu ihr?«, wundert sich Targa.

117

»Das war nicht möglich. Karen und ich blieben im Osten.«

»Dann ist deine Ex-Frau in den Westen geflohen?«

»Ja.« Lundt schweigt und zündet sich die Zigarette an. Er nimmt einen tiefen Zug und redet weiter. »Als die Grenze geöffnet wurde, kam Karen mit den Drogen in Berührung. Von da an ging es bergab. ›Der Tod ist die Endstation.‹«

»Hat Karen das gesagt?«

»Sie hatte es auf einen Zettel geschrieben, als man sie gefunden hat. Im Grunde war sie ein labiler Mensch. Sie hätte gut zu den ratlosen jungen Leuten gepasst, die Freya von Rittberg um sich schart.«

»Ich habe den Eindruck, dass Freya wie eine Sektenführerin junge Anhänger sammelt. Freya hilft diesen jungen Menschen, mutig zu sein«, meint Targa nachdenklich.

»Das stimmt. Jungen Leuten fehlt heutzutage oft der Mut, sie selbst zu sein.«

»Hat sich deine Tochter wegen ihrer geflohenen Mutter umgebracht?«

Lundt steht langsam auf und sieht sie abweisend an.

»Nein. Und jetzt ist Schluss mit dieser Fragerei!« Er stapft an den Gräbern entlang, bis sich der schmale Weg gabelt.

»Siehst du die Steine dort am Rand?« Er deutet auf eine Gräberreihe, die von einigen Bäumen begrenzt wird. »Bei den Bäumen war früher die Mauer. Und ein Stückchen weiter rechts begann der Todesstreifen. Dieser Friedhof Pankow III lag direkt an der Grenze. Viele von denen, die in den Westen abhauen wollten, kamen hierher. Sie buddelten ein Grab aus und gruben von dort einen Tunnel unter der Mauer durch. Die Erde ist hier ganz weich. Da schaffte man schon eine ganze Menge Meter in der Nacht.«

»Woher weißt du das alles?«

»Ist doch allgemein bekannt. Aber auch die Behörden in Ostberlin wussten Bescheid. Hier wurden jede Menge sogenannte Republikflüchtlinge gefasst.«

Lundt verharrt in Gedanken versunken vor der unscheinbaren Gräberreihe. Nichts erinnert mehr an die Mauer und den berüchtigten Todesstreifen.

»Pierre hat eine dreidimensionale Ansicht des Penthouse von Freya von Rittberg angefertigt. Daran kannst du dich orientieren, wenn du bei der Zielperson bist«, kommt Lundt mit einem Mal wieder auf den eigentlichen Grund ihres Treffens zu sprechen. »Wir brauchen stichhaltige Beweise, um bei Freya von Rittberg endlich eine Hausdurchsuchung durchführen zu können.«

»Warum ist das nicht schon längst geschehen?«, fragt Targa und gibt sich gleich selbst die Antwort. »Freya hat gute Beziehungen nach ganz oben. Jemand deckt sie und ihre Taten?«

»Richtig. Wir vermuten, dass es jemand aus dem Innenministerium ist.«

»Ich muss jetzt los.« Targa winkt Hund, der sofort auf sie zutrabt. Er streicht um Targas Beine und lässt sich von ihr den Nacken kraulen.

»Hund fordert seine Streicheleinheiten ein«, meint Lundt und dreht sich zur Seite, um die nächste Zigarette anzuzünden.

»Ich gebe Hund nur zurück, was er mir gibt«, antwortet Targa. Hund hilft ihr, ihre Gefühlskälte zu überwinden. Wenn sie Hund krault, dann ist es manchmal ein euphorisches Gefühl, das ihr die Tränen in die Augen treibt. Das muss sie unbedingt Yella erzählen. Bei dem Gedanken an Yella erinnert sie sich plötzlich wieder an ihr letztes gemeinsames Gespräch im Bus. Yella hat Targa geraten, mit Martha Bergstein zu reden. Martha hat angeblich ihren Mann Ole erschossen.

»Wann kann ich endlich mit Martha sprechen?«, fragt sie Lundt und sieht ihn dabei an.

»Welche Martha?« Lundt macht zunächst ein ratloses Gesicht. »Ach, du meinst die Frau von Ole Bergstein. Warum willst du sie denn besuchen?«

»Ich will wissen, warum sie ihren Mann erschossen hat.«

»Aber ich habe es dir doch bereits gesagt. Ihr Mann hat sie jahrelang unterdrückt und gedemütigt. Da ist ihr …«

»Das ist eure Version«, unterbricht ihn Targa. »Ich möchte den Grund aus ihrem Mund hören.«

»Wenn du das unbedingt willst. Ich versuche, einen Termin für dich im Untersuchungsgefängnis zu bekommen.« Lundt sieht Targa von der Seite prüfend an.

Targa verabschiedet sich nicht von Lundt, als sie über den Parkplatz zu ihrem VW-Bus geht. Sie schiebt die Tür auf. Hund springt hinein und legt sich sofort auf das Bett. Targa setzt sich auf die enge Sitzbank und denkt an ihren Auftrag. Freya von Rittberg ist so anders, als sie erwartet hat. Sie ist eine sensible und extravagante Künstlerin, die das Morden braucht, um ihre Ängste und Zwänge zu überwinden. Um ihre Vergangenheit in Schach zu halten, in der Schreckliches passiert sein muss.

20

»Mein Großvater hat mich manchmal nachts aus dem Bett geholt. Dann hat er mit seinem Springmesser in mein Handgelenk geritzt und mich gezwungen, das austretende Blut zu betrachten. Mit einem Finger hat er auf die Blutstropfen getippt und dann die Fingerkuppe abgeschleckt. ›Böses Blut‹, hat Großvater gesagt und ein Pflaster auf meine Wunde geklebt.«

Freya von Rittberg spricht, wie so oft, zu ihrem Spiegelbild. In ihrem Schlafzimmer trainiert sie ihre Armmuskeln mit Hanteln. In einem zweiten Spiegel sieht sie ihre eingeölte Rückenpartie, die in der Morgendämmerung wie Stahl glänzt. Durch das harte Training hat sie sich einen neuen Körper erschaffen, doch ihr Blut ist dasselbe geblieben.

Ächzend legt sie die Hanteln zurück auf die Halterung und streckt ihre Wirbelsäule durch. Solange sie denken kann, hat sie ein zerstörtes Leben geführt. Freya sieht die schwarzen Bilder. Sie erinnert sich an eisige Nächte, die sie allein im Freien verbringen musste. »Du musst dich abhärten«, hatte ihr Großvater gesagt. »Nur so wird unsere Rasse überleben.« Damals verstand sie den Sinn seiner Worte nicht. Jetzt versteht sie. Jetzt denkt sie wie er. Jetzt tötet sie nicht nur in Gedanken.

Sie erinnert sich zurück an die Performance vor einigen Tagen. Als der Vater der jungen Johanna versuchte, sie zu töten.

»Das ist ein Vater, der seine Tochter beschützen wollte«, sagt sie in die Stille des Schlafzimmers hinein. »Ich hatte niemanden, der mich vor meinem Großvater beschützt hat.«

Sie verstummt. Wischt sich eine Träne von der Wange und spannt die Muskeln an. Freya ist jetzt wieder stark, zeigt keine Schwäche. In Gedanken versunken schlüpft sie in ihre schwarzen Jeans und zieht das Tanktop über. Sie duscht nie nach dem Training. Der Geruch von Schweiß hat für sie etwas Erotisch-Animalisches.

»Wir müssen los!« Zac klopft an ihre Tür.

»Ich bin gleich fertig!«, ruft Freya zurück. »Ist Targa schon hier?«

»Deine neue Personenschützerin ist soeben mit ihrem Retro-VW-Bus in die Tiefgarage gefahren«, antwortet Zac mit einem ironischen Unterton. Er kommt in das Schlafzimmer. »Ich habe sie durch die Überwachungskameras beobachtet.«

»Lass mich mal sehen.«

»Hier.« Zac aktiviert sein iPad.

Freya sieht eine junge Frau mit blonden Zöpfen, die aus der Tiefgarage in das Foyer tritt. *Sie macht heute einen ganz anderen Eindruck,* denkt Freya. *Sie wirkt viel härter und zielgerichteter.* Jetzt hebt Targa den Kopf zur Überwachungskamera, und Freya sieht ihr Gesicht. Die hellen Augen wirken eisig. Sie stehen in einem starken Kontrast zu den aufgeworfenen Lippen, die Targas Zügen eine sinnliche Komponente verleihen und die sie so anziehen. Die Lifttüren öffnen sich, und Targa verschwindet aus dem Blickfeld.

»Wie findest du sie?«, fragt Freya Zac.

»Ich mag sie nicht«, antwortet Zac geradeheraus. »Ihre Referenzen sind zwar perfekt, und nichts spricht gegen sie als Bodyguard. Trotzdem traue ich ihr nicht über den Weg.«

»Bist du etwa eifersüchtig?« Freya wirkt amüsiert.

»Weil sie dir gefällt?«

»Sie hat schnell reagiert, das ist alles. Und sie ist furchtlos. Der Messerstich hätte sie auch töten können«, wiegelt Freya ab.

»Vielleicht hast du recht.« Zac gibt sich geschlagen. »Möglich, dass ich nur überreagiere. Deine ständigen Verhöre bei der Polizei machen mich langsam nervös.«

»Die Polizei hat mich im Fadenkreuz ihrer Ermittlungen. Aber keine Sorge, sie haben nichts gegen mich in der Hand. Es wird mir nie etwas passieren.«

Freya deutet auf das iPad. Die Kamera beim Eingang zum Penthouse hat Targa erfasst, die gerade mit der Hand auf das Display neben der Stahltür drückt.

Wenige Sekunden später geht die Tür auf. Targa steht in dem großen Wohnzimmer mit den verglasten Wänden.

»Da bin ich. Was gibt es zu tun?«

Die Reaktion von Targa verwundert Freya. In Targas Mimik deutet nichts darauf hin, dass sie von der Dimension des Raums oder der Aussicht beeindruckt ist. Jeder andere Besucher war bisher von dem spektakulären Blick über Berlin begeistert.

»Was macht deine Verletzung?« Freya deutet auf Targas Arm.

»Wie ich schon sagte. Es ist bloß eine kleine Schürfwunde.«

»Schön, dass du für mich arbeitest. Du begleitest mich heute zu einer Mut-Challenge. Wir fahren mit dem Jeep.«

»Ich nehme meinen eigenen Wagen«, sagt Targa.

»Als Bodyguard solltest du aber im selben Wagen wie Freya fahren«, wirft Zac ein.

»Nein, das mache ich nicht! Ich warte, bis ihr losgefahren seid, dann folge ich euch.«

»Was? Mit dem alten VW-Bus willst du uns hinterherfahren?«, regt sich Zac auf.

»Fahr einfach langsamer, dann schonst du die Umwelt«, meint Targa lapidar und wirft einen Blick auf Freya.

»Targa hat recht. Du fährst immer zu schnell, Zac«, bekräftigt Freya. »Wie gefällt dir die Aussicht?« Sie stellt sich neben Targa, während sie ihren Umhang überwirft.

»Der Ausblick ist beeindruckend. Aber auch etwas verwirrend. Ich bevorzuge kleinere, intimere Räume.«

»So wie deinen VW-Bus?«, fragt Freya. »Vermittelt dir der Bus ein Gefühl der Geborgenheit?«

»Ich brauche keine Geborgenheit. Ich will nur alles überschaubar haben.«

»Du liebst also Kontrolle?« Freya lächelt. »Da sind wir uns ja ziemlich ähnlich. Auch ich brauche die Kontrolle über mein Leben.«

»Mir geht es weniger um Kontrolle, sondern mehr um Ordnung.«

»Ist das nicht dasselbe?«

»Nein. Kontrolle ist Macht, Ordnung ist Sicherheit«, antwortet Targa gelassen. »Wohin fahren wir jetzt genau?«

»Nach Brandenburg, Richtung polnische Grenze«, antwortet Freya. Zac blickt sie fragend an.

»Was ist eigentlich eine Mut-Challenge?«

»Lass dich überraschen, und du dich auch, Zac«, antwortet Freya. Sie stehen im Foyer und warten auf den privaten Aufzug, der sie direkt in die Tiefgarage bringt. In den glänzenden Lifttüren sieht sie ihr Spiegelbild und das ihrer neuen Personenschützerin. Targa steht im Hintergrund, aber ihr Schatten überlagert Freyas Gestalt.

»Heißt das, die Teilnehmer nehmen dafür auch Verletzungen in Kauf?«, fragt Targa weiter.

»Nicht nur das«, antwortet Freya. »Manche sind mutig bis in den Tod.«

21

Eine breite Bahntrasse entstellt die romantische Landschaft wie eine Narbe. Die Schienen kommen zwischen zwei Hügeln am Horizont hervor, auf die ein gigantischer Windpark gebaut wurde. Windräder werfen riesige Schatten über die flachen Felder.

Targa parkt ihren Bus mit einiger Verspätung neben dem weißen Jeep. Sie steigt aus und blickt interessiert in die blühende Landschaft.

»Wie schön einsam es hier ist«, sagt sie.

»Ja, das stimmt. Die Uckermark ist nur ungefähr zwei Stunden von Berlin entfernt. Aber es ist eine vollkommen andere Gegend. Eine Welt ohne Menschen. Man kann bis zur polnischen Grenze fahren und begegnet nie einem Auto«, sagt Freya. »Aber jetzt kümmern wir uns um unsere jungen Mutigen.«

Freya deutet auf die vier jungen Frauen und Männer, die in einiger Entfernung eng zusammenstehen und rauchen. Die jungen Männer sind groß und breitschultrig, die jungen Frauen blauäugig und hübsch. Alle sind blond.

»Ihr wisst, was euch heute erwartet«, sagt Freya, als sie vor der Gruppe steht. »Es ist eine Challenge, bei der ihr dem Tod ins Auge blickt. Mutig ist aber nur derjenige, der die Angst vor dem Tod besiegt.«

»Ich habe keine Angst – vor nichts.« Einer der jungen Männer tritt nach vorn. Er hat ein weiches Gesicht. Sein Hemd steht offen, und man sieht, dass er bis zum Hals tätowiert ist. Targa beobachtet ihn unauffällig von der Seite. Während er von seinem Mut redet, irren seine Augen nervös hin und her. Mit einem Mal spürt Targa die Leere seiner Seele. Jetzt versteht sie auch den Sinn dieser Mut-Challenges. Freya schart junge einsame Menschen um sich, die im Leben keinen Platz finden. Menschen, die sich in der Gesellschaft fremd fühlen. Die mutlos und leer sind. Freya gibt ihnen eine Heimat.

»Da du furchtlos bist, wirst du den ersten Platz einnehmen, Andres«, sagt Freya. »Was für schöne Tattoos du doch hast.« Bewundernd streicht sie Andres über die tätowierte Brust. »Möchtest du die Gruppe anführen?«, fragt sie sanft.

»Ja, ich bin bereit.«

»Und was ist mit dir, Candice?« Freya dreht sich zu der jungen Frau. Candice ist blass und dünn, sie steht ein wenig abseits.

»Hast auch du die Kraft für diese etwas andere Mutprobe?«

»Ich bin bereit zu sterben, um zu leben!«, antwortet Candice theatralisch. Auf Targa wirkt sie fast durchsichtig, erinnert mit ihrer zarten Figur an eine Elfe.

»Dann wirst du unser dramatischer Schlussakkord sein«, sagt Freya. »Du hast am längsten Zeit, um mit dem Gefühl des nahenden Todes zu spielen.«

»Was ist das für eine Mut-Challenge?«, fragt Targa misstrauisch. Sie hört ein durchdringendes sirrendes Geräusch. Es kommt von den riesigen Windrädern, die dicht beisammen auf den Hügeln stehen.

»Das ist eine simple Mutprobe. Siehst du die Gleise?«

»Ja.« Targa blickt zu der erhöhten Bahntrasse.

»Mitten auf diese Gleise setzen sich unsere Kandidaten hintereinander. Immer in einem Abstand von vielleicht fünfzig Metern. Sie müssen so lange wie möglich zwischen den Schienen sitzen bleiben. Dürfen nicht die Nerven verlieren, aufspringen und weglaufen. Das erfordert Mut.«

Freya blickt auf ihre Armbanduhr. »In einigen Minuten kommt ein Güterzug aus Polen. Ich habe natürlich die Stelle hier bewusst ausgesucht. Der Lokführer sieht meine Kandidaten erst im letzten Moment. Doch dann ist es für eine Notbremsung schon zu spät.«

»Was ist, wenn ein Unfall passiert?«, fragt Targa zweifelnd. »Wenn es einer von ihnen nicht schafft, rechtzeitig von den Gleisen zu springen?«

»Dann stirbt er eben«, antwortet Freya trocken. Sie lacht laut auf, als sie Targas überraschtes Gesicht sieht. »Das kommt nicht vor. Diese jungen Menschen wollen leben und nicht sterben.«

»Da bin ich mir nicht so sicher.« Targa wirft einen Blick auf Candice. Das Mädchen spielt verklärt mit einer Strähne ihres blonden Haares.

»Ach, du meinst Candice. Die kokettiert doch nur mit dem Tod, mehr nicht.« Freya geht achselzuckend zu ihrem Jeep und öffnet die Heckklappe. Mit einem schwarzen Stoffsack in der Hand kommt sie wieder zurück. »Fangen wir an.«

»Glaubst du wirklich, dass diese Mutproben den jungen Leuten einen Lebenssinn vermitteln?«, fragt Targa.

»Was ist schon sinnvoll?«, erwidert Freya. »Mit dieser Mut-Challenge zeige ich ihnen, dass sie doch am Leben hängen. Dass sie etwas aus ihrer Existenz machen können.«

Freya geht auf die Gruppe zu. In der Hand schwenkt sie den Stoffbeutel.

»Setzt euch mit verschränkten Beinen auf die Gleise«, kommandiert sie. Andres fängt als Erster an, dann kommen ein Junge und ein Mädchen, den Schluss bildet Candice, die absichtlich ein wenig weiter nach hinten rückt.

Während Freya die jungen Männer und Frauen genau auf den Schienen positioniert, redet sie in einem fort.

»Der wahre Horror für diese Todessehnsucht liegt in der Familie. Dort fühlen sich diese jungen Menschen unverstanden und alleingelassen.« Freyas Gesichtsausdruck verklärt sich. »Mit den Mut-Challenges gehen wir bis ans Äußerste. Das schweißt uns zusammen. Wir sind dann eine große Familie, die dem Tod ins Auge gesehen hat.«

Freya schweigt und öffnet den Stoffbeutel. Targa erkennt sofort, was Freya aus dem Beutel nimmt. Es sind schwarze Kabelbinder.

Freya geht zu Andres und bückt sich zu ihm hinunter. Sie flüstert ihm etwas ins Ohr. Er hört gebannt zu und nickt. Dann zieht er das Hemd aus, und sein tätowierter Oberkörper leuchtet in der Sonne. Freya drückt seine rechte Hand nach unten und fixiert das Gelenk mit dem Kabelbinder an der Schiene. Andres lässt alles willenlos mit sich geschehen. Genauso macht Freya es auch mit den anderen jungen Frauen und Männern.

»Was soll das?«, ruft Targa Freya zu. Doch diese reagiert nicht. Targa fährt sich mit der Hand über die Stirn. Es ist eine neue Situation eingetreten. Sie dreht sich zu Zac, der die Szene aus der Distanz filmt.

»Warum tut Freya das?«

»Für mich ist diese Challenge auch neu, aber ich habe sie jetzt verstanden. Hier geht es nur um Mut. Sie bindet nun die Mutigen an den Gleisen fest«, murmelt Zac. »Damit sie nicht weglaufen.«

»Aber was ist, wenn der Zug kommt? Wie können sie sich befreien?«

»Sie können sich nicht befreien. Das ist der Sinn dieser Mut-Challenge.«

22

Ein lang gezogener Pfiff übertönt das eintönige Surren der Windräder.

»Unsere Mutproben haben immer mit dem Tod zu tun.« Freya holt ein Springmesser aus der Umhangtasche. »Der Tod ist nicht das Ziel, wenn man es schafft, ihm die Stirn zu bieten«, sagt sie euphorisch.

Wieder ertönt der Pfiff. »Der Zug kommt.« Targa spürt, wie ihr Herz zu rasen beginnt. Es sind eigenartige Gefühle, die Freya bei ihr hervorruft. Sie kann nicht glauben, dass Freya tatsächlich Menschen für eine Mutprobe opfert.

»Der Wind trägt das Signal zu uns. Es dauert noch einige Minuten, bis der Zug hier ist.« Freya wirft einen schnellen Blick auf Targa. Dann legt sie ihren Umhang ab und spannt die Muskeln an.

Sie will mich beeindrucken. Mir zeigen, dass sie Herrscherin über Leben und Tod ist. Das haben alle Serienkiller gemein. Sie wollen Gott spielen, geht es Targa durch den Kopf.

Ein schwarzer Punkt taucht am Horizont auf. Wird langsam größer. Es ist der polnische Güterzug. Targa hofft, dass der Lokführer die Menschen auf den Gleisen rechtzeitig entdeckt. Doch der Zug verringert nicht das Tempo. Niemand kann die

Menschen auf den Gleisen sehen. Freya hat den Ort geschickt gewählt. Eine Bodensenke verdeckt die auf den Gleisen sitzenden jungen Frauen und Männer. Die Lokomotive nähert sich, und ihre Umrisse sind schon zu erkennen. Es ist eine altmodische Dampflok, die eine lang gezogene schwarze Rauchwolke wie eine Trauerfahne hinter sich herzieht.

Die Lokomotive wird groß und größer. Noch verdeckt eine Kurve den mutigen Andres. Der junge Mann wiegt den Oberkörper hin und her. Er wirkt aus der Ferne wie ein Krieger mit seinem tätowierten Rücken. Gleich fährt der Zug um die Kurve. Dann muss der Lokführer notbremsen.

Plötzlich sprintet Freya los. Die Lok stößt einen gellenden Pfiff aus. Andres beginnt zu zucken, er zerrt an dem Kabelbinder. Jetzt erreicht ihn Freya. Sie lässt ein Springmesser ausfahren. Blitzschnell schneidet sie die Kabelbinder durch. Andres rollt sich vom Bahndamm. Währenddessen läuft Freya zu dem Mädchen. Die Lok stößt ununterbrochen laute Pfiffe aus. Die Räder blockieren und knirschen über die Schienen. Doch die Schubkraft der Waggons ist zu stark. Die Lok rutscht weiter über die Schienen. Freya kappt die Fessel des Mädchens und stößt sie über den Bahndamm nach unten. Dann rennt sie zu dem dritten Mutigen. Der junge Mann ist bereits von den Schienen gerollt, aber seine Hand hängt noch an dem Kabelbinder. Die Räder der Lokomotive werden gleich seine Hand abtrennen. Er schreit laut um Hilfe. Seine verwischten Schreie gehen in dem Kreischen der blockierenden Räder unter. Im letzten Moment kappt Freya den Kabelbinder.

Jetzt sitzt nur noch Candice auf den Gleisen. Die Lok wird langsamer, kommt aber immer noch nicht zum Stehen. Candice bleibt merkwürdig ruhig. Sie beginnt zu singen. Eine traurige Melodie weht zu Targa. Freya rammt das Messer in den Bahndamm und beobachtet Candice mit verschränkten Armen. Freya macht keinerlei Anstalten, sie zu befreien. Nur noch wenige Augenblicke, dann erreicht der Zug die junge Frau. Die blockierenden Räder der Lokomotive sprühen Funken wie ein Feuerwerk. Der Zug rollt unaufhaltsam auf das Mädchen zu. Candice wird sterben, und Freya kommt wegen Mordes hinter Gitter. Dafür wird Targa sorgen. Doch muss Candice dafür geopfert werden?

Nein! Targa sprintet los. Rennt neben dem Zug her. Sieht das entsetzte Gesicht des Lokführers. Funken sprühen, und das Quietschen der Räder ist ohrenbetäubend. Der Lokführer brüllt aus dem Fenster. Freya rührt sich noch immer nicht. Targa reißt das Messer aus dem Bahndamm. Springt auf Candice zu. Schneidet den Kabelbinder durch. Stößt das Mädchen von den Gleisen. Candice kollert mit Targa die Böschung hinunter. Der Zug rollt vorbei und kommt endlich mit einem letzten durchdringenden Kreischen zum Stillstand.

»Warum darf ich nicht sterben?«, schreit Candice und beginnt, unkontrolliert zu zittern.

»Reiß dich zusammen!«, zischt Targa. Sie hilft Candice auf die Beine.

»Gib mir das Messer zurück«, hört Targa eine Stimme in ihrem Rücken. Freya steht hinter ihr und streckt die Hand aus. »Du hast dich eingemischt. Ich hätte sie gerettet.« Freya deutet auf Candice, die zitternd neben ihr steht. »Das war eine Mut-Challenge. Du hast unser Spiel gestört.«

Freya dreht sich um und geht zu Zac. Redet mit ihm. Zac läuft nach vorn zu dem Lokführer, der mittlerweile ausgestiegen ist und wüst schimpft. Zac holt seine Brieftasche hervor und zählt ein Bündel Hunderteuroscheine ab. Drückt sie dem Lokführer in die Hand. Dieser stößt ihn zunächst empört zurück, greift dann aber doch nach dem Geld.

»Du hast dich eingemischt«, zischt Candice Targa an.

»Spinnst du? Du wärst gestorben.«

»Na und? Was weißt du schon von meinem Leben?«, flüstert Candice. »Es ist komplette Scheiße. Das Ende hätte wenigstens einen Sinn gehabt. Aber das hast du verhindert.«

»Du wirst eine neue Chance bekommen.« Freya legt den Arm fürsorglich um Candice und führt sie zum Jeep. Dort stehen auch die drei anderen Kandidaten. Sie sind von dieser Mutprobe noch völlig aufgeputscht, rauchen und trinken Energydrinks. Candice nimmt eine Dose und leert sie in einem Zug.

»Lass mich in Ruhe«, schnaubt Candice und wendet sich ab, als Targa noch einmal mit ihr reden will.

»Du hast Candice um den Sieg betrogen. Doch sie wird es so lange probieren, bis sie endlich gewinnt. Aber es wird ein trauriger Sieg sein«, sagt Freya und streicht mit dem Daumen über die Messerklinge.

»Vielleicht gibt es für sie kein nächstes Mal. Weil sie erkennt, dass sie mit ihrem Leben spielt.« Targa wendet sich ab und geht zu ihrem VW-Bus.

»Du findest mich kalt und rücksichtslos, nicht wahr?«, ruft Freya ihr hinterher. »Du überlegst, ob du den Job als Bodyguard noch länger machst.«

»Fahren wir wieder zurück nach Berlin?« Targa ignoriert Freyas Gerede und öffnet mit einem Ruck die Schiebetür des Busses. Hund springt mit einem Satz ins Freie und begrüßt Targa überschwänglich.

»Du hast einen Hund?« Ein Ruck geht durch Freya. Ihre Stimme ist plötzlich weich und zärtlich. »Das wusste ich gar nicht. Wie heißt er?«

»Er heißt Hund. Deshalb bin ich auch immer mit dem Bus unterwegs. Ich will ihn nicht alleine lassen.«

»Hund. Wie treffend originell.« Freya geht in die Knie und ruft »Hund«.

»Er kann dich nicht hören. Er ist taub.«

»Dann gebe ich ihm ein Zeichen.« Auf Knien robbt Freya auf Hund zu. Dieser betrachtet sie zunächst argwöhnisch, beginnt dann aber plötzlich zu wedeln. Freya ist jetzt direkt vor seiner Schnauze. Hund leckt ihr über das Gesicht. Freya nimmt seinen Kopf und schlingt ihre Arme um seinen Hals.

»Du bist so schön«, murmelt sie und küsst das struppige Fell. »Ich wusste nicht, dass du einen Wolfshund hast«, sagt sie und dreht sich zu Targa.

»Keine Ahnung, was er für eine Rasse ist. Ich habe ihn im Urlaub neben einer Mülltonne in Spanien gefunden. Seither ist er bei mir.«

»Er sieht aus wie Odin.« Überrascht sieht Targa, dass Freya Tränen über die Wangen laufen. »Nein, das ist Odin.«

»Wer ist Odin?«

»Das ist der Hund meiner Kindheit.« Die Worte von Freya sind beinahe nicht zu verstehen. Für Targa ist es, als würde plötzlich ein anderer Mensch vor ihr auf dem Boden sitzen und seine Arme um Hund schlingen. Keine Spur mehr von der irren manipulativen Frau, die labile junge Menschen bis an die Grenzen des Todes treibt. Nur noch eine zutiefst in der Seele verwundete Existenz.

»Was geschah mit ihm?« Targa hockt sich zu Freya, und beide streicheln jetzt Hund, der abwechselnd Targa und Freya über die Wangen leckt.

»Odin wurde vor meinen Augen getötet.«

23

Der Anblick von Targas Hund hatte Freya einen Stich ins Herz versetzt. Es kam ihr vor, als würde sich das Rad der Zeit zurückdrehen. Freya war plötzlich wieder ein kleines Mädchen, das Odin, den Hund ihres Großvaters, abgöttisch liebt. Nachdem sie mit Targa und den vier Mutigen zurück nach Berlin gefahren war, konnte sie nicht in ihrem Penthouse bleiben. Deshalb rief sie sich ein Taxi und fuhr zu ihrem Flughafengelände.

Die »Mut-Festung«, wie sie das heruntergekommene Areal nennt, ist verwaist, nur noch in einer Baracke brennt ein trübes Licht. Gedankenverloren kickt sie eine leere Dose über die Betonrollbahn. Vor der Baracke bleibt sie stehen und schaut durch das Fenster. Es gehört zu einer provisorischen Küche, die sie für die Teilnehmer der Mut-Challenges eingerichtet hat. Auf einem langen Tisch stapeln sich Teller und Becher, die ein gebeugter Mann mit einem karierten Tuch sorgfältig abtrocknet.

»Anton, warum bist du noch hier?«, fragt Freya, als sie mit dem Ellbogen die Tür aufstößt und eintritt.

»Ich muss doch alles sauber machen, bevor wieder die jungen Leute kommen«, erwidert der Mann. Sein Alter ist schwer zu schätzen, aber er muss weit über achtzig sein.

»Wie lange kennen wir uns jetzt schon, Anton?« Freya angelt sich mit dem Fuß einen Stuhl heran und setzt sich an den Küchentisch. Anton war der Koch ihres Großvaters.

»Seit Ihre Eltern verunglückt sind, Freya«, antwortet Anton und trocknet weiter die Teller ab. »Das müssen jetzt ungefähr dreißig Jahre sein.«

»Eine lange Zeit.« Freya nickt und malt mit dem Zeigefinger unsichtbare Figuren auf die Tischplatte. »Ich habe heute Odin gesehen«, sagt sie dann und hebt den Kopf.

»Odin? Das ist unmöglich. Der Hund ist doch schon lange tot.«

»Ich weiß«, seufzt Freya. »Machst du mir ein Brot mit Marmelade, so wie früher?«

»Aber gerne. Ich habe selbst gemachte Marillenmarmelade von den Obstbäumen hinter dem Flugfeld. Warten Sie einen Moment.«

»Wie oft soll ich dir noch sagen, dass du mich einfach duzen kannst, Anton? Das macht man jetzt so.«

»Ich bin in einer anderen Zeit groß geworden. Da war es nicht statthaft, die Herrschaften zu duzen.«

»Du redest einen ausgemachten Blödsinn. Die Zeiten haben sich geändert.«

»Aber nicht für mich. Gedulden Sie sich einen Moment, ich schmiere Ihnen das Brot, Freya.«

»Wenigstens sagst du nicht mehr Fräulein Freya zu mir.«

»Jetzt sind Sie auch kein Fräulein mehr.«

»Was bin ich denn jetzt?«

»Eine richtige Frau. Groß und stattlich, ganz so, wie es Ihr Großvater gewünscht hat.«

»Du weißt genau, dass sich Großvater etwas anderes gewünscht hat.«

»Es steht mir nicht zu, Ihren Großvater zu kritisieren.« Anton blickt verlegen zu Boden und schmiert die Marmelade dick auf das mit Butter bestrichene Schwarzbrot. »Hier, eine kleine Stärkung, so wie früher.«

»Erzähle mir, wie Odin gestorben ist«, sagt Freya mit vollem Mund. »Ich will es von dir hören.«

»Das ist eine traurige Geschichte.«

»Ich will sie trotzdem hören.«

»Na gut.« Anton fischt ein großes Taschentuch aus seiner Hosentasche und putzt penibel seine Brillengläser, ehe er beginnt: »Es war ein ruhiger Herbsttag. Sie waren ungefähr acht Jahre alt und kamen gerade vom Unterricht mit Ihrem Privatlehrer. Sie wissen ja, dass Ihnen Ihr Großvater untersagt hat, ohne die Perücke ins Freie zu gehen. Aber Sie haben sich diesem Befehl widersetzt und sind mit Odin in den Wald gelaufen.

Als Ihr Großvater von einer Besprechung nach Hause kam und Sie nicht auf Ihrem Zimmer antraf, kam er wutentbrannt zu mir in die Küche. In der Hand hielt er die blonde Perücke, die er auf den Tisch warf. Er fragte, wo Sie seien.

›Wahrscheinlich ist das Fräulein im Keller und spielt mit dem Hund Verstecken‹, habe ich ihm geantwortet.

›Freya ist acht Jahre alt. Da spielt man nicht mehr Verstecken‹, war Herrn von Rittbergs Antwort. Und: ›Wenn Freya ohne Perücke ins Freie gegangen ist, muss ich sie bestrafen.‹

Herr von Rittberg drehte sich auf dem Ansatz um, ging in sein Arbeitszimmer und knallte die Tür hinter sich zu.

›Das ist noch einmal gut gegangen‹, dachte ich und widmete mich wieder dem Braten, der im Rohr war. Plötzlich sah ich Sie mit Odin über die Wiese laufen. Ihr schwarzes Haar wehte im Wind, und Sie sahen sehr hübsch und glücklich aus. Doch auch das Fenster des Arbeitszimmers ging zu der Wiese hinaus. Ich winkte Ihnen zu, durch die Seitentür ins Haus zu gehen. Aber Sie haben meine Geste falsch verstanden und mir fröhlich zurückgewinkt. In diesem Moment hat Sie auch Herr von Rittberg entdeckt.

Er rief Sie ›zum Rapport‹. Sie folgten ihm natürlich sofort.

Odin legte sich gemütlich unter den Küchentisch und wartete, dass einige Fleischstücke für ihn abfielen. Ich weiß nicht, was zwischen Ihnen und Ihrem Großvater geredet wurde, aber nach einiger Zeit kamen Sie beide zu mir in die Küche.

›Freya, du weißt, dass du eine Strafe verdient hast‹, sagte Ihr Großvater, und Sie nickten schuldbewusst.

›Was ist dir das Liebste auf der Welt?‹, fragte Herr von Rittberg. Ich dachte an Ihren schwarzen Samtmantel, den Sie so geliebt haben. Aber ich habe mich getäuscht. Es war Odin.

›Das habe ich gewusst‹, sagte Herr von Rittberg und ging wieder hinaus in den Vorraum. Ich hörte, wie er den Waffenschrank aufschloss und kurz darauf mit einer doppelläufigen Jagdflinte zurückkam.

›Nicht du alleine hast dich schuldig gemacht, Freya. Auch dein Kumpan trägt Schuld daran. Deshalb erlasse ich dir die Strafe, wenn du ihn bestrafst‹, erklärte er, und dann kam seine Strafe: ›Du wirst jetzt mit Odin nach draußen gehen und ihn erschießen.‹

›Aber das können Sie doch nicht machen, Herr von Rittberg‹, habe ich vorlaut gesagt. ›Das arme Tier.‹

›Ein Tier ist unwertes Leben. Es verfügt über keinen eigenen Verstand, sondern ist von uns Menschen abhängig. Damit braucht man kein Mitleid zu haben. Im Übrigen geht dich das alles gar nichts an‹, hat er mich zurechtgewiesen.

Sie haben gejammert, dass Sie Odin nichts antun könnten.

Und er hat gedroht, dass er es sonst tun müsste, es aber dann schmerzhaft für den ›Köter‹ wäre.«

»Ich sehe es jetzt noch vor mir«, sagt Anton und schnäuzt sich heftig. »Sie beginnen zu weinen und betteln Ihren Großvater an, doch Sie zu bestrafen. Aber er winkt nur ab. ›Damit du es dir ein für alle Mal merkst und nie wieder ohne Perücke das Haus verlässt‹, hat er gezischt. Dann hat er Odin unter dem Tisch hervorgezerrt. Der Hund hat gespürt, dass etwas Schlimmes in der Luft liegt, und gewinselt. Ihr Großvater verpasst ihm einen Tritt. Sie beginnen zu schreien, während Ihr Großvater den Hund nach draußen zerrt. Er drückt Ihnen die Büchse in die Hand und sagt: ›Schieß!‹ Sie starren auf den Hund, der an der kurzen Leine zerrt. Er ist an einem Pflock angebunden. Die Waffe in Ihrer Hand ist groß und bedrohlich. Plötzlich heben Sie das Gewehr und zielen auf Ihren Großvater. Ihr Großvater beginnt zu lachen. Dann nimmt er Ihnen das Gewehr aus der Hand. ›Es zeigt sich wieder, dass in dir schlechtes Blut fließt. Du wirst nie zu einer Elite gehören. Du bist unrein‹, hat er gewettert. Sie haben um Vergebung gefleht. ›Ich mache doch alles, was du willst. Du sollst stolz auf mich sein.‹ Ihr Großvater reicht Ihnen wieder die Waffe mit den Worten: ›Dann beweise es.‹ Sie gehen auf Odin zu. Der Hund wedelt und springt an Ihnen hoch. Leckt Ihnen über die Hände, will in den Lauf der Jagdwaffe beißen. Sie stoßen ihn zurück. Odin glaubt, alles ist nur ein Spiel, und beginnt, fröhlich zu bellen. Sie halten die Waffe an seinen Kopf. Odin schnappt danach. Der Lauf steckt in seinem Maul. Dann drücken Sie ab.«

»So war das nicht.« Freya springt vom Küchentisch auf. »So war das doch nicht. Er hat es getan.«

Tränen rinnen über ihre Wangen, und ihr ganzer Körper zuckt. Sie beginnt, laut zu schluchzen, dann dreht sie sich um und läuft aus der Küche. Sie schnappt panikartig nach Luft, rennt über das Rollfeld in die Dunkelheit hinein, vorbei an einem eingestürzten Hangar auf ein dunkles Feld, das sich am Horizont auflöst. Noch immer kann sie kaum atmen. Sie hetzt weiter und immer weiter. Bis ihre Lungen schmerzen. Eine einsame Frau auf der Flucht vor ihrer Vergangenheit.

24

Der Plattenbau hebt sich als dunkle Silhouette vom nächtlichen Himmel ab. Seine Betonfassade ist vom Regen schwärzlich gefärbt. Selbst die Graffiti, die überall an die Wände gesprayt sind, wirken düster und hoffnungslos.

»Das hört sich alles ziemlich bizarr an.« Lundt drückt beim Eingang auf eine Klingel, neben der kein Name, sondern nur eine Nummer steht. Es ist weit nach Mitternacht, und soeben hat ihm Targa von dem Vorfall bei der Mut-Challenge erzählt.

»Wenn der Zug sie getötet hätte, dann wäre Freya von Rittberg endlich fällig gewesen«, sagt Lundt.

»Du meinst allen Ernstes, dass ich dieses Mädchen hätte sterben lassen sollen?«, fragt Targa.

»Blödsinn, natürlich nicht. Was ist denn los mit dir?« Lundt betrachtet sie prüfend. »Kommen bei dir jetzt plötzlich Gefühle zum Vorschein?«

»Nein, aber sie ist so haltlos«, sagt Targa. »Candice ist ein labiler junger Mensch. Sie findet sich in unserer Gesellschaft nicht zurecht. Sucht noch ihren Platz in der Welt. Im Grunde will sie leben.«

»Da ist etwas Wahres dran«, murmelt Lundt. Targa weiß, woran er im Moment denkt. Seine Tochter wollte auch freiwillig aus dem Leben scheiden. Lundt will noch etwas sagen, doch in diesem Moment klingt der Türsummer, und sie können eintreten. »Hier hat sich auch seit dreißig Jahren nichts geändert.« Lundt sieht sich im Foyer um.

An der Wand befindet sich ein großes Bronzerelief, das strahlende Menschen auf einem Mähdrescher zeigt. Einer von ihnen schwenkt die Fahne der DDR. Der obere Rand wirkt wie ein zerklüftetes Gebirge. Jemand hat brutal die Parole aus dem Relief geschlagen.

»Sie wohnt im sechsten Stock«, sagt Lundt, als beide im Lift stehen.

»Hast du ihr die Wohnung besorgt?«

»Ja. Die alte Bleibe war nichts mehr für sie. Nicht behindertengerecht.«

»Aber es fehlt ihr doch gar nichts«, wundert sich Targa.

»Das stimmt. Physisch ist sie in Ordnung. Aber psychisch geht es ihr noch immer sehr schlecht.«

»Wie kommt sie damit zurecht?«

»Ich habe jemanden organisiert, der sie mit dem Nötigsten versorgt.«

Als sie aus dem Lift steigen, ist die Beleuchtung im Korridor erloschen. Ganz hinten steht eine Tür ein wenig offen. Ein schmaler Lichtstreifen dringt nach außen.

»Ich bin im Arbeitszimmer«, hören sie die zarte Frauenstimme, als sie eintreten.

»Sie arbeitet immer in der Küche.« Lundt deutet zu einer Tür mit Milchglasscheibe und schiebt sie auf.

Rita sitzt in einem altmodischen verchromten Rollstuhl mit dem Rücken zum Fenster. An der Küchenzeile lehnt ihr schwarzes Scott-Rennrad aus hochwertigem Titan. Früher war Rita eine begeisterte Radfahrerin. In der engen Küche ist es heiß und stickig, trotzdem hat Rita einen schwarzen Rollkragenpullover an. Ihre dunklen Haare sind, wie immer, mit einem Gummi straff nach hinten gebunden. Auf dem Küchentisch steht ein Laptop, daneben liegt ein iPad Pro. Ein Lächeln huscht über Ritas Gesicht, als sie Targa sieht.

»Hallo, Targa. Schön, dass du da bist.«

»Warum sitzt du noch immer im Rollstuhl?«, fragt Targa.

»Ich kann meine Beine nicht bewegen«, antwortet Rita. »Das ist ein psychisches Phänomen, sagen die Ärzte. Diesen Fall gab es schon bei Ada Lovelace.«

»Wer ist das?«, fragt Targa.

»Sie war die Tochter von Lord Byron und die Erfinderin der modernen Programmiersprache. Ada war zeitweise psychisch gelähmt«, erklärt Rita und lächelt gequält. »Das passt doch. Auch ich beschäftige mich mit Analysen und Computern.«

»Targa hat heute etwas Merkwürdiges erlebt. Deswegen sind wir auch hergekommen«, mischt sich Lundt ein.

Targa erzählt Rita von Freyas Verhalten, als sie Hund entdeckte.

»Welchen Namen hatte ihr Hund?«, fragt Rita.

»Odin.« Lundt zieht seine Zigarettenpackung aus der Tasche. »Darf ich?«

»Nur zu, aber öffne bitte das Fenster«, murmelt Rita, während sie in ihren Laptop tippt. »Odin ist in der nordischen Mythologie der Kriegs- und Totengott.«

»Das passt zu Freyas Background.« Lundt zündet sich eine Zigarette an und inhaliert tief.

»Was ist eigentlich mit ihren Eltern passiert?«, fragt Targa.

»Wir haben nur ein Dossier über ihren Großvater. Thorwald von Rittberg war eine Nazi-Größe und ist schon seit vielen Jahren tot. Sein Sohn Baldur hat mit einer persischen Ärztin eine Tochter bekommen. Dieses Kind ist Freya. Freyas Eltern sind bei einem Verkehrsunfall ums Leben gekommen, als sie vier Jahre alt war. Der Großvater kümmerte sich danach um das Kind.«

Dann zählt Rita die dürren Fakten auf: »Thorwald von Rittberg war verantwortlich für die Lebensborn-Heime in den besetzten Gebieten während des Zweiten Weltkrieges. Dort sollte der reine arische Mensch gezüchtet werden. Rittberg lebte nach dem Krieg völlig unbehelligt in Berlin. Erst Ende der Neunzigerjahre tauchten Akten auf, die seine Beteiligung an einem Massaker in Norwegen während des Zweiten Weltkrieges bestätigten. Kurz vor Prozessbeginn im Jahr 2000 ist Rittberg verstorben.«

»Gibt es eine Erwähnung über einen Hund?«

»Nicht, dass ich wüsste. Das muss schon weit früher gewesen sein.«

»Rita, du musst unbedingt etwas über ihren Hund Odin herausfinden. Er bedeutete Freya viel. Sie hat zu weinen begonnen, als sie Hund umarmt hat.«

»Und wie hat Hund darauf reagiert?«, fragt Lundt ironisch.

»Er hat ihr das Gesicht geleckt.«

»Das heißt, dein Hund steht auf eine Serienkillerin«, sagt Rita mit einem düsteren Unterton.

»Hund spürt nur, dass Freya Tiere liebt.«

»Und wahrscheinlich Menschen hasst«, ergänzt Rita. »Aber ich gebe mein Bestes, um etwas über diesen Hund herauszufinden. Ich kann ja die Wohnung zurzeit nicht verlassen.«

»Warum nicht? Es gibt doch einen Aufzug im Haus.«

»Ich ertrage es nicht, unter fremden Menschen zu sein. Gerade du musst das doch verstehen, Targa. Es kann immer wieder passieren.« Unwillkürlich fährt sich Rita an den Hals. Targa weiß, dass sich unter dem Rollkragen eine dünne Narbe verbirgt, die von der Drahtschlinge des Serienkillers Sandman stammt. Eine Narbe, die langsam verblasst. Anders als die Narben auf Ritas Seele, die noch immer leuchten.

»Hier, ich habe noch etwas für euch«, meint Rita. »Einen Technikplan von dem Penthouse von Freya von Rittberg.« Rita dreht das iPad zu Targa und Lundt.

»Irgendwo dort muss es ein Versteck für ihre Trophäen geben. Das musst du finden, Targa.«

»Serienkiller lieben es, ihre Fetische immer um sich zu haben«, ergänzt Targa. »Jeffrey Dahmer hatte die Köpfe seiner Opfer im Kühlschrank. So konnte er sie jederzeit betrachten und sich an das Tötungsritual erinnern. Freya tickt genau gleich.«

»Aber wir wissen noch nicht einmal, was sie als Trophäen mitgenommen hat«, wirft Lundt ein.

»Es ist die Art der Inszenierung«, erwidert Targa. »Freyas Trophäe ist die Dokumentation des langsamen Ausblutens ihrer Opfer. Das ist ihr Kick. Sie macht wahrscheinlich Fotos von ihren Blutopfern.«

»Woher willst du das wissen?«

»Ich habe es in ihrem Atelier gesehen. Den Gemälden ohne blutende Menschen fehlt die Kraft. Die bekommen sie erst, wenn Freya das langsame Sterben malt.«

»Warum macht ihr nicht einfach eine Hausdurchsuchung? Freya von Rittberg ist doch die Hauptverdächtige.« Rita sieht fragend zu Lundt.

»Der Staatsanwalt genehmigt es nicht. Erst wenn wir einen konkreten Beweis haben.« Lundt zuckt mit den Schultern. »Freya von Rittberg hat gute Verbindungen nach ganz oben, bis ins Innenministerium.«

»Du meinst, zu Neonazis?«, fragt Rita.

»Mag sein, das weiß ich nicht, aber zu Anhängern dieser Ideologie«, entgegnet Lundt diplomatisch. Er steht auf. »Ich hole uns ein Bier.«

Rita und Lundt trinken schweigend eine Flasche Bier, während Targa an einem Glas Wasser nippt. Alle drei sitzen verloren am Küchentisch und hängen ihren Gedanken nach.

»Diesen Zac werde ich mir auch noch vorknöpfen. Wenn ich da was finde, gebe ich euch Bescheid.« Rita hebt ihre

Bierflasche in Targas Richtung. »Es ist schön, dass wir wieder gemeinsam arbeiten, Targa.«

»Finde ich auch okay«, antwortet Targa hölzern. Es ist ein Anfang. Rita und sie könnten Freunde werden, wenn es so etwas wie Freundschaft überhaupt für Targa gibt.

Nach einer Weile verabschieden sich Lundt und Targa von Rita und fahren mit dem Aufzug nach unten.

»Wann bekomme ich denn nun einen Besuchstermin bei Martha?«, fragt Targa, als sie nach draußen gehen. Sie weiß, dass Martha noch im Untersuchungsgefängnis in Moabit einsitzt. Wenn die Mordanklage rechtskräftig ist, dann wird sie in ein reguläres Gefängnis überstellt, und es wird schwieriger, mit ihr zu reden.

»Bald. Es hat mich eine Menge Überredung gekostet, dir eine Erlaubnis zu besorgen«, sagt Lundt. »Warum willst du überhaupt mit ihr reden?«

»Ich will herausfinden, warum sie lügt.«

25

Freya spürt die dunklen Wolken, die sich in ihrem Kopf zusammenbrauen und jeden Hauch von Kreativität ersticken. Sie sitzt in ihrem Penthouse und starrt auf eine Leinwand, die sie mit ihrer leeren Fläche zu verhöhnen scheint. Immer wieder muss sie an Odin, ihren Hund, denken, der vor vielen Jahren ums Leben kam.

Wie wurde er getötet?, fragt sie sich, obwohl sie die Antwort genau kennt. Doch sie hat nicht die Kraft, sich der Wahrheit zu stellen.

»Bin ich mutlos geworden?«, flüstert sie in die Stille ihres Ateliers hinein. »Bin ich tatsächlich so mutlos, dass ich mich der Vergangenheit verweigere?«

»Nein, du bist stark und mutig. Du überwindest herkömmliche Moralvorstellungen und Gebote. Du schwebst über den gewöhnlichen Menschen. Du hast Fans, die dich um deinen Mut beneiden«, gibt sie sich gleich selbst vor dem Spiegel die Antwort.

Das ist wahr. Sie hat den Mut, zu töten und eine Grenze zu überschreiten, bei der es kein Zurück mehr gibt. Jetzt ist sie wieder guter Dinge. Freya greift nach ihrem Umhang und geht in den großen Wohnraum.

»Wir fahren in die Mut-Festung«, sagt sie zu Zac. »Wo ist Targa?«

»Sie muss gleich hier sein«, antwortet Zac. »Hat angerufen, dass sie noch in der Stadt unterwegs ist.«

»Da bist du ja«, sagt Freya lächelnd, als Targa kurze Zeit später aus dem Lift steigt. Wie immer wirkt sie kühl und unnahbar. Manchmal erinnert sie Freya an einen wandelnden Eisblock. Doch sie spürt, dass im Inneren ein Vulkan glost, der nur darauf wartet, auszubrechen. Freya hofft, dass sie es ist, die diesen Vulkan zum Ausbruch bringt.

Gemeinsam fahren sie hinaus zu dem stillgelegten russischen Militärgelände außerhalb von Potsdam, das Freya »Mut-Festung« getauft hat und in dem sich ihr öffentliches Atelier befindet. In der Dämmerung sieht das Gelände noch heruntergekommener aus und passt perfekt zu Freyas Gemütszustand. Links und rechts von der mit Unkraut durchzogenen Rollbahn stehen die gewölbten Hangars. Manche von ihnen sind bereits eingestürzt, andere von Gestrüpp überwuchert. Im Hintergrund ragt der Fluglotsenturm mit leeren Fensterhöhlen auf. Davor sind kaputte Militärfahrzeuge zu bizarren Schrotthaufen aufgeschichtet. Über dem ganzen Gelände liegt eine Endzeitstimmung. In einem der wenigen intakten Hangars kampiert eine Gruppe junger Männer und Frauen, die sich online für die kommenden Mut-Challenges beworben haben.

»Das ist meine Schwester im Geiste«, verkündet Freya, als sie in die Halle tritt und Targa vorstellt. Sie gehen zu zwei jungen Frauen, die unter ihren tief in die Stirn gezogenen Hoodys fast nicht zu erkennen sind. »Ihr wirkt so ängstlich und verstört. Versteckt euch nicht. Seid mutig und schön.«

»Wann können wir unseren Mut beweisen?«, fragt eines der Mädchen.

»Ich will so werden wie du«, meint die andere mit ekstatischer Stimme. »Du bist mein großes Vorbild. Eine Künstlerin, die mit Blut malt.«

»Bis dahin ist es ein langer Weg. Ich war oft am Verzweifeln und mutlos. Fand mich unattraktiv und hatte kranke Fantasien. Doch dann habe ich diese Schwächen akzeptiert und wurde dadurch mutig.«

Die beiden Fans hängen an Freyas Lippen. Aber wie ist es wirklich? Ist sie mutig geworden, oder haben ihre kranken Fantasien sie zerstört, zu einer Killerin gemacht? Zu einer Frau, die ständig töten muss und doch nie die Vergebung erlangt, die sie sich erhofft.

»Ich habe schon öfters über deine Mut-Challenges in meinem Blog berichtet. Aber du selbst hast noch nie an einer dieser Challenges teilgenommen, soweit ich mich erinnern kann«, hört Freya die Stimme einer jungen Frau und dreht sich zu ihr. Die trüben Gedanken verfliegen. Jetzt ist sie wieder Freya von Rittberg, die mutige Künstlerin, die ihre Gemälde mit Blut malt.

»Wie heißt dein Blog?«, fragt sie die junge Frau, die sie mit ihren grünen Augen unverwandt anblickt. Sie trägt schwarze Jeans und Lederjacke, doch das T-Shirt, das darunter hervorblitzt, ist pink.

»Ich bin Charleen, und mein Blog heißt ›Charleens Traumbibliothek‹.«

»Traumbibliothek, was für ein schöner Name.« Freya erinnert sich wieder an den Blog. Es stimmt, Charleen hat bereits einige Male über ihre Mut-Challenges geschrieben. Immer mit einer gewissen kritischen Distanz, ohne sich von Emotionen leiten zu lassen. Das fand sie professionell. Doch bisher war Charleen nie selbst in Erscheinung getreten.

»Ich bin aber nicht hier, um über die Traumbibliothek mit dir zu reden.« Charleen verschränkt die Arme vor der Brust. »Meine Abonnenten interessiert, ob du selbst auch mutig bist.«

»Ich verstehe nicht …« Freya ist irritiert.

»Dann formuliere ich die Frage anders: Bist du mutig, oder bluffst du nur, Freya von Rittberg?«

»Du denkst also, es fehlt mir an Mut?« Freya zieht die Augenbrauen hoch. Irgendwann musste diese Frage kommen, das war klar.

»Hättest du den Mut gehabt, dich gefesselt auf die Schienen zu setzen?«

»Warum nicht?«

»Dann beweise es mir«, sagt Charleen schnell. »Zeig mir spontan, ob du mutig bist.«

Freya wirft einen Blick in die Runde. Die jungen Frauen und Männer hocken auf dem Boden und hören gebannt zu. Jetzt kann sie Charleen nicht mehr abwimmeln. Jetzt muss sie Farbe bekennen. Sie zieht ihren Umhang fester zusammen und denkt nach. Lässt diverse Challenges vor ihrem geistigen Auge Revue passieren.

»Also, was ist?« Die Stimme von Charleen hat einen provokanten Unterton. Die junge Frau ist tough, das hat Freya sofort erkannt.

»Gehen wir nach draußen.«

Als sie auf dem Rollfeld stehen, fällt Freyas Blick auf die beiden russischen Ural-Motorräder, die an der Hallenwand lehnen.

»Wir machen eine Challenge«, sagt Freya und dreht sich zu Charleen. »Dabei werden wir feststellen, wer von uns beiden mutiger ist. Kannst du Motorrad fahren?«

»Ja, das habe ich von meinem Bruder gelernt.«

»Dann probieren wir die Maschinen jetzt aus.«

»Das kannst du nicht machen«, mischt sich Zac ein. »Ich habe die alten Motorräder bereits einem Sammler versprochen. Der will unbedingt die sowjetische Militärausführung 750 m3 mit Seitenventilen.«

»Aus diesem Deal wird leider nichts«, entgegnet Freya. »Denn jetzt möchte ich von Charleen wissen, ob auch sie mutig ist.«

»Was soll ich beweisen? Ob ich mutig genug bin, mit einem alten Motorrad zu fahren?«, meint Charleen ironisch.

»Nein, wir machen eine Mut-Challenge. Da können wir gegenseitig unseren Mut beweisen.«

»Und was ist das für eine Challenge?«, will Charleen wissen, und ihre grünen Augen blitzen interessiert auf.

»Dort drüben befindet sich eine aufgelassene Schottergrube.« Freya deutet nach Westen, wo gerade der letzte Streifen Tageslicht am Horizont zu sehen ist. »Wir fahren auf dem Feldweg direkt auf die Kante zu. Wer zuerst vom Motorrad springt, hat verloren.«

»Das ist zu gefährlich, Freya«, sagt Targa.

Freya dreht sich zu Targa und lächelt sie an. »Ich lebe gerne gefährlich. Aber es ist schön, dass du dir um mich Sorgen machst, Schwester.« Dann wendet sie sich zu Charleen. »Los, fahren wir.«

Es wird bereits dunkel, als sie sich der Schottergrube nähern. Zunächst fahren sie am Rand entlang und blicken in den Abgrund. Die Grube ist ungefähr zwanzig Meter tief, und unten auf dem Boden sind schemenhaft die Umrisse eines alten Lastwagens zu erkennen. Dann fahren sie auf dem Feldweg einige Hundert Meter zurück.

»Hast du Angst?«, fragt Freya, als Charleen auf dem Feldweg neben ihr zum Stehen kommt.

»Nein. Ich filme die Challenge mit. Das wird eine tolle Überraschung für meine Leser.« Charleen steckt sich eine Minikamera an den Kragen ihrer Lederjacke.

»Du gibst uns das Startzeichen«, sagt Freya zu Targa, die mit Zac zwischen den beiden Motorrädern auf dem Feldweg steht.

»Wie du möchtest«, meint Targa. Sie wartet, bis die beiden Frauen ihre Maschinen in Stellung gebracht haben. Dann steckt sie zwei Finger in den Mund. Ihr gellender Pfiff ist das Startsignal.

Freya lässt ein wenig zu schnell die Kupplung sausen. Ihre Maschine bäumt sich auf wie ein wildes Pferd. Doch sie ist stark und hat das Motorrad sofort wieder unter Kontrolle. Inzwischen hat Charleen bereits einige Meter Vorsprung. Freya beschleunigt, sodass der Kies auf dem Feldweg wie die Garbe einer Schrotflinte in die Luft spritzt.

Jetzt ist es komplett dunkel und der Rand der Schottergrube nur noch undeutlich zu erkennen. Einer von Freyas Fans huscht am Saum entlang und stellt brennende Fackeln auf, um ihn zu markieren. Rasend schnell nähert Freya sich dem flackernden Licht. Sie wirft einen Blick auf Charleen. Beide sind jetzt auf gleicher Höhe. Charleen macht keine Anstalten, von der Maschine zu springen. Im Gegenteil, sie beschleunigt, um schneller als Freya zu sein.

Noch einige Meter bis zur Kante. Charleen müsste jetzt abspringen, dann könnte Freya als Siegerin gefahrlos am Rand abbremsen. Wenige Meter. Die Fackeln am Rand flackern im Wind. Die Grube wirkt in der Dämmerung schwarz wie die Hölle. Freya denkt an Targa und dass sie gerne mit ihr in einem Bett liegen würde. Dass sie weiterleben möchte und nicht sinnlos bei einer Mut-Challenge sterben will. Nur noch ein paar Meter. Endlich bremst Charleen die Maschine ab, die zu schleudern beginnt und auf dem Schotter weiter nach vorn rutscht.

»Spring!«, ruft Freya ihr zu.

»Du zuerst!«

Dann ist die Kante vor ihnen. Charleen springt zu spät ab und wird vom Schwung in den Abgrund gerissen. Freya lässt den Lenker los und wirft sich zur Seite. Sie überschlägt sich einige Male. Wird über den Rand der Grube geschleudert. Kann sich aber an einem Strauch festhalten und hochziehen. Tief unter ihr stürzen die Motorräder auf das Lastwagenwrack und explodieren mit lautem Knall. Mit einem Mal ist die Schottergrube taghell erleuchtet. Freya sieht Charleen, die sich knapp unterhalb der Kante an einer Wurzel festhält. Verzweifelt versucht sie, sich mit den Beinen nach oben zu ziehen. Aber es fehlt ihr die Kraft dazu.

»Hier, nimm meine Hand!« Freya legt sich auf den Bauch und streckt Charleen ihren Arm entgegen. Mit einem lauten Stöhnen packt Charleen zu und klammert sich daran fest.

»Soll ich dich auf das brennende Wrack fallen lassen?«, fragt Freya mit einem tückischen Lächeln. »Du weißt ja, was man über mich erzählt. Ich sei eine Mörderin.«

Dann spannt sie die Muskeln an, und zieht Charleen über den Rand der Grube.

Schwer atmend liegen die beiden Frauen auf dem Rücken und blicken in den nächtlichen Himmel.

»Es stimmt, du bist mutig«, sagt Charleen nach einigen Minuten und dreht sich zu Freya.

»Wir beide sind mutig und haben gewonnen.«

»Um zu gewinnen, bist du jetzt bis ans Limit gegangen.«

»Nein. Denn für mich ist nur der Himmel das Limit«, erwidert Freya.

26

Es ist kurz nach drei Uhr morgens, als Targa mit Freya in das Penthouse zurückkehrt. Noch immer pulsiert der Verkehr durch die Straßen. Die Fenster der Häuser leuchten und vertreiben die Schatten der Nacht. Berlin ist eine Stadt, die niemals schläft.

»Ich komme am Morgen wieder«, sagt Targa. Freya geht ins Schlafzimmer und wirft die Tür hinter sich zu.

»Alles in Ordnung?« Targa klopft gegen die Tür. Von drinnen ist nur ein unterdrücktes Geräusch zu hören. Es klingt wie verhaltenes Schluchzen.

»Keine Sorge. Mir geht es gut.« Freyas Stimme klingt abgehackt. Sie hat offenbar Mühe, einen Satz zu formulieren.

»Ich verschwinde jetzt«, sagt Targa erneut. Unschlüssig steht sie in dem großen Wohnzimmer. Sie versucht, sich ein Bild von Freya zu machen. Freya ist unberechenbar und daher sehr gefährlich.

»Bitte bleib noch!«, ruft Freya plötzlich aus dem Schlafzimmer. *Vielleicht will sie über die Dämonen reden, die von ihrer Seele Besitz ergriffen haben*, denkt Targa und beschließt abzuwarten.

Die Minuten vergehen, und nichts rührt sich. Targa ruft sich den Plan der Wohnung ins Gedächtnis. Trotz der enormen Größe verfügt das Penthouse nur über drei Zimmer mit Nebenräumen. Wohnzimmer, Atelier und das Schlafzimmer.

Leise öffnet sie die Tür zum Atelier. Der Mond, der durch die bodentiefen Fenster scheint, erhellt den Raum. Das Atelier ist fast leer. Es gibt nur einen riesigen Zeichentisch. Keine Bilder an den Wänden, keinen Stuhl, nichts. Konzentriert sieht sich Targa in dem Zimmer um. Nirgends eine Stelle, wo man etwas verstecken könnte. Vorsichtig klopft sie gegen die Wände, um einen Hohlraum zu finden. Sie spürt, dass die Trophäen in dem Penthouse sind. Freya braucht sie für ihre Arbeit. Sie berauscht sich an diesen Fetischen. Spielt die Inszenierung immer und immer wieder durch, bis sich alles in der Erinnerung verliert. Dann muss sie wieder töten.

Sie geht zum Zeichentisch, hockt sich auf den Boden und blickt unter den Tisch. Auch hier gibt es kein geheimes Fach, in dem Fotos verborgen sein können. Nur glattes, unschuldiges Holz. Auf der oberen Fläche ist ein großes braunes Packpapier aufgespannt. Das raue, strukturierte Papier macht die Zeichnung darauf brutal und archaisch. Es sind zwei Frauen, die mit dicken Kohlestiftstrichen hingeworfen sind. Die Körper der Frauen sind nackt und so ineinander verschlungen, dass sie auf den ersten Blick wie eine Gestalt mit zwei Köpfen wirken. Die Gesichter sind fein ausgearbeitet und deutlich zu erkennen: Es sind Targa und Freya.

Targa zuckt von dem Zeichenbrett zurück und spürt einen brennenden Schmerz in ihrer Brust. Ist das ein Warnsignal, nicht mehr weiter in Freyas Gedankenwelt einzutauchen?

»Was hast du hier zu suchen?« Licht flammt auf, und Freya steht in der Tür. »Warum schnüffelst du in meinem Atelier herum? Denkst du, ich habe geheime Schätze versteckt?«

»Ich bin keine Diebin«, antwortet Targa gereizt. »Wofür hältst du mich?«

»Weshalb bist du dann hier drin?«

»Ich sehe mir gerade diese Zeichnung an. Deine Arbeit interessiert mich. Vielleicht kannst du mir irgendwann das Malen beibringen«, erwidert Targa, ohne sich umzudrehen. »Wieso hast du uns als ein doppelköpfiges Wesen gezeichnet?«

»Weil ich uns in meinem Kopf so sehe.« Freya tritt näher und stellt sich auf die andere Seite des Zeichentisches. Sie ist nackt. Über ihre Arme und das Gesicht ziehen sich schwarze Schlieren. Auch ihre Finger sind schwarz.

»Da täuschst du dich«, erwidert Targa. »Ich bin ganz anders als du.«

»Das bist du nicht.« Freya schiebt sich an dem Zeichentisch entlang, bis sie neben Targa steht. Jetzt sieht Targa, dass die schwarzen Schlieren von einem Kohlestift stammen.

»Du hast im Schlafzimmer gezeichnet?«, fragt sie Freya.

»Ja, ich habe versucht, die Situation auf den Bahngleisen zu erfassen. Aber es ist mir nicht gelungen.« Mit ihrem schwarz gefärbten Zeigefinger streicht Freya über die Wange von Targa. Hinterlässt dort eine dunkle Spur, die wie eine Narbe aussieht. »Es fehlt mir die Inspiration. Komm, ich zeige dir etwas.«

Freya nimmt Targa an der Hand und führt sie aus dem Atelier hinüber ins Schlafzimmer. Targa betrachtet Freyas Körper, der wie modelliert wirkt. Das Spiel von Freyas Muskeln fasziniert sie. Targa ist noch nie einer Frau begegnet, die so ihren Körper gestylt hat wie Freya. Die Haut ist straff, und alles an ihr wirkt hart wie Beton. Trotzdem hat sie nichts von ihrer Weiblichkeit verloren. Aber ihre Erotik ist kühl, so als würde sie in einem unsichtbaren Eisblock ruhen. Ist das die Ähnlichkeit mit Targa, von der Freya immer spricht? Sie beide sind aus Eis entstanden. Die Kälte hat sie zu dem gemacht, was sie jetzt sind.

»Schau, das sind die Versuche, die zu nichts geführt haben.« Freya deutet auf verschmierte Blätter, die auf dem Boden und der Decke liegen.

Sie stehen vor Freyas Bett. Es ist riesig und aus einem Betonblock gefertigt. Trotzdem vermittelt es ein Gefühl der Geborgenheit. Auf der Decke liegen Dutzende von Kohlezeichnungen, die alle das Erlebnis auf den Bahngleisen zum Thema haben. Auf manchen dieser Zeichnungen ist auch Targa zu sehen, wie sie Candice zur Seite wirft. Aber es ist mehr eine Ahnung, denn in der Zeichnung erkennt man die Bewegung nur als schwarzes Wischen.

Mit einer wütenden Handbewegung fegt Freya die Blätter von dem Bett und legt sich auf die graue Satindecke.

»Komm her«, sagt sie und winkt Targa. »Leg dich zu mir. Keine Angst, ich will nichts von dir«, meint sie, als Targa zögert.

»Ich habe nie Angst«, erwidert Targa. Sie lässt sich mit dem Rücken auf das Bett fallen und blickt an die hohe Decke. Die Lüftungsschlitze der Klimaanlage sind direkt über dem Bett. Aber Targa spürt keinen Lufthauch. Das irritiert sie. Doch ehe sie weiter darüber nachdenken kann, streicht Freya mit ihren Kohlestifthänden über ihr Gesicht.

»Jetzt bist du so schwarz wie ich«, flüstert sie. »Ich habe deine Seele nach außen gekehrt.«

»Das ist nur der Kohlestift, nicht mein Inneres.« Targa schiebt Freyas Hände von ihrem Gesicht. »Du bildest dir diese Ähnlichkeit bloß ein.«

»Nein. Es hat sicher mit unserer Abstammung zu tun. Junge Mädchen brauchen ein starkes Vorbild. Sonst gerät ihr Weltbild ins Wanken. Ich hatte nur einen Großvater. Doch der war kein Mensch. Er war der Teufel.«

»Was hat dein Großvater getan?« *Erzähle mir mehr von deinem Leben. Dann kann ich die Beweggründe verstehen, warum du tötest,* denkt Targa.

»Das ist eine lange Geschichte, und irgendwann erzähle ich sie dir.« Freya dreht sich von Targa weg und rollt sich am Bettrand zusammen. »Hast du deinen Vater geliebt oder gehasst?«

»Ich habe keinen Vater«, erwidert Targa kurz angebunden. Sie spürt, dass dieses Gespräch eine unangenehme Wendung nimmt und tiefer geht, als sie möchte. Sie will nicht mit Freya über ihren Vater reden. Es geht einzig und allein um den Auftrag. Sie muss Beweise gegen die Serienkillerin Freya von Rittberg sammeln.

»Warum hast du keinen Vater?«, murmelt Freya. Targa wirft einen Blick auf sie. Freya liegt zusammengerollt wie eine Katze auf der Bettdecke. Den Kopf hat sie schützend zwischen ihren Armen verborgen.

»Natürlich gibt es einen Menschen, der mein Vater ist. Er hat meine Mutter in den Tod getrieben. Wenn ich ihn aufspüre, dann bestrafe ich ihn dafür«, sagt Targa und ärgert sich im selben Moment, dass sie nun doch über ihren Vater spricht. Sie spürt, wie ihr Herz heftig zu schlagen beginnt. Derartige Vorgänge fühlt sie intensiv.

»Wie willst du ihn bestrafen?« Noch immer hat Freya den Kopf zwischen den Armen, und ihre Stimme klingt dumpf.

»Ich konfrontiere ihn mit seiner Schuld. Dann töte ich ihn in Gedanken.« *Das stimmt. Sie wird niemals aufhören, an Rache zu denken.*

»Wohnt dein Vater hier in Berlin?«

»Ich habe keine Ahnung, wo er lebt. Aber ich gebe die Suche so lange nicht auf, bis ich ihn gefunden habe.« Targa richtet sich auf und atmet tief durch. Ihre Wangen glühen. Solche Körperreaktionen kommen überfallartig und heftig. Es ist im ersten Moment erschreckend. Freya weckt tatsächlich in ihr die Lust am Töten.

»Ich habe doch recht. Du bist eine Getriebene. Genauso wie ich. Du glaubst, es ist eine Erlösung, wenn du deinen Vater tötest. Aber diese Erlösung kann es für uns nie geben.«

»Wie ist das bei dir? Bist du vielleicht eine Mörderin? Tötest du, um dich von einer Schuld zu befreien?«, versucht Targa, von sich abzulenken.

»Wie kommst du darauf, dass ich töte?« Freya dreht sich zu Targa und sieht sie lange an. »Möchtest du gerne mit einer Mörderin im Bett liegen? Ist das eine erotische Vorstellung für dich?«

»Du weichst meiner Frage aus. Bist du eine Mörderin? Man verdächtigt dich jedenfalls, eine zu sein.«

»Wenn ich meine Bilder male, dann bin ich sicher eine Mörderin. Dann bin ich in einer anderen Welt.« Freya streicht sich mit den geschwärzten Fingern über ihre Brüste und hinterlässt Streifen, die wie eine Kriegsbemalung wirken. »Darüber denke ich aber nicht nach. Nimm Candice als Beispiel. Sie wollte sterben, weil die Welt für sie nur aus Schrecken besteht. Wenn der Zug sie überfahren hätte, wäre das Mord? Wäre ich eine Mörderin oder doch eine Erlöserin für eine arme gequälte Seele?«

»Du hättest sie in den Tod getrieben. Das ist mit Mord gleichzusetzen.« Targa wischt mit der Hand über ihre Wange und betrachtet nachdenklich ihre schwarzen Fingerkuppen. »Mord ist ein Verbrechen.«

»Das ist der große Unterschied, den es zwischen uns gibt«, sagt Freya. »Deine Grenze sind die Konventionen der Gesellschaft. Aber ich bin frei. Meine Grenze ist nur der Himmel. Und eines Tages stoße ich auch den Himmel weg.«

Freya sinkt mit einem tiefen Seufzer im Bett zurück.

»Aber was ist dahinter?«

27

Böse Gerüchte kursieren in Hammerfest. Man spricht von russischen Walfängern, die das Mädchen Fatima vergewaltigt und über die Klippen geworfen haben. Andere wiederum meinen, sie sei freiwillig in den Tod gesprungen. Niemand denkt an Niklas. Die Leiche von Fatima soll nach Oslo gebracht werden, aber aufgrund des schlechten Wetters verzögert sich der Transport.

Niklas sitzt fast jeden Abend in dem alten Leuchtturm und liest die fesselnden Briefe. Seit er die Worte eines Briefes in die Tat umgesetzt hat, fühlt er sich wie ein Junkie auf der Suche nach dem nächsten Kick. Genau so geht es ihm. Immer wieder durchlebt er die Minuten, als sein Messer die Haut durchtrennte und die Schlagader von Fatima öffnete. Es war ein noch nie da gewesenes Gefühl für ihn, ein tausendfacher Orgasmus.

Nach und nach legt er sich eine Strategie zurecht. Niklas will mit dem geheimnisvollen Absender der Briefe in Kontakt treten. Will von ihm lernen, vielleicht auch gemeinsam mit ihm töten. Deshalb nimmt er sich vor, dem Absender einen Brief zu schreiben. Jetzt kommt ihm zugute, dass er in der Bibliothek des Sanatoriums immer die alten Briefwechsel von Dichtern gelesen hat. Diesen Schreibstil verwendet er in seinem Brief, um Eindruck zu machen.

»Ich habe genauso wie Sie getötet. Dabei habe ich große Lust empfunden, als das Blut in hohem Bogen aus der Vene spritzte. Es war ein göttliches Gefühl ...«

Niklas stockt. Erst jetzt denkt er daran, dass jemand anders den Brief in die Hand bekommen könnte. So, wie er die Briefe von Kraft heimlich zurückbehält. Dann würde man den Briefkopf der norwegischen Schifffahrtsgesellschaft, der dieser Leuchtturm gehört, sehen und Niklas' Fingerabdrücke auf dem Papier finden.

Nachdenklich knüllt er das Papier zusammen und legt es in einen metallenen Aschenbecher. Dann zündet er ein Streichholz an und wartet, bis der Brief völlig verbrannt ist. Noch mehrere Minuten starrt er in die Asche, in der sein Blutrausch verglüht. Plötzlich hat er eine Idee, die er sofort umsetzen will und muss.

Hektisch schlüpft Niklas in seine Regenjacke und trampelt die Wendeltreppe nach unten. Als er die Tür des Leuchtturms öffnet, peitscht ihm der Regen ins Gesicht. Er zieht die Kapuze noch tiefer in die Stirn und läuft den steilen Weg nach unten. Das Weiterkommen ist mühsam, immer öfter muss er sich gegen den schneidenden Wind stemmen, um nicht die Klippen hinuntergeweht zu werden.

Endlich taucht das Sanatorium auf. Dort brennen nur noch die Lichter beim Eingang. Der Rest des Gebäudes liegt im Dunkeln. Als er durch die Eingangshalle schleicht, ist alles ruhig. Die Patienten schlafen bereits, und aus dem Zimmer der Nachtschwester ist eine Fernsehsendung zu hören. Niklas geht zum Tresen und nimmt das Klippbord mit der Zimmereinteilung. Darauf ist auch vermerkt, welche Medikamente die jeweiligen Patienten erhalten. Kraft erhält ein Schlafmittel, da er in der Nacht zu Albträumen neigt und unter Schlaflosigkeit leidet. Niklas legt das Klippbord zurück auf den Tresen und greift nach der Schachtel mit den Latexhandschuhen, die auf einem Bord liegt. Er nimmt ein Paar Handschuhe und steckt sie in seine Tasche.

Leise öffnet Niklas dann die Glastür zu dem Trakt, in dem Krafts Zimmer liegt. Er geht den Korridor entlang, bleibt vor dessen Zimmer stehen und zieht sich die Latexhandschuhe über. Vorsichtig öffnet er die Tür. Bevor er jedoch in Krafts Zimmer tritt, lauscht er noch auf die Schlafgeräusche des Patienten. Erst dann geht er hinein.

Das Zimmer wird von der Straßenlaterne ein wenig erleuchtet. Auf dem Tisch, wo er mit Kraft immer Mikado spielt, liegt ein Stapel weißen Papiers. In klaren Momenten zeichnet Kraft. Dann malt der alte Mann kleine Jungen mit Lederhosen und Mädchen mit Zöpfen, die sich an den Händen halten. Die Kinder stehen vor einem lang gestreckten Bau, der so ähnlich wie das Sanatorium aussieht. Mehr ist auf den Blättern nie zu erkennen. Der Rest ist nur noch ein wüstes Gekritzel.

»Kraft malt Szenen aus seinem Unterbewusstsein«, hat ein Psychologe einmal zu Niklas gesagt.

»Aber es ist immer die gleiche Szene.«

»Für ihn sind es verschiedene Augenblicke. Er nimmt sie unterschiedlich wahr.«

Niklas versteht davon kein Wort. Er weiß nur, dass etwas an diesen vielen Zeichnungen merkwürdig ist. Aber er kann es nicht benennen.

Es ist das erste Mal, dass Niklas in dem Zimmer ist, während Kraft schläft. Der Alte schnarcht und wälzt sich unruhig umher. Niklas aktiviert die Lampe von seinem Handy. Über der Stuhllehne hängt Krafts Hose. Im Lichtschein kann Niklas die kleine Kette erkennen, an der ein Schlüssel befestigt ist. Dieser Schlüssel passt zu dem wurmstichigen Sekretär, der in einer Ecke steht und immer verschlossen ist. Kraft macht ein großes Geheimnis daraus und sperrt sofort ab, wenn Niklas auftaucht.

Niklas nimmt den Schlüssel und klickt ihn von der Kette. Geht zu dem Sekretär und öffnet die Lade. Er sieht im Schein der Handylampe nur ein heilloses Wirrwarr von Bindfäden, Klebern, alten Brillen und allerlei sinnlosem Krimskrams. Ganz hinten entdeckt Niklas Briefpapier des Alten und eine zerfledderte Bibel.

»Kraft ist doch Atheist«, flüstert Niklas zu sich selbst. Er erinnert sich an Krafts wütende Ausrufe: ›Es gibt keinen Gott‹, wenn ihn jemand sonntags in die Kirche mitnehmen wollte. Neugierig nimmt Niklas die Bibel und öffnet sie. Zwei vergilbte Fotos fallen heraus. Niklas nimmt das obere Foto und betrachtet es: Es zeigt einen jungen Mann mit stechenden hellen Augen. Er trägt einen weißen Mantel über der Uniform und hält einen blonden Jungen an der Hand. Dann betrachtet er das zweite Foto. Der Mann darauf ist wesentlich älter. Diesmal hat er ein kleines Mädchen mit blonden Zöpfen auf dem Arm. Das kleine Mädchen hält etwas in der Hand, was Niklas auf den ersten Blick nicht identifizieren kann. Doch dann sieht er, dass es ein toter Vogel ist. Niklas legt die Aufnahmen nebeneinander und sieht sich das Gesicht des Mannes genauer an. Überlegt. Es ist derselbe Mann, nur vierzig Jahre älter. Dann nimmt er sein Handy und fotografiert die Aufnahmen, ehe er sie wieder zurück in die Bibel legt. Niklas nimmt das Briefpapier, sperrt den Schreibtisch ab, steckt den Schlüssel wieder an die Kette und verlässt das Zimmer.

Diesmal geht er nicht wieder in den Leuchtturm, sondern zurück in sein Zimmer im Angestelltentrakt. Lächelnd greift er nach dem Briefpapier, betrachtet es und legt es dann kopfschüttelnd zur Seite. Er holt ein neutrales Blatt aus seiner Aktenmappe, hockt sich mit angezogenen Knien auf das Bett und beginnt zu schreiben:

»Als großer Bewunderer Ihrer Kunst erlaube ich mir, mit einer Bitte an Sie heranzutreten. Es würde mir ein beträchtliches

Vergnügen bereiten, Ihre werte Bekanntschaft zwecks persönlichen Gedankenaustauschs zu machen ...«

Niklas legt den Kopf zurück und lässt den Anfang auf sich wirken, bevor er fortfährt. Er liest das Schreiben noch einmal durch, nickt zufrieden, steckt es in einen Umschlag und adressiert es an den Absender von Krafts Briefen. Die Ausdrucksweise ist altmodisch und geschraubt, aber der Sinn seiner Worte ist klar verständlich. Er will mit dem Töten weitermachen.

28

Das Kriminalgericht Moabit liegt in Berlin-Mitte. Es ist das größte Strafgericht Europas mit über dreihundert Richtern und mehr als dreihundertfünfzig Staatsanwälten.

Targa schreitet zielgerichtet auf das ausladende klassizistische Portal zu. Lundt lehnt bereits an einer Säule, mit einer brennenden Zigarette im Mundwinkel. Er verzieht keine Miene, als Targa an ihm vorbei ins Foyer geht. Sie bleibt vor der breiten Treppe stehen, die sich auf halber Höhe in eleganten Schwüngen nach links und rechts teilt. Auf den ersten Blick wirkt das Innere wie die Halle eines Schlosses, obwohl hier ausschließlich über menschliche Schicksale entschieden wird. Erst jetzt spricht Lundt sie an.

»Du kannst es dir noch überlegen, ob du Martha Bergstein wirklich aufsuchen willst.«

»Ich will wissen, warum sie den Mord gestanden hat!«

»Du solltest dich besser auf deine Aufgabe konzentrieren«, mahnt Lundt. »Was hast du bisher erreicht?«

»Ich mache Fortschritte«, antwortet Targa einsilbig. »Jetzt möchte ich mich aber auf mein Gespräch konzentrieren.« Heute ist der Platz in ihrem Kopf für Martha reserviert. Nicht nur für Martha, sondern auch für die Suche nach ihrem Vater. Als

Lundt nichts darauf erwidert, studiert sie die Informationstafel im Foyer.

»Du wirst keinen Wegweiser ins Untersuchungsgefängnis finden«, sagt Lundt. »Deswegen bin ich ja hier. Wir nehmen den kurzen Dienstweg.«

Lundt deutet mit dem Kopf zu einer weiß gestrichenen Stahltür. Auf dem Türblatt befindet sich ein Display, in das Lundt einen mehrstelligen Code eintippt. Mit einem leisen Klacken schwingt die Tür auf.

»Folge mir«, sagt Lundt knapp und verschwindet in einem schmalen Gang.

»Wohin führt dieser Weg?« Der Gang ist gewölbt und erinnert an eine Röhre. »War das einmal ein geheimer Zugang zum Gefängnis?«

»Richtig. In der Nazi-Zeit wurden hier die politischen Gefangenen unauffällig in das Gerichtsgebäude geschleust«, erklärt Lundt. »Heute verwendet kaum noch jemand diesen Gang. Außer es handelt sich um einen brisanten Fall.«

»Ist Martha denn Gegenstand eines brisanten Ermittlungsfalls?«

»Nein, aber du bist an einer geheimen Aktion beteiligt. Je weniger Personen dich sehen, desto besser.«

Nach kurzer Zeit kommen sie erneut zu einer Stahltür, und wieder tippt Lundt einen Code ein. Dann stehen sie in einem gewaltigen kuppelförmigen Raum, an dessen Wänden sich kreisförmige Galerien befinden. Die Stahltüren, die von diesen Galerien abgehen, sind verschlossen.

»Das ist das Zentrum des Gefängnisses. Von hier aus gehen die Zellenbereiche sternförmig ab«, erklärt Lundt wie ein Fremdenführer. »Derzeit sind alle Häftlinge in ihren Zellen. Es sieht uns also niemand.«

Targa und Lundt gehen zu einer Glaskabine, in der ein Justizwachbeamter sitzt. Lundt zieht ein Papier aus seiner

Anzugjacke und schiebt es durch einen schmalen Schlitz zu dem Beamten. Targa kann nicht erkennen, was darauf steht. Kurz danach öffnet sich eine Glastür mit leisem Zischen.

»Martha Bergstein ist in der letzten Zelle«, sagt Lundt. »Ich warte hier.«

»Wie komme ich hinein?«

»Die Tür öffnet sich automatisch.«

Targa holt tief Luft. Der Belag dämpft ihre Schritte, und außer dem Geräusch der Klimaanlage ist nichts zu hören. Gleich wird sie der Frau gegenüberstehen, die angeblich Ole Bergstein erschossen hat. Ole, den Targa für ihren Vater gehalten hat. Carlos Schmidt hat Targa damals diesen Namen genannt. Warum sich Carlos wohl getäuscht hat? Beinahe hätte sie einen unschuldigen Menschen erschossen. Noch einmal atmet sie durch, dann tritt sie ein.

»Was wollen Sie von mir?«, fragt Martha Bergstein. Die ältere Frau sieht noch genauso aus, wie Targa sie in Erinnerung hat. Eine hagere Gestalt mit schwarzen Haaren, durch die bereits das Grau schimmert. Doch der bittere Zug um ihren Mund ist verschwunden. Das lässt ihr Gesicht freundlicher wirken.

»Ich will mich mit Ihnen über die Nacht unterhalten, in der Ihr Mann ermordet wurde«, sagt Targa. Sie verschränkt die Hände vor der Brust und bleibt neben der Tür stehen.

»Lesen Sie das Protokoll. Dem habe ich nichts hinzuzufügen«, antwortet Martha müde. »Dort steht auch, dass ich schwer krank bin.«

»Haben Sie deshalb einen Mord gestanden, den Sie nicht begangen haben?«

»Wie kommen Sie darauf, dass ich Ole nicht getötet haben könnte?« Martha sieht Targa erstaunt an.

»Man hat keine Schmauchspuren an Ihren Händen gefunden«, sagt Targa, die den Untersuchungsbericht genau studiert hat.

»Ich trug Handschuhe. Worauf wollen Sie überhaupt hinaus? Wollen Sie mir einreden, dass ich unschuldig bin?«

»Sind Sie unschuldig?«

»Nein, ich bin eine Mörderin und warte hier auf meinen Prozess«, sagt Martha entschieden. »Oder auf meinen Tod. So einfach ist das.«

»Was hatte Ole Bergstein mit Carlos Schmidt zu tun?«, fragt Targa. Carlos Schmidt verkehrte damals in derselben Clique wie ihre Mutter. »Und warum war sich Carlos so sicher, dass Ole mein Vater ist?«

»Das hängt wahrscheinlich mit dem Porsche Targa zusammen, den Ole damals besaß. Ein gelber Sportwagen, den die ganze Clique benutzen durfte«, antwortet Martha, und ein Lächeln huscht über ihre hageren Züge. »Damals waren wir jung und wollten das Leben in vollen Zügen genießen.«

»Und meine Mutter gehörte tatsächlich auch zu dieser Clique?«, fragt Targa, obwohl sie es weiß.

»Natürlich. Die schöne Luisa. Sie war noch so jung und unschuldig, als sie zu uns stieß. Du siehst ihr wie aus dem Gesicht geschnitten ähnlich. Ich darf doch Du zu dir sagen, Targa?«

»Warum nicht? Erzählen Sie mir mehr von meiner Mutter«, fordert Targa Martha auf.

»Plötzlich war Luisa da. Sie stieg aus dem gelben Porsche Targa, und alle waren hingerissen von ihrer Erscheinung. Am schlimmsten hat es Carlos erwischt, er war bis über beide Ohren in Luisa verliebt. Carlos wurde dann aber auf ein U-Boot abkommandiert. Er hat immer geglaubt, Ole würde dahinterstecken. Damit er freie Hand bei Luisa hat. Aber Ole hat damit überhaupt nichts zu tun gehabt.«

»Wer war damals noch in dieser Clique?«, bohrt Targa weiter. Sie spürt, dass sie jetzt vielleicht einen entscheidenden

Hinweis auf ihren Vater bekommt. Doch Martha zuckt bloß bedauernd mit den Schultern.

»Ich kann mich an keine weiteren Personen erinnern. Es ist schon so lange her.«

»Das glaube ich Ihnen nicht.«

»Das musst du mir glauben, Targa.«

»Warum haben Sie Ole geheiratet?«

»Ich wollte versorgt sein. Ole war vermögend, das hat mich gereizt. Doch dafür musste ich später büßen.« Martha schweigt und starrt an Targa vorbei auf die Zellenwand. Targa kann spüren, wie hinter Marthas Stirn ein Film abläuft. Es geht um Erniedrigung und Kränkungen.

Targa stößt sich von der Wand ab und hockt sich vor Martha auf den Boden. Sie schaut Martha tief in die Augen.

»Hast du Ole wirklich umgebracht?«, fragt sie leise und wechselt plötzlich vom Sie zum Du.

Martha zögert einen Moment, dann lehnt sie sich zurück und sieht an die Decke.

»Das ist doch jetzt egal. Hauptsache, du kommst nicht ins Gefängnis.«

»Was redest du da?«, fragt Targa verwundert. »Was für ein Interesse hast du daran, dass ich nicht ins Gefängnis muss?«

»Keines. Ich wollte nur noch einmal im Leben eine gute Tat tun. Das bin ich Luisa schuldig.«

»Was ist zwischen dir und meiner Mutter vorgefallen?« Targa ist jetzt hellhörig. Welches böse Geheimnis verbirgt Martha vor ihr?

»Absolut nichts. Und jetzt lass mich in Ruhe.« Martha geht zur Zellentür und drückt auf einen Knopf.

»Ich komme wieder«, sagt Targa und steht langsam auf. »Dann will ich wissen, was zwischen dir und Luisa passiert ist.« Sie geht nach draußen auf den Korridor. Vorn beim Glaskasten steht Lundt und telefoniert. Als er sie sieht, steckt er das Handy weg und winkt ihr zu.

»Wenn du wiederkommst, werde ich nicht mehr leben. Du bist genauso störrisch und aufmüpfig wie deine Mutter«, ruft Martha ihr noch hinterher. »Aber auch genauso schön.«

29

Einige Dinge im Leben bleiben für immer ungeklärt. Nachdenklich verlässt Targa das Gerichtsgebäude. Noch immer hat sie Marthas Worte im Ohr: »Ich wollte nur noch einmal im Leben eine gute Tat tun. Das bin ich Luisa schuldig.«

Mit Lundt hat sie beim Hinausgehen nicht mehr gesprochen. Jetzt macht sich Targa auf den Weg zu Margarete, um ihre Post abzuholen. Das ist im Grunde völlig unnötig, denn Targa bekommt fast nie Post. Doch Margarete hebt auch die Werbung und Gratiszeitungen für sie auf. Targa geht schnell über den Parkplatz, wo ihr VW-Bus steht. Zwischen den großen dunklen Limousinen der Rechtsanwälte wirkt der antiquierte Bus wie ein aus der Zeit gefallener Fremdkörper.

Sie öffnet die Schiebetür und holt Hund heraus. In dem Ratgeber für soziales Verhalten hat sie gelesen, dass Interaktionen mit Hunden auch die soziale Kompetenz fördern. Deshalb läuft sie mit Hund eine Runde über den Parkplatz, ehe sie ihn wieder in den Bus verfrachtet. Ein Blick auf die Uhr sagt ihr, dass sie sich beeilen muss.

Targa hat Glück und findet direkt vor dem Haus, in dem Margarete wohnt, einen Parkplatz. Sie leint Hund an und steigt die ausgetretenen Stufen hinauf.

»Komm herein, die Tür ist angelehnt«, ruft Margarete von drinnen. Hund schnüffelt in die Luft und beginnt zu wedeln. Er kennt den Geruch.

Doch in der Wohnung von Margarete hat sich seit Targas letztem Besuch einiges verändert. Im Flur liegen zusammengerollte Teppiche, und der Kleiderschrank ist mit einer Plastikfolie abgedeckt.

»Was ist hier los?« Targa klopft nervös mit ihrem Sneaker auf den Holzfußboden.

»Schön, dass du hier bist, Liebes.« Margarete kommt ihr mit ausgebreiteten Armen entgegen. Sie hat ihr graues Haar zu einem Dutt zusammengefasst und wirkt erhitzt. »Ich lasse die Wohnung renovieren. Das ist schon lange überfällig.«

Sie beugt sich zu Hund und streichelt sein Fell. Geschäftig richtet sich Margarete dann auf.

»Ich benötige deine Hilfe beim Ausmisten deines Zimmers.«

»Ich will keine Veränderungen in meinem Zimmer. Was hast du vor?« Targa geht schnell an Margarete vorbei. Hastig öffnet sie die Tür, doch zum Glück ist alles noch an seinem Platz. Das Bett steht in der Ecke und der Schrank gegenüber. Auch die alte Patchworkdecke liegt noch auf dem Stuhl.

Targa dreht sich zu der Pinnwand neben dem Schrank. Sekundenlang betrachtet sie das Foto ihrer Mutter, das Margarete aus einer Zeitung ausgeschnitten hat. Targa hat es als junges Mädchen an die Wand gepinnt. Mit den Jahren ist das Foto zwar verblichen, doch das Gesicht ist noch immer zu erkennen. Es stimmt, was Martha gesagt hat, sie sieht Luisa sehr ähnlich.

»Ich lasse auch dieses Zimmer renovieren«, sagt Margarete, die hinter Targa eingetreten ist.

»Nein, das gefällt mir nicht!« Targa dreht sich mit einem Ruck zu Margarete. »Du brauchst diesen Raum doch gar nicht.«

»Aber du auch schon lange nicht mehr«, meint Margarete lächelnd. »Wann hast du das letzte Mal in diesem Zimmer geschlafen?«

»Vor fünf Jahren, sechs Monaten und einundzwanzig Tagen«, schleudert Targa ihr entgegen. »Ich bin gerade aus Amerika zurückgekommen. Einen Tag später habe ich den VW-Bus gekauft.« Sie stockt und sieht Margarete in die Augen. »Das Zimmer ist meine Vergangenheit. Die kannst du doch nicht so einfach auslöschen.«

»Wenn du unbedingt willst, dann lasse ich alles, wie es ist.«

»Danke für diese Entscheidung«, sagt Targa spröde und haucht Margarete einen angedeuteten Kuss auf die Wange.

»Ehe ich es vergesse. Hier ist deine Post.« Margarete hält Targa einen Packen Prospekte und Gratiszeitungen entgegen. »Da ist auch ein Schreiben aus Kopenhagen dabei. Ich wusste gar nicht, dass du Bekannte in Kopenhagen hast«, sagt Margarete neugierig.

»Ich kenne niemanden in Kopenhagen.« Targa runzelt die Stirn. Seit sie für die Abteilung K2 arbeitet, hat sie kaum Post erhalten. Nachdenklich betrachtet sie das Kuvert, dreht es zwischen ihren Fingern. Es ist ein amtliches Schreiben der dänischen Post. Sie öffnet den Umschlag und liest den Text, der in drei Sprachen abgefasst ist.

»Was steht denn in dem Brief?« Margarete beugt sich nach vorn, um den Text lesen zu können.

»Ich bin Inhaberin eines Schließfachs in der Hauptpost von Kopenhagen«, sagt Targa. Sie faltet das Schreiben zusammen und steckt es in die Tasche ihrer Latzhose. »Carlos Schmidt hat es irgendwann mal auf meinen Namen angemietet.«

»Was mag wohl darin sein?«, fragt Margarete.

»Ich habe keine Ahnung.« Targa will jetzt nicht mit Margarete darüber sprechen. Sie will auch keine Vermutungen anstellen.

Targa dreht sich um und geht aus ihrem Zimmer. Überall in der Wohnung sind Möbel mit Plastikfolien überzogen und Bilder abgehängt. Bis auf kleinere Ausbesserungsarbeiten hat Margarete nie etwas in der alten Wohnung renovieren lassen. Für Targa ist dieses Vorhaben wie das Ende einer Ära. Sie fühlt sich unwohl und kann sich nicht entspannen. Das Chaos in Margaretes Räumen bedrückt sie. Mit angehaltenem Atem flüchtet sie in die Küche. Zum Glück ist dort noch nichts mit der durchsichtigen Folie abgedeckt. Schränke und Regale sehen aus wie immer. Aufatmend setzt sich Targa an den Tisch.

»Hast du wieder einen Auftrag?« Margarete kommt in die Küche und geht zur Kaffeemaschine. Sie gießt Wasser in den Behälter.

»Ja«, antwortet Targa kurz angebunden.

»Was ist das für eine merkwürdige Dienststelle, wo du einfach monatelang wegbleiben kannst?« Margarete weiß natürlich, dass Targa nicht über die Abteilung K2 sprechen darf. Trotzdem fragt sie jedes Mal.

»Das ist normal. Ich habe eine Auszeit genommen.«

»Ist dein neuer Auftrag genauso gefährlich wie dein letzter Fall?«, bleibt Margarete hartnäckig.

»Jeder meiner Jobs ist gefährlich. Ich muss immer in den Kopf der Zielperson kriechen. Ich muss denken wie sie. Ich muss ihre Emotionen verstehen. Das ist nicht einfach, aber das kann ich gut.«

»Du schaffst das. Du bist klug und sehr konsequent«, stimmt Margarete ihr zu. »Wie sieht es übrigens mit deinem Privatleben aus?«

»Ich versuche, an meiner emotionalen Seite zu arbeiten. Auch das ist wichtig.«

»Das klingt gut. Dadurch wirst du noch stärker.« Margarete streicht mit ihren Fingern über Targas Handrücken. Targa widersteht der Versuchung, ihre Hand wegzuziehen. »Oh, der

Kaffee ist ja fertig.« Margarete steht auf und gießt zwei Tassen voll.

»Danke.« Targa trinkt in kleinen Schlucken, sie mag lieber Tee, aber sie will Margarete nicht kränken.

»Hast du deine Wäsche mitgebracht?«, fragt Margarete unvermittelt. »Ich habe morgen frei und kann sie waschen und bügeln.« Für Margarete ist Targa nach wie vor das kleine Mädchen, das sie bemuttern muss.

»Das brauchst du nicht. Ich bringe sie in einen Waschsalon.«

»Wieso in einen Waschsalon?«, wundert sich Margarete.

»Weil ich dort soziale Kontakte knüpfe«, antwortet Targa. »Ein Waschsalon ist ein Ort, wo man unverfänglich mit jemandem reden kann.«

»Verstehe. Während die Maschine läuft, unterhältst du dich mit jemandem, der dir gefällt.«

»Ich mache es anders«, erwidert Targa. »Ich lade einen Mann, der mir gefällt, in das Gartenhäuschen ein. Dort gibt es eine Waschmaschine.«

»Das klingt aber ein wenig skurril«, meint Margarete. »Warum kannst du nicht wie jede normale Frau einen Mann auf einen Wein einladen? Dann wirst du lockerer. Noch besser ist, du machst den Vorschlag, und er lädt dich ein.«

»Aber ich kenne mich bei Wein nicht aus. Man verliert auch leicht die Kontrolle, wenn man trinkt. Wie man seine Kleidung richtig wäscht, darüber kann ich nachlesen. Außerdem ist Wäschewaschen nicht so persönlich.«

30

Das Postamt in den Rathauspassagen von Berlin-Mitte ist immer überfüllt. Niemand nimmt von der hochgewachsenen Frau Notiz, die sich die Kapuze ihrer Jacke tief ins Gesicht gezogen hat. Man würde sie für eine Joggerin halten, von denen es in Berlin jede Menge gibt. Einmal im Monat betritt diese Frau die Passage und verschwindet sofort in dem Raum mit den Postfächern. Um den Hals hat sie ein breites Band, und daran baumelt ein Schlüssel, mit dem sie das Fach aufschließt. Bisher war das Postfach immer leer, und die Frau ist mit einem enttäuschten Gesichtsausdruck wieder verschwunden. Doch diesmal liegt ein Brief darin.

Sie zuckt zurück, als sie den Briefumschlag sieht, der wie ein unheilvolles Versprechen in dem dunklen Fach leuchtet. Behutsam greift sie nach dem Brief und zieht ihn mit zwei Fingern heraus. Sie betrachtet den Poststempel.

»Endlich hat er geschrieben«, flüstert Freya und drückt den Brief gegen ihre Brust. Doch dann fällt ihr auf, dass die Schrift eigenartig ist. Er würde nie ihren Namen in Blockbuchstaben schreiben. Auch würde er nie neben ihre Adresse ein X machen, das aussieht wie zwei gekreuzte Schwerter.

Nein, dieser Brief kann nicht von ihm sein, denkt sie. Aber wer außer ihm kennt ihr Postfach hier in Berlin? Sie widersteht dem Drang, den Brief gleich hier an Ort und Stelle aufzureißen und zu lesen. Stattdessen steckt sie den ungeöffneten Umschlag in ihre Jackentasche und huscht aus dem Postamt. Auf der Straße beginnt sie zu laufen und wird immer schneller. Während sie Richtung Potsdamer Platz rennt, versucht sie, ihre Gedanken zu ordnen. Ist es ein Trick der Polizei? Hat man ihre Briefe abgefangen und will sie damit überführen? Aber ihre Briefe beweisen nichts. Es sind nur die Fantasien einer Künstlerin, mehr nicht. Kein Gericht der Welt würde sie dafür verurteilen. Außerdem gibt es noch den Minister, der dafür sorgt, dass die Staatsanwaltschaft nie ernsthaft gegen sie ermittelt.

Zurück in ihrem Penthouse schließt sie sich in ihrem Schlafzimmer ein. Hastig zieht sie ihre verschwitzten Joggingklamotten aus und setzt sich auf das Bett. Sie öffnet den Brief und beginnt zu lesen:

»Als großer Bewunderer Ihrer Kunst erlaube ich mir, mit einer Bitte an Sie heranzutreten. Es würde mir ein beträchtliches Vergnügen bereiten, Ihre werte Bekanntschaft zwecks persönlichen Gedankenaustauschs zu machen. Ich habe nicht nur Ihre Ausführungen mit größtem Interesse gelesen, sondern diese auch bereits in die Tat umgesetzt. Es war, gelinde gesagt, für mich ein bewegendes Erlebnis, Ihre Gedanken und Gefühle am Höhepunkt der Tat plötzlich auch selbst zu spüren. Seit diesem Zeitpunkt verstärkt sich in mir der Drang, gemeinsam mit Ihnen ein Blutfest zu veranstalten. Ich ersuche Sie daher, mit mir unter beiliegender Adresse Kontakt aufzunehmen. Dann können wir die weitere Vorgehensweise besprechen. Verzeihen Sie bitte, dass ich als Ihr Verehrer so vermessen bin, Sie mit diesem Anliegen zu behelligen, aber ich kann nicht anders. Ihr ergebener Freund.«

Nachdenklich lässt Freya den Brief sinken. Es gibt also in Norwegen jemanden, der mit ihr gemeinsam morden will. Der bereits aufgrund ihrer Briefe jemanden getötet hat. Sie greift wieder nach dem Schreiben. Die Formulierungen sind altertümlich, doch sie spürt die gefährliche Leidenschaft, die aus den Zeilen spricht. Aber wie konnte der geheimnisvolle Absender an ihre Briefe gelangen? Schreiben, die sie doch an jemand anderen geschickt hat? Darauf weiß sie im Moment keine Antwort.

»Seit diesem Zeitpunkt verstärkt sich in mir der Drang, gemeinsam mit Ihnen ein Blutfest zu veranstalten.« Liest sie laut die eindringlichen Zeilen ein weiteres Mal. »Ein Blutfest. Ja, vielleicht veranstalten wir ein Blutfest im hohen Norden. Ein Ritual für die nordischen Götter«, flüstert sie und streicht mit ihrer Hand über die Odin-Tätowierung auf ihrem Arm. Dann steckt sie den Brief wieder zurück in den Umschlag und verstaut ihn in dem Hohlraum der Klimaanlage in der Decke. Sie spürt die Erregung, die dieser Brief in ihr ausgelöst hat, und nimmt ein Blatt Papier aus einer Lade in ihrem Schrank. Mit schnellen Strichen zeichnet sie die norwegische Fjordlandschaft im Winter, die sie aus ihrer frühen Kindheit noch in Erinnerung hat. In die Mitte des Bildes setzt sie ein kleines Mädchen, das aus einer klaffenden Wunde an ihrem Hals blutet und mit diesem Blut ein rotes Herz in den Schnee malt. Als die Zeichnung fertig ist, stellt Freya überrascht fest, dass sie selbst dieses kleine Mädchen ist.

»Alles der Reihe nach«, zügelt sie sich und knüllt die Zeichnung zusammen. »Ich muss nach Norwegen fahren, um die Umstände zu klären. Wer ist dieser geheimnisvolle Mann, und wie ist er an meine Briefe gelangt? Vor allem aber: Warum antwortet ER mir nicht? Aber zuerst habe ich noch etwas anderes zu tun.«

Freya denkt zurück an die Mut-Challenge auf den Gleisen. Sie sieht Targa vor sich, die in letzter Sekunde Candice vor dem Zug gerettet hat. Targa hat sich unbefugt eingemischt und den Ablauf durcheinandergebracht. Targa ist schuld daran, dass Freya vor Candice das Gesicht verloren hat.

»Targa darf niemals stärker werden als ich«, sagt sie. »Deshalb muss ich ihr eine Lektion erteilen.«

31

Der Waschsalon, den Targa im Netz ausgesucht hat, befindet sich am Prenzlauer Berg. Der Laden sieht aus wie eine Kneipe, nur dass anstelle des Tresens zahlreiche Waschmaschinen in dem lang gezogenen Raum stehen. An den Wänden hängen große Schilder mit Aktionsangeboten, und leise Musik vermischt sich mit dem Brummen der Waschtrommeln.

Targa stellt einen Plastiksack mit Schmutzwäsche auf eine lange Bank, die im Gang vor den Waschmaschinen steht. Konzentriert sortiert sie die Wäsche anhand der Anleitung. Neben ihr sitzt ein Mann mit braunem Haar, der ein zerlesenes Textbuch in der Hand hält. Aber er liest nicht, sondern starrt gebannt auf das Bullauge der Waschmaschine. Dort wirbelt gerade seine Wäsche.

»Verdammt!« Der Mann klopft sich auf die Oberschenkel. »Alles verfärbt!« Er steht auf und drückt einen Knopf an der Maschine, um sie zum Stillstand zu bringen.

»Sie haben die Waschanleitung vorher nicht richtig studiert«, sagt Targa und deutet auf die feuchte Wäsche, die der Mann in einen Korb schaufelt.

»Ja, wahrscheinlich haben Sie recht. Das ist ärgerlich. Ich habe eine Jeans mitgewaschen.« Er zuckt die Achseln und lächelt Targa verlegen an.

»Ich bin Targa«, sagt sie und lächelt zurück.

»Edgar. Ich habe dich hier noch nie gesehen.«

»Es ist mein erstes Mal«, sagt sie. Edgar hat einen Dreitagebart und grüne Augen.

»Wo wäschst du denn sonst deine Klamotten?«

»Zu Hause.«

»Ach, und warum bist du dann hier?«, wundert sich Edgar.

»Ich bin gerne unter Menschen«, antwortet Targa. Das stimmt zwar nicht, aber man soll signalisieren, dass man nicht zu introvertiert ist. So steht es jedenfalls in ihrem Ratgeber.

»Und ich bin hier zum Textlernen.« Edgar greift nach seinem zerfledderten Buch. »Für eine Rolle.«

»Oh, du bist Schauspieler?«, fragt Targa. »Ich habe noch nie einen kennengelernt. Bist du am Theater?«

»Ja, aber ich genehmige mir derzeit eine Auszeit. Übe nur für mich.«

»Warum? Das macht doch keinen Sinn, ohne Ziel ein Stück auswendig zu lernen.«

»Für mich schon. Die rotierende Trommel hat einen hypnotischen Effekt.«

»Warum?«

»Weil sie mich in Trance versetzt. Dann kann ich mir den Text merken. Das funktioniert sonst nicht.«

»Warum nicht?«

»Du stellst aber ziemlich viele Fragen«, meint Edgar. Er packt seine Wäsche und steckt sie in den Trockner.

»Ist das schlimm?«

»Nein, ich bin es nur nicht gewohnt, dass jemand so viel fragt.«

»Habe ich dich jetzt gestört?« Targa weiß, dass sie nicht zu viele Fragen stellen darf, aber wie ist sonst eine Konversation möglich? Sollen sich beide anschweigen?

»Nein, natürlich nicht. Aber normalerweise spricht mich hier niemand so direkt an.«

»Aber ein Waschsalon ist doch ein unverfänglicher Ort, um ins Gespräch zu kommen«, erklärt Targa. Jetzt ist sie wieder auf sicherem Terrain. »Man plaudert so dahin.« In dem Ratgeber ist auch von leichter Konversation die Rede. »Was ist in dem anderen Sack?«, fragt sie daher Edgar und deutet auf einen Jutesack, der auf der Bank liegt.

»Das ist auch noch Schmutzwäsche. Es hat sich in den letzten Wochen einiges angesammelt«, meint Edgar entschuldigend.

»Warum wäschst du nicht alles bei deiner Freundin?« Erst jetzt fällt Targa diese Frage nach dem Beziehungsstatus ein.

»Ich bin Single. Außerdem sind Frauen doch nicht zum Wäschewaschen da.«

»Stimmt. Willst du die Wäsche bei mir waschen? In meinem Häuschen steht eine Miele-Maschine. Die funktioniert sehr gut.«

»Hast du sie schon ausprobiert?«

»Nein, aber davon gelesen.« Über die Maschine hat sie nichts in dem Ratgeber gefunden. Diese Informationen hat sie aus dem Netz. Jetzt verlässt sie sich auf ihre Intuition. Edgar ist ein ruhiger, sympathischer Typ. Er sieht gut aus und ist kein Angeber. »Darf ich dich auf einen Waschgang einladen?«

»Auf einen Waschgang. Das klingt aber spannend.« Edgar lacht. »Ja, warum nicht? Wo wohnst du denn?«

»Das Häuschen steht in Pankow. Wir können mit meinem Bus dahinfahren.«

»Dann gehört dir der alte VW-Bus vor der Tür?«, fragt Edgar interessiert.

»Ja, das ist meiner.«

»Ein cooles Gefährt. Mit so einem Bus wollte ich schon immer fahren.«

»Gut, dann lass uns aufbrechen.« Beide raffen ihre Wäsche zusammen und gehen aus dem Waschsalon. Als Edgar die Beifahrertür öffnet, bellt Hund einmal kurz auf.

»Du hast einen Hund? Wie heißt er?«

»Er heißt nur Hund, weil ich mir Namen schlecht merken kann«, antwortet Targa und startet den VW-Bus.

»Hund. Langsam komme ich mir vor wie in einem surrealen Theaterstück«, meint Edgar. »Was machst du eigentlich beruflich?«

»Ich bin Bodyguard.«

»Du nimmst mich doch jetzt auf den Arm.«

»Nein. Das ist mein Beruf.«

Nach einer längeren, schweigsamen Fahrt durch die Stadt erreichen sie die Schrebergartensiedlung »Parzellen des Glücks«. Hier steht die Laube, die Lundt ihr zur Verfügung gestellt hat. Targa parkt den VW-Bus auf der Wiese und steigt aus.

»Dort kannst du waschen.« Sie deutet auf das heruntergekommene Häuschen, holt den Schlüssel unter einem Blumentopf hervor und wirft ihn Edgar zu. »Ich muss mich um meinen kranken Vogel kümmern.«

»Was fehlt ihm denn?«, fragt Edgar mitfühlend.

»Es ist eine Elster, und sie hat sich den Flügel gebrochen.«

»Du pflegst sie gesund?«

»Ja, das tue ich.«

Beide schweigen. Plötzlich weiß Targa nicht mehr, was sie sagen soll. Der Gesprächsstoff ist versiegt. Sie wird nervös und blickt suchend umher.

»Ein schönes Fleckchen hast du hier«, bricht Edgar das unangenehme Schweigen. »Ich sehe mir einmal die Waschmaschine an«, fügt er hinzu und packt seinen Jutesack.

»Eine gute Idee.« Targa öffnet die Schiebetür des Busses, lässt Hund heraus und setzt sich an den Tisch. Sie überlegt, in welche Richtung sie das Gespräch jetzt weiterführen soll. Aber es fällt ihr nichts ein. Seufzend klappt sie ihren Laptop auf, um sich in einem Online-Forum Hilfe zu holen.

Plötzlich poppt ein Fenster auf und kündigt eine eingehende Mail an. Sie ist von Freya.

»Ich werde bedroht. Komm sofort.«

32

Targa fährt in die Tiefgarage und parkt neben dem weißen Jeep von Freya. Sie gibt Hund ein Zeichen, und dieser legt sich gehorsam auf das Bett. Dann steigt sie aus. Der Lift, der hinauf in das Penthouse von Freya führt, hat verspiegelte Wände. Mit einem leisen Zischen öffnen sich die Türen, und Targa steht in dem großen Wohnzimmer.

»Da bist du ja!« Freya kommt ihr mit dem Laptop entgegen. Sie wirkt aufgelöst und gibt sich theatralisch. »Diese Mail hat man mir geschickt.«

Freya klickt die Nachricht an. Es ist ein Bild. Man sieht eine nackte Frau, die mit den Füßen nach oben an einem Seil hängt. Der Hals der Frau ist durchgeschnitten, und Blut rinnt wie ein Wasserfall auf den Boden. Auf ihren Kopf hat man das Gesicht von Freya kopiert. »Ich bin auch mutig«, steht darunter.

»Du solltest zur Polizei gehen«, sagt Targa und stellt den Laptop auf den Tisch.

»Zur Polizei? Du machst wohl Witze.« Freya schüttelt ungläubig den Kopf. »Bei der Polizei hält man mich für eine Serienkillerin. Da wird mir doch keiner helfen.«

»Verstehe. Ich nehme an, du erhältst oft Mails wie diese. Warum also hast du mich gerufen?«, fragt Targa und achtet auf

Freyas Reaktion. Noch immer ist Freya erregt und gestikuliert mit den Händen. Sie benimmt sich, als würde sie auf einer Bühne stehen.

»Ich brauche ein wenig Ablenkung. Lass uns durch die Gegend fahren«, sagt sie. »Ich halte es hier in der Wohnung nicht mehr aus. Das macht mich verrückt.«

»Das ist keine gute Idee, wenn du bedroht wirst.«

»Ich habe den besten Bodyguard der Welt an meiner Seite. Da kann mir nichts passieren«, antwortet Freya lächelnd. »Hast du deine Waffe dabei?«

»Ja.« Automatisch greift Targa an ihre Hüfte, wo sie normalerweise ein Holster mit einer Beretta 92 FS Stainless trägt. Doch in diesem Augenblick fällt ihr ein, dass die Waffe im Handschuhfach ihres VW-Busses liegt. »Ich habe die Pistole in meinen Bus. Ich hole sie.«

»Das kannst du später machen.«

Mit einem Ruck öffnet Freya die Tür zu ihrem Schlafzimmer. Auf dem Bett sitzt Candice und blättert in einem Kunstkatalog. Sie trägt nur ein dünnes Top. Als sie Targa bemerkt, hebt sie die Hand.

»Wir gehen aus«, sagt Freya zu Candice und wirft ihr ein enges schwarzes Kleid zu. Targa betrachtet es genau. Es ist ein ähnliches Modell, wie es das tote Mädchen auf dem Dach trug.

»Was ist das für ein Kleid?«, fragt Targa und geht in das Schlafzimmer.

»Gefällt es dir? Gibt's in fast jedem Designer-Online-Shop.« Freya schlüpft in ihre schwarzen Jeans. »Wenn du willst, besorge ich dir auch so eines.«

»Nein, ich bin nicht der Typ dafür.« Targa beobachtet Candice, die teilnahmslos in das Kleid schlüpft. Die blonden Haare von Candice sind stumpf und leblos und ihr Gesicht ist bleich. »Geht es dir nicht gut, Candice?«, fragt sie das Mädchen.

»Wir hatten einen intensiven und sehr kreativen Tag«, antwortet Freya für Candice. »Deshalb ist unsere Kleine jetzt ein wenig müde. Aber ein Ausflug wird sie wieder aufmuntern. Nicht wahr, Candice?«

Candice nickt, ohne ein Wort zu sagen. Sie starrt an Freya vorbei ins Leere.

Mit einem unbehaglichen Gefühl im Bauch geht Targa nach draußen und blickt aus dem Fenster. Ganz weit hinten erkennt sie die Silhouette des Rohbaus, auf dessen Dach sie mit Lundt das tote Pärchen gefunden hat.

»Wir sind so weit.« Freya steht plötzlich neben ihr und wirkt selbstsicher und arrogant. Candice schmiegt sich eng an sie, während sie zum Lift gehen, und seufzt laut auf. Im verspiegelten Aufzug zerfließen die Gestalten der drei Frauen und lösen sich in der Ferne ineinander auf. Freya zückt ihr Handy und fotografiert das Bild im Spiegel.

»Mut zur Auslöschung«, sagt sie kryptisch, während sie das Foto betrachtet. »In der Unendlichkeit werden wir eins und lösen uns auf. Unser Wille wird ausgelöscht.«

Der Lift hält in der Tiefgarage, und Targa verlässt ihn als Erste. Vorsichtig sieht sie sich nach allen Seiten um. Doch die Tiefgarage ist menschenleer. Bis zu Freyas Jeep sind es nur wenige Schritte. Targa winkt Freya und Candice aus dem Aufzug.

»Setzt euch in den Jeep. Ich hole meine Pistole.«

»Wozu? Die Scheiben des Jeeps sind aus Panzerglas. Da kann uns nichts passieren«, sagt Freya.

»Ich bin dein Bodyguard und bestimme die Regeln hier«, antwortet Targa mit einem eisigen Unterton in der Stimme. *Du musst agieren, nicht reagieren*, denkt sie.

Hund hechelt, als Targa die Tür öffnet und aus dem Handschuhfach das Holster mit der Beretta nimmt. Er beginnt, leise zu jaulen, als er merkt, dass Targa ohne ihn wieder geht.

Hund winselt nie, wenn ich ihn alleine im Bus zurücklasse, überlegt Targa. *Er will mich warnen.*

Wachsam steigt sie in den Jeep und setzt sich auf den Fahrersitz. Ihre Fingerspitzen gleiten über den Kolben der Pistole. In diesem kurzen Moment vereist ihr Inneres, und sie ist hoch konzentriert. Sie lenkt den Jeep aus der Tiefgarage und reiht sich in den Verkehr ein. Targa wirft einen Blick in den Rückspiegel, kann aber keinen Wagen ausmachen, der ihnen folgt.

»Wohin fahren wir?«, fragt sie nach hinten.

»Candice möchte die Sterne sehen«, antwortet Freya und wendet sich zu dem Mädchen. »Nicht wahr, meine Süße?«

»Ja, das ist mein Wunsch«, antwortet Candice einsilbig.

»Es gibt eine ehemalige DDR-Rundfunkstation außerhalb von Berlin. Mit einem Sendemast, von dem aus man beinahe den Himmel berühren kann. Dorthin geht unsere Reise.«

Freya lässt jetzt Musik von ihrem Smartphone ertönen. Der Sound ist düster und passt zu der kalten Fahrt durch die Nacht. Eine rätselhafte Frauenstimme erzählt flüsternd von ihren Albträumen. *Ist das eine Tonaufnahme von Freya?*, fragt sich Targa.

Als sie die Stadtgrenze hinter sich lassen, verringert Targa das Tempo des Wagens. Hier ist nichts mehr von der hektischen Großstadt zu bemerken. Die Scheinwerfer des Jeeps streifen über verfallene Plattenbauten und eingestürzte Lagerhallen. Der Weg mündet auf einen kleinen Platz, der von Ruinen eingefasst ist. Am Rand des Platzes ragt ein hoher betonierter Mast in den nächtlichen Himmel.

»Da sind wir«, sagt Freya. Targa bremst den Wagen und stellt den Motor ab. »Das war nicht nur eine Rundfunkstation, sondern auch eine Abhöranlage der DDR«, erklärt Freya. »Ich habe sie auf einem meiner zahllosen Streifzüge rund um Berlin zufällig entdeckt. Auch mit Candice war ich schon hier. Sie hat sich diesen Ort ausgesucht. Nicht wahr?«

»Ja! Ich liebe diesen vergessenen Ort. Für mich ist es ein verwunschenes Paradies.« Mit einem Seufzer öffnet Candice die rückwärtige Tür. Die Innenbeleuchtung flammt auf, und Targa sieht im Rückspiegel das wachsbleiche Gesicht des Mädchens. Candice drückt Freya verstohlen zwei Phiolen mit einer dunklen Flüssigkeit in die Hand.

»Mein Geschenk für dich. So bleibe ich immer bei dir«, flüstert Candice und beugt sich zu Freya hinüber.

»Damit bist du ewig mein.« Freya küsst Candice lange und intensiv, dann steigen beide aus. Freya lehnt sich mit verschränkten Armen an den Kühler des Jeeps, während Candice langsam über den betonierten Platz geht. Plötzlich beginnt das Mädchen zu rennen.

Wie ein flüchtendes Reh läuft Candice im Scheinwerferlicht des Wagens auf den Betonmast zu. Eine rostige Steigleiter führt an dem Mast nach oben. Den unteren Teil der Leiter kann man herunterklappen, sonst sind es mehr als zwei Meter bis zur ersten Sprosse. Doch jetzt reicht die Leiter bis zum Boden, und Candice schwingt sich geschickt hinauf.

In diesem Moment versteht Targa, was hier gespielt wird. In den Phiolen war das Blut von Candice als Abschiedsgeschenk für Freya. Targa schnellt zur Seite, um die Tür aufzureißen. In derselben Sekunde dreht sich Freya um und verriegelt die Wagentüren mit der Fernbedienung. Targa rüttelt an der Tür. Reißt die Pistole aus dem Holster. Hämmert mit dem Kolben gegen die Scheibe.

»Mach sofort die Tür auf!«, ruft sie. Freya reagiert nicht. Durch die Windschutzscheibe beobachtet sie Candice, die auf den rostigen Sprossen stehen bleibt und sich bückt. Mit einer Hand zieht Candice den beweglichen Teil der Leiter hoch.

187

Fixiert ihn oben in den Sprossen. Dann klettert sie weiter. Jetzt kann ihr niemand mehr folgen.

Machtlos muss Targa zusehen, wie Candice höher und höher steigt. Sie spürt eine Wut in sich, die sie so noch nie gefühlt hat. Jetzt weiß sie, woher diese beunruhigende Ahnung stammt, die sie die ganze Zeit beschäftigt hat. Freya hat alles geplant. Sie will, dass Targa Zeugin ist, wenn Candice stirbt.

33

Freya hört die dumpfen Schläge, als Targa den Pistolengriff gegen die Windschutzscheibe des Wagens knallt. *Jetzt wirst du nervös,* denkt sie. *Jetzt musst du meiner Inszenierung zusehen und kannst dich nicht einmischen.*

Was ist berauschender? Candice auf dem Weg in den Tod zu beobachten oder Targa, die sie nicht retten kann? Freya kann sich noch nicht entscheiden.

»Wie ist es dort oben, meine Mutige?«, ruft Freya zu Candice hinauf. »Ich habe dir doch versprochen, dass du heute etwas Besonderes erleben wirst.«

»Hier ist es wunderschön. Ich sehe die Lichter der Stadt. Sie leuchten wie Grablichter«, hört Freya die verwischte Stimme von Candice.

»Die erleuchtete Stadt liegt dir zu Füßen. Ganz Berlin hält den Atem an und wartet auf deinen großen Auftritt.«

»Was ist mit Targa?«, fragt Candice plötzlich. Freya presst die Lippen zusammen. Nein, von Targa will sie jetzt nicht gestört werden. In diesen Minuten dreht sich alles nur um Candice und sie.

»Targa hat keine Lust, dir zuzusehen. Sie ist eine Spielverderberin«, antwortet Freya und winkt nach oben. »Ich richte einen Spot auf dich. Damit du noch strahlend schöner bist.« Freya dreht sich um und geht zurück zum Jeep. Sie stellt sich an das seitliche Fenster. Targa presst ihr Gesicht gegen die Scheibe, drückt ihren sinnlichen Mund gegen das Glas. Mit dem Zeigefinger fährt Freya dem Schwung der Lippen von außen nach.

»Freya, mach die Tür auf! Das darfst du nicht zulassen!«, schreit Targa und hämmert mit den Fäusten gegen die Scheibe.

»Ich kann dich nicht verstehen.« Freya zuckt bedauernd mit den Schultern. »Du wirst sie nicht noch einmal davon abbringen zu sterben«, murmelt sie dann mit abgewandtem Gesicht. Sie steigt auf das Trittbrett neben der Tür und dreht einen Dachscheinwerfer nach oben. Das Licht fängt Candice ein, die jetzt beinahe die Spitze des Sendeturms erreicht hat. Candice setzt sich auf eine schmale Plattform und lässt die Beine nach unten baumeln. Das Licht umschmeichelt ihren zierlichen Körper und zeichnet leuchtende Streifen auf ihr schwarzes Kleid.

»Du bist so mutig und kraftvoll. Bald wirst du fliegen wie ein Falke!«, ruft Freya zu Candice hinauf. Sie wirft einen schnellen Blick auf ihre Armbanduhr. Die Wirkung der Drogen, die sie Candice verabreicht hat, wird bald nachlassen. Dann tauchen die Zweifel auf. Wie Kraken aus der Unterwelt klammern sie sich im Bewusstsein des Mädchens fest. Candice beginnt zu zaudern, und die Magie des Sterbens verfliegt. Deshalb muss Candice es jetzt schnell zu Ende bringen. Wie gerne würde Freya jetzt selbst hinaufsteigen und ihr die Kehle durchschneiden. Eingehüllt in einen Schwall aus rotem Blut würde Candice nach unten segeln. Doch das ist unmöglich. Leider.

»Die Lichter ziehen mich zu sich«, reißt die Stimme von Candice sie aus ihren Gedanken. »Sie wollen, dass ich zu ihnen hinunterkomme.«

»Ja, es wird Zeit für die letzte Mutprobe. Eine andere, bessere Welt wartet auf dich.« Freya blickt nach oben. Candice ist aufgestanden und steht barfuß am Rand der schmalen Plattform. Sie hat die Arme seitlich weggestreckt und das Gesicht in den schwarzen Himmel gerichtet.

»Ich bin bei dir!«, ruft Freya nach oben und geht auf den Betonturm zu. Candice beugt sich langsam nach vorne. Der Wind drückt das schwarze Kleid eng an ihren Körper. Fast zärtlich streicht sich Candice die Haare noch einmal aus ihrem Gesicht. Bewegt dann die Arme, als wären sie Flügel.

»Den Mutigen gehört die Welt. Spring!«, ruft Freya.

Candice beginnt, leise zu singen. Freya kennt den Song nicht, aber es ist ein schöner Moment. So kurz vor dem Sterben sind beide Frauen auf das Ende fokussiert.

»Mein Mut-Ausbruch!«, ruft Candice.

Dann stößt sie sich von der Plattform ab. Für einen kurzen Augenblick scheint es, als wäre sie in ihrem schwarzen Kleid eins mit dem dunklen Himmel. Doch dann stürzt sie wie ein Stein nach unten und schlägt mit einem dumpfen Klatschen auf dem Betonboden auf.

»Du bist schuld an Candice' Tod, Targa«, flüstert Freya. »Du hast dich in meine Mut-Challenge eingemischt. Dafür musste ich dir heute eine Lektion erteilen.«

Sie dreht sich um und drückt die Fernbedienung. Mit einem lauten Klacken werden die Türen des Jeeps entriegelt. Targa springt aus dem Wagen und läuft an Freya vorbei auf das zerschmetterte Mädchen zu. Eine große Blutlache breitet sich unter Candice aus. Targa kniet neben dem Mädchen und fühlt ihren Puls. Doch für Candice kommt jede Hilfe zu spät. Freya zieht eine kleine Polaroidkamera hervor und macht ein analoges Foto der Szene.

»Du hast sie in den Tod getrieben«, zischt Targa und springt auf. Sie will Freya die Kamera aus der Hand schlagen. Doch Freya dreht sich schnell zur Seite.

»Das stimmt nicht. Ich wollte sie retten. Ihren Selbstmord verhindern. Aber sie hat die Leiter nach oben gezogen. Deshalb konnte ich nicht zu ihr.« Sie macht eine betrübte Miene. Targa sieht sie skeptisch an.

»Du lügst. Vom Wagen aus hat es anders ausgesehen.«

»Wie denn? Von dort hast du ja fast nichts mitbekommen«, erwidert Freya. »Ich wollte sie davon abhalten zu sterben.«

»Das glaube ich dir nicht.«

»Meine arme kleine Candice«, flüstert Freya und kniet sich zu dem toten Mädchen. »Ich habe dich so sehr geliebt.« Sie beginnt zu schluchzen. Aus den Augenwinkeln beobachtet sie Targa, die mit steinerner Miene neben ihr steht.

»Ich rufe die Polizei.« Targas Stimme ist belegt. »Gib mir dein Handy!«

»Nicht nötig.«

Freya steht auf. Mit einer langsamen Handbewegung öffnet sie ihren schwarzen Umhang. Legt ihn vorsichtig über das tote Mädchen. Dann bückt sie sich und schiebt ihre Arme unter den zerschmetterten Körper. Freya hebt Candice in die Höhe und trägt sie auf den Armen zum Jeep.

»Öffne die Heckklappe«, befiehlt sie Targa. Genussvoll atmet Freya den Duft des Blutes ein. Es riecht kraftvoll wie rostiges Eisen. Ob ihr Großvater dieses Blut gemocht hätte? Wäre es rein genug gewesen?

Mit einem leisen Zischen fährt die Heckklappe des Jeeps nach oben. Vorsichtig legt Freya das tote Mädchen in den Laderaum des Wagens. Sie streicht Candice noch einmal über das Haar. Freyas Blick ist wild, und ihre Arme sind mit blutigen Schlieren überzogen. Ein heißes Glücksgefühl durchströmt ihren Körper. Sie fühlt sich stark, als sie sich zu Targa dreht.

»Es war ein bedauerlicher Unfall«, flüstert sie Targa ins Ohr. Dann klopft sie auf das Dach des Jeeps und öffnet die Beifahrertür.

»Jetzt fahr mich zur Polizei.«

34

Wut und Hass gehen oft Hand in Hand. So ist es jetzt bei Targa. Das ist nicht gut und macht sie verletzlich. Noch weiß Targa nicht, wie sie sich verhalten soll. Sie hat hautnah mitbekommen, dass Freya die junge Frau in den Tod getrieben hat. Wieder steigen Hassgefühle in ihr hoch.

Sie parkt den Wagen direkt vor der Polizeidirektion Friedrichshain. Der Bau ist düster und abweisend, die Fassade dreckig. Die Sicherheitsschleuse des Eingangs ist schmal, sodass nicht zwei Personen gleichzeitig passieren können. Der Warteraum ist stickig und so eng, dass man Platzangst bekommt. Hinter einer dicken Panzerglasscheibe sitzt ein mürrisch dreinschauender Polizist. Ein Pärchen debattiert gerade lautstark mit ihm. Der Polizist sieht kurz auf, als die beiden Frauen herankommen. Er stutzt beim Anblick von Freyas blutverschmierter Erscheinung. Dann drückt er auf einen Knopf, und kurz darauf kommt ein massiger Polizist in den Warteraum.

Er drängt das Pärchen zur Tür hinaus und baut sich vor Targa und Freya auf.

»Ich möchte einen Selbstmord melden«, sagt Freya.

»Ist das Blut auf Ihren Armen?«, fragt der Polizist.

»Ja, ich habe eine Tote draußen in meinem Wagen.«

»Eine Tote?« Der Polizist dreht sich zu seinem Kollegen hinter der Glasscheibe und klopft dagegen. »Schick sofort zwei Mann nach draußen.«

»Es ist ein weißer Jeep. Das tote Mädchen heißt Candice und liegt auf der Ladefläche«, sagt Freya kühl.

»Wie heißen Sie?«, fragt der Beamte und sieht von Targa zu Freya.

»Freya von Rittberg.«

Der Polizist hinter der Glasscheibe tippt den Namen in seinen Computer. Mit zusammengekniffenen Augen liest er etwas vom Monitor ab. Winkt seinem Kollegen und dreht ihm den Bildschirm hin. Dieser nickt und verriegelt dann die Tür nach draußen.

»Und wer sind Sie?«, fragt der Polizist jetzt auch Targa.

»Mein Name ist Targa Hendricks. Ich bin die Personenschützerin von Freya von Rittberg.«

»Personenschützerin? Sie meinen, Sie sind ihr Bodyguard?« Der Polizist runzelt die Stirn und denkt nach. »Okay, Sie warten hier«, sagt er dann zu Targa.

»Was ist hier eigentlich los? Ich will den tragischen Vorfall endlich zu Protokoll geben«, mischt sich Freya ein.

»Immer mit der Ruhe. Sie kommen mit mir«, sagt der hünenhafte Polizist und fasst Freya am Arm.

»Gerne, aber Sie brauchen mich nicht so grob anzufassen. Ich habe Erfahrung mit polizeilichen Vernehmungen.« Freya schüttelt unwirsch die Hand des Polizisten ab. Aggressivität liegt in der Luft. Targa spürt sofort, dass Freya die Situation genießt. Dieser Abend ist ein Triumph für Freya.

Die Zeit vergeht, und noch immer wartet Targa. Zum wiederholten Male läuft eine Szene vor ihrem geistigen Auge ab. Sie sieht Candice in dem schwarzen Kleid, wie sie von dem Mast in die Dunkelheit stürzt. Sie sieht aber auch sich selbst, eingesperrt in dem Jeep. Freya hat das Gesetz des Handelns an sich gerissen. Endlich wird die Tür geöffnet, und ein Polizist winkt ihr zu.

»Sie müssen jetzt Ihre Aussage machen.«

Targa folgt dem Beamten. Der Korridor ist düster, und eine defekte Neonröhre flackert. Aus einer dunklen Ecke hört sie ein Husten, das ihr bekannt vorkommt. Kurz darauf vertritt ihr Lundt den Weg.

»Ist schon in Ordnung«, sagt er zu dem Polizisten und hält ihm seinen Ausweis entgegen. Dann wendet er sich zu Targa. »Was wirst du aussagen?«

»Sie hat das Mädchen manipuliert und in den Tod getrieben. Das werde ich sagen. Candice stand wahrscheinlich unter Drogen. Das ist unterlassene Hilfeleistung, vielleicht sogar Mord.«

»Was ist plötzlich los?« Lundt packt sie an den Schultern. »Wo ist deine einzigartige Stärke? Diese Kaltschnäuzigkeit fehlt mir im Moment an dir. Du lässt dich von Emotionen leiten und schaltest dein Hirn aus.«

»Ein junges Mädchen stirbt wegen dieser verrückten Frau«, zischt Targa. »Da soll ich nicht wütend sein? Und jetzt sage ich, wie es wirklich gewesen ist.«

»Das tust du sicher nicht. Es steht Aussage gegen Aussage. Ein guter Anwalt boxt Freya aus diesem Fall sofort heraus. Dann bist du deinen Job als ihre Personenschützerin los. Und viele weitere Menschen werden unschuldig sterben.« Lundt redet sich in Rage. Er hält eine Zigarette zwischen den Fingern, die nicht angezündet ist.

»Ich soll den Mord an einer jungen Frau vergessen?« Targa dreht einen ihrer Zöpfe um die Finger. Emotionen machen verletzlich, das spürt sie jetzt selbst.

»Es war ein Selbstmord«, widerspricht Lundt. »Das ist doch eindeutig.«

»Ist schon gut.« Targa atmet resigniert aus. »Ich habe also nichts gesehen, da ich im Auto eingesperrt gewesen bin. In dem ganzen Stress hat Freya auf die Fernbedienung gedrückt, und das System war blockiert. Ist es das, was du hören willst?«

»So in etwa kommt es hin.« Lundt sieht sie eindringlich an. »Wenn du bei dieser Version bleibst, wird sie dir nach der ganzen Aktion noch mehr vertrauen.«

»Ich glaube nicht, dass ich so einfach ihr Vertrauen gewinne. Freya ist sehr speziell.«

»Du musst es versuchen. Wenn du deine Aussage gemacht hast, dann fährst du sie doch nach Hause?«

»Ja, sicher.«

»Du bringst das Gespräch auf das tote Mädchen und dass es ein Kitzel für dich war, als sie gesprungen ist. Nutze ihre Überheblichkeit aus. Freya ist völlig von sich eingenommen. Wie alle intelligenten Serienkiller liebt sie es, der Polizei ihre Überlegenheit zu demonstrieren. Ich habe sie im Vernehmungsraum beobachtet. Vielleicht erzählt sie dir auch von den anderen Morden.«

»Dafür ist sie zu clever«, erwidert Targa skeptisch.

»Dann lass dir etwas anderes einfallen«, fordert Lundt. »Dem Staatsanwalt sind die Hände gebunden. Du bist unsere letzte Chance. Vergiss das nicht.«

»Wer schützt Freya?«

»Das haben wir noch nicht herausgefunden. Wir arbeiten daran. Es ist jemand aus dem Innenministerium.«

»Das hat sicher mit ihrer Vergangenheit zu tun«, meint Targa nachdenklich.

»Du hast recht. Die alten Seilschaften ihres Großvaters reichten bis in die höchsten Kreise.«

»Der Großvater ist doch schon lange tot.«

»Seine kranken Nazi-Ideen leben leider bis heute weiter. So, und jetzt verlasse ich mich auf dich.«

Lundt dreht sich abrupt um und verschwindet grußlos in einem Zimmer. Ein Polizist winkt Targa zu sich.

»Begeben wir uns in den Vernehmungsraum zwei«, sagt er.

Sie gehen durch den Korridor. Die Tür zu Vernehmungsraum eins steht offen. Targa sieht Freya, die mit durchgedrücktem Rücken kerzengerade auf dem Stuhl sitzt. Sie hat ihren Umhang abgelegt und trägt nur ein Tanktop. Ihr schwarzer Spitzen-BH blitzt hervor. Sie redet mit ruhiger Stimme.

»Ich habe gerufen: Candice, tu es bitte nicht! Das Leben ist doch so schön! Aber das Mädchen hat nicht auf mich gehört. Ich war so machtlos. Es war grässlich, dabei zusehen zu müssen, wie sie stirbt. Sie hat die Leiter hochgezogen, deshalb konnte ich sie nicht retten.« Freya wischt sich mit dem Handrücken über die Augen. Das Aufnahmegerät auf dem Tisch blinkt.

»Nicht stehen bleiben. Kommen Sie.« Der Polizist drängt Targa weiter in einen leeren Vernehmungsraum. Es riecht nach kaltem Rauch. Ob Lundt hier gewesen ist?, fragt sich Targa, während sie sich setzt. Der Polizist nimmt ihr gegenüber Platz. In dem grellen Neonlicht sieht er müde und abgekämpft aus.

»Was haben Sie zu diesem Vorfall zu sagen?«, fragt der Beamte und aktiviert die Aufnahmefunktion seines Handys.

»Das Mädchen hat Selbstmord begangen. Wir konnten es nicht verhindern.« In knappen Worten erzählt Targa dem Polizisten, was passiert ist. Sie weiß, dass sie mit dieser Lüge auf dünnem Eis wandert. Es braucht nur eine falsche Bewegung, und der Boden unter ihren Füßen bricht. Dann stürzt sie in den Abgrund des Bösen.

35

Ein kühler Wind bläst durch die Straße, als Targa die Polizeidirektion verlässt. Am Kühler von Freyas weißem Jeep lehnt eine Gestalt. Es ist Zac.

»Ich gehe zu Fuß«, sagt Targa. »Mein Bus steht noch in der Tiefgarage. Hund vermisst mich sicher schon.« Das stimmt zwar, aber Targa will auch das tragische Geschehen verarbeiten, um weiterhin professionell agieren zu können. Sie geht an Zac vorbei, aber er packt sie fest an der Schulter.

»Hiergeblieben. Du sollst auf Freya warten«, sagt er kurz angebunden. »Sie hat mich soeben angerufen.«

»Das geht aber schnell. Wird sie denn nicht länger festgehalten?«

»Nein. Freya kann nichts passieren. Außerdem war es ein bedauerlicher Selbstmord.« Zac öffnet die rückwärtige Tür des Jeeps. »Steig ein. Jetzt fahre ich.«

Wortlos setzt sich Targa auf den Rücksitz und lehnt den Kopf zurück. Sie spürt, dass die Nacht für sie noch lange nicht vorüber ist. Ein Lichtstreifen fällt über die Treppe nach unten. Das Eingangsportal der Polizeidirektion öffnet sich, und eine hochgewachsene Gestalt taucht auf. Freya hat den Umhang nachlässig über den Arm geworfen. Sie blickt umher. Der kalte

Wind scheint ihr nichts auszumachen. Dann sieht sie Zac neben dem Jeep stehen. Leichtfüßig springt sie die Stufen nach unten, reißt die Beifahrertür auf.

»War nett, mal wieder mit den Bullen zu plaudern«, sagt sie und dreht sich zu Targa um. »Wir müssen noch zu einer dringenden Verabredung. Das hat sich ganz kurzfristig ergeben.«

»Wohin fahren wir?«

»Das wirst du schon früh genug erfahren.« Freya wendet sich an Zac. »Zum Schloss«, sagt sie leise.

»Bekommst du Ärger?«, murmelt Zac. Er startet den Wagen und fährt los.

»Ich weiß es nicht. Aber deshalb habe ich *sie* ja auch mitgenommen.« Freya deutet mit dem Kopf nach hinten zu Targa.

»Wofür brauchst du mich?«, fragt Targa und beugt sich nach vorne.

»Du kommst als mein Bodyguard mit, falls es Probleme gibt.«

»Dann sind die Leute also gefährlich, mit denen du dich triffst?«

»Nein. Es sind bloß alte Bekannte.« Freya blickt starr nach vorne.

»Warum sollte es dann Probleme geben?«

»Hör mal, du fragst eindeutig zu viel. Konzentriere dich lieber auf deinen Job. Kümmere dich darum, dass Freya nichts passiert«, mischt sich Zac in das Gespräch ein. Unwillkürlich muss Targa an Lundts Worte denken, dass sie zu viele Fragen stellt, und sie presst ihre Lippen zusammen.

Nach einer längeren Autofahrt erreichen sie das Schloss, das ein wenig außerhalb von Potsdam liegt. In der Dunkelheit lassen sich die Dimensionen nur schwer erahnen. Es ist ein neoklassizistischer Bau mit einem Uhrturm in der Mitte. Über zwei ausladende Treppen gelangt man in die Prunkräume, die alle hell erleuchtet sind. Durch die bodentiefen Fenster werfen die Lüster helle Lichtstreifen auf den gekiesten Vorplatz.

Freya und Zac steigen aus. Während Freya sofort die breiten Stufen nach oben eilt, dreht sich Zac noch einmal zu Targa um.

»Bleib im Wagen. Wir piepsen dich an, wenn wir deine Hilfe benötigen«, sagt er und drückt Targa ein billiges Funkgerät in die Hand. »Du brauchst nur den grünen Knopf zu betätigen.«

Zac läuft Freya hinterher, die beim Eingang auf ihn wartet. Dann verschwinden beide im Inneren des Schlosses.

Targa starrt auf das imposante Eingangsportal und überlegt. Mit wem trifft sich Freya? Sind es ihre Mentoren, die sie vor dem Zugriff der Polizei schützen? Muss sie sich für den Selbstmord von Candice rechtfertigen? Was wissen diese Unbekannten von den Morden, die Freya begangen haben soll? Hier scheint sich die beste Gelegenheit zu bieten, es herauszufinden.

Schnell öffnet Targa die Tür des Wagens und steigt aus. Lautlos huscht sie über den Vorplatz, schlängelt sich zwischen den Lichtstreifen bis zur Treppe. Das hohe Eingangsportal des Schlosses ist nur angelehnt. Mit einem leisen Quietschen schwingt das Tor auf. Targa schleicht in eine riesige kreisrunde Halle, von der verschiedene Türen abgehen.

Eine schmale Treppe führt nach unten in das Souterrain. Schon will Targa daran vorbeihuschen, da hört sie leise Stimmen. Sie stoppt und schleicht die Wendeltreppe nach unten. Hier ist es dunkel. Die Stimmen kommen von weit hinten. Das Souterrain ist kein richtiger Keller, da es nur halb in der Erde liegt. Es gibt Fenster auf den gekiesten Vorplatz hinaus. Die Treppe mündet in einen schmalen Gang, an dessen Ende sich eine Tür befindet, die einen Spaltbreit geöffnet ist. Ein schmaler Lichtstreifen fällt in den Gang. Lautlos schleicht sie näher heran.

Vorsichtig wirft Targa einen Blick in den Raum. Sie sieht eine lange Tafel, an der Frauen und Männer sitzen. Alle sind schwarz gekleidet und tragen Masken. Freya sitzt am Kopf des Tisches. Sie trägt eine schwarze Maske mit einem roten Blutstropfen unter dem Auge. Targa erkennt Freya anhand ihrer Tattoos.

»Unsere Organisation will die Philosophie deines Großvaters weiterführen. Deshalb hast du auch seinen Sitz übernommen. Doch wir arbeiten diskret an unseren Plänen«, hört Targa eine schnarrende Männerstimme.

»Niemand ahnt etwas«, wirft Freya ein. »Die Polizei stellt keinerlei Verbindung zur Organisation her.«

»Aber das wird sie, wenn du so weitermachst. Es kostet uns viel Zeit und Energie, die Behörden davon abzuhalten, dich zu verhaften. Aber das sind wir deinem Großvater schuldig. Wir haben es ihm versprochen und stehen zu unserem Wort.«

»Die Polizei weiß von nichts. Sie tappt im Dunkeln.« Freya richtet sich auf und drückt die Schultern nach hinten. »Ich spiele nur mit ihnen, so wie heute.«

»Wie geht es übrigens unserem Mentor?«, fragt eine Frau dazwischen.

»Ich habe schon länger nichts mehr von ihm gehört«, antwortet Freya. »Das beunruhigt mich ein wenig.«

»Dann kümmere dich um ihn. Ohne ihn wären wir nie in die arische Elite aufgestiegen«, meint ein Mann mit einer weißen Maske.

»Ich erinnere mich noch an ihn, wie er zum ersten Mal zu uns ins Heim gekommen ist. Er war so groß, so schön, so strahlend«, schwärmt die Frau.

»Wir haben ihm alles zu verdanken«, wirft ein Mann ein. »Die Polizei darf keine Verbindung zu ihm herstellen.«

»Die Polizei ist nicht unsere Sorge«, erhebt sich eine andere Stimme. »Schlimmer ist die Öffentlichkeit. Was, wenn die Medien von unserer Organisation Wind bekommen?«

»Aber die Zeiten haben sich seit 2015 geändert. Jetzt will niemand mehr Ausländer und Flüchtlinge im Land haben. Bald ist unsere Zeit des arischen Menschen gekommen«, setzt ein Mann zu einer Rede an. »Es wird wieder Zuchtanstalten für die Elite geben, und wir ...«

»Das ist nicht Thema unserer heutigen Zusammenkunft«, unterbricht ein Mann mit goldener Maske, der ein wenig lispelt. Er klopft mit einem kleinen Hammer auf den Tisch. »Thema ist der Selbstmord des Mädchens vor Zeugen. Unser Mann in der Polizei hat uns informiert. Du musst vorsichtiger sein. Deine Neigungen stärker kontrollieren.«

»Ich werde mich in Zukunft genau an die Regeln halten. Keine Zeugen«, antwortet Freya. »Das Mädchen, das diese Nacht gestorben ist, war todessüchtig. Ich habe es erlöst.«

»Denk immer an die Eltern. Es gab doch auch einen Zwischenfall bei einer deiner Performances. Da hat dich ein Vater angegriffen«, sagt die maskierte Frau.

»Das war nichts weiter. Meine Personenschützerin hat ihn mit Leichtigkeit überwältigt.«

»Aber es gibt auch Mütter, die sich rächen wollen«, redet die Frau weiter. »Du bekommst doch Drohmails von Müttern, weil deine Mut-Veranstaltungen besonders junge Mädchen anziehen. Du hast noch keine eigenen Kinder und kannst dich deshalb nicht einfühlen.«

»Das stimmt«, antwortet Freya. »Ich will auch nie eigene Kinder.«

Das Stimmengewirr steigert sich. Jeder der Anwesenden gibt eine Anekdote über eigene oder fremde Kinder zum Besten.

»Kinder sind eine Plage«, murmelt der Mann mit der goldenen Maske. »Ich kannte einen, der hat es elegant gelöst.«

»Was hat er denn gemacht?«, fragt eine Frau neugierig.

»Er war ein hohes Tier und konnte es sich gesellschaftlich nicht leisten, eine Minderjährige zu schwängern. Deshalb hat er neugeborene Zwillinge in einer kalten Berliner Winternacht vor dreißig Jahren ausgesetzt.« Der Mann mit der Goldmaske kichert in sich hinein. »Glaube kaum, dass sie das überlebt haben.«

Targa, die bisher ruhig alles mitgehört hat, erstarrt. Zwillinge, die vor dreißig Jahren ausgesetzt wurden! Das kann kein Zufall sein. Unwillkürlich greift sie in die Brusttasche ihrer Latzhose. Ertastet die Beretta, die sie mitgenommen hat. Will am liebsten in den Raum stürzen und dem Maskierten die Waffe an die Schläfe halten. »Wer ist dieser Mann?«, würde sie gerne rufen. Ihm dann die Maske vom Gesicht reißen und die alles entscheidende Frage stellen: »Nenne mir seinen Namen, sonst töte ich dich.«

Doch das ist unmöglich. Ihre Tarnung würde auffliegen. Freya könnte ungestört weitermorden. *Aber du kennst dann den Namen deines Vaters,* raunt ihr die neue, die emotionale Seite ihres Herzens zu. *Wirf die Bedenken über Bord. Geh hinein und stell den Mann mit der Goldmaske zur Rede. Folge deinem Herzen.*

Targa atmet durch und greift nach der Tür.

36

Freya sitzt auf dem Stuhl, auf dem ihr Großvater immer gesessen hat. Das haben die Mitglieder der Organisation einstimmig beschlossen. Sie sind jetzt bereits alle weit über siebzig, aber noch immer sind sie Thorwald von Rittberg dankbar. Denn ohne ihn würden sie nicht existieren. Alle stammen sie aus den Lebensborn-Heimen. Niemand der Anwesenden kennt seinen Vater. Nur wenige haben die eigene Mutter gekannt. Alle sind in dem Glauben erzogen worden, zu einer nordischen Elite zu gehören. Sie haben klingende Namen und sitzen an den Schalthebeln der Macht in ganz Deutschland. Auch ihren eigenen Kindern haben sie diese Philosophie eingeimpft.

Der Reichskommissar für die Festigung des deutschen Volkstums Heinrich Himmler hatte im Dezember 1935 den Verein Lebensborn gegründet. Thorwald von Rittberg wurde 1942 mit der Leitung beauftragt. Hinter Freya hängen die Lebensborn-Leitsätze von damals noch immer an der Wand. Aus der Ferne wirken die Worte in den gotischen Lettern wie gemalt:

»Die Lebensborn-Heime dienen der Rettung der nordischen Rasse. Sie erstellen Zuchtkriterien im Sinne der Rassenhygiene.

Das Ziel der Lebensborn-Heime ist es, einen Adel der Zukunft zu züchten.«

Als der Krieg an Heftigkeit zunahm, verfiel der Großvater von Freya auf die Idee, arisch aussehende blonde und blauäugige Kinder aus den besetzten Gebieten zu entführen und sie in Lebensborn-Heimen aufzuziehen. Entsprachen sie später nicht den Kriterien der Ariertabellen, wurden sie in Vernichtungslager abgeschoben.

Niemand der Anwesenden weiß daher, ob er nicht als ein anderer Mensch geboren wurde. Alle entführten Kinder erhielten neue Papiere, und ihre Vergangenheit war damit ausgelöscht.

Diese Daten und Fakten hat Freya für immer in ihrem Kopf gespeichert, und bei jedem Treffen der Organisation drängen sie wieder ins Bewusstsein, während die Gespräche an ihr vorbeifluten.

»Freya, hast du mich verstanden?«

Freya schreckt aus ihren Gedanken hoch. »Wie bitte?«

»Legst du für deine Personenschützerin die Hand ins Feuer?«

»Natürlich. Weshalb sollte sie mich belasten? Ich habe das Protokoll ihrer Vernehmung gesehen. Auch sie sagt, dass es ein bedaulicher Selbstmord war. Warum regt ihr euch darüber so auf?«

»Das fragst du noch?«, lispelt der Mann mit der Goldmaske. »Weil man dich schon wieder mit einem toten Mädchen in Verbindung bringt. Irgendwann machst du einen Fehler, und dann wird man dich für deine Taten belangen.«

»Ich habe schon gesagt, es war eine unglückliche Verkettung der Umstände. Ich hatte keine Ahnung, dass sich das arme Mädchen töten würde.« Freya spürt, dass sie gleich die Beherrschung verlieren wird.

»Trotzdem kann man ihren Tod gegen dich verwenden. Noch machen wir unseren Einfluss geltend, um dich zu schützen. Das sind wir deinem Großvater schuldig. Aber die Gerüchte rund um dich wollen nicht abreißen. Du weißt, dass wir die Öffentlichkeit meiden, um unsere Geschäfte in aller Ruhe zu tätigen.«

»Die Polizei verdächtigt mich zwar, eine Mörderin zu sein. Aber das sind nur Behauptungen, die mit meiner Kunst zu tun haben. Bloß weil ich mit Blut male, muss ich niemanden getötet haben«, wehrt Freya ab. Sie bemüht sich, ruhig und sachlich zu reden. Sie will die Organisation nicht gegen sich aufbringen. Denn unter dem Schutzschild der ehemaligen Lebensborn-Kinder ist sie unangreifbar. Für die Anwesenden gehört auch sie zu der nordischen Elite, von der ihr Großvater immer geträumt hat. Niemand aus der Organisation weiß, dass schlechtes Blut durch ihre Adern fließt. Dass sie nicht den Arierkriterien entspricht. Niemand hier weiß, dass ihre Morde nur ein Ziel haben: Vergebung zu erlangen.

37

Eine heiße Welle des Zorns rast durch Targas Körper. Sekunden später hat sie sich wieder unter Kontrolle. Sie nimmt die Hand von der Türklinke und überlegt. Kann es sein, dass nur wenige Meter von ihr entfernt ein Bekannter ihres Vaters sitzt? Doch wer ist dieser Mann? Sie konzentriert sich auf die Stimme. Der Mann mit der goldenen Maske lispelt. Nur ganz wenig, aber dadurch erhält seine Sprache eine unverwechselbare Färbung. Rita muss herausfinden, wer dieser Mann ist.

Vorsichtig schleicht sie zurück. Sie verbannt die Gedanken an ihren Vater aus ihrem Kopf. Jetzt ist sie wieder Targa, die Ermittlerin fast ohne Gefühle. Die Frau ohne Angst. Konzentriert legt sie sich die weitere Vorgehensweise zurecht. Sie muss Lundt so schnell wie möglich über diese Organisation und die Personen informieren.

Gerade als sie die Wendeltreppe nach oben huschen will, springt plötzlich eine Gestalt aus einer dunklen Nische. Sie spürt den Lauf einer Pistole in ihrem Nacken.

»Was hast du hier zu suchen?«, fragt Zac.

»Ich habe mich nur umgesehen, ob für Freya auch keine Gefahr besteht.«

»Das ist doch eine verdammte Lüge. Du hast die Besprechung belauscht. Ich habe es genau gesehen. Warum machst du das? Für wen arbeitest du?« Zac packt Targa am Arm und zieht sie die Wendeltreppe hinauf. Noch immer ist der Lauf seiner Pistole auf sie gerichtet. »Los, antworte!«

»Ich arbeite für Freya und bin eben neugierig. Sie machte so ein Geheimnis aus dieser Zusammenkunft. Da wollte ich einfach wissen, worum es dabei geht.«

»Was hast du gehört?«

»Nichts von Bedeutung. Die Tür war ja fast zu.«

»Morgen fliegst du raus«, zischt Zac. »Dann bist du deinen Job los. Dafür sorge ich.«

Das Licht in der runden Halle blendet Zac. Er hält sich die Hand vor die Augen, stolpert über eine Schwelle. Sofort nutzt Targa ihre Chance. Mit dem Ellbogen versetzt sie Zac einen Stoß gegen den Hals. Zac schnappt panisch nach Luft. Lässt die Pistole sinken, torkelt in die Halle. Er reißt den Mund auf und atmet hektisch.

»Ich könnte dich jetzt töten«, flüstert Targa mit der Beretta im Anschlag. »Oder noch besser, ich binde dich draußen an die hintere Stoßstange des Jeeps. Dann wirst du zu Tode geschleift.«

Targa wartet, bis die Drohung langsam in Zacs Hirn einsickert. »Wenn du auch nur ein einziges Wort sagst, dann werde ich brutaler sein, als Freya es jemals sein könnte. Hast du das verstanden?«

»Ja.« Zac nickt zaghaft. Doch er kann ihr nicht in die Augen sehen. Er wird sie bei der erstbesten Gelegenheit verraten. Da ist sich Targa sicher. Sie muss einen Trumpf ausspielen.

»Freya interessiert sicher, woher die zwei Millionen Euro auf deinem Konto sind.«

»Was redest du da?« Zac erbleicht.

»Ich meine das geheime Konto auf Malta«, sagt Targa. »Soll ich dir die Nummer nennen?«

»Wer zum Teufel bist du? Warum weißt du das alles? Jaja, schon gut. Ich schweige wie ein Grab.« Zac streckt Targa beide Handflächen entgegen. »Bisher habe ich gedacht, Freya ist das Schlimmste, was einem passieren kann. Aber du bist noch viel schlimmer.«

»Genauso ist es. Dann sind wir uns ja einig.«

»Ja, das sind wir.«

Alle Menschen haben einen schwarzen Fleck in ihrem Leben. Das weiß Targa aus Erfahrung, denn bei jedem Fall bohrt sie so weit in die Tiefe, bis sie darauf stößt. Damit kann sie Gegner unter Druck setzen und erpressen, wenn es nötig ist. Im Fall von Zac hat Rita seinen Computer gehackt und so das Konto in Malta gefunden.

Zac bückt sich, hebt seine Pistole auf und steckt sie in seine Jackentasche. Auf der Wendeltreppe sind Schritte zu hören. Blitzschnell sieht sich Targa um. Zu spät, Freyas Schatten taucht bereits auf. Targa reagiert schnell. Sie packt Zac im Nacken und drückt ihm einen Kuss auf die Lippen.

»Was macht ihr denn hier?« Freyas Schritte dröhnen in der Halle, als sie rasch näher kommt. »Wieso bist du hier?«, fragt sie Targa.

»Ich wollte nachsehen, ob alles sicher ist. Da hat mich Zac plötzlich von hinten überrascht. Er wollte wohl die Gelegenheit ausnutzen und mich küssen.« Targa schiebt Zac zur Seite und dreht sich zu Freya.

»Ich stehe aber nur auf ganz besondere Frauen.«

38

Trotz seiner über neunzig Jahre ist Thorwald von Rittberg noch erstaunlich schnell in seinem Denken. Der merkwürdige Hilfspfleger Niklas hat natürlich recht, dass er die Demenz nur vorspielt. Rittberg will auf Nummer sicher gehen. Wenn ihm die Gerichte auf die Schliche kommen, dass er unter dem falschen Namen Gerd Kraft in einer norwegischen psychiatrischen Einrichtung lebt, dann kann er sich hinter einer Altersdemenz verschanzen. Das erspart ihm höchstwahrscheinlich das Gefängnis.

»Humanitäre Gründe gibt es keine. Das sind die Ausreden der Schwächlinge«, flüstert Rittberg und lächelt. Als dreiundzwanzigjähriger Offizier der SS ist er 1943 nach Bergen in Norwegen gekommen. Ein ähnlich trostloses Kaff wie Hammerfest. Immer nur Regen. Aber Rittberg war der neue Leiter der norwegischen Lebensborn-Heime, und da machte ihm der Regen nichts weiter aus. Aus humanitären Gründen wollten manche Soldaten die norwegischen Mädchen laufen lassen, aber Rittberg griff mit eiserner Hand durch.

Das Glockenspiel seiner Taschenuhr reißt Rittberg aus seinen Gedanken. Wo bleibt Niklas nur? Der Postbote müsste doch gleich kommen.

Ächzend steht Rittberg auf und geht hinaus auf den Korridor. Die Metallspitze seines Stockes klackt über den weißen Boden. Vor der Glastür bleibt er stehen und klopft dagegen. Energisch, wie er es gewohnt ist. Ein Pfleger öffnet die Tür.

»Was wollen Sie, Herr Kraft?«

»Der Pfleger Niklas Bülow ist heute nicht zum Dienst erschienen«, sagt Rittberg.

»Ich weiß«, meint der Pfleger gelangweilt. »Es gab einen Unfall unten beim Hafen. Die Straße zum Sanatorium ist gesperrt. Niklas kommt daher später.«

»Aber ich erwarte heute meine Post«, sagt Rittberg. »Ich will den Postboten sprechen.«

»Ohne Pfleger dürfen Sie den Trakt nicht verlassen.«

»Glauben Sie etwa, ich will fliehen?«, fragt Rittberg höhnisch nach.

»Natürlich nicht, Herr Kraft. Aber die Vorschriften.« Der Pfleger windet sich.

Durch die großen Glastüren kann Rittberg bereits das Moped des Postboten sehen. Es steht auf dem Parkplatz, und der Beamte in seinem gelben Ölzeug kommt gerade in die Halle.

»Wo ist Niklas?«, ruft er der Empfangsdame zu.

»Der kommt später«, antwortet diese und erzählt lang und ausführlich von dem Unfall, von dem der Postbote offenbar noch nichts mitbekommen hat. Er hört gelangweilt zu und lässt den Blick durch die Halle schweifen. Plötzlich entdeckt er Rittberg bei der Glastür.

»Hallo, Herr Kraft«, ruft er und winkt Rittberg zu. »Heute ist wieder ein Brief für Sie dabei. So liebevolle Verwandte wie Sie möchte ich auch gerne haben.«

»Wie? Ich verstehe nicht, wie Sie das meinen«, ruft Rittberg durch den Türspalt. »So lassen Sie mich doch durch«, fordert er vom Pfleger.

»Okay, holen Sie Ihren Brief«, gibt sich der Pfleger geschlagen.

Der Postbote lehnt am Tresen und schwenkt den Brief. Rittberg presst die Lippen zusammen und hält sich aufrecht. Nur keine Schwäche zeigen. Obwohl er sich gern auch sentimentale Gefühle erlaubt hätte. Sogar gern geweint hätte. Endlich hat sie geschrieben. Endlich, nach so langer Zeit, ein Brief von ihr.

»Immer Post aus Berlin. Haben Sie dort noch Verwandte?«, fragt ihn der Postbote.

Rittberg nickt unbestimmt und fragt sofort nach: »Sie reden von vielen Briefen? Wie viele sind denn schon gekommen? Ich habe vergessen, die Schreiben zu zählen.«

»Das müssen so an die fünfzig sein«, antwortet der Postbote. »Ich gebe sie normalerweise immer Niklas. – Stimmt etwas nicht, Herr Kraft?«

»Alles bestens«, erwidert Rittberg. »Ich habe nur manchmal ein schlechtes Gedächtnis.«

»Das geht uns allen so«, meint der Postbote schmunzelnd. »Also dann, bis zum nächsten Mal.«

Rittberg nimmt den Brief und hält ihn an seine Nase. Es ist der charakteristische Duft, den er so viele Jahre vermisst hat. Fest drückt er den Umschlag an seine Brust. Er wird den Brief erst in seinem Zimmer lesen.

»Herr Kraft, kommen Sie bitte?«, hört er den Pfleger von hinten rufen.

Rittberg sieht aus dem Fenster. Eine Gestalt in einer dunklen Regenjacke hetzt den Weg herauf. Es ist Niklas. Jetzt trifft er den Postboten, der gerade mit seinem Moped die gewundene Straße hinunterfährt. Niklas stoppt ihn und redet wild gestikulierend auf ihn ein. Dann läuft er noch schneller nach oben auf das Sanatorium zu.

»Herr Kraft, machen Sie schon!« Die Stimme des Pflegers klingt ungehalten.

Langsam dreht sich Rittberg um und geht auf die Glastür zu, die ihm der Pfleger aufhält. Noch immer hat er den Brief an seine Brust gedrückt. Hinter ihm fällt die Tür mit einem trockenen Klacken ins Schloss. Rittberg geht durch den weißen Korridor. Die leise Musik aus den Lautsprechern verschwimmt mit dem Gemurmel der Patienten im Hintergrund. Jetzt steht Rittberg vor seiner Zimmertür. Drückt die Klinke und tritt ein. Er setzt sich in den großen Ohrensessel beim Fenster. Noch einmal atmet Rittberg tief durch, ehe er mit zitternden Fingern den Umschlag aufreißt. Vorsichtig faltet er den Brief auseinander und beginnt zu lesen:

»In der dunkelsten der dunklen Stunden ist das Blut meiner Opfer schwarz. Es spritzt in hohem Bogen aus der geöffneten Halsschlagader und ergießt sich wie ein schweres Gewitter über Boden und Wände. In diesem Moment bin ich eins mit dir und verstehe deine Worte: Nur reines Blut schafft eine nordische Elite. Das Blut, das aus den im Todeskampf zuckenden Körpern rinnt, ist verdorben. Doch wenn ich den Pinsel hineintauche, wird es zu Kunst. Denn in meinen Bildern erlangt es seine ursprüngliche Reinheit zurück. Diesmal sind es ein Junge und ein Mädchen. Sie würden dir gefallen. Blond, nordisch und schön. Ich binde sie auf ihren Stühlen fest. Öffne ihre Pulsadern und berausche mich an dem herausrinnenden Blut. Dann nehme ich dein Messer und schneide ihnen die Kehlen durch. Ihre Köpfe hängen zur Seite, und ihre Herzen schlagen wild. Blut schießt aus ihren Kehlen. Sie zucken noch ein- oder zweimal. Dann sind sie tot. Sie sind so wunderschön und rein. Glücklich und erlöst setze ich mich zu ihren Füßen auf den Boden und reiße mir die blonde Perücke vom Kopf. Das ist die Vergebung, denke ich jedes Mal. Doch ich weiß, dass es eine Vergebung nur geben kann, wenn ich dich wiedersehe. Deine F.

PS. Ich verstehe nicht, warum du mir nie antwortest. Ich habe einen Brief von einem eigenartigen Mann erhalten. Muss ich mir Sorgen um dich machen?«

Rittberg lässt den Brief sinken und fährt sich mit dem Handrücken über die Augen. Verdammte Sentimentalität, verflucht er sich selbst und räuspert sich.

In diesem Moment wird die Tür aufgerissen, und ein Schwall kalter Luft stürzt gemeinsam mit Niklas in den Raum.

»Wo ist der Brief?«, herrscht er Rittberg an. Die Augen von Niklas glänzen fiebrig. Seine blonden Haare sind nass an den Kopf geklatscht. Er atmet hektisch. »Geben Sie mir den Brief«, zischt er und streckt die Hand aus.

»Zu spät. Ich habe ihn bereits gelesen.« Rittberg steckt den Brief in die Tasche seiner Jacke. »Warum hast du diese Briefe gestohlen?«

»Weil ihr Inhalt so wunderbar zerstörerisch ist. Weil die Zeilen mich in Ektase versetzen. Weil darin das Töten als eine große Kunst beschrieben wird.« Die Sätze sprudeln nur so aus dem Mund von Niklas, und er kann kaum Atem holen.

Rittberg beobachtet ihn scharf. Niklas versteht nicht, was seine Enkelin mit den Briefen ausdrücken will. Sie weiß, dass sie nie zu einer reinen Rasse gehören wird. Daran ist ihr Vater Baldur schuld. *Mein Sohn hat mit einer Perserin ein Kind gezeugt.* Er erinnert sich an die Szene auf der Entbindungsstation, als er seinen Sohn geohrfeigt hat. *Du hast unwertes Leben in die Welt gesetzt.*

»Du siehst dein Enkelkind niemals wieder«, sagte sein Sohn. »Und sie wird Farah heißen, so wie meine Frau.«

Doch Thorwald von Rittberg hatte einflussreiche Freunde und alte Seilschaften. Nach dem Unfalltod seines Sohnes und seiner Schwiegertochter erhielt er das Sorgerecht für seine Enkelin. Aus dem persischen Farah wurde das nordische Freya. Dann begann er, sein Enkelkind zu arisieren.

»Du verstehst nichts«, unterbricht Rittberg die Suada von Niklas. »Sie will sich von der Schuld befreien, unter der sie seit ihrer Geburt leidet. Sie sucht Vergebung.«

»Was faseln Sie da?«, fragt Niklas aufgebracht. »Diese Briefe sprechen eine deutliche Sprache: Durch das Töten erlangt man Vollkommenheit. Diesen Zustand will auch ich erreichen. Ich fühle wie Ihre Enkelin, ich denke wie sie.« Niklas macht eine Pause und tritt zum Fenster. Dann dreht er sich zu Rittberg und sieht ihm direkt ins Gesicht. »Und ich töte wie sie.«

»Du wirst niemals so sein wie sie«, widerspricht Rittberg. »Du bist einfach nur ein Mörder.«

»Sie verstehen nicht, Kraft, oder soll ich Thorwald von Rittberg zu Ihnen sagen?« Niklas zieht sein Handy aus der Tasche und hält Rittberg das Display mit der Aufnahme entgegen, die er von dem Foto in der Bibel gemacht hat. »SS-Sturmbannführer Thorwald von Rittberg 1943, das sind doch Sie?«

»Und wenn es so wäre, was tut das zur Sache?«, lässt sich Rittberg nicht einschüchtern. »Was also willst du eigentlich von mir?«

»Geben Sie mir den Brief.« Auffordernd streckt Niklas die Hand aus und schnippt mit den Fingern.

»Hier. Ich habe ihn bereits gelesen.« Langsam zieht Rittberg das Schreiben seiner Enkelin aus der Tasche. Es widerstrebt ihm, den Brief in fremde Hände zu geben, aber er will Niklas nicht unnötig provozieren.

Hastig reißt Niklas den Brief aus Rittbergs Hand. Überfliegt das Schreiben und lässt es enttäuscht sinken.

»Sie erwähnt mich nur in einem Satz«, sagt er leise zu Rittberg.

»Weshalb sollte sie mehr über dich schreiben?«

»Aber ich habe ihr doch erst vor Kurzem einen Brief geschrieben.«

»Vielleicht will sie einfach nichts von dir wissen«, meint Rittberg. Wenn er jünger wäre, würde er Niklas wie eine Laus zerquetschen. Aber noch ist dieser verstörte Pfleger wertvoll für ihn. Denn er ist im Besitz der Briefe von Freya. Deshalb muss er sich kooperativ verhalten.

»Ich bin ihr Bewunderer. Sie muss akzeptieren, dass ich so sein will wie sie.« Niklas ballt die Fäuste. Schweiß tropft ihm von der Stirn. Auf Rittberg macht Niklas einen fiebrigen Eindruck. »Sonst erfährt alle Welt, wer Sie wirklich sind.«

»Beruhige dich.« Rittberg klopft mit der flachen Hand auf die Stuhllehne. »Ich schlage dir ein Geschäft vor.«

»Dazu sind Sie doch gar nicht in der Lage. Ich habe die Briefe, und ich weiß, wer Sie sind.«

»Aber ich habe Einfluss auf meine Enkelin«, entgegnet Rittberg. »Sie wird mir gehorchen. Also hör mir zu. Du zeigst mir, wo du die entwendeten Briefe versteckt hast. Du lässt mich diese lesen. Im Gegenzug sorge ich für ein Treffen zwischen dir und meiner Enkelin.«

»Ich muss mir das überlegen.« Niklas wirkt mit einem Mal unsicher. »Woher weiß ich, dass Sie Ihr Wort halten?«, fragt er schließlich.

»Aber du hast mich doch in der Hand. Du kennst meinen Namen und weißt, dass meine Enkelin eine mehrfache Mörderin ist.«

»Da haben Sie recht.« Niklas wischt sich den Schweiß von der Stirn. »Ich denke darüber nach.«

»Nein. Du musst dich sofort entscheiden!« Rittberg richtet sich in seinem Ohrensessel auf. Er weiß, dass er im Vorteil ist. Seine Enkelin ist der Trumpf. Was mag wohl in den Briefen stehen? – Bald wird er es wissen.

»Wie lautet deine Antwort?«

»Gut. Ich zeige Ihnen das Versteck der Briefe. Dann will ich Ihre Enkelin kennenlernen.«

»Natürlich. So haben wir das vereinbart«, sagt Rittberg. Doch er weiß, dass es niemals dazu kommen wird. Er fühlt sich plötzlich wieder voller Tatendrang. Die Konfrontation mit Niklas ist wie ein Jungbrunnen für ihn.

»Schlagen Sie ein.«

Rittberg schreckt angeekelt zurück, als ihm Niklas die Hand hinhält. Doch dann drückt er mit unbewegter Miene die schweißnassen Finger.

Er lächelt hintergründig, als er die Hand von Niklas wieder loslässt.

»Warum lächeln Sie?«

»Ich freue mich darauf, die Briefe meiner Enkelin endlich zu lesen.«

»Sie sind von einer abgründigen, morbiden Schönheit. Aber ich werde diese mörderischen Grausamkeiten noch weit übertreffen.«

39

Nach dem geheimen Treffen mit den Lebensborn-Kindern fühlt sich Freya noch stärker als Außenseiterin. Instinktiv spürt sie, dass auch die Morde keine Vergebung für sie bringen. Vergebung kann sie nur von ihrem Großvater erhalten.

Sie lehnt an einer Säule in der Tiefgarage und beobachtet Targa, die gerade das Futter für Hund in einer Schüssel zubereitet. Es ist eine Situation, die sie seit ihrer Kindheit vermisst. Eine Szene, die innige Vertrautheit ausstrahlt. Hund sitzt kerzengerade auf dem Betonboden. Das Tier lässt den Futternapf keine Sekunde aus den Augen. Targa stellt die Schüssel vor ihn hin. Hund bleibt so lange sitzen, bis sie ihm ein Zeichen gibt. Erst dann frisst er.

»Du hast Hund gut erzogen«, meint Freya. »Es ist schön, wenn man für jemanden sorgen kann. Auch wenn es nur ein Hund ist.«

»Hund ist mir lieber als Menschen. Er verstellt sich nicht und akzeptiert mich einfach so, wie ich bin.«

»Jetzt musst du Hund schon wieder alleine lassen.« Freya stößt sich von der Säule ab.

»Warum? Ich drehe mit Hund noch eine schnelle Runde und fahre dann nach Hause.«

»Nein! Bitte bleib heute Nacht bei mir.« Freya geht langsam auf Targa zu. »Die Zeit nach Mitternacht ist allein unerträglich. Heute spüre ich das ganz besonders intensiv.«

»Was mache ich mit Hund?«

»Nimm ihn doch einfach mit nach oben.«

»Nein, das geht auf gar keinen Fall«, antwortet Targa mit einer Stimme, die keinen Widerspruch duldet. Freya insistiert deshalb auch nicht weiter. Targa senkt den Kopf und überlegt. »Okay, ich drehe draußen schnell noch eine Runde mit ihm. Dann komme ich zu dir hoch.«

Freya sieht Targa und Hund hinterher, die durch die Tiefgarage zum Tor gehen. Sie kann sich von dem Anblick nicht losreißen. Wäre sie eine andere geworden, wenn Odin nicht vor ihren Augen hätte sterben müssen? Wenn sie nicht ihren Finger am Abzug durchgedrückt hätte? Damals spürte sie zum ersten Mal die geheime Macht des Blutes. Diesen Geruch nach Eisen und Tod.

Freya steigt aus dem Lift. Als sie den Vorraum ihres Penthouse betritt, ist sie noch immer nervös. Unruhig geht sie in dem großen Wohnzimmer auf und ab. Sie blickt aus den Fenstern auf die Terrasse mit dem schwarzen schmalen Pool. Dahinter breitet sich die Stadt wie ein Ungeheuer aus. Der Panoramablick macht sie schwindlig. Mit einem Seufzer schaltet sie die Poolbeleuchtung ein. Sie streift ihr Tanktop ab und schlüpft aus den engen Jeans. Dann öffnet sie die Schiebetür. So hoch oben ist der Wind immer kalt. Sie bekommt eine Gänsehaut. Doch das ist ihr im Moment egal. Sie springt kopfüber in den Pool. Das Wasser ist eiskalt und raubt ihr den Atem. Als sie auftaucht, hört sie Schritte im Wohnzimmer. Plötzlich ist es ruhig.

»Ich bin draußen im Pool«, ruft sie in die Stille hinein. Kurz darauf erscheint Targa. Sie hat ihre Lederjacke bis oben hin zugezogen.

»Hier ist es aber kalt wie in einer anderen Welt. Warum malst du eigentlich Bilder mit dem Blut deiner Fans?« Targa hockt sich an den Rand des Pools.

»Ich gebe dir eine Antwort, wenn du in den Pool kommst.« Freya stößt sich vom Rand ab. Während sie schwimmt, wirbelt das Wasser plötzlich auf. Targa ist neben ihr hineingesprungen und taucht. Auch sie ist nackt. Ihre blonden Haare treiben wie goldene Bänder an der Oberfläche.

»Bekomme ich jetzt eine Antwort?«, fragt Targa, als sie wieder neben Freya auftaucht.

»Du bist mutig.« Freya schwimmt an den Rand. »Gehen wir hinein, hier ist es zu kalt«, sagt sie und steigt aus dem Pool.

»Hältst du nie, was du versprichst? Das ist nicht mutig.« Targa klettert ebenfalls aus dem Wasser.

Freya betrachtet Targa von oben bis unten. Ihr Körper ist wohlproportioniert und weiblich. Ihre hellen Augen leuchten, aber das Gletschereisblau ist abweisend. Sie wäre das ideale Objekt für Großvater, denkt Freya. Großvater hätte Targa geliebt. Sie kommt seinem Ideal der nordischen Elite sehr nahe. Nein, sie ist perfekt!

»Komm mit.« Freya fasst Targa an der Hand und zieht sie in das Penthouse. Drinnen ist es angenehm warm. »Du bist noch ganz nass.« Freya streicht mit der Handfläche über Targas Schulter.

»Das Symbol gefällt mir. Du auch.« Mit dem Finger zeichnet Targa eine geschwungene Tätowierung auf Freyas Brust nach.

Freya zieht Targa näher zu sich heran. Drückt ihre Lippen auf Targas Mund. Diese erwidert den Kuss. Mit den Fingern streicht Freya über Targas Rücken. Sie spürt die durchtrainierte Rückenmuskulatur. Der Kuss wird intensiver. Die Lippen von Targa sind weich. Für Freya ist dieses Gefühl wie ein Rausch. Plötzlich reißt der Kuss ab, und Freya schreckt zurück.

»Jetzt will ich aber endlich eine Antwort auf meine Frage.« Targa macht einen Schritt zurück, nimmt eine Decke vom Sofa und wickelt sie um ihren Körper.

»Das Blut in meinen Bildern ist von Menschen, die sterblich sind. Indem ich mit ihrem Blut male, werden diese Menschen unsterblich. Es erfordert viel Mut, mit dem Blut fremder Menschen zu malen.«

»Warum erfordert das viel Mut?«, fragt Targa.

»Weil man eine Grenze überschreitet, ein Tabu bricht«, antwortet Freya und greift nach ihrem Umhang, der zusammengeknüllt auf dem Boden liegt. Sie hüllt sich darin ein und umschlingt mit den Armen ihren Körper.

»Warum machst du diese Mut-Challenges? Welche Idee steckt dahinter?«

»Nur die Mutigen beherrschen die Welt. Die jungen Menschen erhalten durch diese Herausforderungen Stärke für ihr Leben. Wenn sie zu mir kommen, sind sie mutlos. Durch mich werden sie mutig. Auch ich war früher immer allein und mutlos. Jetzt bin ich mutig und nicht mehr allein.«

Freya schweigt und erinnert sich kurz an das Pärchen auf dem Hochhaus. Es war ein berauschender Anblick, die beiden Körper zu beobachten, wie sie langsam ausbluteten. Je mehr Blut floss, desto reiner wurden ihre Körper. Das Blut in den Menschen ist schlecht, nur ein blutleerer Körper ist rein, hat ihr Großvater gesagt.

»Der Mörder der drei jungen Menschen, die in einem alten Schlachthaus ausgeblutet wurden, muss auch sehr mutig gewesen sein. Er hatte keine Angst, entdeckt zu werden. Hast du etwas mit diesen Morden zu tun, Freya?«

Targas Frage reißt sie aus ihrer Erinnerung.

»In der Presse stand, dass es ein Gemälde von dir mit genau dieser Szene gibt.«

»Weshalb sollte ich töten?«

»Weil du mutig genug dazu bist. Man benötigt viel Mut, um auf diese Art zu töten.«

Wieder entsteht diese unheimliche Spannung zwischen Targa und ihr. Freya streckt die Hand aus, fasst eine Strähne von Targas feuchtem Haar.

»Komm mit mir«, flüstert sie.

»Warum?«, fragt Targa, streckt Freya aber trotzdem ihren Arm entgegen.

»Ich will dich sofort malen.«

Barfuß geht Freya hinaus auf die Terrasse und holt ihre Jeans. Sie greift in die Hosentasche und zieht das Springmesser ihres Großvaters heraus.

»Was hast du mit dem Messer vor?«

»Ich brauche etwas Blut von dir für meine Inspiration.« Sie schlendert hinüber in ihr Atelier und kommt gleich darauf mit einer Rolle Zeichenpapier zurück. Geschickt breitet sie das weiße Papier auf dem Boden aus. Gleich wird es mit Blut beschmutzt sein.

»Stell dich auf das Papier«, sagt sie zu Targa und betrachtet ihren nackten Körper. »So gefällst du mir.«

Dann hebt Freya das Messer. Die Klinge springt aus dem Griff. Plötzlich verblasst die Todesvision. Noch ist es nicht so weit.

»Streck deinen rechten Arm aus.« Mit einer schnellen Bewegung schneidet sie mit der Klinge über die Innenseite von Targas Unterarm. Öffnet eine Ader. Blut rinnt aus der Wunde. Targa zuckt mit keiner Wimper. Betrachtet nur interessiert das austretende Blut.

»Was passiert jetzt?«, fragt sie.

Freya antwortet nicht, sondern greift nach einem dünnen Pinsel. Taucht die Spitze in die Wunde. Sie malt hauchdünne Linien auf ein kleines Blatt.

»Warum muss ich auf dem Papier stehen?«, fragt Targa.

»Ich wollte zunächst etwas anderes versuchen. Hab's mir dann aber überlegt.« *Ich hatte die Vision, dir mit dem Messer den Hals durchzuschneiden und mit deinem Blut ein rauschhaftes Bild zu malen. Doch jetzt denke ich anders darüber.*

»Deine Visionen sind sehr mutig. Was zeichnest du da?«, fragt Targa unbeeindruckt.

»Das sind wir beide in einer anderen Welt.«

»Lass mich sehen.«

Freya gibt Targa das Blatt. Darauf sind nur hauchdünne Striche zu erkennen. Die Blutlinien sind braun und erinnern an verbrannte Erde. Zwei Frauen tauchen scheinbar aus dem Nichts auf. Schweben Hand in Hand über dem Papier.

»In einer anderen Welt wären wir Schwestern.« Freya nimmt Targa die Zeichnung aus der Hand. »Ich habe ein Trauma mit meinem Großvater. Du mit deinem Vater. In den wenigen glücklichen Augenblicken meiner Kindheit hat mir Großvater oft das Märchen von Schneeweißchen und Rosenrot vorgelesen. Das sind wir beide. Ich bin rot wie Blut, du bist weiß wie Schnee. Aber du bist nicht so unschuldig, wie es den Anschein hat. Auch du verbirgst ein Geheimnis.«

Targa antwortet nicht, sondern blickt Freya mit ihren gletscherblauen Augen direkt an.

»Erzähle mir etwas über deine Tattoos«, sagt Targa dann. »Was bedeuten sie dir?«

»Gerne. Aber nicht hier.« Freya nimmt Targa an der Hand und führt sie ins Schlafzimmer. Sie legt das Springmesser auf das Kopfpolster.

»Warum nimmst du das Messer mit?«, fragt Targa.

»Vielleicht töte ich dich«, flüstert Freya.

»Aber bitte erst später.«

Wie von selbst treffen sich ihre Lippen, und diesmal ist der Kuss noch intensiver und leidenschaftlicher.

»Die Tattoos sind die Stationen meines Lebens«, sagt Freya dann und setzt sich auf. »Mein Leben ist eine einzige lange Irrfahrt. Ich fühle mich wie Odysseus. Werde ich je an das Ziel meiner Reise gelangen?«

»Du brauchst Ordnung in deinem Leben. Eine Linie, die dich durch die Jahre leitet. Damit du dein Ziel erreichst.«

»Meinst du, ich soll mich nach den herrschenden Konventionen richten?«

»Ja, das wäre hilfreich.«

»Du tust mir leid, Targa.« Freya drückt sich eng an Targas Körper, der heiß und sinnlich ist. Wieder wird sie von einer Vision überrollt. Targa liegt mit durchschnittener Kehle neben ihr, und Freya küsst sie zum letzten Mal.

»Warum tue ich dir leid?«, flüstert ihr Targa ins Ohr.

»Du bist an diese überholten Konventionen gebunden. Aber ich kann machen, was ich will. Ich bin einfach nur böse. Komm auf meine Seite.«

40

Wie eine Diebin hat sich Targa am Morgen aus dem Bett von Freya geschlichen. Jetzt sitzt sie in ihrem Bus in der Tiefgarage und krault das Fell von Hund. Sie muss gleich Frühstück für Yella machen, und Hund hat auch Hunger. Dann kann sie ungestört mit ihrer Schwester reden.

Kann es sein, dass man das Böse lieben kann, Yella?

Hast du dich in sie verliebt, Targa?

Nein, aber ihre Dualität fasziniert mich.

Du meinst, sie hat Licht und Schatten in sich vereint.

Freya ist zart und verletzlich. Im nächsten Augenblick hart und unmenschlich.

Sie ist ein bipolares Geschöpf. Sei vorsichtig. Du kannst sie rational nicht begreifen.

Ihr Großvater hat schreckliche Dinge mit ihr gemacht. Deshalb ist sie zu einer Mörderin geworden.

Pass auf mit solchen Argumenten! Denke zuallererst an die toten Frauen und Männer. Das war die dunkle Seite von Freya.

Ich habe einen Auftrag. Das vergesse ich nie. Aber diesmal führen mich die Ermittlungen auf eine Entdeckungsreise.

In welche Gebiete?

In ein Land voll sinnlicher Erfahrungen mit einer Frau, die mordet. Ich beginne bereits, wie sie zu fühlen und zu denken.

Was ist mit deinem Arm geschehen?

Sie hat mit meinem Blut ein Bild gemalt.

Deshalb bist du ihr also so nahe. Dein Blut ist in ihrem Besitz. Nimm dich in Acht. Sie wird die Kontrolle über dich erlangen.

Das wird niemals geschehen. Ich kenne ihre Schwäche, damit werde ich sie überführen.

Was ist ihre Schwäche?

Freyas Schwäche ist ihre Liebe zu arischen Frauen.

Du meinst, Frauen, die so aussehen wie du.

Genau.

Deswegen hast du Freya Gefühle für sie vorgetäuscht?

Ja. Und irgendwann wird sie mir von ihren Morden erzählen. Das ist meine Strategie.

Es ist gefährlich, einer Serienkillerin Liebe vorzuspielen.

Wer sagt, dass ich spiele?

41

Nach dem Gespräch mit ihrer Schwester fühlt sich Targa ausgeglichen. Sie parkt den VW-Bus neben dem Schrebergartenhäuschen. Edgar hockt auf den Verandastufen und hält ein Textbuch in der Hand.

»Was machst du denn hier?«, wundert sich Targa, als sie aus dem Bus steigt.

»Ich habe seit Jahren wieder einen Vorsprechtermin. Dafür muss ich eine Szene aus den *Räubern* von Schiller lernen. Ich möchte gerne bei dir meine Wäsche waschen und nebenbei den Text studieren. Ich fühle mich hier wohl.« Edgar deutet auf seinen prall gefüllten Jutesack. »Das geht doch, oder?«

»Ja, gerne. Die Waschmaschine muss sicher öfter in Betrieb sein, damit sie nicht rostet«, sagt Targa. »Brauchst du die Bedienungsanleitung der Maschine?«

»Nicht nötig. Ich hab's auch letztes Mal kapiert, schon vergessen? Aber eine Tasse Kaffee wäre super.«

»Ich habe nur Nescafé.«

»Hauptsache, ein heißes Getränk mit etwas Koffein. Vielleicht besorgst du dir mal eine Espressomaschine«, sagt Edgar und lächelt dabei entwaffnend.

»Ist das besser für die Konzentration? Muss ich drüber nachdenken.«

Sie geht zurück zu ihrem VW-Bus und setzt Wasser auf. *Ging doch ganz gut für den Anfang,* denkt sie. *Ich lerne dazu.*

Targa bringt Edgar den Becher Kaffee hinüber in das Gartenhaus.

»Leiste mir doch Gesellschaft beim Wäschewaschen«, schlägt er vor.

»Das geht nicht. Ich habe eine geschäftliche Besprechung.«

Als sie die Tür der Laube hinter sich schließt, hört sie das gleichmäßige Brummen der Waschmaschine. Es ist ein angenehmes Geräusch. Targa stellt sich Edgar vor, wie er vor der Trommel sitzt und seinen Text lernt. Bis jetzt hat alles prima funktioniert, findet sie. Das scheint der richtige Weg zu sein.

Dann sieht sie am Gartenzaun eine Gestalt, die ganz in Schwarz gekleidet ist. Eine kleine junge Frau. Als sie näher kommt, erkennt Targa, dass sie im Rollstuhl sitzt. Es ist Rita.

»Noch immer derselbe VW-Bus.« Rita atmet tief ein und versucht, das Gartentor zu öffnen.

»Soll ich dir helfen?«

»Denk nicht einmal daran. Ich kann das alleine«, sagt Rita. »Jetzt schaffe ich es schon, aus der Wohnung herauszukommen. Da wird es auch nicht mehr lange dauern, und ich kann wieder gehen.« Sie ballt die Hände, die in schwarzen Lederhandschuhen stecken, zu Fäusten. »Das Training ist für meine Arme perfekt.«

Rita fährt über die holprigen Waschbetonplatten und stoppt den Rollstuhl vor Targas Bus.

»Hast du zufällig ein Bier?«, fragt sie als Erstes.

»Ich habe immer eine Flasche im Kühlschrank, falls Lundt zu Besuch kommt. Wenn du sie jetzt trinkst, muss ich wieder eine besorgen. Aber ich kann sie holen.«

»Lundt wird es mir verzeihen. Danke dir.«

228

»Hast du meine Nachricht bekommen?« Targa hat Rita gestern Nacht eine Mail geschickt und um Stimmprobenabgleiche gebeten.

»Ja, und ich habe mich schon schlaugemacht«, antwortet Rita. »Du sagst, einer dieser Typen lispelt sehr markant?«

»Ja. Das war der Mann mit der Goldmaske.«

»Total abgedreht. Ein Geheimtreffen von Anhängern dieser braunen Ideologie, die Masken tragen.« Rita schüttelt den Kopf.

»Lundt meinte bei unserer Besprechung, jemand aus dem Innenministerium schützt Freya.«

»Deswegen habe ich mich auch in die Datenbank des Innenministeriums eingeklinkt. Und die Sprach-Files einiger Staatssekretäre und leitender Mitarbeiter kopiert. Natürlich von Personen, die etwas entscheiden können.«

»Oder vertuschen«, ergänzt Targa.

»Genau. Leider sind die Files nur mit Nummern versehen. Wenn wir eine Stimme identifizieren, dann müssen wir erst den Namen hinter der Nummer herausbekommen.« Rita zieht ihr Notebook aus einer Nylontasche, die seitlich am Rollstuhl hängt. Sie legt sich den Laptop auf die Oberschenkel und startet.

»Okay, legen wir los.«

Rita klickt das erste File an, und Targa schließt die Augen. Aber sie erkennt keine Ähnlichkeit mit der Stimme des Mannes.

»Nein, das ist nicht Goldmaske.«

»Kommen wir zum Nächsten.« Rita klickt auf ein weiteres MP3-File. »Wir haben hier noch jede Menge.«

Auch bei den folgenden zehn Files kann Targa keine Stimme wiedererkennen. Langsam schwindet ihre Hoffnung.

»… es muss möglich sein, straffällige Flüchtlinge in ihre Herkunftsländer zurückzusenden …«

»Stopp! Das ist die Stimme.« Targa spürt, wie ihr Herz plötzlich heftig zu pochen beginnt.

»Bist du dir sicher?«, fragt Rita und spielt das File ein zweites Mal ab.

»Ganz sicher. Dieses charakteristische Lispeln würde ich unter Tausenden Stimmen wiedererkennen.«

»Wenn du davon überzeugt bist, gebe ich Lundt Bescheid, und wir wissen bald, wer der Maulwurf im Innenministerium ist.«

»Nein, das mache ich selbst«, sagt Targa. »Ich kann dann auch die weitere Vorgehensweise festlegen.« Natürlich wird sie Lundt Bescheid geben, aber erst wenn sie selbst mit dem Mann gesprochen hat. »Wie lange brauchst du, um an den Namen zu gelangen?«

»Das ist nicht so einfach, an diese Informationen zu kommen. Gib mir etwas Zeit.«

Endlich haben sie eine Spur. Jetzt brauchen sie nur den Namen herauszufinden. Dann können sie die Person zu einer Befragung vorladen. Sie werden ihr ein Ultimatum stellen. Seine Freiheit für eine belastende Aussage gegen Freya. Vielleicht auch eine Kronzeugenregelung. Aber zuvor muss Targa mit dem Mann reden. Sie muss ihn zu den Ereignissen vor dreißig Jahren befragen. Wie sein Freund heißt, der Zwillinge vor einem Krankenhaus abgelegt hat. Erst wenn sie diese Information hat, wird sie Lundt verständigen. Die Suche nach ihrem Vater hat Priorität. Das ist sie ihrer Mutter und Yella schuldig.

»Worüber denkst du nach?«

Targa schreckt hoch. Rita betrachtet sie schon eine ganze Weile und schwenkt ihre Bierflasche in der Luft.

»Ich habe gerade an Freya und ihren Großvater gedacht. An das gestörte Verhältnis, das die beiden gehabt haben.«

»Was ist denn das für ein Lärm? Hört sich an, als würde ein Hubschrauber neben uns kreisen.« Rita dreht den Kopf hin und her.

»Ach, das ist nur Edgar.« Targa deutet zum Gartenhäuschen.

»Wer ist Edgar?« Rita zieht ihre schwarzen Augenbrauen in die Höhe. »Gehört ihm die Laube? Lässt er dich hier wohnen?«

»Nein. Edgar ist bloß zum Wäschewaschen hier«, sagt Targa. »Und das ist das stärkste Schleuderprogramm der Maschine.«

»Du hast einen Mann, der deine Wäsche macht?« Rita richtet sich interessiert auf. »Das nenne ich toll emanzipiert.«

»Falsch. Ich habe Edgar eingeladen, seine Wäsche bei mir zu waschen. So vertiefe ich meine zwischenmenschliche Kompetenz.«

»Du bist vielleicht eine coole Frau«, sagt Rita anerkennend. »Was machst du mit ihm, wenn er mit dem Wäschewaschen fertig ist?«

»Keine Ahnung.« Targa zuckt mit den Schultern. »Darüber habe ich noch nicht nachgedacht.«

»Sieht er wenigstens gut aus?«

»Aussehen ist immer subjektiv. Edgar ist attraktiv und Schauspieler.«

»Wow, ein Schauspieler. Na, dann sieh zu, dass du deine zwischenmenschliche Kompetenz so schnell wie möglich weiter ausbaust«, ermuntert Rita sie mit einem ironischen Unterton. »Ich mache mich dann wieder auf die Beine.«

»Aber du kannst doch gar nicht gehen.« Targa schüttelt verwundert den Kopf.

»Das war auch als Scherz gemeint«, erwidert Rita mit einem gequälten Lächeln.

»Wie schaffst du das eigentlich mit dem Rollstuhl in der U-Bahn?«

»Das geht ganz easy. Ich fahre mit dem Lift nach unten. Die Leute machen mir im Waggon Platz und sind freundlich. Meistens zumindest.« Rita presst die Lippen zusammen. Doch Targa erkennt an Ritas Augen, dass die Situation nicht leicht für sie ist.

»Bald komme ich wieder mit einem Rad zu dir. Versprochen«, fügt Rita trotzig hinzu. Sie verabschiedet sich mit einem festen Händedruck von Targa und fährt hinaus auf den Weg, der durch die Laubenkolonie führt.

Targa sieht ihr so lange nach, bis Rita mit ihrem Rollstuhl verschwunden ist.

»War das eine Freundin von dir?« Edgar lehnt im Türstock und sieht Targa fragend an.

»Das ist eine Arbeitskollegin.« Targa überlegt einen Augenblick. »Doch, sie ist auch eine Freundin.«

»Ist sie auch Bodyguard?« An Edgars Stimmlage merkt Targa, dass er ihr noch immer nicht ganz glaubt. Aber das kann sie eben nicht ändern.

»Sie ist für die Analyse zuständig.«

»Was ist ihr denn passiert, dass sie im Rollstuhl sitzt?«

»Ein Serienkiller wollte sie umbringen.«

»Schon wieder einer deiner schwarzen Witze.«

»Es ist die Wahrheit.«

»Du hast einen eigenartigen Humor«, wundert sich Edgar. »Aber mir gefällt das.« Er macht eine Pause und stopft seine Wäsche in den Jutesack. »Wir könnten übrigens auch mal etwas anderes machen als Wäsche waschen. Was meinst du?«

»So weit habe ich noch nicht gelesen«, antwortet Targa.

»Was liest du denn? Lernst du etwa auch Texte auswendig?«, fragt Edgar interessiert.

»In gewisser Weise ja.«

»Dann passen wir vorzüglich zusammen.«

42

Donner und Blitze verwandeln die Nacht in ein Inferno. Targa sitzt in ihrem VW-Bus an dem kleinen Tisch. Sie hört den Regen, der auf das Dach des Busses prasselt. Was soll sie tun? Ein Mann, der lispelt, ist wahrscheinlich die undichte Stelle im Innenministerium. Das ist eine Spur. Targa weiß, dass sie Lundt informieren muss. Aber dann ist alles offiziell, und Targa hat keine Chance mehr, den Mann nach ihrem Vater zu befragen. Sie muss den Namen auf eigene Faust herausfinden. Und sie weiß auch schon, wie.

Als das Unwetter ein wenig nachlässt, startet sie den Bus und fährt in das Zentrum von Berlin. Es regnet noch immer, und die Frontscheibe des Busses ist komplett beschlagen. Targa sieht Menschen, Autos und Straßen wie durch einen dünnen Nebel. Sie schiebt das Seitenfenster auf, und der Dunst verschwindet. Dafür prasselt jetzt der Regen in den Bus. Am Ende der Friedrichstraße taucht ein schwarzer monolithischer Apartmentblock auf. Sie fährt in die Tiefgarage. Parkt den Wagen neben Freyas Jeep. Hund setzt sich auf und sieht sie fragend an.

»Bin gleich wieder zurück«, sagt Targa, obwohl Hund sie nicht verstehen kann. Dann läuft sie schnell aus der Tiefgarage hinaus ins Freie. Sie muss noch ein wenig nachdenken. Was sie vorhat, ist gefährlich. Aber sie muss es tun.

Regen rinnt in glitzernden Streifen von der glatten Fassade des Apartmentblocks. Im Schein der Straßenbeleuchtung wirken die Tropfen wie Perlen. Dann klingelt sie. Die Tür öffnet sich mit einem leisen Klacken. Targa geht in das Foyer. Tippt den Code in das Display des Privatlifts und fährt nach oben.

»Du bist ja ganz nass.« Freya wirkt kein bisschen überrascht, als Targa so plötzlich vor ihrer Tür steht. »Komm herein.«

»Ich hatte einen Albtraum und brauche jemanden zum Reden«, sagt Targa. »Da dachte ich an dich.«

»Das war eine gute Entscheidung. Du kannst mir alles erzählen. Ich höre zu und verstehe dich.«

»Du weißt doch gar nicht, worüber ich mit dir reden will.«

»Ich habe dir gesagt, dass wir wie Schwestern sind.« Freya öffnet den Reißverschluss von Targas Lederjacke. »Zieh aber zuerst deine nassen Klamotten aus.«

»Nein. Ich will nur reden.«

»Ganz wie du meinst.« Freya tritt achselzuckend einen Schritt zurück und geht zum Fenster. »Erzähl mir, was dich bedrückt.«

Targa setzt sich auf das schwarze Designersofa und holt tief Luft.

»Ich habe von jemandem geträumt, der meinen Vater kennt. Vor vielen Jahren hat mein Vater dieser Person erzählt, dass er Säuglinge, ein Zwillingspärchen, in einer eisigen Winternacht vor einer Berliner Klinik ausgesetzt hat. Im Traum bin ich diesem Mann begegnet und wollte ihn nach dem Namen meines Vaters fragen. Doch ehe er antworten konnte, verwandelte sich sein Gesicht in Gold, und ich bin aufgewacht.«

Targa lehnt sich zurück. Ihre Geschichte ist naiv und leicht zu durchschauen. Freya wird sofort wissen, dass Targa gelauscht hat. Doch das gibt Freya ein Gefühl von Überlegenheit, und sie wird auf dieses Spiel einsteigen.

»Ein merkwürdiger Traum.« Freya starrt in die Ferne und knackt mit den Fingerknöcheln. »Ist das alles?«

»Es bedrückt mich, dass ich aufgewacht bin, ehe er den Namen genannt hat. Doch, ein Detail fällt mir noch ein«, sagt sie. »Im Traum hatte der Mann, der meinen Vater kennt, einen Sprachfehler.«

»Was denn für einen Sprachfehler?« Freya hebt die Augenbrauen.

»Nun, er lispelt. Daran kann ich mich jetzt wieder erinnern. Merkwürdig, nicht wahr, wie manche Träume bis ins Detail gehen?«

»Ja, das ist schon eigenartig«, sagt Freya leise und dreht sich vom Fenster weg. Sie blickt Targa jetzt direkt ins Gesicht. »Deswegen bist du so aufgeregt?«, fragt sie dann.

»Verstehst du denn nicht? Im Traum hatte ich endlich eine Spur zu meinem Vater. Ich war so glücklich und wollte dem Mann die Maske vom Gesicht reißen.«

»Was für eine Maske?« Freya umfasst Targas Hände und sieht ihr prüfend in die Augen.

»Ich denke, dass es eine Maske darstellen sollte.« Targa wendet ihren Blick nicht ab. »Das Gesicht des Mannes verwandelte sich in Gold. Das könnte doch eine Maske sein.«

»Ja, das klingt einleuchtend«, sagt Freya lang gezogen und lässt Targas Hände wieder los. »Das war wirklich ein schrecklicher Traum. Du solltest dich besser hinlegen und ausschlafen.«

»Ich kann nicht. Es wühlt mich zu sehr auf«, seufzt Targa. »Vielleicht ist es gar kein Traum, sondern eine Vision?«, überlegt sie laut. Targa setzt alles auf eine Karte. »Den Mann gibt es wirklich. Unbewusst habe ich seine Schwingungen aufgenommen, und er ist mir im Traum erschienen.«

»Das klingt ziemlich esoterisch. Ist aber durchaus möglich.«
Freya legt den Kopf schief. Ihre Lippen umspielt ein kleines
Lächeln. »Ich mag deine Vorgehensweise. Sie ist so suggestiv.«

»Ach wirklich?«, fragt Targa überrascht. »Aber so bin ich
nun einmal. Ich will den Dingen auf den Grund gehen.« *Nenne
mir seinen Namen,* denkt sie. *Alle tragen Masken, aber du kennst
natürlich auch die Gesichter dahinter. Und die Namen. Das macht
dich so unangreifbar.*

»Ich kenne übrigens jemanden, der lispelt. Er war bei der
Besprechung im Schloss anwesend.« Freya hält inne und lächelt
eisig. »Was bist du bereit zu tun, wenn ich dir seinen Namen
nenne? Wie weit würdest du gehen?«

»Sehr weit.«

»Du würdest also jemanden dafür töten?«

»Das weiß ich nicht.«

»Es war doch nur ein Spaß. Der Mann heißt Brückmann.«

»Du siehst, Träume beruhen immer auf einem Körnchen
Wirklichkeit«, sagt Targa und steht auf. »Ich muss zu Hund.
Wir fahren jetzt nach Hause.«

»Willst du nicht hier bei mir bleiben?«, fragt Freya und
sieht Targa erwartungsvoll an. »Ich habe morgen einiges zu tun.
Da brauche ich dich zu meinem Schutz.«

»Ich komme in der Früh zu dir.«

Targa küsst Freya auf den Mund und steht auf. Der Name
Brückmann leuchtet in ihrem Kopf auf und brennt sich in
ihre Gedanken. Diesmal fährt sie mit dem Aufzug direkt in
die Tiefgarage. Nachdenklich steigt sie in ihren Bus und setzt
sich an den Tisch. Sie klappt ihren Laptop auf und tippt den
Namen »Brückmann« in eine Suchmaschine. Sofort poppt
ein Fenster mit einer Reihe von Namen auf. Targa überfliegt
die kurzen biografischen Daten und wird schnell fündig:
Otto Brückmann, leitender Beamter im Innenministerium.
Zuständig für die Abteilungen B für Bundespolizei und

Abteilung ÖS, Öffentliche Sicherheit. Er ist der Mann mit der goldenen Maske. In einer speziellen Suchmaschine, die ihr Rita auf den Laptop installiert hat, findet sie eine dazugehörige Adresse. Targa klappt den Rechner zu und klettert nach vorne. Sie öffnet das Handschuhfach. Dort liegt das Holster mit der Beretta. Sie nimmt die Waffe heraus und entsichert sie. Legt sie neben sich auf den Beifahrersitz. Dann fährt sie mit dem Bus aus der Tiefgarage hinaus in die Finsternis.

Brückmann wohnt in Zehlendorf in einem schmalen efeubewachsenen Haus mit spitzem Giebel. Targa parkt den Bus in einiger Entfernung und rekapituliert die Fakten, die sie im Internet gefunden hat: Brückmann ist Single. Er stammt ursprünglich aus Dresden, wohnt aber seit der Wende in Berlin. Er hat scheinbar eine weiße Weste.

Targa steigt aus und geht zu dem Haus. Im strömenden Regen steht sie vor dem Gartentor. Sie zögert kurz. Dann drückt sie auf die Klingel.

»Wer ist da?«, meldet sich die lispelnde Stimme durch die Gegensprechanlage am Gartentor. Brückmann klingt verschlafen.

»Können Sie mir helfen? Ich habe eine Autopanne.«

»Da kann ich nichts für Sie tun. Gute Nacht.«

»Lassen Sie mich wenigstens telefonieren.«

»Verschwinden Sie, sonst rufe ich die Polizei.«

»Kennen Sie eine Luisa? Die sich vor dreißig Jahren umgebracht hat? Wie heißt der Vater ihrer Zwillingskinder?«

Stille.

Targa wartet noch eine Weile im strömenden Regen, dann trifft sie eine Entscheidung.

43

Freya trägt einen weißen Overall, der vorn weit offen steht. Ihr Bauchnabel und viele Farbkleckse auf der Haut sind zu sehen. »Dein sogenannter Traum hat mir keine Ruhe gelassen«, sagt sie am nächsten Morgen zu Targa, als sie ihr die Tür öffnet. In der Hand hält sie einen großen Pinsel. »Ich musste ihn einfach malen.«

»Wen hast du gemalt? Den Mann aus meinem Traum?«

»Ja. Ich habe Goldmaske gemalt«, antwortet Freya. Sie dreht sich um und geht durch das riesige Wohnzimmer zurück in ihr Atelier. Aus dem Tivoli-Radio, das auf dem Zeichentisch steht, erklingt klassische Musik. Das braucht sie beim Arbeiten. Am liebsten hört sie die Goldberg-Variationen von Bach. Gespielt von Glenn Gould. Aber zur Not tut es auch das Klassikradio, so wie jetzt. In Gedanken sieht sie das efeubewachsene Haus in Zehlendorf. Sie hört den Regen, der auf das Vordach prasselt. Sie sieht das überraschte Gesicht von Brückmann, der ihr öffnet.

»Das Gemälde ist noch nicht ganz fertig«, sagt Freya und stellt sich vor die Staffelei. Sie hört Targa, die langsam durch das Wohnzimmer geht, dann plötzlich im Türrahmen stehen bleibt.

»Das ist also Goldmaske?«, vernimmt sie Targas Stimme in ihrem Rücken.

»Das war Goldmaske«, korrigiert Freya und dreht sich zu Targa um. »Ich hatte eine Vision und habe ihn als Sterbenden gemalt.« Sie beobachtet, wie Targa auf das Bild zugeht und die Hand ausstreckt. Für Freya hat es den Anschein, als würde Targa versuchen, das Blut zu stoppen, das aus dem Hals von Goldmaske schießt. Auf dem Gemälde sieht man einen Mann. Er kniet mit gefalteten Händen auf dem Boden. Sein Kopf ist weit zurückgeklappt und die Kehle durchschnitten. Das Blut spritzt wie eine Fontäne in hohem Bogen durch die Luft. Das Gesicht des Mannes ist durch eine goldene Maske verdeckt.

»Es sieht aus, als würde er beten«, sinniert Targa und dreht sich zu Freya.

»Er bettelt um Gnade.« Freya wischt sich die mit Farbe verschmierten Finger an ihrem Overall ab.

»Was ragt da aus seinen Unterschenkeln?« Neugierig beugt sich Targa vor und studiert dieses Detail.

Targa ist intelligent, sie achtet auf Kleinigkeiten. Das ist in ihrem Job als Personenschützerin überlebenswichtig, denkt Freya. *Deshalb muss ich aufpassen, mich nicht durch Kleinigkeiten zu verraten.*

»Das sind Nägel, damit er nicht aufstehen kann.«

»Du hast einen Ritualmord dargestellt.«

»Stimmt, und ich habe auch versucht, diese spezielle Büßerstimmung einzufangen. Du siehst, ich habe nur wenige Farben benutzt. Der Hintergrund ist weiß. Es soll nichts vom Wesentlichen ablenken. Sein Pyjama ist in einem dunklen Blau. Der Boden des Raums aus hellem Marmor. Nur das Blut, das aus seinem Hals spritzt, ist leuchtend rot.«

»Er wirkt so klein in der Ecke«, sagt Targa.

»Wenn Männer Angst haben, sind sie immer klein.« Freya geht zu ihrem Arbeitstisch. Die Musik ist zu Ende, und eine sonore Männerstimme bringt Programmhinweise. Freya will gerade das Radio ausschalten, doch als sie das Nachrichtenjingle hört, stoppt sie.

»Hoher Ministerialbeamter ermordet«, beginnt der Sprecher. »Heute Morgen wurde die Leiche des Leiters der Abteilung für Öffentliche Sicherheit im Innenministerium in seinem Haus in Zehlendorf tot aufgefunden. Aufgrund der Umstände, die zum Tod des Beamten geführt haben, geht die Polizei von einem Ritualmord aus.«

»Brückmann ist tot?«, fragt Targa überrascht.

»Scheint so«, antwortet Freya gleichgültig und schaltet das Radio aus.

»Hast du ihn getötet und dann dieses Gemälde gemalt?«

»Wie kommst du darauf?«, fragt Freya und beobachtet Targas Reaktion. »Jeder von uns könnte ihn getötet haben. Denk an deinen Traum. Du warst ziemlich verstört, als du in der Nacht weggegangen bist.«

»Wenn du Brückmann ermordet hast, muss ich die Polizei informieren«, erwidert Targa ruhig.

»Wenn du das tust, wirst du aber nie erfahren, wer dein Vater ist.« Das ist der Trumpf, den sich Freya bis zum Schluss vorbehalten hat. Sie sieht, wie sich Targas Pupillen weiten und das eisige Gletscherblau zurückweicht.

»Du kennst den Namen meines Vaters?«, flüstert sie. »Ich habe dir doch nur von einem Traum erzählt.«

»Wir beide wissen, dass es mehr als ein Traum war. Ich habe deinen Traum Wirklichkeit werden lassen«, ergänzt Freya. »Also, mach, was du willst. Denk aber immer daran, dass ich den Namen weiß.«

»Hat dir Brückmann alles erzählt?«

»Ich kenne diese Geschichte mit den Zwillingen schon von früher. Er hat mir den Namen deines Vaters irgendwann genannt. Natürlich unter dem Siegel der Verschwiegenheit.

Jetzt kann ich mich wieder daran erinnern. Und da er tot ist, brauche ich mich nicht an Schweigegebote zu halten.«

»Du hast doch die Nachrichten gehört. Die Polizei geht von einem Ritualmord aus. Das warst du.«

»Nein, ich habe damit nichts zu tun.« *Brückmann war ein Schwächling, denkt Freya. Ich musste seiner Erinnerung mit schmerzhaften Methoden ein wenig auf die Sprünge helfen. Er leistete keine Gegenwehr, als ich ihn zwang, sich auf den Boden zu knien. Er begann, um Gnade zu betteln. Doch den Namen konnte oder wollte er nicht sagen. Schließlich hat er sich zusammengerissen und wie ein Mann gehandelt. Er drohte, wollte aufstehen und sich auf mich stürzen. Da habe ich seine Beine mit Holznägeln auf dem Boden fixiert. Denn nur kniend konnte er seine Sünden bereuen.*

»Du lügst. Du wusstest von Anfang an, dass ich eure geheime Zusammenkunft belauscht habe. Du bist eine Mörderin«, flüstert Targa.

»Weshalb glaubst du das? Ich könnte auch dich für seine Mörderin halten. Außerdem habe ich kein Motiv, du aber sehr wohl.«

Beide schweigen und blicken sich unverwandt an. Es entsteht eine Spannung, die in ihrer Aggressivität auch etwas Erotisches besitzt.

»Vielleicht habe ich das nur für dich getan? Wenn ich dir den Namen sage, dann kannst du dich rächen. Es geht doch um Rache?«, fragt sie Targa, die jetzt mit dem Rücken zur Wand steht.

»Wie heißt er?« Targas Stimme ist mit einem Mal wieder hart und eisig. Sie stößt sich von der Wand ab. Die beiden Frauen stehen sich gegenüber. Kein Blatt Papier passt zwischen sie. Targas Lippen sind leicht geöffnet, und Freya könnte sie sofort küssen. Aber das wäre nicht ratsam. Es ist ein Kräftemessen zwischen ihnen.

Targa wirkt wie eine nordische Göttin. Das würde Freyas Großvater sagen. Er hat immer von der nordischen Elite gesprochen, in deren Adern reines Blut fließt. Nur durch Freyas Adern rinnt träge das Mischlingsblut. Blut, das schmutzig ist und alle Welt verseucht.

»Sag mir sofort, wie er heißt.« Targa steht mit blitzenden Augen vor ihr. Augen, die Freya an einen gefrorenen Bergsee denken lassen.

»Alles zu seiner Zeit. Ich habe noch eine gewaltige Aufgabe vor mir. Und dabei wirst du mir helfen. Als Belohnung bekommst du den Namen.« Doch die wahre Belohnung wird eine ganz andere sein. Vor Freyas geistigem Auge taucht eine zerklüftete Küste mit einem Leuchtturm auf. Schwere Wellen donnern gegen die Felsen, und das Meer ist schwarz. Der Wind pfeift und drückt das Gras auf der Hochfläche nieder. In dieser unwirtlichen Gegend wird sich das letzte Drama abspielen. Doch noch ist es nicht so weit.

»Was ist das für eine Aufgabe?«

»Es ist ein Auftrag für ein Gemälde. Aber ich muss es in Norwegen malen. Deshalb verreise ich und möchte, dass du mich begleitest.«

»Und wenn ich es ablehne, mit dir zu fahren?«

»Dann wirst du nie erfahren, wer Schuld daran hat, dass du zu einer Frau geworden bist, die sich nur nach Rache sehnt. Vergiss nie, dass ich dich verstehe und wie eine Schwester liebe.«

»Wir sind keine Schwestern. Ich bin hier, um für deine Sicherheit zu sorgen.«

»Dann ist es auch dein Job, mich zu begleiten. Du bist mein Bodyguard.«

»Vielleicht hast du recht«, lenkt Targa ein. »Ich habe etwas in Kopenhagen zu erledigen. Das liegt praktisch auf dem Weg.«

»Kopenhagen. Was machst du dort?«, fragt Freya. Sie spürt, wie sich die Spannung löst. Sie können wieder normal miteinander reden.

»Es ist etwas Privates. Wann willst du fahren?«

»Bald.«

Plötzlich hat Freya keine Lust mehr zu reden. Jetzt will sie die Polaroids betrachten, die sie von Brückmann gemacht hat. Sie will auf ihrem Bett liegen und die Nacht noch einmal durchleben. Will das Blut auf ihrer Haut spüren. Das Röcheln hören, als Brückmann zur Seite kippt und langsam verendet wie ein Tier.

»Ich muss jetzt alleine sein«, sagt sie zu Targa, die sie überrascht anblickt. »Ich schicke dir eine Mail, wenn ich dich brauche.«

Freya wartet, bis Targa in den Lift steigt, dann geht sie in das Badezimmer und schließt die Tür. Sie stützt die Hände auf dem Waschtisch auf und starrt in den Spiegel. Sie sieht eine Frau mit kurzen schwarzen Haaren und kantigen Gesichtszügen. Die dunklen Augen dieser Frau glänzen vom vielen Töten.

Plötzlich taucht eine Gestalt aus dem Schatten auf. Freyas Großvater erscheint im Spiegel. Die Vision ist so real, dass Freya zusammenzuckt und ihn anspricht, als er die Hand auf ihre Schulter legt. Seine eisgrauen Haare sind gesträubt, und seine blauen Augen leuchten mitleidlos. Sanft streicht er Freya über den Kopf. Im Spiegel treffen sich ihre Blicke. »Meine Kleine, immer wenn du tötest, bin ich bei dir.«

44

Targa steht in dem großen Wohnzimmer und hört Freya im Badezimmer mit sich selbst reden. Sie ist zwar in den Aufzug gestiegen, aber sofort wieder herausgesprungen, als Freya in ihrem Schlafzimmer verschwunden ist.

Freyas überraschender Stimmungswechsel hat sie stutzig gemacht. Doch als sie das mörderische Glimmen in ihren Augen sah, ahnte sie, dass Freya wieder einen Kick braucht. Das ist Targas Chance. Freya glaubt, dass sie allein ist. Sie wird ihre Fetische hervorholen und ihre Morde wieder und wieder in Gedanken durchleben.

Vorsichtig schleicht Targa durch den großen Raum. In einem schmalen Spalt der angelehnten Tür sieht sie Freya, die auf dem Bett hockt. Vor ihr liegen das Springmesser und einige Polaroidaufnahmen. Mit entrücktem Gesichtsausdruck ordnet Freya die Fotos. Dann springt sie plötzlich auf und drückt gegen die Abdeckung der Lüftung an der Decke. Lautlos klappt der Deckel auf. Targa sieht, wie Freya eine Mappe aus dem Hohlraum hervorzieht. Freya nimmt die Polaroids, steckt sie in die Mappe und verschließt den Hohlraum wieder mit der Lüftungsabdeckung.

Das ist also Freyas Versteck. Im gleichen Moment hört Targa, wie sich der Aufzug von unten in Bewegung setzt. Blitzschnell huscht sie zurück und will sich hinter einer riesigen Skulptur verstecken. Doch in dem Augenblick öffnen sich die Lifttüren, und Targa steht Zac gegenüber, der sie verblüfft anstarrt. Sie legt den Finger auf ihre Lippen, und Zac tritt aus der Kabine.

»Was machst du hier?«, flüstert er.

»Du hast mich nicht gesehen. Denk immer daran, was sonst passiert.« Dann steigt Targa in den Aufzug und fährt in die Tiefgarage. Auf den ersten Blick sieht sie die Nachricht, die Lundt für sie bei ihrem VW-Bus hinterlassen hat. Es ist ein Streichholzbriefchen, das nachlässig auf dem Boden liegt. Targa bückt sich und hebt es auf. Sie dreht es um und liest eine Adresse. Dann nimmt sie das letzte Streichholz und zündet das Briefchen damit an.

Auf Anhieb findet Targa die schmale Straße in Wedding. Dort ist das altmodische Animierlokal von Lundts Schwester. Ein Relikt aus einer längst versunkenen Epoche, das sich gegen die Eroscenter und Pornoshops behauptet hat. Hier treffen sich einsame Männer und Frauen, um bei Sekt und Evergreens einen netten Abend zu verbringen. Der Fliegenpilz über dem Eingang ist beleuchtet. Als Targa eintritt, sieht sie sich interessiert um. Auf der Tanzfläche dreht sich ein älteres Paar mit professionellen Schritten zu Salsa-Musik. Die Fliegenpilzlampen auf den Tischen sind erleuchtet, und an einigen davon sitzen Männer vor ihren Sektgläsern. Langsam geht Targa zur Bar. Dort sitzen Frauen in schicken Kleidern mit dem Rücken zu den Tischen auf nummerierten Hockern.

»Was möchten Sie trinken, gnädige Frau?«, fragt ein grau melierter Barkeeper, als sich Targa auf einen Hocker setzt.

»Wasser.«

»Mit Eis und Zitrone?«, fragt er.

»Nur Wasser.« Targa riskiert einen schnellen Blick zur Frau neben ihr, die an einem Cocktail nippt. Vor sich hat sie eine Liste mit Nummern, neben die sie Buchstaben schreibt. Die Frau trägt eine rote Perücke und ein elegantes schwarzes Kleid. Als sie bemerkt, dass Targa sie beobachtet, legt sie den Stift auf den Tresen.

»Nummer sieben möchte Sie auf ein Wasser einladen«, sagt die Frau.

»Okay.« Targa greift nach ihrem Glas und rutscht vom Barhocker. Langsam schlendert sie zwischen den Tischen hindurch, bis sie die blinkende Sieben entdeckt. Dort sitzt Lundt.

»Ist das deine Schwester?« Targa deutet mit dem Kopf zu der rothaarigen Frau an der Bar.

»Das ist nicht das Thema. Setz dich.« Lundt weist auf den Stuhl gegenüber.

»Ist etwas passiert? Hast du schlechte Laune?«, fragt Targa. Sie ahnt natürlich, was der Grund für die schlechte Stimmung ist.

»Du hast Erklärungsbedarf«, meint Lundt kryptisch und zieht ein Smartphone aus seiner Tasche. »Das sind Aufnahmen einer Überwachungskamera, die an der Tankstelle an der Autobahnausfahrt Spanische Allee installiert ist.« Er schiebt das Smartphone über den Tisch. »Die Aufnahme stammt von letzter Nacht.«

Targa aktiviert das File. Sie sieht Autos, die in die Tankstelle einbiegen. Dann einen weißen VW-Bus mit einem schwarzen Reserverad am Kühler. Durch den Regen kann man nicht erkennen, wer in dem Bus sitzt, aber das ist egal.

»Was hast du dazu zu sagen?« Lundt lehnt sich mit verschränkten Armen zurück. »Das ist dein VW-Bus – in Zehlendorf. Und genau in jener Nacht wird in Zehlendorf der Leiter der Abteilung für Öffentliche Sicherheit, Otto

Brückmann, ermordet. Ihm wurde die Kehle durchgeschnitten. Und zwar mit einem ähnlichen Messer, mit dem auch die Morde an den fünf jungen Frauen und Männern begangen wurden. Was weißt du darüber?«

»Nichts.«

»Es ist also nur Zufall.«

»Ja. Es ist ein Zufall.« Targa spürt die schwarze Wolke, die über der Operation liegt und sie niederdrückt. Innerhalb weniger Sekunden muss sie eine Entscheidung treffen: Schwarz oder Weiß. »Es stimmt, wir sind auch nach Zehlendorf gefahren«, sagt sie. Während sie antwortet, hat sie sich bereits eine Geschichte zurechtgelegt, die glaubhaft klingt.

»Wer ist wir?«, fragt Lundt wie bei einem Verhör.

»Freya und ich. Sie wollte mir das Haus ihres Großvaters zeigen«, antwortet Targa. Es ist das erste Mal, dass sie Lundt belügt. So leicht kann es passieren, dass man auf die dunkle Seite rutscht. Sie erinnert sich an Lundts Worte vor ein paar Monaten: »Gut und Böse trennt nur ein schmaler Grat. Wenn du auf die falsche Seite springst, dann kann ich dir nicht mehr helfen.«

»Das Haus ist doch seit dem Tod von Thorwald von Rittberg unbewohnt. Was wollte sie dort?«

»Wir haben uns über ihren Großvater unterhalten. Er muss mit Freya schreckliche Dinge gemacht haben, als sie noch ein Kind war.«

»Ihr habt über den Großvater geredet? Dann seid ihr zum Haus gefahren. Warum mit dem VW-Bus?«, fragt Lundt erneut.

»Freya ist ganz vernarrt in Hund. Den wollte sie unbedingt dabeihaben.«

»Freya von Rittberg war also die ganze Nacht mit dir zusammen?« Lundt beugt sich vor und legt die Stirn in Falten.

»Ja.« Jetzt ist es passiert. Gerade noch ist sie auf Messers Schneide balanciert. Ganz einfach hätte sie auf die gute Seite springen können. Wenn sie vor Lundt zugegeben hätte, dass Freya höchstwahrscheinlich den Mord begangen hat. Aber dann würde sie nie den Namen ihres Vaters erfahren. Es war ein blitzschnelles Abwägen. Targa ist auf die dunkle Seite gesprungen.

»Wir haben in meinem Bus gesessen und uns stundenlang über ihre Kindheit in dem Haus unterhalten«, sagt Targa. »Langsam verstehe ich Freya und kann mich in ihr Denken hineinfühlen. Ich krieche in ihren Kopf und sehe die Welt mit ihren Augen.«

»Das heißt, du gibst damit Freya ein Alibi.« Im Schein der Fliegenpilzlampe ist Lundts Miene unergründlich.

Targa weiß nicht, ob er ihr glaubt. Sie nickt, ohne ein Wort zu sagen.

»Zum Glück wird der Mord nicht weiter an die große Glocke gehängt. Die Polizei hat auf dem Computer von Brückmann Kinderpornos gefunden. Das Innenministerium präsentiert eine Raubmordversion, und damit ist der Fall Brückmann abgehakt.«

»Das klingt logisch.«

Lundt legt seine Hand auf ihren Arm. »Denk immer daran, auf welcher Seite du stehst«, beschwört er sie.

»Wie kann ich das jemals vergessen?«, sagt Targa und zieht vorsichtig ihren Arm zurück. Sie fühlt sich schlecht. Wird sie jemals wieder unbefangen mit Lundt reden können?

Targa muss ihm, sobald sie den Namen ihres Vaters kennt, alles beichten. Dann springt sie auch wieder auf die andere Seite, um nicht in den Abgrund zu stürzen.

»Machst du Fortschritte?«, wechselt Lundt nach einer längeren Pause das Thema.

»Ja. Ich habe etwas sehr Interessantes entdeckt. Freya hat ein geheimes Versteck in ihrem Penthouse. Ich muss noch überlegen, wie ich unbemerkt da rankomme.« Diese Information hat Targa sich bis zum Schluss zurückgehalten, um Lundt positiv zu stimmen.

»Bewahrt sie dort ihre Trophäen auf?«, fragt er dann auch höchst interessiert.

»Noch habe ich keine Ahnung. Ich studiere die Baupläne des Apartmenthauses, die Rita mir besorgt hat.«

»Wozu das denn?«

»Damit ich von außen in Freyas Schlafzimmer komme. Die Tür ist immer mit einem Code gesichert und videoüberwacht.«

»Wie willst du von außen in das Zimmer gelangen?«

»Es gibt einen Lüftungsschacht mit einem Auslass in Freyas Schlafzimmer. Den sehe ich mir genauer an.«

»Wann planst du diese Aktion?«

»Schon sehr bald, denn es kann sein, dass ich mit Freya verreisen muss.«

»Das ist aber nicht gut«, meint Lundt. »Dann haben wir Freya von Rittberg nicht mehr vor Ort unter Kontrolle. Wohin fahrt ihr?«

»Freya muss ein Gemälde in Norwegen malen. Sie besteht darauf, dass ich sie als ihre Personenschützerin begleite.«

»Verstehe«, sagt Lundt knapp. An seinem Gesichtsausdruck merkt Targa, dass es ihm nicht recht ist. Aber er ist professionell genug, ihr die Aktion nicht auszureden. »Dann musst du mitfahren. Aber halte mich immer auf dem Laufenden. Was ich dir noch sagen wollte: Martha Bergstein hat sich in ihrer Zelle erhängt.«

»Das ist nicht gut. Jetzt erfahre ich nie, ob sie gelogen hat oder nicht.«

»Aber wenigstens ist der Fall abgeschlossen.« Lundt steckt sich eine Zigarette in den Mund und steht auf. »Ich begleite dich hinaus.«

Draußen zündet sich Lundt sofort die Zigarette an und inhaliert tief. »Ich habe das Gefühl, dass du in eine unkontrollierbare Situation schlitterst«, sagt er plötzlich.

»Ich habe alles unter Kontrolle«, antwortet Targa. Doch sie weiß genau, dass es nicht stimmt. Jetzt ist sie eingetaucht in eine graue, fremde Welt. Es ist eine Welt, in der Gut und Böse verschwimmen und sich nicht mehr kontrollieren lassen.

45

Jeder Morgen beginnt für Freya mit dem Vorsatz, nicht mehr zu töten. Ein schmaler Sonnenstrahl reflektiert auf dem Silberbesteck und wirft abstrakte Muster an die Wand.

Freya sitzt am Frühstückstisch und wartet darauf, dass Henrik endlich die Kaffeemaschine in Gang bringt. Lustlos stochert sie in ihrem Müsli herum. Immer wieder muss sie an die Situation denken, als sie das Bild mit Targas Blut gemalt hat. Mit einem Mal hatte sie die Vision eines gewaltigen Gemäldes, das ihr die Vergebung bringen wird.

»Ich brauche keinen Kaffee. Ich muss arbeiten«, sagt sie und geht hinüber in ihr Atelier. Innerlich fröstelt sie vor Erregung, und sie zieht ihren schwarzen Morgenmantel enger um sich. Ganz deutlich sieht sie das Bild in ihrem Kopf: die Steilküste mit dem schwarzen Leuchtturm. Sie hört den Wind über die Gräser rauschen. Riecht die salzige Luft, wenn die Wellen gegen die Felsen schlagen. Das alles muss sie sofort auf die Leinwand bannen.

Angespannt steht sie vor ihrer Staffelei und starrt auf die weiße Fläche. In ihren Gedanken häufen sich die Bilder, aber es ist ihr nicht möglich, sie vom Kopf auf die Leinwand zu kippen.

»Ich bin verflucht!« Seufzend tritt sie zurück und versucht, sich das Bild vorzustellen. Aber die Fläche bleibt weiß wie Schnee. Vielleicht sollte sie trainieren, so wie jeden Tag. Sie greift nach einem der Gewichte, die sie der Größe nach wie Kunstobjekte an der Wand aufgereiht hat. Hebt das Eisen in die Höhe und spürt, wie sich ihre Muskeln anspannen. Zehnmal macht sie das mit jedem Arm, doch die Inspiration will sich nicht einstellen.

»Was für ein geiles Ding, diese schwarze Badewanne. Die muss ich gleich mal ausprobieren. Kommst du dann auch dazu?«, hört sie die Stimme von Henrik aus dem Badezimmer. Henrik ist einer der Mutigen, die sich für eine Challenge beworben haben. Schon vor einigen Tagen hatte Freya Henrik gestattet, dass er zum Frühstück kommen durfte. Zac war skeptisch, aber nachdem er Henrik gründlich durchleuchtet hatte, stimmte er schließlich zu. Freya hatte es völlig vergessen, bis Henrik heute Morgen plötzlich mit frischen Brötchen vor ihrer Tür stand.

»Jaja, ich komme gleich!« Freya atmet tief durch und stellt das Gewicht wieder zurück. Dann geht sie in ihr Schlafzimmer. Dort liegt noch ihr schwarzer Umhang. Sie greift in die Tasche und zieht das Springmesser hervor.

»Es geht leider nicht anders. Nur so bekomme ich die richtige Inspiration«, sagt sie zu ihrem Spiegelbild. Ihr Körper ist stählern und durchtrainiert. Von ihren Hüften ranken sich zwei rotschwarze Tattoos bis zu ihren Brüsten empor. Es sind die Blumen des Bösen. Auf den Armen leuchten Odin und Freya. Der Rücken ist mit Ornamenten geschmückt. Nur unterhalb des Bauchnabels ist noch freie Haut. Hier wird sie eine Liebeserklärung an ihren letzten Mord tätowieren.

»Wo bleibst du?« Das Wasser in der Badewanne plätschert.

Freya versteckt das Messer hinter ihrem Rücken, als sie in das Badezimmer geht. Sie setzt sich an den Beckenrand und betrachtet Henrik.

»Bist du mutig?«, fragt sie und zieht das Springmesser hervor. »Die Schneide ist scharf wie ein Rasiermesser. Du spürst nur einen kurzen Schmerz, dem sofort ein Lustgefühl folgt. Noch einmal: Bist du mutig genug?«

»Ja.«

»Dann reich mir deine Hände.« Freya greift nach den Armen und legt sie auf die Ränder der frei stehenden Badewanne.

»Was machst du da?«

»Ich schneide dir in die Unterarme. Senkrecht und nicht waagrecht. Damit das Blut richtig fließt.« Die Klinge schnappt aus dem Griff und öffnet die Pulsadern. Ein dünner Blutstrahl rinnt zu beiden Seiten der Wanne in kleine Schalen auf dem Boden.

»Warum tust du das?«

»Es fehlt mir die Eingebung zum Malen. Blut inspiriert mich. Das ist doch einfach zu verstehen.« Sie streicht Henrik über den blonden Bart. »Kleiner Wikinger«, flüstert sie. »Auch du wirst nie zur Elite gehören. Du bist schön, aber uninteressant.«

»Aufhören. Das ist kein Spaß mehr.« Der junge Mann bäumt sich auf. Doch Freya drückt ihn mit Leichtigkeit zurück in das Wasser.

»Ich bestimme, wann Schluss ist. Und das ist noch lange nicht das Ende.«

Die Schalen füllen sich langsam mit Blut. Für einen kurzen Moment stellt sich Freya vor, wie sie den Kopf von Henrik nach hinten drückt. Die Klinge zerteilt zuerst den dichten Bart, ehe die Halsschlagader durchschnitten wird. Das Blut spritzt in hohem Bogen bis an die Decke, und das Wasser der Badewanne färbt sich rubinrot.

Freya hält zwei Finger an den Hals des jungen Mannes, um seinen Puls zu spüren. Noch lebt er. Schnell steht sie auf und holt Mullbinden aus einem Schrank. Bindet sie um die

Handgelenke von Henrik, der bereits die Augen verdreht. Sein Körper ist dünn und untrainiert, das merkt sie, als sie ihn aus der Wanne zieht und auf den Boden legt. Er ist einer, der niemals etwas erreichen wird. Einer, den die Eliten verachten.

»Steh auf!« Sie verpasst Henrik einen Fußtritt. Doch der junge Mann rührt sich nicht. Die Mullbinden um seine Handgelenke färben sich blutig. Ist sie schon wieder zu weit gegangen? Hastig läuft sie hinüber ins Wohnzimmer und greift nach ihrem Handy. Sie wählt die Nummer von Zac.

»Ich brauche dich!«

»Was ist passiert?«

»Es hat einen kleinen Unfall gegeben.«

Zac ist so schnell bei Freya, als hätte er vor der Tür gewartet.

»Er ist doch hoffentlich nicht tot?«, fragt er nervös. »Wir hatten schon genug Ärger mit dem Mädchen im Hangar. Die Eltern überlegen noch immer, uns bei der Polizei anzuzeigen.«

»Reg dich ab. Er wird das schon überleben. Bring ihn zum Doktor.«

»Freya, ich weiß nicht, wie lange das alles noch gut geht. Ich habe fast den Eindruck, als würdest du es darauf anlegen, dass die Polizei dich festnimmt.«

»Hast du Angst?«

»Ja, aber nicht um mich. Sondern um dich. Du läufst in dein Unglück. Seit Targa deine Personenschützerin ist, bist du wie ausgewechselt. Du stehst ständig unter Strom. Vernachlässigst die Mut-Challenges und machst keine privaten Events für unsere zahlungskräftigen Kunden. Dieses Penthouse kostet ein Vermögen im Monat. Wenn du so weitermachst, sind wir bald pleite.«

»Ach, darum geht es dir. Ums Geld«, braust Freya auf. Welch eine Enttäuschung, Zac ist auch wie all die anderen. Er glaubt nicht an eine höhere Bestimmung. Freya nimmt die beiden Schalen mit dem Blut. Plötzlich beginnt Henrik zu stöhnen und richtet sich langsam auf.

»Na bitte, er rührt sich ja wieder. Bring ihn jetzt weg«, fordert Freya angeekelt.

Als Zac mit Henrik verschwunden ist, geht sie in ihr Schlafzimmer. Sie schraubt die Abdeckung der Lüftung von der Decke und zieht eine abgewetzte Ledermappe heraus. Es ist die Mappe ihres Großvaters. Sie öffnet den Verschluss und klappt die Mappe auf. Polaroidfotos flattern auf ihr Bett. Es sind Dutzende von Fotos, die sie wie welke Blätter verstreut. Es sind Fotos ihrer Morde. Sie hat das Sterben ihrer Opfer dokumentiert. Chronologisch legt sie die Polaroids hintereinander. Die namenlosen Opfer aus der Frühphase des Tötens. Der Dreifachmord. Das ermordete Liebespaar. Und was kommt als Nächstes?

Eine Welle der Erregung schießt durch Freyas Körper. Ihre Haut ist mit einem Mal überempfindlich. Reagiert elektrisiert, wenn sie mit den Fingerspitzen darüberstreicht. Immer tiefer versenkt sie sich in die Erinnerung des Tötens. Aus den Lautsprechern perlen die Goldberg-Variationen. Verschwitzt richtet sie sich auf und verstaut ihre Trophäen wieder in der alten Mappe. Legt sie zurück in das Versteck, ihr geheimes Nest.

Noch immer erregt, geht sie wieder in ihr Atelier. Die weiße Leinwand ist mit einem Mal wunderbar unberührt und bereit für ihre Vision. Sie taucht den Pinsel in das mit Farbe versetzte Blut und beginnt, mit kräftigen Strichen zu malen. Zum ersten Mal in ihrer Künstlerlaufbahn entsteht ein Gemälde, bevor sie einen Mord begeht. Ihr erster Mord vor über zehn Jahren war mehr ein Unfall. Sie experimentierte mit Blut, und die junge Frau starb. Das Bild der blutenden Ophelia war ihr Durchbruch. Eine Zeit lang malte sie mit der Erinnerung an diesen Mord. Doch dann wurde das Verlangen stärker. Für ihre Inspiration tötete sie über die Jahre junge Frauen und Männer. Ließ sie ausbluten und verscharrte sie dann in den Wäldern. Mit den Mut-Challenges erklomm sie eine neue Stufe. Jetzt wurden die Toten zu Installationen, die sie fotografierte.

Doch diesmal ist alles anders. Diesmal ist es die realistische Darstellung eines angekündigten Todes. Es ist eine Vision, die sie in die Realität umsetzen wird. Und sie wird an einem Ort töten, der auch für ihren Großvater von Bedeutung ist. Dann beginnt sie zu malen:

Eine einsame Frau sitzt mit dem Rücken zum Betrachter auf einem Stuhl am Rand einer Klippe. Im Hintergrund ragt ein schwarzer Leuchtturm in einen bleiernen Himmel. Das blonde Haar der Frau ist zu zwei Zöpfen geflochten. Neben ihr sitzt ein großer Hund mit struppigem Fell. Die Arme dieser Frau hängen nach unten. Das Blut, das aus ihren geöffneten Adern rinnt, fließt über die Klippen. Es vermischt sich mit der dunklen See. »Mut zur Vergebung« wird Freya dieses Gemälde nennen.

Den ganzen Tag und die folgende Nacht malt Freya wie besessen. Sie gönnt sich keine Pause. Als der Morgen graut, ist das Gemälde fertig. Freya kauert erschöpft in einer Ecke des Ateliers und starrt auf ihr Werk. Das Gebläse surrt, mit dem sie das Gemälde trocknet. Die Farbspritzer auf ihrer Haut vermischen sich mit den Tattoos. Aus ihrer Perspektive wirkt das Gemälde bedrohlich und schön zugleich. Es ist eine Ahnung der kommenden Vergebung.

Das Klacken der geöffneten Eingangstür schreckt sie hoch. »Ich bin's!«, hört sie Zac rufen.

»Warte im Wohnzimmer«, ruft sie nach draußen.

Schwankend steht sie auf und fährt zärtlich mit dem Finger über ihre Signatur. Dann schraubt sie die Zwingen auf, mit denen die Leinwand auf der Staffelei gehalten wird. Freya rollt das Bild zusammen und steckt es in eine Papprolle, die sie versiegelt. Bevor sie zu Zac hinübergeht, schlüpft sie in ihren verschmierten Overall.

»Die Rolle kommt in den Panic-Room. Es ist ein ganz besonderes Bild. Wenn ich dir den Auftrag gebe, dann lässt du es bei Sotheby's in London versteigern.«

»Was ist denn darauf?«, fragt Zac neugierig und will das Siegel aufbrechen, doch Freya hindert ihn daran.

»Lass das. Das Bild ist ein Geheimnis.«

»Hoffentlich bringt es auch genügend Geld«, meint Zac pessimistisch. Er steht auf und geht zum Aufzug. »Sonst liegen wir bald in der Gosse.«

»Aber von dort sehen wir wenigstens die Sterne.«

46

Wie ein schlechtes Omen erscheint die Nummer auf Freyas Handy. Seit Jahren hat diese Nummer sie nicht mehr angerufen.

»Kanzlei Wismuth. Ich verbinde Sie mit Dr. Wismuth«, sagt eine unpersönliche Frauenstimme. Wenige Augenblicke später ist Freyas Steuerberater in der Leitung.

»Frau von Rittberg, ich muss Sie in einer dringenden Angelegenheit sprechen«, kommt Wismuth sofort zur Sache.

»Ich bin im Augenblick sehr beschäftigt. Können wir das nicht auf einen späteren Zeitpunkt verschieben?«, sagt Freya.

»Bedauere, aber die Angelegenheit duldet keinen Aufschub«, erwidert Wismuth. »Sagen wir heute um zehn Uhr.«

»Ich weiß nicht, ob ich das zeitlich schaffe.« Freya überlegt, wann sie das letzte Mal in der Kanzlei gewesen ist. Vor ein paar Jahren? Keine Ahnung. Freya hasst es, mit Zahlen konfrontiert zu werden. Deshalb sträubt sie sich auch dagegen. »Kann nicht mein Manager das für mich erledigen?«

»Ausgeschlossen. Ich muss persönlich mit Ihnen reden«, sagt Wismuth dezidiert. »Ich erwarte Sie also um zehn Uhr in meiner Kanzlei. Und erwähnen Sie nichts Ihrem Manager gegenüber.«

»In Ordnung.« Irritiert legt Freya auf und setzt sich auf das Sofa.

»Arte will ein großes Porträt von dir machen«, verkündet Zac, der gerade von der Terrasse hereinkommt. »Das erhöht deinen Bekanntheitsgrad, und niemand wird sich mehr um diese lästigen Anschuldigungen kümmern.«

»Ja, das ist gut«, sagt Freya abwesend. Sie drückt auf die Fernbedienung, und ein brutaler Industrialsound hämmert durch das Apartment.

»Vielleicht zahlen sie ja auch noch was dafür«, meint Zac mit einem zufriedenen Grinsen.

Eine Lampe auf dem Display beim Eingang leuchtet auf. Zac blickt auf den Monitor.

»Deine Personenschützerin ist hier.«

»Alles klar. Du kannst jetzt verschwinden. Ich brauche dich heute nicht mehr.« Mit einem Schwung richtet sich Freya auf und drückt auf die Fernbedienung. Der Sound bricht ab, und eine unangenehme Stille breitet sich aus.

Dann öffnet sich die Aufzugstür, und Targa tritt in den Raum. Wie immer trägt sie ihre verwaschene Latzhose und abgetragene Sneakers. Ihre blonden Haare hat sie zu zwei Zöpfen geflochten. *Sie ist wirklich das Idealbild einer nordischen Frau,* denkt Freya und winkt Targa zu sich.

»Ich habe gleich einen Termin bei meinem Steuerberater«, sagt sie zu Targa. »Du musst mich nur in die Kanzlei begleiten. Anschließend kannst du wieder zurückfahren.«

»Soll ich nicht auf dich warten?«

»Nicht nötig.« Freya steht auf und hebt ihr T-Shirt in die Höhe. »Ich lasse mir vielleicht anschließend deinen Hund auf den Bauch tätowieren.«

»Du verschwendest nur deine Haut«, antwortet Targa. »Deswegen gehört er doch nicht zu dir.«

»Aber ich kann ihn streicheln, wann immer ich will«, sagt Freya schnippisch. Sie fährt sich mit den Fingern aufreizend langsam über ihren flachen Bauch.

»Fahren wir mit meinem Bus?«, fragt Targa.

»Viel zu viel Aufwand. Wir fahren mit dem Jeep. Ich rufe mir dann ein Taxi. Viele meiner Freunde fahren nur noch mit dem Taxi.«

»Du hast Freunde?«

»Überrascht dich das?« Freya blickt Targa verwundert an.

»Ja. Du bist nicht der Typ für Freunde.«

»Das stimmt. Deshalb bin ich auch sehr wählerisch.«

»Wie viele Freunde hast du?«

»Im Moment nur dich«, antwortet Freya nachdenklich. Dann strafft sie ihre Schultern. »Wir müssen los. Sonst verpasse ich noch den Termin.«

Die Kanzlei befindet sich in einem eleganten Bürogebäude aus der Gründerzeit in Charlottenburg.

Sie treten in ein Foyer, das mit gediegenen Möbeln ausgestattet ist. Das Parkett unter ihren Füßen knarrt, und Freya fühlt sich unwohl. Diese offensichtliche bürgerliche Rechtschaffenheit macht sie nervös. Alles hat seine Ordnung. Für Existenzen wie Freya gibt es keinen Platz in dieser wohlgeordneten Welt. Deshalb fühlt sie sich wie ein Alien.

»Frau von Rittberg, guten Tag«, begrüßt sie eine streng blickende Empfangsdame. »Dr. Wismuth hat noch ein wichtiges Telefonat. Bitte gedulden Sie sich einen Augenblick.« Sie deutet zu einer Sitzgarnitur.

»Was machen wir jetzt?« Freya blickt fast schüchtern zu Targa.

»Wir warten einfach.«

»Aber ich bin das Warten nicht gewohnt«, sagt Freya mit einer Stimme, die wie die eines kleinen Mädchens klingt.

»Manchmal ist es aber wichtig, auf den richtigen Zeitpunkt zu warten«, antwortet Targa.

Die Empfangsdame huscht den Gang entlang und verschwindet hinter einer schweren Holztür. Kurz darauf erscheint sie in Begleitung eines attraktiven Mannes, der einen klassischen Anzug trägt.

»Frau von Rittberg. Kommen Sie bitte. Eine Künstlerin darf man nicht warten lassen.«

»Wie zuvorkommend von Ihnen.«

»Wir sehen uns dann später.« Targa dreht sich zum Ausgang.

»Warte, ich will dir Dr. Wismuth vorstellen«, sagt Freya. Sie wendet sich zu Wismuth. »Das ist meine Schwester Targa.«

»Ach, Sie haben eine Schwester?«, wundert sich Wismuth. »Davon haben Sie nie erzählt.«

»Ich bin nicht die Schwester. Ich bin einfach die Personenschützerin von Freya von Rittberg«, sagt Targa kühl und wirft einen Blick zu Freya.

»Interessant«, sagt Wismuth. »Sie sind also der Bodyguard von Frau von Rittberg. Ich habe mir so jemanden ganz anders vorgestellt.«

»Wie denn?«

»Größer und muskulöser. Vor allem aber nicht so hübsch.«

»Targa ist eben mehr als ein Bodyguard. Aber sie will einfach nicht wahrhaben, dass wir uns ähnlich sind.« Freya zuckt mit den Schultern und sieht Targa an. »Du bist meine Schwester im Geiste.«

»Das bin ich nicht. Spar dir die Mühe«, entgegnet Targa und geht zum Aufzug.

»Doch, das bist du!«, ruft ihr Freya hinterher. »Du bist so dunkel wie ich. Es ist nur eine Frage der Zeit, bis dein schwarzes Licht leuchtet.«

Als Targa verschwunden ist, wendet sich Freya mit einem entschuldigenden Lächeln an Wismuth. »Also, was müssen wir so dringend besprechen?«

»Gehen wir in mein Büro.«

Vage kann sich Freya an das Büro erinnern. Es ist wie eine Kanzlei aus einer Kafka-Erzählung. Und es hat sich nichts daran geändert. Ein großer überladener Schreibtisch nimmt den halben Raum ein. An den Wänden Regale mit stapelweise Akten. Ordner türmen sich auch auf dem Boden und schwanken bedenklich, als Wismuth daran vorbeigeht.

»Setzen Sie sich bitte.« Wismuth macht eine einladende Geste.

»Ich stehe lieber«, sagt Freya und lehnt sich lässig an eine Regalwand.

»Nach eingehender Prüfung der Honorarabrechnungen der letzten Jahre muss ich Sie darauf hinweisen, dass wir ein negatives Wachstum aufweisen und ...«

»Was heißt das im Klartext?«, unterbricht ihn Freya.

»Sie sind finanziell ruiniert«, sagt Wismuth und macht ein betrübtes Gesicht.

»Wie kann das sein? Zac, mein Manager, hat doch die Kontrolle über unsere Einnahmen.«

»Da sind wir schon beim nächsten Problem. Ihr Manager hat mehrere Ihrer Konten aufgelöst und die Beträge zu Offshore-Banken transferiert. Auf die Sie aber keinen Zugriff haben. Deshalb sind Ihre liquiden Mittel erschöpft. Und demnächst steht eine große Steuernachzahlung ins Haus.«

»Wie bitte? Weshalb hat Zac das getan?«

»Das weiß ich nicht. Er hat eine Vollmacht, und wie es aussieht, hat Ihr Manager einige Millionen unterschlagen. Ich kann Ihnen nur eins raten«, sagt Wismuth. »Zeigen Sie Ihren Manager bei der Staatsanwaltschaft an.«

»Darüber muss ich in Ruhe nachdenken.« Freya lächelt traurig.

47

Targa fährt mit dem Jeep in die Tiefgarage und läuft schnell hinüber zu ihrem VW-Bus. Zunächst wird Hund begrüßt, dann öffnet sie ihren Laptop.

Rita hat ganze Arbeit geleistet. Targa studiert konzentriert die Pläne des Apartmentblocks. Alles ist sehr detailliert gekennzeichnet. Die größte Schwierigkeit bleibt nach wie vor, unbemerkt von außen in das Schlafzimmer von Freya zu gelangen. Überall im Apartment sind versteckte Kameras installiert. Endlich findet Targa einen Weg.

Sie steigt aus dem Bus und prägt sich die Positionen der Überwachungskameras ein. Wenn sie beim Bus steht, ist sie unverdächtig. Vorsichtig blickt sie umher. Der Eingang zum Maschinenraum ist direkt hinter den Mülltonnen. Zum Glück ist die Tür in einem toten Winkel und wird von den Kameras nicht erfasst.

Targa schleicht gebückt hinter den parkenden Autos bis zu der Eingangstür. Die Tür ist nur mit einem Riegel verschlossen, der sich problemlos zurückschieben lässt. Gleich darauf steht sie im Wartungsraum, der neben dem Liftschacht liegt. Von dort kann sie in das zentrale Lüftungssystem gelangen.

Die Öffnung in das Lüftungsrohr ist schmal, und Targa muss auf allen vieren in den Schacht kriechen. Drinnen ist es dunkel, nur an einer eisernen Leiter sind blaue Orientierungslichter befestigt. Der zentrale Schacht führt senkrecht nach oben bis in das Penthouse. Jedes Mal, wenn der Lift nebenan mit seinem durchdringenden Geräusch in die Tiefe rast, zuckt Targa zusammen. Als es wieder still ist, hört sie ein nervöses Trippeln und Zischen. Sie hält inne und blickt in eine Röhre, die zwischen den Leitersprossen waagrecht in ein Apartment ragt. Das Trippeln wird lauter, dann sieht sie zwei Ratten auf sich zulaufen. Ehe sie weiter hochklettern kann, springt eine Ratte auf sie zu und verbeißt sich in dem Ärmel ihrer Lederjacke. Vorsichtig bewegt Targa den Arm nach oben und schwankt dabei gefährlich vor und zurück. Sie muss sich mit einer Hand an der Leiter festhalten, um nicht abzustürzen, während auf ihrem anderen Arm die Ratte sitzt. Das Nagetier krallt sich in den Ärmel und klettert geschickt weiter auf Targas Gesicht zu. Die Augen sind rot unterlaufen und die Zähne gelblich verfärbt. Blitzschnell lehnt sich Targa an die rückwärtige Wand. Dann lässt sie die Leiter los. Sie steht nur noch mit den Füßen auf der Sprosse und stützt sich mit dem Rücken an der Wand ab. Mit der freien Hand packt sie die Ratte im Genick und schiebt sie zurück in die Röhre. Dann greift sie schnell nach einer Sprosse und klettert weiter hoch.

Jetzt ist sie auf der Ebene des Penthouse angelangt. Der Schacht ist so eng, dass Targa mit dem Rücken an der Betonwand entlangschrammt. Die Lüftungsrohre verzweigen sich mehrmals, doch Targa hat den Plan im Kopf und weiß, wie sie von außen ins Schlafzimmer gelangt. Langsam schiebt sie sich nach vorn. Durch die Lüftungsschlitze sickert ein wenig Licht in die Röhre. Sie befindet sich über dem Wohnzimmer. Gleich erreicht sie das Schlafzimmer. Fahles Licht fällt auf einen Gegenstand, der in der Röhre liegt. Es ist eine Mappe. Vorsichtig kriecht Targa weiter, um nach der Mappe zu greifen.

Plötzlich hört sie unter sich ein leises Klacken. Ihr stockt der Atem. Jemand hat den Code zur Schlafzimmertür betätigt. Die Tür schnappt auf. Sie hört Schritte. Targa bleibt reglos auf dem Bauch liegen. Sie streckt eine Hand aus und spürt die Mappe zwischen ihren Fingern. Nur noch ein winziger Ruck, dann kann sie fest danach greifen. Die Schritte im Schlafzimmer stoppen. Sekunden später hört sie, wie sich jemand an der Abdeckung des Lüftungsschlitzes zu schaffen macht. In dem Moment, als Targa nach der Mappe greifen will, tastet eine feingliedrige Frauenhand danach und zieht sie von Targa weg.

Mit einem Mal ist es, als würde die Unbekannte die Anwesenheit von Targa spüren. Die Person streckt ihren Arm weit in die Röhre. Nur wenige Zentimeter vor Targas Gesicht kreist die Hand durch die Luft. Dann ballt sie sich zur Faust und schlägt wie ein Schlagzeuger gegen die Wände der Metallröhre. Der Lärm dröhnt in Targas Ohren. Feiner Staub wird aufgewirbelt. Nur mühsam kann sie einen Hustenreiz unterdrücken. Doch dann wird die Hand zurückgezogen und der Lüftungsschlitz wieder verschlossen.

Ist Freya so schnell von ihrem Termin zurückgekehrt? Wer sonst könnte die unbekannte Person gewesen sein?

Langsam kriecht Targa wieder zurück zu dem senkrechten Schacht und steigt hinunter. Vorsichtig schleicht sie hinter den Containern und den parkenden Autos zu ihrem VW-Bus. Am Kühler lehnt eine Gestalt und wartet bereits auf sie.

48

In Hammerfest regnet es fast immer. Als der Himmel jedoch für einige Stunden aufklart, öffnet Niklas die Tür von Rittbergs Zimmer.

»Herr Kraft. Es ist Zeit für Ihren Spaziergang«, sagt Niklas mit verschwörerischer Miene.

»Ich komme gleich.« Rittberg wartet, bis Niklas die Tür wieder zugezogen hat. Dann erhebt er sich von seinem Ohrensessel und greift nach seinem Stock. Gebeugt schlurft er zum Tisch und öffnet das Kästchen, in dem die Mikadostäbchen liegen. Von ganz unten nimmt er den schwarz gestreiften Mikado heraus und lässt ihn in der Tasche seiner Regenjacke verschwinden.

»Wohin gehen wir?«, fragt Rittberg, als sie aus dem Sanatorium hinaus ins Freie treten.

»Zum alten Leuchtturm«, antwortet Niklas.

»Das ist ein langer Weg. Ich weiß nicht, ob ich das noch schaffe. Bring mir die Briefe hierher«, herrscht er Niklas an.

»Auf keinen Fall. Sie müssen wohl oder übel mitkommen. Sonst können Sie die Briefe nicht lesen.«

Rittberg grummelt etwas in sich hinein, und beide machen sich mit langsamen Schritten auf den Weg. Der starke Wind erschwert den Aufstieg. Rittberg muss immer wieder stehen bleiben, um sich ein wenig zu erholen. Als sie den Leuchtturm erreichen, ist er völlig außer Atem. Niklas sperrt die Eingangstür auf und steigt sofort die Wendeltreppe hoch.

»Warte auf mich«, ruft ihm Rittberg hinterher.

»Keine Eile. Ich bereite nur alles vor.«

Rittberg spürt, wie sein Herz hektisch pocht, und das Atmen fällt ihm schwer. Ächzend setzt er sich auf die gusseiserne Wendeltreppe und zeichnet mit seinem Stock Ornamente in den staubigen Boden. Dann steht er langsam auf und steigt schwerfällig die Stufen hinauf.

Oben angekommen, sieht er Niklas vor einem Metallschrank stehen, dessen Türen geöffnet sind.

»Ihre Körper sind schön, aber ihr Blut ist es nicht. Deshalb muss ich das Blut aus ihren Körpern entfernen. Immer wenn ich einem Opfer die Kehle durchschneide, ist es ein Augenblick der absoluten Klarheit. Das Blut wird erst rein, wenn ich es in Kunst verwandle.« Niklas liest laut den Text und schwenkt dann den Brief in der Hand.

»Das sind ihre Worte«, sagt er euphorisch zu Rittberg. »Sie schreibt auch über das böse Ritual mit der blonden Perücke, die sie oft tragen musste.«

»Ich habe sie nur in meinem Sinn erzogen«, entgegnet Rittberg. »Durch mich ist sie eine arische Frau geworden.«

»Und jetzt ist sie eine Killerin«, sagt Niklas mit glänzenden Augen. »Ich bewundere diese Frau so sehr. Diese Ekstase, mit der sie über das Töten schreibt.« Niklas steht jetzt mitten im Raum und zieht ein Rasiermesser aus seiner Hosentasche hervor. »Damit habe ich meinen ersten Mord begangen.« Wild fuchtelt er mit dem Messer durch die Luft. »Was passiert wohl, wenn ich Ihnen jetzt die Kehle durchschneide?«

»Wenn du mich tötest, wirst du meine Enkelin niemals zu Gesicht bekommen«, antwortet Rittberg gleichgültig. Angewidert wendet er sich von Niklas ab. Niemals darf seine

Enkelin mit diesem unreinen Kretin zusammentreffen. Das muss er verhindern. Rittberg stützt sich auf seinen Stock und sieht aus dem Fenster. Der Himmel ist bleiern, und der Wind rüttelt an den Scheiben. Direkt an der Klippe ragen dreizehn Steine in das Grau. Er kennt die Bedeutung dieser Steine. Sie wurden zum Gedenken an die norwegischen Mädchen aufgestellt, die 1944 hier gestorben sind. Rittberg schließt die Augen und erinnert sich:

Es ist ein verregneter Tag im Herbst 1944, als ich den Befehl gebe, alle jungen Mädchen aus ihren Häusern zu holen. Sie müssen sich in mehreren Reihen auf dem Stadtplatz aufstellen. Es sind über fünfzig Mädchen zwischen sechzehn und zwanzig Jahren. Alle im gebärfreudigsten Alter, wie ich im Rahmen meiner Studien herausgefunden habe. Ich und meine Adjutanten gehen zwischen dem Menschenmaterial umher und selektieren die Mädchen nach Größe, Knochenbau, Haarfarbe und Aussehen. Am Ende bleiben dreizehn von ihnen übrig, die wir sofort von den anderen isolieren. Die restlichen Mädchen, die unseren Rassenhygienegesetzen nicht entsprechen, zittern und weinen. Manche von ihnen fallen auf die Knie und betteln um ihr Leben. Dieses Geflenne widert mich an, und ich gebe den Befehl, diese unwerten Frauen zurück in ihre Häuser zu treiben. Man wird sich später mit ihnen befassen. Im Moment interessieren mich nur die dreizehn selektierten Mädchen, die unseren nordischen Kriterien entsprechen. Diese dreizehn Mädchen lasse ich auf ein Schiff verladen, das Kurs auf Hammerfest nimmt, wo eine große SS-Einheit stationiert ist. Dort kommen die Mädchen in ein neu eröffnetes Lebensborn-Heim und sollen von unseren Soldaten geschwängert werden. So weit mein Plan. Doch dann geschieht das Ungeheuerliche: Die Mädchen verweigern sich unseren Soldaten. Es kommt zu unschönen Szenen, Handgreiflichkeiten und wüstem Geschrei, die das ganze Heim aufschrecken und die dort lebenden Kinder verstören und zum Weinen bringen. Deshalb muss ich an diesen dreizehn Mädchen ein Exempel statuieren.

»Wollen Sie jetzt endlich die Briefe lesen oder nicht?«, reißt ihn Niklas' Stimme aus seinen Erinnerungen. Verwirrt blickt Rittberg umher. Das Bild der dreizehn Mädchen, die in dünnen Nachthemden im eisigen Wind stehen und auf ihre Strafe warten, verblasst.

»Aber es sind so viele.« Rittberg deutet auf den Metallschrank, in dem ein dickes Bündel Briefe liegt. »Da sitze ich ja nächtelang. Ich möchte sie mitnehmen und in meinem Zimmer lesen.«

»Die Briefe bleiben hier. Das habe ich doch klar und deutlich gesagt«, antwortet Niklas genervt. »Sie können die Briefe hier studieren, denn sie sind jetzt mein Eigentum.«

Rittberg spürt, dass sich Niklas nicht umstimmen lässt. In seinem Kopf ordnen sich die Gedanken. Er sieht das Bündel Briefe in dem Schrank. Sie sind zum Greifen nahe. Rittberg hat große Sehnsucht nach den blutigen Worten in den Briefen. Seine Enkelin schreibt detailliert von ihren Morden und bittet ihn dadurch um Vergebung.

»Ich brauche Frischluft, hier ist die Atmosphäre zu eng und bedrückend. Gehen wir doch ein Stück an der Küste entlang spazieren. Dort oben gibt es ein windgeschütztes Plätzchen, da lese ich die Briefe«, schlägt er Niklas vor.

»Wieso kennen Sie sich hier in der Gegend so gut aus? Sind Sie früher schon hier gewesen?«

»Nein. Einer der Pfleger hat mir davon erzählt.« *Du brauchst nicht zu wissen, dass ich 1944 schon hier in Hammerfest gewesen bin. Deshalb ist mein Versteck auch so genial. Niemand würde den Kriegsverbrecher Thorwald von Rittberg in Hammerfest vermuten, dem Ort, wo er dieses Verbrechen begangen hat.*

»Einverstanden, dann machen wir uns auf den Weg.« Niklas packt die Briefe und steckt sie in ein altes Wachstuch, das er mit einer Schnur zubindet.

»In welche Richtung gehen wir?«, fragt Niklas, als sie wieder im Freien stehen.

»Dort hinauf.« Rittberg deutet mit seinem Stock auf zwei Felsen, die in den dunklen Himmel ragen.

»Was, wir sollen da hochklettern?«

»Aber nein. Der Ort liegt zwischen diesen Felsen.«

Schweigend machen sie sich an den Aufstieg. Rittberg mobilisiert seine ganze Kraft, um nicht schlappzumachen. Nicht jetzt, so kurz vor dem Ziel. Als sie die Senke zwischen den aufragenden Monolithen erreichen, ist er trotz der Kälte schweißnass.

»Da sind wir«, krächzt er und schnappt nach Luft.

»Hier? Das soll ein besonderer Ort sein?«, fragt Niklas enttäuscht und sieht sich um.

»Das wirst du schon noch sehen«, meint Rittberg und denkt an das Geschehene. *Hier gibt es einen vergessenen Schacht, der senkrecht in die Tiefe führt. 1944 habe ich diesen Schacht entdeckt und für mich genutzt. Dort wurde das minderwertige Menschenmaterial entsorgt, das nicht meinen Kriterien standhielt. Bis heute ist dieser Ort unentdeckt geblieben.*

»Gib mir jetzt endlich meine Briefe.« Rittberg streckt die Hand aus.

»Na gut. Aber beeilen Sie sich. Mir ist nämlich saukalt«, jammert Niklas. »Machen Sie das Wachstuch auf. Meine Finger sind schon ganz klamm.«

Endlich hält Rittberg die lang ersehnten Briefe seiner Enkelin in den Händen. Wieder überkommt ihn eine sentimentale Anwandlung. Er muss die Lippen zusammenpressen, um nicht zu weinen. Mit den Fingerspitzen streicht Rittberg über das brüchige Wachstuch.

»So machen Sie schon«, sagt Niklas ungeduldig.

»Ich beeile mich«, antwortet Rittberg und lächelt insgeheim.

»Wo ist nur die Stelle?« Rittberg blickt umher. »Hier muss der Schacht mit den Gebeinen sein.«

»Was für ein Schacht? Von welchen Gebeinen reden Sie?«, fragt Niklas verwirrt.

»Hier ist die Stelle.« Rittberg deutet in die dunkle Tiefe. Vorsichtig zieht er den Mikadostab aus seiner Tasche. »Der schwarze Mikado. Das ist ein Abschiedsgeschenk für dich.«

»Was soll ich damit?«

»Der Stab begleitet dich in den Tod.«

»Ich habe nicht vor, jetzt zu sterben.«

»Doch das wirst du. Genau hinter dir ist die Stelle.«

Reflexartig dreht sich Niklas um. Rittberg hebt seinen Stock und stößt ihn Niklas in den Rücken. Das Gestrüpp unter seinen Füßen gibt nach. Verzweifelt versucht Niklas, das Gleichgewicht zu halten, doch er hat keine Chance. Mit einem lauten Schrei stürzt er rücklings in den Schacht. Rittberg hört das Krachen, als der Körper auf den Skeletten aufschlägt. Vorsichtig beugt er sich über den Rand der Öffnung. Niklas liegt mit grotesk verdrehten Beinen auf einem Berg Knochen und streckt bittend die Hand aus.

»Ich habe dir doch gesagt, dass ich dich überleben werde«, murmelt Rittberg zum Abschied in die Tiefe.

Dann dreht er sich um und geht langsam an den Klippen entlang zurück zum Sanatorium. Jetzt hat er genug Zeit, um die Briefe zu lesen.

49

Die Gestalt stößt sich von dem VW-Bus ab und geht auf Targa zu.

»Wo warst du?«, fragt Freya. »Ich habe auf dich gewartet.«

»Ich war ein wenig spazieren«, antwortet Targa geistesgegenwärtig. »Das ist doch wohl nicht verboten.«

»Nein, natürlich nicht.« Freya lehnt mit verschränkten Armen am Kühler des VW-Busses und betrachtet sie argwöhnisch.

»Wie war es bei deinem Steuerberater?«, fragt Targa, während sie an Freya vorbeigeht und ihren VW-Bus aufschließt.

»Es war nur ein Routinegespräch«, antwortet Freya ausweichend. »Wir fahren noch heute nach Norwegen«, sagt sie dann.

»Ist gut«, meint Targa. »Ich habe nur eine Bedingung. Wir fahren mit meinem Bus.«

»Ich fahre gerne mit dem alten Bus.« Freya geht zu ihr und streicht zärtlich über Targas Haare. »Außerdem wollte ich schon immer in deinem Bett schlafen.«

»Dieser Platz an meiner Seite gehört Hund.« Targa schiebt Freyas Hand zurück.

»Warten wir ab. Wo kann ich denn mein Gepäck verstauen?« Freya geht zur Beifahrerseite des Busses. Neben der

Schiebetür stehen eine zusammengeklappte Staffelei und eine lederne Reisetasche.

»Du hast deine Sachen schon dabei?«, wundert sich Targa. »Ich dachte, du bist gerade vom Steuerberater gekommen?«

»Ja, aber ich habe gestern bereits gepackt. Ich war noch schnell oben in meinem Apartment«, antwortet Freya. »Also wohin damit?«

»Du kannst deine Sachen ins Heck einladen.« Targa öffnet die Heckklappe. »Unter dem ausgezogenen Bett ist ein Stauraum für Gepäck.«

»Wir können unsere Reise in den Norden also sofort starten?«

»Ja, aber ich muss zuvor noch etwas erledigen.«

»Ist okay. Ich begleite dich.«

Während sie durch die Stadt fahren, denkt Targa, dass nur Freya die Mappe aus dem Versteck genommen haben kann. Doch was hat sie damit vor? Geht sie das Risiko ein, mit ihren Trophäen durch die Gegend zu fahren? Oder hat sie ihre Trophäen an einem anderen sicheren Ort verborgen? Targa nimmt sich vor, bei einer günstigen Gelegenheit Freyas Gepäck zu durchsuchen.

»Wohin fahren wir?«

»In eine Kleingartensiedlung in Pankow. Ich hinterlege dort den Schlüssel, damit sich jemand um eine kranke Elster kümmert, die versorgt werden muss.«

»Bist du eine Tierschützerin?«

»Ich mag Tiere einfach lieber als Menschen.«

»Warum denn das?«

»Weil Tiere niemals lügen.«

Als sie die Schrebergartensiedlung erreichen, parkt Targa auf der Hauptstraße und steigt aus.

»Kann ich die Elster auch sehen?«, ruft ihr Freya hinterher.

»Nein. Sie hat Angst vor Menschen. Ich bin gleich wieder zurück«, antwortet Targa.

Vielleicht sitzt Edgar vor der Waschmaschine und lernt seine Texte. Als sie das Gartentor öffnet, hört sie bereits das brummende Geräusch.

»Ich fahre nach Kopenhagen«, sagt sie zu Edgar.

»Kopenhagen? Wie schön«, antwortet Edgar. »Was machst du dort? Urlaub?«

»Nein, es ist beruflich.«

»Ach, dann bist du wieder als Bodyguard unterwegs?«

»Ja.« Targa legt den Kopf in den Nacken und überlegt. »Kannst du dich um die Elster kümmern?«

»Aber natürlich. Ich pflege sie, bis du wieder hier bist«, erwidert Edgar. »Bist du lange weg?«

»Nur ein paar Tage.«

»Ich begleite dich nach draußen.« Edgar legt das Textbuch auf die Waschmaschine und steht auf.

»Es ist besser, du bleibst hier«, sagt Targa und schiebt Edgar mit der Hand zurück. »In meinem Bus sitzt eine Killerin. Es ist besser, sie sieht dich nicht.«

»Ich liebe deinen abgefahrenen Humor.« Edgar grinst verschmitzt. Er beugt sich vor und gibt Targa einen Kuss auf den Mund.

Targa zuckt überrascht zurück. »Was war das jetzt?«

»Das war ein Abschiedskuss«, sagt Edgar. »So macht man das, wenn man sich verabschiedet.«

»Aber wir sehen uns doch wieder.«

»Das hoffe ich sehr. Wenn man jemanden mag, dann gibt man ihm eben einen Kuss«, lässt sich Edgar nicht aus der Ruhe bringen.

»Merkwürdig. Darüber habe ich noch nichts gelesen.« Targa zieht die Stirn in Falten. Sie überlegt einen kurzen Augenblick. »Aber man soll manchmal auch etwas Neues probieren.« Dann fasst sie Edgar mit der Hand im Nacken und küsst ihn lange und intensiv.

»Na bitte«, sagt Edgar, als sie sich voneinander lösen. »Du kannst ja perfekt küssen.«

»Wirklich? Das freut mich. Dann kann ich ja ein paar Kapitel in meinem Handbuch überspringen.«

50

Nach einer langen Fahrt mit mehreren Pausen erreichen Targa und Freya am frühen Morgen Kopenhagen. Targa lenkt den VW-Bus ins Zentrum der Stadt und stellt ihn auf einem öffentlichen Parkplatz ab.

»Ich muss jetzt meine Sache erledigen«, sagt sie zu Freya. Sie öffnet die Seitentür des Busses und gibt Hund ein Zeichen. Mit einem fröhlichen Bellen springt Hund auf den Parkplatz und schnüffelt begeistert herum.

»Kannst du Hund nicht bei mir lassen?«, fragt Freya.

»Es ist mein Hund. Ich habe dir das schon oft gesagt.« Targas Stimme ist eisig wie der kalte Wind, der von der Ostsee herweht. Ohne eine Antwort von Freya abzuwarten, geht sie über den Parkplatz. Als sie außer Sichtweite ist, biegt sie in eine kleine Seitenstraße ein. Auf ihrem Laptop hat sie sich den Lageplan von Kopenhagen eingeprägt.

Die Hauptpost liegt im Zentrum der Stadt und ist schon von Weitem zu erkennen. Das Gebäude hat ein großzügiges Eingangsportal mit einem Turm und sieht aus wie ein spätbarockes Stadtschloss. Targa geht in die große Eingangshalle und orientiert sich an einer Informationstafel. Die Schließfächer befinden in einem Seitentrakt des Gebäudes. Nach einer kurzen

Suche entdeckt sie das richtige Schließfach. Sie steht davor und holt tief Luft. Nervös krault sie das Fell von Hund. Ihr Herz pocht. Es sind starke Emotionen, die sie verspürt und die sie verwirren. Was erwartet sie?

Als Targa den Code eintippt und das Türchen sich öffnet, ist sie im ersten Moment enttäuscht. In ihren Gedanken hatte sie sich ein prall gefülltes Postfach vorgestellt. Mit Erinnerungen an ihre Mutter und ihren Vater. Sie dachte an Fotoalben und persönliche Dinge, ja, vielleicht sogar an altmodische Kassetten. Voll bespielt mit der Stimme ihrer Mutter und deren Lieblingssongs.

Aber das Postfach ist beinahe leer. Darin befindet sich nur ein brauner Umschlag, auf dem mit verblichener Tinte »Targa Hendricks« steht. Sie nimmt den Umschlag und reißt ihn auf. Targa zieht ein Foto und einen Brief heraus. Mehr ist nicht in dem Kuvert enthalten. Mit zusammengekniffenen Augen betrachtet sie das Foto. Es ist von einer Party. Doch es fehlt ein Teil. Auf dem Rest sind mehrere junge Männer und junge Frauen zu sehen. Zwei der Männer kann Targa sofort identifizieren. Es sind Carlos und Ole, beide noch jung. Die anderen Männer kennt sie nicht. Auch die Frauen sind ihr nicht bekannt.

»Schade, dass Luisa nicht auf dem Foto ist«, murmelt sie. »Warum fehlt ein Teil?«

Dort waren noch andere Personen. Eine Männerschulter ragt von der abgerissenen Seite her ins Bild und ein Frauenarm. Die filigrane Uhr am Handgelenk kommt Targa vage bekannt vor. Sie betrachtet das Foto noch eingehender. Die Uhr ist nichts Besonderes, wahrscheinlich hat sie ähnliche Modelle schon gesehen. Nachdenklich steckt sie das Foto in ihre Lederjacke. Mit spitzen Fingern nimmt sie den Brief und dreht ihn unschlüssig umher. Vorsichtig faltet sie ihn auseinander. Es ist eine altmodische Handschrift. Sie könnte von Carlos sein. Targa setzt sich einfach auf den Boden und beginnt zu lesen:

Meine liebe Targa,

ich glaube, dass ich mich getäuscht und dir nicht den richtigen Namen deines Vaters genannt habe. Deswegen bin ich auch aufgebrochen, um dich von dem Mord an Ole abzuhalten. Wir waren zwar eine eingeschworene Clique und nannten uns ›Die vier Musketiere‹, aber es gab natürlich auch Freundinnen und Bekannte, die zeitweise zu unserer Clique gehörten. Es war eine irre Zeit, und wir hatten viel Spaß, wenn wir unterwegs waren.

An ein Wochenende mit Ole kann ich mich deutlich erinnern. Ole war zu betrunken, um mit seinem Porsche Targa nach Hause zu fahren. Deshalb hat er den Schlüssel einem Freund gegeben. Ich habe Ole noch gefragt, ob dieser Freund auch vertrauenswürdig genug ist. Aber klar, hat Ole gelallt. Der fährt doch andauernd mit meinem Porsche. Erst später ist mir eingefallen, dass Ole mir im Rausch sein Herz ausgeschüttet und von Martha erzählt hat, in die er unsterblich verliebt war. Da war für mich alles in Ordnung, und ich habe nicht länger nachgefragt. Außerdem war ich mit meinen Gedanken ja ganz woanders. Ich hatte gerade den Einberufungsbefehl für das U-Boot erhalten und musste das auch Luisa, deiner Mutter, noch schonend beibringen. Deshalb habe ich nur mit halbem Ohr zugehört, was Ole über diesen Freund erzählte. Sein Name ist mir leider entfallen. Auch was er genau gemacht hat, weiß ich nicht mehr, nur so viel, es hatte mit einem Boxstudio in Berlin zu tun. Ich bin mir nicht sicher, ob dieser Mann derjenige ist, der Luisa mit den Babys aus dem Wagen gestoßen hat. Ich weiß auch nicht, ob er dein Vater ist. Deshalb sollst du bitte nicht voreilig handeln. Aber keine Sorge. Deine Adoptivmutter Margarete muss ihn ja kennen, da sie mit ihm damals eine stürmische Liaison hatte.

Carlos

51

Schwarze Gedanken kreisen in Freyas Kopf. Sie sitzt mit über-
kreuzten Beinen auf dem Bett im VW-Bus. Die Bettdecke hat
sie sich über die Schultern gezogen, denn es ist kalt geworden.
In dem Stoff hängt noch der Geruch von Targa. Freya drückt
die Decke fest an ihr Gesicht. Sie atmet tief ein und denkt an
die blonde Frau, die so sehr dem Idealbild ihres Großvaters entspricht. Es stimmt sie ein wenig traurig, wenn sie daran denkt,
dass sie Targa bald töten muss. Doch sie sieht keinen anderen
Weg, um endlich Vergebung zu erlangen.

»Ich bin pleite«, sagt sie leise vor sich hin und summt dazu
eine Melodie. »So schnell kann es gehen. Von ganz oben nach
ganz unten. Das Leben ist eine Achterbahn.«

Vor sich auf dem Schoß hat Freya ihr Tablet liegen. Auf
dem Display ist ein Livestream zu dem Panic-Room in ihrem
Apartment aktiviert. Eine App auf dem Tablet blinkt auf. Jemand
macht sich an der Zahlenkombination der Sicherheitstür zu
schaffen, die in den Panic-Room führt.

Freya setzt sich aufrecht hin und konzentriert sich auf den
Monitor. Die App sendet im Sekundentakt ein rotes Flashlight
auf den Monitor. Jemand hat die Tür geöffnet und ist in den
Panic-Room gegangen. Die Überwachungskameras erfassen

eine Gestalt. Es ist ein Mann. Freya sieht nur dessen Rücken und die Kapuze eines Hoodyshirts, die er tief ins Gesicht gezogen hat.

»Mal sehen, ob ich mit meiner Vermutung richtigliege«, flüstert sie und zerteilt den Bildschirm, um alle Kameras gleichzeitig zu aktivieren. In diesem Moment dreht sich der Mann um, und sie erkennt das Gesicht.

»Bist du mir also in die Falle gegangen, Zac!« Freya lächelt grimmig und zoomt Zac näher heran. Die Konturen seines Kopfes verschwimmen und lösen sich grobkörnig auf. Seine Augen blicken hektisch umher. Er ist auf der Suche nach dem Gemälde. Freya hat den Köder geschickt ausgelegt. Zac ahnt, dass es ihr letztes Bild sein wird. Es wird Millionen wert sein, wenn die Welt erfährt, dass Freya eine Serienkillerin ist. Deshalb will er jetzt das Bild stehlen.

»Du kannst den Hals einfach nicht voll genug kriegen«, flüstert sie. »Daran wirst du ersticken.«

Zac greift nach der Rolle, in der dieses Gemälde aufbewahrt ist. Ein Motiv, das sie in die Realität umsetzen wird und das ihr die Vergebung bringt.

»Bald wirst du erkennen, dass dir auch die Millionen, die du unterschlagen hast, nichts mehr nützen«, zischt Freya. Sie beobachtet Zac, der das Siegel aufbricht. Vorsichtig zieht er das Gemälde aus der Rolle. Breitet es auf dem Boden aus. Durch die Überwachungskamera erscheint das Motiv noch düsterer, noch hoffnungsloser. Mit seinen Fingern streicht Zac vorsichtig über die Leinwand, dann rollt er das Bild wieder zusammen und steckt es in die Papprolle.

Noch immer blinkt die App auf Freyas Tablet rot auf. Mit der Fingerspitze tippt sie darauf. Sofort erscheint ein Display. Sie drückt auf die Bezeichnung »Close« und sieht mit versteinerter Miene zu, wie sich hinter Zac langsam die Tür des Panic-Rooms schließt. Als die Tür mit einem leisen Klacken ins Schloss fällt, schreckt Zac hoch und dreht sich um. Er sieht die geschlossene Tür und springt auf. Hektisch versucht er, sie aufzuziehen, doch das ist zwecklos. Zac ist in dem Panic-Room eingeschlossen.

Einige Minuten lang beobachtet Freya mit Genugtuung seine vergeblichen Versuche, aus dieser Falle zu entkommen. Dann aktiviert sie »Voice« auf dem Display.

»Hallo, Zac. Ich hoffe, du fühlst dich wohl da drin.«

Zac schreckt zusammen und blickt irritiert umher. »Freya? Bist du das?« Er beginnt, heftig zu blinzeln.

»Wer sonst?«

»Kannst du bitte die Tür öffnen? Ich bin hier eingeschlossen.«

»Ich weiß. Das war auch meine Absicht.«

»Lass diese Späße, Freya. Los, mach die Tür auf.« Zac versucht verzweifelt, Autorität in seine Stimme zu legen. Doch Freya bemerkt das Zittern.

»Ich habe die Tür versperrt und steuere die Technik des Panic-Rooms mit einer App. Was ist das für ein Gefühl, wenn man eingeschlossen ist und draußen Millionen Euro warten?«

»Ich habe keine Ahnung, worauf du hinauswillst.«

»Stell dich nicht dümmer, als du bist! Ich rede von den Millionen, die du mir unterschlagen hast.«

»Wer sagt das?« Zacs Mundwinkel beginnen zu zucken.

»Ich hatte einen Termin bei unserem Steuerberater. Wismuth hat mich aufgeklärt und mir die leeren Konten gezeigt.«

»Ich kann dir alles erklären, Freya. Es ist nicht so, wie du denkst.« Zac verhaspelt sich beim Reden und fuchtelt mit den Händen durch die Luft. Er redet und redet, doch Freya hört ihm nicht mehr zu. Sie ist enttäuscht von Zac, den sie aus der Gosse holte und dem sie ein luxuriöses Leben an ihrer Seite ermöglichte. Ihr Großvater hat recht mit der Phrase: »Wir sind einsam, denn wir gehören zu einer Elite.« Viel zu lange hatte sie geglaubt, Zac sei ihr Freund, aber er ist auch nur eine

Existenz, die man entfernen muss. Sie stoppt mit einer Taste die Luftzufuhr für den Panic-Room.

»Freya, bitte! Lass mich raus. Ich wollte das Geld doch nur gewinnbringend anlegen. Für uns beide.«

»Hör endlich mit den Lügen auf. Hältst du mich wirklich für so naiv?« Langsam redet sich Freya in Wut. Es ist eine Wut der Enttäuschung.

»Das Geld steht mir doch auch zu!«, schreit Zac jetzt außer sich. »Ohne mich wärst du doch bloß eine durchgeknallte Killerin. Du würdest schon längst in einer Zelle schmoren. Nur mir hast du es zu verdanken, dass du noch in Freiheit bist. Ich habe dich zur unangreifbaren Künstlerin gemacht.«

»Du täuschst dich. Es sind die Lebensborn-Kinder, die mir das ermöglichen. Eine krasse Fehleinschätzung, mein lieber Zac. – Du hast jetzt noch ein bisschen Zeit, um Buße zu tun«, setzt Freya mit einem zynischen Unterton hinzu.

»Was meinst du damit?« Zac starrt verwirrt in die Überwachungskamera.

»Weil die Luft in dem Panic-Room bald aufgebraucht ist. Dann wirst du an dem Kohlendioxid ersticken.«

»Das ist doch ein Blödsinn. Du ... du bluffst nur ...«, stottert Zac.

»Nein. Das ist einfach nur logisch. Wenn du alle Luft verbraucht hast, wirst du sterben, Zac.«

»Das kannst du doch nicht machen, Freya!« Panisch blickt er um sich.

»Schweig lieber. Du verbrauchst zu viel Luft mit deinen Wutausbrüchen, Zac. So stirbst du früher.«

In diesem Moment wird die Tür des VW-Busses mit einem Ruck aufgerissen.

»Was machst du auf meinem Bett?« Targa steigt in den Bus. Ihre Wangen sind gerötet, und ihre hellen Augen starren

Freya an. »Ich will nicht, dass du dich in meinem Leben einnistest.«

»Ich habe nur auf dich gewartet und es mir bequem gemacht«, sagt Freya und steht langsam von dem Bett auf. »Außerdem mag ich dein Parfüm.«

»Ich verwende kein Parfüm.«

»Dann riechst du von Haus aus so gut.«

Freya legt das Tablet auf den schmalen Tisch. Auf dem Display sieht man Zac im Panic-Room umherlaufen.

»Ist das Zac?«

»Ja, er ist in meinem Panic-Room eingeschlossen. Dieses Monster hat mein ganzes Geld unterschlagen. Das kann ich mir doch nicht gefallen lassen«, antwortet Freya gleichgültig.

»Was hast du mit ihm vor?«

»Nichts. Gar nichts. Das regelt sich alles von selbst.«

»Was soll das heißen?«

»Die Luftzufuhr in den Panic-Room ist blockiert. Zac wird leider bald elend zugrunde gehen.«

»Du lässt ihn sterben?«

»Ich wollte ihm nur eine Lektion erteilen. Doch leider habe ich aus Versehen die Kontroll-App für den Panic-Room gelöscht.« Freya zuckt bedauernd die Schultern. »Jetzt muss ich hilflos zusehen, wie er stirbt.«

Freya hebt den Kopf und blickt Targa direkt ins Gesicht. Ihr blondes Haar kräuselt sich leicht in der kalten Luft. Die hellen Augen sind klar und rein. »Es ist ein bedauerlicher Unfall.« Sie zuckt erneut mit den Schultern.

»Ich glaube dir kein Wort.« Targa gibt Hund ein Zeichen. Gehorsam springt er mit ihr aus dem Bus.

»Ich brauche Frischluft. Du langweilst mich mit deinen dummen Spielchen.«

»Vergiss nicht, dass ich den Namen deines Vaters kenne«, ruft Freya ihr hinterher.

Doch Targa antwortet nicht. Freya sieht zu, wie sie schnell mit Hund über den Parkplatz hastet und auf einen kleinen Supermarkt zusteuert.

Nachdenklich setzt sich Freya an den Tisch. Dreht das Tablet im Kreis. Auf dem Display sieht sie Zac hektisch an der Tür rütteln.

Sie starrt so lange auf das Display, bis ihr die Augen brennen. Doch der Reiz ist verflogen. In den grobkörnigen Bildern aus dem Panic-Room kann sie keine Befriedigung mehr finden. Sie muss bald wieder den Geruch von Blut spüren. Es ist wie eine Droge, und sie kommt davon nicht los. Aber sie kann nicht einfach über den Parkplatz gehen und der erstbesten Frau die Kehle durchschneiden. Das würde sie nur in Gefahr bringen. Sie kann aber vom Töten reden, von dem Genuss, den es ihr bereitet, wenn das Blut aus einer geöffneten Kehle spritzt.

Hastig springt sie auf und holt ihre Reisetasche aus dem Heck des VW-Busses. Sie nimmt eine blonde Perücke heraus und stülpt sie über. Dann greift sie nach ihrem Handy und tippt eine Nummer ein, die sie seit ewigen Zeiten in ihrem Kopf gespeichert hat. Noch zögert sie, die Verbindung herzustellen, doch dann gibt sie sich einen Ruck. Als sich eine fremd klingende Stimme meldet, räuspert sie sich, ehe sie antwortet: »Ich möchte mit Gerd Kraft sprechen.«

»Wer ist da?«

»Seine Enkelin Freya.«

52

Thorwald von Rittberg sitzt in seinem Ohrensessel und blickt aus dem Fenster. Auf der Brusttasche seines Morgenmantels ist der Name Gerd Kraft eingestickt. Er hat diesen Namen schon so verinnerlicht, dass er sich manchmal dabei ertappt, wie Kraft zu denken. Der Hamburger Fischhändler Kraft, den der Gestank der Fische verrückt gemacht hat, der aber doch diesen Geruch braucht, um weiterzuleben. Wegen der Fischfabrik hat er sich auch in das Sanatorium in Hammerfest einweisen lassen. Das ist die Biografie von Gerd Kraft.

Plötzlich klopft es an seine Tür.

»Herr Kraft?« Ein pechschwarzer Pfleger, den er noch nie gesehen hat, steckt den Kopf herein. »Telefon für Sie.«

»Wer sind Sie? Wo ist Niklas?«, fragt Rittberg und stellt sich verwirrt.

»Ich bin Jonas. Niklas ist seit einigen Tagen nicht zum Dienst erschienen.«

»Aha. Warten Sie, ich komme.« Ächzend erhebt sich Rittberg aus seinem Ohrensessel und schlurft zur Tür. Im Korridor hinter der Glastür ist das Telefon an der Wand befestigt. Der Hörer baumelt hin und her.

»Hier Kraft. Wer spricht?«, meldet sich Rittberg.

»Nimmst du mich auf die Jagd mit?«

»Ich habe schon lange darauf gewartet, dass du dich meldest«, sagt er mit harter Stimme. Mit einem Mal straffen sich seine Schultern, und er wird zu Thorwald von Rittberg, der im Schwarzwald mit seiner Enkelin zum Töten aufbricht.

»Hast du deine Perücke auf?«, fragt er nach einer längeren Pause. »Du weißt, dass ich mich sonst mit dir schäme.«

»Ja, ich bin jetzt dein Mädchen, das zur Elite gehört.«

»Du wirst nie zur nordischen Elite gehören. Denn dein Blut ist verseucht.«

»Deshalb rufe ich an. Ich habe ein Geschenk für dich. Das mir deine Vergebung sichert.«

»Ich entscheide darüber. Genauso wie ich früher meine Selektionen vorgenommen habe. So wird es auch diesmal sein.«

»Ich bin sicher, dass ich damit deine strengen Auflagen erfülle.«

»Dann lass mich wissen, wenn es so weit ist.«

»Der Zeitpunkt ist bald gekommen. Du musst mir nur einen passenden Ort nennen.«

Seine Enkelin nennt ihm ein Datum, und Rittberg gibt ihr einen Ort an. Einen Platz, den er nur zu gut kennt.

»Ich habe dir viele Briefe geschrieben«, redet seine Enkelin weiter. »Darin habe ich genau beschrieben, wie ich mich von der Schuld befreie. Wie ich wieder rein werde.«

»Ich habe die Briefe gelesen. Dadurch wirst du niemals rein werden. Das weißt du.« Rittberg atmet schwer aus und ein. »Das viele Reden strengt mich an. Ich will dich von Angesicht zu Angesicht sehen. Erst dann kann ich entscheiden.«

Grußlos legt Rittberg den Hörer auf und lehnt sich an die Wand.

»Fühlen Sie sich nicht gut, Herr Kraft?«, fragt der Pfleger.

»Ich habe mich nie besser gefühlt«, entgegnet Rittberg. »Es war eine Stimme aus früheren Zeiten.«

Als er wieder in seinem Zimmer ist und vom Ohrensessel aus in den Regen starrt, läuft vor seinem inneren Auge ein Film aus der Vergangenheit ab:

»Gehen wir in den Wald Großvater?«, fragt die Sechsjährige. Ihre Augen blitzen wie Kohlen, und mit ihren pechschwarzen Haaren sieht sie aus wie ein Zigeunermädchen.

»So, wie du aussiehst, gehen wir nicht aus dem Haus.« Ihr Opa schlägt mit der flachen Hand auf den Tisch. »Früher hätten wir dich ausgesondert«, zischt er. Die Kleine zuckt zusammen und hält sich ängstlich die Hände vor den Mund.

»Warum bist du böse?«, flüstert sie betreten.

»Weil du aussiehst wie der Teufel. Du bist unrein. Ein Kind der Sünde.«

»Was ist ein Kind der Sünde?«, fragt sie beklommen.

»Komm her, ich zeige es dir.« Rittberg winkt das Mädchen zu sich. Er öffnet die Tischlade und holt ein Springmesser hervor. Lässt die Klinge aufschnappen. »Gib mir deinen Arm.«

»Was machst du?« Die Stimme der Sechsjährigen zittert vor Furcht, als sie ihrem Opa den Arm entgegenstreckt.

»Ich zeige dir die Sünde.« Er nimmt den Arm seiner Enkelin und ritzt mit der Klinge ihre Haut. Das Kind schreit auf und will die Hand zurückziehen, doch der Großvater hält es eisern fest. »Hör auf zu schreien!«, zischt er. »Hier, das ist deine Sünde.« Er deutet auf das austretende Blut.

»Es tut weh. Ich blute!«, schreit die Kleine. Tränen kullern ihr über die Wangen.

»Dein Blut ist verseucht. Es muss aus deinem Körper herausfließen.«

Doch das Mädchen hört ihm nicht mehr zu, sondern beginnt, laut zu schluchzen. Der Großvater nimmt ein Taschentuch aus seiner Leinenjoppe und bindet es seiner Enkelin um das Handgelenk.

»Das heilt schnell«, sagt er.

»Gehen wir jetzt in den Wald?«, schluchzt das Kind.

»Wo ist deine Perücke?«

»Ich hasse diese blöden blonden Haare.«

»Du setzt jetzt die Perücke auf, sonst kommst du in den Keller.«

»Ja, Großvater.« Die Enkelin nickt gehorsam und ist mit einem Mal ruhig. Ohne zu quengeln, lässt sie sich von ihrem Opa die blonde Perücke überstülpen.

Dann gehen sie aus dem Haus. Die Sonne strahlt durch die Blätter der Bäume, und die Vögel zwitschern. Die Kleine trägt ein Dirndlkleid und eine blonde Perücke mit zwei Zöpfen. Auf den ersten Blick könnte man sie für ein arisches Mädchen halten. Aber ihre Augen sind dunkel.

»Siehst du den Vogel dort?« Der Großvater deutet zu einem Baum. »Das ist ein Fink. Wir basteln uns eine Leimrute, und dann fangen wir ihn.«

Er bestreicht einen Zweig mit Mistelsirup und gibt noch Honig dazu. Vorsichtig platziert er den Stock auf einem Gebüsch.

»Jetzt müssen wir nur warten.«

»Was machen wir mit dem Vogel?«

»Er soll für uns singen. Das ist seine letzte Aufgabe.«

Von dem Duft angelockt, setzt sich bald ein Vogel auf den Zweig und bleibt daran kleben.

»Siehst du, so funktioniert das«, sagt der Opa zu seiner Enkelin. »Und jetzt wollen wir einmal sehen, welchen Vogel wir da gefangen haben.«

Beide gehen zu dem Zweig und betrachten den Vogel.

»Ach, ist der schön«, flüstert das Mädchen und will den gefangenen Vogel streicheln.

»Finger weg«, zischt er. »Das ist kein Fink. Es ist ein gewöhnlicher Spatz.«

»Trotzdem finde ich ihn schön«, sagt das Kind trotzig und zupft an den Zöpfen der Kunsthaarperücke.

»Er erfüllt nicht die Aufgabe, für die wir ihn brauchen. Deshalb wird er liquidiert«, braust der Großvater auf. »Das wirst jetzt du machen.«

»Was soll ich tun?« Das Mädchen tritt nervös von einem Fuß auf den anderen.

»Hier hast du mein Messer.« Er hält dem Kind das offene Springmesser entgegen. »Schneide dem Vogel die Kehle durch. Es ist unwertes Leben.«

»Dann ist er ja tot?« Wieder beginnt die Kleine zu weinen. Doch der Großvater ist unnachgiebig.

»Bring ihn um. Wir haben ihn ausgesondert«, befiehlt er seiner Enkelin.

Mit tränenüberströmtem Gesicht nimmt sie tapfer das Messer. Ihr Opa hält den Vogel fest, damit er sich nicht rühren kann. Sie hebt das Messer. In ihren kleinen Händen sieht es riesig aus. Ein Sonnenstrahl streift die Klinge, lässt sie aufblitzen. Geblendet kneift die Kleine die Augen zu.

»Sieh genau hin«, herrscht sie ihr Großvater an.

Gehorsam reißt seine Enkelin die Augen wieder auf. Der Opa hält ihr den Vogel hin.

»Schneide ihm den Hals durch«, sagt er mit seiner metallenen Stimme. »Mach schon.«

Die Kleine schluckt. Ihre Perücke glänzt im Sonnenlicht wie Gold. Die Messerspitze nähert sich dem Vogel, der hektisch den Kopf hin und her bewegt. Den Schnabel aufreißt. Dann schneidet das Kind dem kleinen Vogel quer über den Hals. Blut spritzt auf seine Hände. Schreiend lässt es das Messer fallen. Ihr Großvater packt seine Enkelin am Arm.

»Beherrsche dich. Komm, wir machen jetzt ein Foto.« Er nimmt die Kamera aus seiner Joppe und stellt sie auf einen Baumstumpf.

»Nimm den Vogel und stell dich neben mich.« Er drückt auf den Selbstauslöser und stellt sich mit seiner Enkelin in Position.

»Spürst du das warme Blut?«, flüstert er anschließend und nimmt dem Kind den toten Vogel aus der Hand. Angeekelt wirft er den Kadaver zu Boden.

»Es ist verdorben, so wie dein Blut. Du musst noch vielen Vögeln die Kehle durchschneiden, bis du endlich die am schönsten trällernde Nachtigall gefunden hast. Wenn du ihren engelsgleichen Gesang hörst, wirst du Vergebung erlangen.«

Rittberg erhebt sich aus seinem Ohrensessel, holt das Foto aus seinem Sekretär und betrachtet es mit einem zufriedenen Lächeln.

53

Auf der Suche nach einem Telefon läuft Targa mit Hund zum Supermarkt neben dem Parkplatz. Doch der Laden ist wegen Umbauarbeiten geschlossen. Suchend blickt sie umher, aber es gibt keine anderen Geschäfte in der Nähe. Immer wieder hat sie den Panic-Room von Freya vor Augen. Sie sieht die grobkörnigen Bilder von Zac, der verzweifelt versucht, aus dieser tödlichen Falle zu entkommen.

»Du kannst nicht weiter zusehen, wie Freya jemanden tötet«, ermahnt sie sich selbst.

Hinter dem Supermarkt führt eine Straße ins Zentrum von Kopenhagen. Es herrscht starker Verkehr, doch die Gehsteige sind leer. Der Wind pfeift ungemütlich durch die Häuserschluchten. Endlich sieht Targa einen Mann, der auf sein Smartphone starrt, aus einem der Häuser kommen. Kurz entschlossen geht Targa auf ihn zu.

»Ich brauche Ihr Handy«, sagt sie, als sie neben ihm steht. »Es ist dringend.«

»Wie bitte? Was wollen Sie?«, fragt der Mann überrascht. »Mein Smartphone bekommen Sie nicht.«

»Es ist ein Notfall«, insistiert Targa und reißt dem Mann das Telefon aus der Hand. Sie drückt auf das Display, um es im

Aktivzustand zu halten. Dann läuft sie an einer Häuserfront entlang, bis sie zu einer schmalen Gasse gelangt. In einem Hausdurchgang bleibt sie stehen. Blickt vorsichtig nach draußen. Der Mann ist zum Glück nirgends zu sehen. Wahrscheinlich hat er die Verfolgung aufgegeben. Hund hechelt nervös, und Targa krault seinen Nacken. Dann wählt sie Lundts Nummer.

»Was hast du in Kopenhagen ver…?«, meldet sich Lundt.

»Hör mir zu«, unterbricht ihn Targa. »Du musst sofort in das Penthouse von Freya von Rittberg. Es gibt dort einen Panic-Room. Sie hat Zac, ihren Manager, eingeschlossen und die Luftzufuhr blockiert. Er wird bald sterben.«

»Ich kümmere mich darum«, antwortet Lundt. »Können wir sie wegen Mordversuchs belangen?«

»Freya wird es leugnen, und Zac wird sagen, dass es nur ein Versehen war. Er hat ihre Konten leer geräumt«, erklärt Targa. »Bevor ihr den Panic-Room öffnet, sorgt dafür, dass die Überwachungskameras deaktiviert sind. Freya kann sonst die ganze Aktion auf ihrem Tablet beobachten.«

»Wir sind keine Anfänger«, sagt Lundt. »Sonst noch etwas, das ich wissen muss?«

»Nein. Ruf mich auf diesem Handy an, wenn ihr in dem Panic-Room seid«, sagt sie zu Lundt. »Gib mir die Info, ob du eine Ledermappe mit Polaroidfotos gefunden hast. Dann kann ich Freya festnehmen.«

»Seit wann hast du ein Handy?«, wundert sich Lundt.

»Das habe ich gestohlen«, erwidert Targa.

Lundt legt auf, doch Targa lässt das Smartphone aktiv. Sie verlässt den Durchgang und sucht einen Supermarkt, den sie ein paar Straßen weiter findet. Hier kauft sie Wasser und Lebensmittel für die Reise. Nach einer gefühlten Ewigkeit meldet sich Lundt wieder.

»Wir sind jetzt vor der Tür«, sagt er. »Ich habe ein mobiles Einsatzkommando dabei.«

293

»Geht ihr jetzt hinein?«

»Das Penthouse ist mit einem Sicherungssystem ausgestattet. Das lässt sich nicht so einfach öffnen.«

»Warum brecht ihr die Tür nicht auf?«, fragt Targa.

»Geschieht gerade.«

Sie hört ein Krachen und Splittern, dann lautes Trampeln und verhaltene Rufe.

»Lundt, was ist los?«, ruft Targa in das Smartphone.

»Wir sind jetzt vor dem Panic-Room. Aber diese Tür ist wesentlich schwerer zu knacken.«

Wieder ist alles, was sie hört, ein dumpfes Rumoren, das von dem Rammbock stammen muss, mit dem das Einsatzkommando versucht, die Tür des Panic-Rooms aufzustemmen. Dazwischen hört Targa Flüche und undefinierbaren Lärm.

»Lundt, melde dich!«

»Wir haben es geschafft!«

»Wo ist Zac, der Manager?«, fragt Targa.

»Liegt auf dem Boden und rührt sich nicht.«

»Lebt er noch?«

»Der Notarzt kümmert sich gerade um ihn.«

»Der Mann liegt im Koma. Er muss sofort in eine Klinik«, hört sie verwischt die Stimme des Arztes.

»Hast du das mitbekommen? Der Kerl liegt im Koma.« Jetzt ist wieder Lundt in der Leitung. »Ich sehe mich einmal um, ob wir hier belastendes Material finden.«

»Fotos müsst ihr suchen. Halte mich auf dem Laufenden. Ich lege jetzt auf«, antwortet Targa.

»Halt! Warte einen Moment. Da liegt eine Bildrolle auf dem Boden. Fotos sehe ich noch keine.« Sie hört, wie Lundt durch den Raum geht.

»Das Gemälde ist doch jetzt uninteressant. Freya hat viel gemalt …«

»Ach, du liebe Scheiße!«, hört Targa Lundt fluchen. »Das ist ja unglaublich. Du musst dich sofort in Sicherheit bringen, Targa. Hast du mich verstanden?«

»Das kann ich nicht. Bald habe ich Freya überführt und die Operation zu einem positiven Abschluss gebracht.«

»Du tust, was ich dir sage«, bellt Lundt in das Handy. »Auf dem Gemälde gibt es ein schreckliches Motiv. Man sieht ...« Plötzlich dringt nur noch Rauschen durch den Lautsprecher. Die Verbindung ist unterbrochen.

»Lundt, ich kann dich nicht mehr hören«, ruft Targa in das Telefon. Doch aus dem Lautsprecher dringt nur gleichförmiges Rauschen. Targa betrachtet kurz das Smartphone und lässt es beim Weitergehen in einen Gully plumpsen.

54

Noch ahnt Targa nicht, dass Freya sie in Hammerfest töten will. *Ob ich sie im nächsten Leben wiedersehen werde?*, fragt sich Freya. Mit dem Handrücken reinigt sie die angelaufene Scheibe, um Targa besser zu sehen. In dem Nieselregen haben sich ihre Haare leicht gekräuselt, und das Blond wirkt gegen den bleigrauen Himmel noch leuchtender.

»Wo warst du?«, fragt sie Targa, als diese die Schiebetür aufreißt. Hund springt in den Bus.

»Spazieren und einkaufen für die Reise. Ich brauche manchmal frische Luft«, antwortet Targa und hält die Plastiktüte mit den Lebensmitteln in die Höhe.

»Du lügst. Du hast die Polizei informiert, dass Zac in dem Panic-Room gefangen ist.« Traurig sieht Freya zu Targa. »Du hast mich genauso verraten wie Zac.«

»Nein, eure Spielchen gehen mich nichts an. Schau doch einfach auf das Display deines Tablets. Da wirst du sehen, dass Zac noch immer im Panic-Room gefangen ist.«

»Die Verbindung ist gestört. Ich bekomme kein Bild.«

Targa zuckt die Achseln. »Lass uns weiterfahren. Wir haben noch einen weiten Weg vor uns. Jetzt geht es zunächst einmal über die Öresundbrücke nach Malmö. Dann weiter auf der E4 nach Norden.«

»Du hast dich ja perfekt informiert«, meint Freya.

»Ich weiß auch, dass wir jetzt sechsundzwanzig Stunden unterwegs sein werden.«

»Aber nicht mit dem alten VW-Bus.«

»Dann dauert es eben ein wenig länger. Vielleicht nehmen wir den Autozug«, antwortet Targa.

»Nein, wir fahren alles mit dem Bus.«

Während sie sprechen, sind sie bereits auf der Öresundbrücke angekommen. Die längste Schrägseilbrücke der Welt, ist auf einem Schild zu lesen. Schweigend passieren sie die Mautstelle und erreichen im dichten Abendverkehr Malmö. Sie wechseln auf die E4 und fahren Richtung Norden. Noch haben sie eine Strecke von über 2200 Kilometern vor sich. Nach einigen Stunden wird der Verkehr auf der Straße immer weniger, und die Landschaft ist dicht bewaldet.

»Für wen malst du in Hammerfest ein Gemälde?«, fragt Targa.

»Es ist ein Geschenk für einen besonderen Menschen aus meiner Vergangenheit. Ihm verdanke ich, dass ich so bin, wie ich bin.«

»Verstehe. Dieser Person hast du zu verdanken, dass du eine Künstlerin bist.«

»Künstlerin? Ja, so kann man das sagen.« Freya lacht bitter, und vor ihrem geistigen Auge taucht ihr Großvater auf. Sie hört einen Dialog, so, als würde er neben ihr stehen:

»Zieh dich an. Wir gehen auf die Jagd.«

»Aber es schneit.«

»Deswegen jagen wir auch. Da kann man die Spuren besser verfolgen. Das ist eine Kunst.«

Sie beugt sich zu Targa hinüber und drückt ihr einen Kuss auf die Wange. Dann reibt sie mit einer Hand den Nacken von Targa.

»Du bist schon ganz müde und steif vom Fahren. Aber bald können wir eine Pause machen.«

»Du kennst dich hier aus?«

»Ja! Ich war schon einmal hier. Das hat sich in meinem Gedächtnis eingebrannt«, antwortet Freya, und wieder erinnert sie sich:

Sie sieht den gebeugten Rücken des Großvaters, hinter dem sie mutlos durch den Schnee stapft.

»Das Glück ist auf unserer Seite.«

»Was bedeutet das?«

»Weil das hier Spuren eines Elchs sind.«

»Was tun wir, wenn wir den Elch sehen?«

»Wir töten ihn.«

»Hier musst du abzweigen.« Freya deutet auf ein rot gestrichenes Holzhaus, von dem ein verschlammter Weg in den Wald führt. »Es sind nur ein paar Kilometer. Dann sind wir am Ziel.«

Nach einer kurzen Fahrt durch den dunklen Wald taucht plötzlich eine Lichtung mit einer Blockhütte auf.

»Wem gehört diese Hütte?«

»Meinem Großvater. Seit seinem Tod steht sie schon Jahrzehnte leer. Ich war nie wieder hier.«

Freya öffnet die Wagentür und steigt aus. Mit klopfendem Herzen geht sie auf die verwitterte Hütte zu. Zwei ausgetretene Holzstufen führen auf eine kleine Veranda. Dort steht ein vermooster Blumentopf. Vorsichtig hebt ihn Freya in die Höhe. *Der Schlüssel ist noch hier,* registriert sie erfreut und nimmt ihn. Sie geht über die knarrenden Bohlen und steckt den rostigen Schlüssel in das Schloss. Nach einigen Versuchen kann sie die Tür öffnen. Kalte, muffige Luft schlägt ihr entgegen. Die Hütte besteht nur aus einem einzigen Raum. Toilette und eine provisorische Dusche befinden sich in einem Verschlag, der seitlich angebaut ist. In dem großen gusseisernen Schwedenofen liegen noch einige verkohlte Holzscheite.

»Kannst du Feuer machen?«, hört Freya die Stimme ihres Großvaters. »Zeig es mir.«

»Ich habe es geschafft.« Sie klatscht in die Hände und lächelt glücklich. Endlich kann ihr Großvater stolz auf sie sein.

»Komm her.« Der Großvater zieht ein Scheit aus dem Ofen. Wartet, bis es gänzlich verkohlt ist. Mit der Handfläche streicht er über das Holz, bis seine Hand ganz schwarz ist. Dann fährt er Freya mit der verrußten Hand über das Gesicht. Immer und immer wieder. »Los, schau in den Spiegel«, befiehlt er.

Sie steht auf und geht zum Spiegel. Ihr Gesicht ist von schwarzen Schlieren überzogen.

»Die Hautfarbe passt jetzt zu deinen Haaren. Jetzt bist du schwarz wie sie«, sagt der Großvater. »Jetzt bist du schwarz wie dein Blut.«

»Warum starrst du in den Spiegel?« Targas Frage reißt Freya aus ihren Gedanken. Sie schnellt herum.

»Beobachtest du mich?«

»Nein, aber ich stehe schon einige Zeit hier herum.«

»Ich war zu Besuch in meiner Vergangenheit. Lass uns Feuer machen, dann können wir hier schlafen.«

»Ich schlafe mit Hund im Bus.«

»Dort ist es viel zu kalt.«

»Das macht mir nichts aus.«

»Hast du Angst, hier zu schlafen, Schwester?« Freya geht langsam auf Targa zu. Ob sie jemals wieder einer Frau wie Targa begegnen wird?

»Antworte mir, Schwester«, flüstert sie, da Targa noch immer schweigt.

»Ich habe keine Angst. Und zum letzten Mal: Ich bin nicht deine Schwester.«

»Ich weiß. Du glaubst nicht an den Gleichklang unserer Seelen.« Freya geht zu einer kleinen Truhe und klappt den Deckel auf. Sie greift hinein und holt blitzschnell ein doppelläufiges Gewehr heraus. Freya klappt den Schaft nach unten und steckt zwei Patronen in den Lauf. Dann richtet sie die Waffe auf Targa.

55

Die Augen von Freya sind kalt und emotionslos. Es ist, als würde sie Targa überhaupt nicht wahrnehmen.

»Was machst du, wenn ich jetzt abdrücke?«

»Nichts. Denn du wirst nicht schießen«, antwortet Targa ruhig und geht auf Freya zu. »Du hast nicht den Mut, mich auf diese Weise zu töten.« Targa zieht den Zipp ihrer Lederjacke nach unten und streckt die Arme waagrecht zur Seite. »In dieser Hütte bist du nicht die starke Frau. Hier ist die Vergangenheit allgegenwärtig. Die Vergangenheit, die dich für dein Leben geprägt hat.«

»Wie kommst du darauf? Vielleicht täuschst du dich?«, antwortet Freya und legt an.

»Was ist mit deinem Auftraggeber für das Gemälde? Wenn du mich tötest, fahndet die Polizei nach dir. Du kannst dann das Bild nicht mehr malen.«

»Das ist mir egal!« Freya drückt ab, aber es ist nur ein leises Klacken zu hören. Noch einmal drückt sie den Abzug. Wieder nur dieses höhnische Knacken. Targa geht auf sie zu und nimmt ihr das Gewehr aus der Hand.

»Die Patronen sind durch die jahrzehntelange Lagerung unbrauchbar geworden«, sagt Targa nachsichtig lächelnd.

»Schon vergessen? Ich bin Personenschützerin und kenne mich mit Waffen aus. Und auch du wusstest genau, dass die Patronen nicht funktionieren. Also lass diese Spielchen.«

Was ist los mit Freya?, fragt sich Targa. *Hier in dieser Hütte ist sie nervös und unberechenbar. Regieren hier die Mächte einer längst vergangenen Epoche? Herrscht hier der böse Geist ihres Großvaters?*

Freya blickt sich unschlüssig im Raum um, dann gibt sie sich einen Ruck und holt eine Schachtel mit Munition aus der Truhe. »Wir gehen auf die Jagd.« Sie wirft Targa die Packung hin. »Such Patronen, die noch brauchbar sind.«

»Warum machen wir das? Wir wollen doch weiter nach Hammerfest. Es ist noch sehr weit.«

»Wir haben es nicht eilig. Lass uns jetzt etwas gemeinsam erleben.« Freya nimmt eine Taschenlampe von einem Bord und probiert sie aus. Der dünne Strahl geistert durch die Hütte.

»Was hast du hier mit deinem Großvater erlebt?«, fragt Targa.

»Nichts.« Freya kramt in der Kiste nach Stiefeln und wirft Targa ein Paar zu.

»Hier, die müssten dir passen«, sagt sie. »Mit den Sneakers kommst du nicht weit.«

Die beiden Frauen treten aus der Hütte. Noch liegt kein Schnee, der Wald sieht schwarz und trostlos aus. Freya steckt zwei Patronen in die Büchse und klappt den Schaft nach oben.

»Wenn wir ein Tier finden, erschieße ich es«, verkündet sie und bahnt sich einen Weg durch das Unterholz.

»Was ist das?« Targa hört ein Geräusch und bleibt stehen.

»Vielleicht ein Elch?« Freya spannt den Hahn ihrer Büchse. Mit der Taschenlampe leuchtet Targa den schmalen Pfad entlang. Eine Gestalt kommt ihnen entgegen und wird schnell größer. Im Schein der Lampe erkennt sie, dass es ein Jäger ist.

»Was habt ihr hier zu suchen?«, fragt der Mann barsch.

»Wir machen nur einen Spaziergang.«

»Mitten in der Nacht mit einem Gewehr?«

»Wir haben zuvor ein Geräusch gehört. Deswegen haben wir die Waffe mit«, antwortet Freya.

»Seid vorsichtig mit dem Gewehr«, brummt der Jäger. Er tippt mit dem Finger an seine Mütze und verschwindet im Wald.

Langsam gehen die Frauen zu der Blockhütte zurück. Plötzlich springt ein kleiner Hase vor ihnen auf den Weg. Er erstarrt und sieht gebannt in den Lichtkegel der Taschenlampe. Freya reißt die Büchse hoch und schießt. Der Hase wird durch die Luft gewirbelt. Klatscht auf den Weg. Wieder legt Freya das Gewehr an und schießt aus nächster Nähe. Der Schuss zerreißt das Tier bis zur Unkenntlichkeit.

»Gib mir neue Patronen!« Freya knickt die Büchse ab und wirft die Hülsen in den Schnee.

»Nein. Du hast den Hasen bereits völlig zerfetzt«, antwortet Targa.

»Ich will schießen!«

»Reiß dich zusammen!«, zischt Targa mit eisiger Stimme.

Freya lässt die Büchse zu Boden sinken und kniet sich zu dem toten Hasen. Hebt das Bündel aus Knochen, Fell und Blut auf.

»Wir braten ihn«, murmelt sie mit einem völlig verwirrten Gesichtsausdruck. Wortlos gehen sie zurück zur Hütte. Freya wirft den Kadaver auf die Veranda. »Ich hole Holz.« Hektisch läuft sie zu dem Schuppen neben der Außentoilette. Mit mehreren Holzscheiten kommt sie gleich darauf zurück.

»Soll ich dir helfen?«, fragt Targa. Sie hält sich zurück, denn die Aktion mit dem Hasen hat ihr gezeigt, dass Freya im Augenblick nicht sie selbst ist. Das macht sie sehr gefährlich.

»Nein, ich kann Feuer machen. Ich war so stolz, wenn ich es geschafft habe, für Großvater ein Feuer zu entfachen«, sagt Freya mit einer Kleinmädchenstimme.

Sie kniet sich auf den Boden vor der Hütte und zerteilt die Holzscheite in dünne Späne. Schichtet sie auf und legt ein wenig Papier dazwischen. Dann zündet sie den Haufen an. Sie legt sich auf den Bauch und bläst in die zarte Flamme. Als die ersten Holzscheite Feuer fangen und eine Flamme auflodert, springt sie auf.

»Ich habe es geschafft!«, ruft sie und reibt sich die Hände. Geschäftig läuft sie in die Hütte und kommt mit einer verdreckten Pfanne zurück. Sie packt den Tierkadaver und wirft ihn hinein. Dann hält sie die Pfanne über das Feuer.

»Gleich können wir essen«, säuselt sie und starrt in die Flammen.

»Der Hase ist in dem Zustand doch ungenießbar. Du hast ihn mit deinen Kugeln völlig zerfetzt«, sagt Targa.

»Ach, habe ich das?« Freya blickt in die Pfanne und dann zu Targa. »Du hast recht. Der Hase ist ungenießbar.« Freya wirft die Pfanne mit Schwung in die Dunkelheit.

Targa steht auf und geht zum VW-Bus. »Ich muss schlafen. Morgen haben wir eine anstrengende Fahrt vor uns.« Sie öffnet die Schiebetür. Hund liegt auf dem Bett und wedelt, als sie in den Bus steigt. Sie sieht, dass auch Freya zum Bus kommt. Freya öffnet die Heckklappe, zerrt ihre Reisetasche hervor und holt eine Mappe heraus.

Targa erstarrt. Das muss die Mappe mit den Fotos aus dem Lüftungsschacht sein. Blitzschnell ist Freya bei dem Lagerfeuer und kippt den Inhalt der Mappe hinein. Dutzende von Polaroidfotos wellen sich in den Flammen und schmelzen zu undefinierbaren schwarzen Klumpen. Targa springt aus dem Bus.

»Was hast du hier verbrannt?«, fragt sie atemlos, als sie neben Freya stehen bleibt und mit dem Stiefel in die Flammen fährt. Doch es ist aussichtslos. Alle Fotos sind bereits vernichtet.

»Diese Fotos wolltest du doch stehlen. Nicht wahr?« Freya deutet in die Asche. »Hier sind sie. Du kannst damit machen, was du willst.« Freya dreht sich um und öffnet die Tür der Hütte.

»Warum machst du das nur?«, ruft ihr Targa hinterher. »Und warum musstest du diesen Hasen so grausam töten?«

»Weil ich sonst vielleicht einen Menschen getötet hätte.«

56

Das Adrenalin rauscht durch Targas Venen. Ihr Auftrag steht auf der Kippe. Freyas Wahnsinn gerät mehr und mehr außer Kontrolle. Im Moment ist Freya in der Hütte und führt laute Selbstgespräche. Targa sitzt mit Hund im Bus. Sie krault sein Fell und starrt auf die Tischplatte. Doch das genügt diesmal nicht zur Beruhigung. In dieser unkontrollierbaren Situation muss sie mit Yella reden.

Hast du geglaubt, dass Freya dich tötet, Targa?

Nein. Diese Tötungsmethode liegt ihr nicht, Yella.

Du musst auf der Hut sein. Freya ist ein Irrlicht.

Wie meinst du das?

Der Weg, den sie erhellt, ist falsch. Er führt direkt in den Abgrund.

Ich weiß, doch ich muss ihr folgen, um sie zu überführen.

Das kann auch dein Ende sein.

Nicht, wenn ich die Situation wieder unter Kontrolle habe.

Freya entgleitet dir. Sie handelt irrational.

Du meinst, weil sie die Fotos verbrannt hat?

Warum vernichtet sie ihre Trophäen? Denk darüber nach.

Weil sie die Morde in ihrem Gedächtnis speichert, Yella.

Nein, da steckt etwas anderes dahinter. Und es hat mit dir zu tun, Targa.

Warum denkst du das?

Weil sie dich obsessiv liebt. Was erwartet euch in Hammerfest?

Sie hat den Auftrag, dort ein Gemälde zu malen.

Weißt du, für wen?

Sie spricht nie darüber, Yella.

Findest du das nicht seltsam, Targa? Pass auf dich auf!

57

Freya hat ihr Ziel erreicht. Ihr Großvater hat früher immer gesagt, Hammerfest sei das Ende der Welt. Jetzt ist es das Ende ihrer Reise.

Als der Leuchtturm im dichten Schneetreiben auftaucht, fühlt sich Freya euphorisch. Targa manövriert den VW-Bus langsam die gewundene Küstenstraße entlang. Die Räder drehen öfters durch, und der Bus schlingert gefährlich auf den Rand der Klippen zu. Bei dem Denkmal für die dreizehn Mädchen stellt Targa den Bus ab. Ein eisiger Wind weht, als Freya die Tür öffnet. Sie springt aus dem Bus und hält ihr Gesicht in die kalte Luft.

Die Stunde der Vergebung ist nahe, denkt Freya. Mit hochgezogenen Schultern, um sich vor dem Wind zu schützen, geht sie an den Rand der Klippe. Sie blickt hinunter auf das tosende Wasser, das unablässig gegen die schwarzen Felsen brandet. Schon seit Jahrhunderten rennen die Wellen gegen den Felsen an, immer und immer wieder, aber nichts ändert sich. Doch für Freya ändert sich heute alles.

Dann dreht sie sich um und blickt Targa hinterher, die über den verschneiten Parkplatz zu dem Denkmal geht. Targas blonde Zöpfe flattern im Wind. Freya denkt an die letzte Nacht im Bus. Wie immer war Targa kühl und distanziert, aber das erhöht für sie nur den Reiz. Noch immer spürt sie Targas Lippen auf ihrer Haut, fühlt den sanften Druck ihrer Finger, und ihr Geruch haftet noch immer in jeder Pore. Ohne den Blick von Targa abzuwenden, zieht sie ihr Smartphone aus der Tasche. Wählt eine Nummer.

»Ich bin so weit«, sagt sie.

»Am vereinbarten Ort?«

»Ja, ich bin bereits dort. Es ist der Ort deines Verbrechens.« Dann trennt sie die Verbindung und steckt das Smartphone wieder ein.

»Wenn du tötest, was du liebst, bist du frei«, ruft sie in die kalte Luft. Der Wind verschluckt ihre Worte und treibt sie über die Klippen hinaus in die stürmische See. Jetzt ist es zu spät für die Liebe.

Freya geht zum VW-Bus und öffnet die Heckklappe. Aus ihrer ledernen Reisetasche zieht sie zwei Paar Handschellen. Nachdenklich lässt sie die Metallklammern um ihren Zeigefinger rotieren und steckt sie in die Tasche ihres Anoraks. Sie kramt auch Targas alte Klappstühle hervor und den wackeligen Campingtisch. Beides stellt sie mitten in den Schnee. Wieder steigt sie in den Bus. Freya nimmt drei abgeschlagene Tassen aus dem kleinen Schrank. Dazu Gabeln und Teller. Sie drapiert alles auf dem Campingtisch. Dann tritt sie zurück und begutachtet ihr Werk. Der schwarze Leuchtturm im Hintergrund ragt bedrohlich in die Höhe und passt perfekt in die Inszenierung. *Fehlt nur noch eine Vase mit einer blutroten Rose als Zeichen unserer Liebe,* denkt sie. Aber in dem Schnee gibt es keine Rosen, und die Liebe wird der Vergebung geopfert. Jetzt ist alles in Bewegung, und das Schicksal ist nicht mehr zu stoppen.

Das Bellen von Hund reißt Freya aus ihren Gedanken. Sie hockt sich zu dem großen Tier und drückt ihr Gesicht in das gestromte Fell. Vielleicht wird sie Hund behalten. Sie weiß es noch nicht.

»Komm, wir machen einen Spaziergang«, sagt sie und bindet Hund einen Strick um den Hals. Hund blickt sie verständnislos an. Da fällt ihr wieder ein, dass er taub ist. Sie gibt ihm ein Zeichen, und gehorsam trottet Hund neben Freya her.

»Was machst du mit Hund?« Targas schneidende Stimme übertönt das Heulen des Windes. Sie steht noch immer bei dem Denkmal auf der anderen Seite des Parkplatzes.

Freya reagiert nicht. Sie beschleunigt ihre Schritte, läuft auf die Klippen zu. Der Schnee ist gefroren, und einige Male kann sie nur mit Mühe einen Sturz verhindern. Jetzt erreicht sie den Rand der Klippe. Sie blickt nach unten in das tosende Wasser. Hund zerrt an der Schnur. Jetzt braucht sie ihm nur einen leichten Stoß zu geben, und er stürzt hinunter in das schwarze Wasser. Sie blickt hoch. Targa läuft auf sie zu.

»Bleib stehen, sonst werfe ich Hund über die Klippen!«, ruft Freya und zieht das Springmesser aus der Tasche. Sie lässt die Klinge aufschnappen. »Oder ich schneide ihm die Gurgel durch.«

»Lass Hund in Ruhe! Was ist bloß los mit dir?« Targa steht nur wenige Meter vor ihr. Ihre Zöpfe schlagen wie Peitschen auf ihre Schultern. Mit dem düsteren Himmel ist sie ein perfektes Motiv.

»Zieh deine Lederjacke aus!«, befiehlt Freya.

»Dann friere ich.«

»Das geht schnell vorüber.«

Freya wartet, bis Targa die Jacke ausgezogen hat. Jetzt trägt sie nur noch ein dünnes, kurzärmeliges T-Shirt. Freya nestelt die Handschellen aus ihrem Anorak. Sie wirft sie in hohem Bogen zu Targa. Klirrend landen sie im Schnee.

»Heb die Handschellen auf!«, kommandiert Freya. »Geh zurück zu dem Stuhl und schließ dich daran fest.«

»Warum soll ich das machen?«

»Weil ich sonst Hund in die See stoße.«

Targa starrt sie mit ihren eisblauen Gletscheraugen an und regt sich nicht. Freya muss reagieren. Sie holt mit dem Messer aus.

»Stopp! Ich mache es!«, ruft Targa und geht zu dem Campingtisch. Freya bindet Hund an einem Aststrunk fest und wartet, bis sich Targa mit einer Handschelle an dem Stuhl angekettet hat. Dann läuft sie auf Targa zu und fixiert blitzschnell die zweite Hand an dem Stuhl. Den Schlüssel steckt sie in ihren Anorak.

»Was soll dieses dumme Spiel?« Wütend zerrt Targa an den Handschellen.

»Es ist kein Spiel, es ist meine letzte Inszenierung vor dem Sprung in den Himmel.«

»Du kommst niemals in den Himmel!«

»Dann fahren wir eben gemeinsam in die Hölle, Schwester.«

Freya lässt ihr Springmesser aufschnappen und greift eine Strähne von Targas blondem Haar. Mit einer raschen Bewegung schneidet sie die Haarsträhne ab. Steckt sie in ihren Anorak. Dann zieht sie eine Single aus der Tasche und platziert sie neben dem Stuhl.

»›Auflösen‹ – Campino & Birgit Minichmayr«, murmelt sie.

Freya aktiviert das Display ihres Smartphones.

»Das ist mein letztes Gemälde«, flüstert sie und hält Targa das Display entgegen. »Du bist das Motiv meines letzten Bildes und meine Erlösung«, fährt sie mit einem traurigen Unterton in der Stimme fort. »Diesmal ist es anders: Ich habe zuerst das Bild gemalt und begehe hinterher den Mord. Früher hat mich das Morden zu meiner Kunst inspiriert.«

Freya lacht freudlos auf und wirft das Smartphone achtlos in den Schnee.

»Es ist der Countdown des Sterbens: die namenlosen Toten in den Wäldern, drei Tote in dem Schlachthaus, zwei Tote auf dem Dach des Hochhauses und jetzt eine Tote am Rande der Klippe.«

»Du gestehst also die Morde?«, fragt Targa mit ruhiger Stimme. »So viele Menschen hast du sinnlos getötet?«

»Ich weiß nicht mehr, wie viele es waren«, erwidert Freya. »Otto Brückmann war ein Kollateralschaden. Das musst du mir glauben. Aber all die anderen Morde waren nicht sinnlos. Sie haben meine Inspiration beflügelt und mich zu einer großen Künstlerin gemacht.«

»Warum willst du mich töten? Ich denke, du liebst mich?«

»Ich muss dich opfern.«

Freya beugt sich zu Targa hinunter und küsst sie auf die Wange. Dann fährt sie mit dem Springmesser langsam über ihr Gesicht.

»Deine Haut ist so wunderschön und weiß. Du bist das Geschenk für meinen Großvater. Du gehörst zu seiner nordischen Elite. Zu seiner Rasse ...«

»Wie? Thorwald von Rittberg lebt noch? Ich dachte, der ist schon lange tot.« Targa sieht sie überrascht an.

»Das glauben alle.« Freya lächelt. »Aber Großvater ist intelligent und hat alle hinters Licht geführt. Er ist der Inbegriff der nordischen Elite, einer Rasse, die ...«

»Das ist doch alles Unsinn«, unterbricht sie Targa. »Ich kann dir ein Geheimnis über deinen Großvater Thorwald erzählen.«

»Schweig! Das kannst du alles ihm selbst sagen.« Freya deutet mit dem Kopf zu der gewundenen Straße, auf der ein Krankenwagen zu sehen ist, der langsam nach oben fährt. »Wenn du dazu noch Gelegenheit hast.«

Mit geübtem Griff packt Freya den Arm von Targa. Sie schneidet in das Handgelenk. Mühelos zerteilt die scharfe Klinge die Pulsader. Blut quillt hervor und tropft in den

Schnee. Sie ergreift Targas andere Hand und schneidet ebenfalls die Pulsader senkrecht auf.

Dann holt sie ihre Reisetasche und nimmt eine Polaroidkamera heraus. Die Kamera surrt, als Freya Fotos aus unterschiedlichen Perspektiven von der blutenden Targa schießt.

Ja, ich bin verrückt. Ich töte die Frau, die ich liebe, denkt Freya. *Früher waren es nur dünn besiedelte Landstriche, jetzt sind es leuchtende Städte des Wahnsinns in meinem Kopf.*

58

Thorwald von Rittberg kann das Wiedersehen mit seiner Enkelin kaum erwarten. Er sitzt in einem Rollstuhl im Fond des Krankenwagens. Ungeduldig trommelt er mit seinem Stock auf den Metallboden. Das Päckchen auf seinen Oberschenkeln schaukelt bedenklich.

»Geht das nicht schneller?«, drängt er den Krankenpfleger, der vorn am Steuer sitzt.

»Es schneit, Herr Kraft. Die Straße ist extrem rutschig. Da kann ich nur langsam fahren. Dieses Jahr beginnt der Winter ja schon sehr früh.«

Rittberg antwortet nicht, sondern starrt aus dem Fenster. Sie fahren an der Fischfabrik vorbei. Der Gestank dringt sofort in den Wagen und hüllt das Innere ein. Wie er diesen Fischgestank hasst. Viele Jahre lang musste er diesen Geruch ertragen. Überall setzt er sich fest. Manchmal kommt es ihm vor, als wären die Bewohner von Hammerfest selbst glitschige Fische.

Es ist das letzte Mal, dass ich zum Leuchtturm fahre, denkt er. *Niemals ist jemand aufgetaucht, um nach dem angeblich toten Kriegsverbrecher Thorwald von Rittberg zu suchen. Niemand hat seinen Tod angezweifelt.*

»Ich bin bereit«, flüstert er. Er will es nicht zugeben, aber er ist neugierig auf das Geschenk seiner Enkelin.

»Gleich haben wir es geschafft, Herr Kraft«, sagt der Pfleger beruhigend. »Haben Sie das Handy dabei, damit Sie das Sanatorium anrufen können, wenn Sie Hilfe benötigen? Das ist nur für alle Fälle.«

»Ich weiß«, murmelt Rittberg. »Aber meine Enkelin bringt mich zurück.«

»Ein merkwürdiger Treffpunkt, den Sie da vereinbart haben, ich muss schon sagen«, redet der Pfleger weiter. »Bei diesem Wetter ein Picknick oben auf den Klippen zu veranstalten … Warum wollte Ihre Enkelin denn nicht in das Sanatorium kommen?«

»Sie ist eine exzentrische Künstlerin und macht einen großen Bogen um Institutionen wie diese«, antwortet Rittberg.

»Ich hoffe, der Kuchen wird ihr schmecken.« Der Pfleger dreht den Kopf nach hinten und deutet auf das Päckchen. »Das Küchenpersonal war ganz nervös, weil es so schwierig war, um diese Jahreszeit frische Orangen und Feigen aufzutreiben.«

»Tja, meine Enkelin liebt diesen gegensätzlichen Geschmack. Das hängt mit ihrem zwiespältigen Wesen zusammen.«

Der Pfleger nickt wissend und fährt sich durch sein schwarzes Haar. In dem bleiernen Licht wirkt seine Haut noch dunkler als sonst und hat einen bläulichen Stich.

»Wir sind da.« Der Pfleger bremst den Krankenwagen so abrupt ab, dass sein Heck zu schlingern beginnt. »Setzen Sie sich auf die Rückbank, ich hole inzwischen den Rollstuhl heraus.«

»Ich will meiner Enkelin aufrecht gegenübertreten. Haben Sie mir besorgt, worum ich Sie gebeten habe?« Rittberg erhebt sich ächzend. Er greift nach seinem Gehstock und steigt aus dem Krankenwagen. Auf dem Parkplatz vor dem Denkmal steht ein alter klappriger VW-Bus. Weit vorne bei den Klippen heult ein großer gestromter Hund, der mit einem Seil an einem Baumstrunk festgebunden ist.

»Ja, aber es ist teurer geworden als angenommen.«

»Das dachte ich mir.«

»Hier!« Der Pfleger greift unter den Fahrersitz und zieht eine Pappschachtel hervor. »Eine Luger Modell 08 Parabellum aus dem Jahr 1942«, sagt er. Er öffnet den Deckel der Schachtel und nimmt die Pistole heraus. »Ich habe auch die passende Munition dafür.«

»Laden Sie die Waffe. An die Luger 08 kann ich mich noch gut erinnern«, meint Rittberg versonnen und sieht zu, wie der Pfleger das Magazin auffüllt. »Damit habe ich die Feinde des Reichs liquidiert. Bei einem Kopfschuss mit der Luger gibt es weniger Sauerei. Ich sammle nur saubere Waffen«, setzt er hinzu und lächelt den Pfleger an, während er die Pistole in der Manteltasche verschwinden lässt.

»Interessanter Aspekt für eine Waffensammlung«, murmelt der Pfleger verlegen.

»Ich brauche Sie nicht mehr.« Rittberg kramt in den Taschen seines Kaschmirmantels und zieht ein Bündel Geldscheine hervor. »Das ist für Sie. Jetzt können Sie zurückfahren.«

Rittberg wartet, bis der Krankenwagen außer Sichtweite ist, dann geht er langsam zu dem VW-Bus. Zwischen dem Fahrzeug und der Klippe sieht er einen Campingtisch, um den drei rostige Stühle gruppiert sind. Auf einem der Stühle sitzt eine Frau mit blonden Zöpfen mit dem Rücken zu ihm. Links und rechts von ihren Armen hat sich der Schnee blutrot gefärbt.

»Warum hast du nie auf meine Briefe geantwortet?«, hört er plötzlich die flehentliche Stimme seiner Enkelin hinter sich. Langsam dreht er sich um. Zum ersten Mal seit vielen langen Jahren sieht er Freya wieder. Ihr Haar ist schwärzer, als er es in Erinnerung hat, und ihre Augen sind glühende Kohlen.

»Setz dich an den Tisch, Opa. So wie früher. Ich habe uns Kaffee gemacht.« Freya spricht wie ein kleines Mädchen. Wie sein kleines Mädchen.

»Ich habe den Kuchen mitgebracht.« Rittbergs Stimme ist kratzig. Er beißt sich auf die Lippen, um nicht sentimental zu werden. Nicht vor Freya, seiner Enkelin, in deren Adern das böse Blut fließt. Ächzend lässt er sich auf einen Klappstuhl fallen. Die blonde Frau sitzt ihm gegenüber. Ihr Gesicht ist ebenmäßig, und ihre hellen Augen erinnern ihn an gefrorenes Eis. *Eine nordische Schönheit*, denkt Rittberg. Erst jetzt bemerkt er, dass sie mit Handschellen an den Stuhl gefesselt ist. Noch immer tropft das Blut aus ihren Handgelenken. Sie wirkt benommen. Dann dreht er sich zu Freya. Er räuspert sich und hat sich wieder unter Kontrolle.

»Warum hast du nie auf meine Briefe geantwortet?«, wiederholt Freya ihre Frage.

»Ich habe sie nicht erhalten. Dieser unwürdige Pfleger Niklas hat sie heimlich an sich genommen.«

»Was ist mit ihm passiert?«

»Mach dir keine Gedanken über dieses Subjekt. Ich habe das bereits erledigt. Er kann uns nicht mehr stören. Aber er hat meine Identität aufgedeckt.«

»So sind wir also am Ende angekommen.«

»Was bedeutet das Wort ›Ende‹ schon? Wer ist übrigens diese junge Frau?«

»Das ist Targa. Und sie ist mein Geschenk an dich. So wolltest du mich doch immer haben. Mit blonden Zöpfen und hellen, klaren Augen. Hier ist sie also, ich habe sie für dich erschaffen. Sie ist meine Schwester. Für dich opfere ich sie, damit du mir vergibst. Ich will endlich Vergebung.«

»Ich soll dir vergeben? Niemals. Sieh dich doch an. Du beleidigst mich mit deinem Anblick.«

»Verzeih mir, Opa«, stammelt Freya und huscht mit gesenktem Kopf zum Bus. Sie greift in ihre Reisetasche und kramt darin herum. Schließlich holt sie eine blonde Perücke heraus und stülpt sie sich über den Kopf. »Ich weiß ja, dass ich ohne die Perücke nicht nach draußen gehen darf.«

»Jetzt siehst du aus wie eine Wahnsinnige. Ich habe deine Briefe gelesen. Du zelebrierst deine Morde, um mich zu beeindrucken. Aber das hilft dir nichts. In deinen Adern rinnt verseuchtes Blut.«

»Aber meine Schwester ist doch rein. Sieh nur, ihr Blut, es ist so hell und klar.« Freya kniet sich neben Targa und hält die Handfläche unter das tropfende Blut. »Ich töte sie, weil ich sie liebe. Das ist das Opfer, das ich dir bringe. Ihr Blut gegen meines. Vergibst du mir dann?« Flehend streckt sie Rittberg die Hände entgegen. Dann schmiert sie der blonden Frau das Blut ins Gesicht. Doch die Frau regiert nicht, sondern starrt Rittberg mit ihren Gletscheraugen unverwandt an.

»Wie fühlt man sich, wenn man sein ganzes Leben auf einer Lüge aufgebaut hat?«, fragt sie plötzlich mit leiser Stimme.

Rittberg erstarrt und wendet seinen Blick zu Freya.

»Sehen Sie mich an. Sagen Sie mir, wie Sie Ihre Nächte gemeistert haben. Träumten Sie nicht oft davon, das Lügen aufzugeben und endlich die Wahrheit rauszulassen?«

»Wovon reden Sie da?« Rittberg hebt drohend seinen Stock. »Halten Sie Ihren Mund.«

»Was soll das alles bedeuten, Targa?« Freya richtet sich auf und sieht von Targa zu Rittberg.

»Das bedeutet, dass dein Großvater seit seiner Geburt jemand ganz anderes ist.«

59

Targa bemüht sich, einen klaren Kopf zu behalten. Der Blutverlust hat sie geschwächt. Noch ist sie geistig fit und wach.

Sie erkennt, dass sie Thorwald von Rittberg in die Defensive getrieben hat. Sein Blick weicht dem ihren aus, und seine Hand mit dem Gehstock zittert. Aber seine Stimme ist noch immer messerscharf und drohend.

»Halten Sie den Mund!«

»Wollen Sie nicht die Wahrheit erzählen?«

»Schweigen Sie. Hör nicht auf sie, Freya. Sie macht das doch nur, um ihr Leben zu retten.« Rittberg wendet sich wieder an Targa.

»Wissen Sie, warum ich mich ausgerechnet hier an dieser Stelle mit meiner Enkelin treffe? Bei dem Denkmal für dreizehn tote Mädchen?«

»Nein«, antwortet Targa.

»Weil ich diese Mädchen in den Tod getrieben habe. Die dreizehn Mädchen waren zwischen sechzehn und achtzehn Jahre alt. Blond und hochgewachsen. Im gebärfreudigen Alter. Ideal zur Aufzucht einer nordischen Rasse. Sie sollten mit meinen SS-Leuten arische Kinder zeugen. Aber sie haben sich verweigert. Deshalb musste ich ein Exempel statuieren:

›Los, rauf zu den Klippen mit euch!‹, habe ich befohlen und meine Pistole gezogen. ›Wenn ihr nicht losrennt, dann erschieße ich euch gleich hier.‹ Die dreizehn Mädchen rannten los. Wie weiße Gespenster jagten sie in ihren langen Nachthemden den Weg hinauf zu den Klippen. Der Wind heulte, und die Wogen des Eismeers schlugen wütend gegen die Felsen. Ich folgte mit meinen SS-Männern. Schnell hatten wir die Mädchen eingeholt. Die Soldaten bildeten einen Halbkreis um die jungen Dinger und drängten sie mit ihren Gewehrkolben immer weiter an den Rand der Klippe. ›Ihr könnt es euch noch aussuchen. Entweder ihr lasst euch von meinen Männern begatten, oder wir stoßen euch alle in die See.‹

Da standen die Verweigerinnen – Hand in Hand an der Klippe. Sie hörten hinter sich das wütend gurgelnde Polarmeer, vor sich die Soldaten, die sie zurück in unser Lebensborn-Institut bringen wollten.

In diesem Augenblick haben sie wohl irrational gedacht. Jedenfalls fassten sie sich an den Händen und ließen sich nach hinten fallen. Ihre weißen Nachthemden blähten sich wie Flügel im Wind. Für einen Augenblick schien es, als würden sie in der Luft schweben. Deshalb heißen sie auch die fliegenden Mädchen. Doch dann stürzten sie wie dreizehn weiße Friedenstauben hinab in die Dunkelheit. Sie wurden von der gierigen See verschlungen. Bis heute hat man ihre Gebeine nicht gefunden.«

»Sie brüsten sich damit, wehrlose Mädchen in den Tod getrieben zu haben«, antwortet Targa. »Sparen Sie sich Ihr Gerede. Sie sind nur ein einfacher Mörder.«

»Nicht ich habe sie in den Tod getrieben, sondern sie selbst wollten das. Sie hätten nur in mein Lebensborn-Institut zurückkehren müssen. Dann wären sie noch heute am Leben«, antwortet Rittberg mit zynischem Unterton.

»Das ist Ihre falsche Rechtfertigung.« Targa holt tief Luft und konzentriert sich trotz des Blutverlusts auf die nächsten Gedanken. »Die ist genauso falsch wie Ihr ganzes Leben. Vor der eigenen Wahrheit laufen Sie davon und lügen sich etwas vor.«

»Ich weiß nicht, wovon Sie reden.«

Umständlich erhebt sich Rittberg von seinem Stuhl und baut sich drohend vor Targa auf. Er beugt sich zu ihr hinunter. Targa kann seinen Atem spüren, der heiß über ihre Haut streicht. Sie sieht sein von Falten durchfurchtes Gesicht. Blickt in seine kalten Augen. Spürt das Blut, das aus ihren Handgelenken in den Schnee tropft. Weiß, dass ihr nicht mehr viel Zeit bleibt. Freya liebt sie und wird ihr glauben. So kann sie ihr Leben retten.

»Wollen Sie Ihrer Enkelin nicht endlich die Wahrheit über Ihre Herkunft erzählen, oder muss ich es ihr sagen?«, flüstert Targa.

»Wer bist du?« Rittberg zuckt zurück, und sein Gesicht verzerrt sich zu einer Fratze. Er holt mit der Hand aus und schlägt Targa mitten ins Gesicht. Sie spürt, wie ihr das Blut aus der Nase tropft. Trotzdem wendet sie den Blick nicht ab.

»Also gut. Haben Sie Ihrer Enkelin jemals erzählt, wie Ihre Mutter hieß, bevor sie den Offizier Hasso von Rittberg geheiratet hat?«

»Schweigen Sie!«, zischt Rittberg und greift in die Tasche seines Mantels. Targa sieht, wie er eine Pistole herauszieht, und redet schnell weiter.

»Pass gut auf, Freya. Seine Mutter hieß Rachel Rosenbaum. Sie stammte von chassidischen Juden ab und kam aus Czernowitz.«

»Was sagst du da?« Freya springt auf und hält sich beide Hände an die Schläfen. »Welche Geschichte ist das?«, fragt sie Targa und stellt sich zwischen sie und Rittberg.

»Geh zur Seite!« Rittberg hebt seine Waffe. »Ich werde diese Kreatur jetzt liquidieren.«

Targa bemerkt, dass seine Stimme anders klingt. Es fehlt ihr die Schärfe und das Unmenschliche. Jetzt ist es nur noch die Stimme eines alten Mannes.

»Rachel Rosenbaum konvertierte zum christlichen Glauben und nannte sich von diesem Zeitpunkt an Regina von Rittberg. Doch das ändert nichts an der Tatsache, dass sie als Rachel Rosenbaum geboren wurde.«

»Woher weißt du das?« Ungläubig schüttelt Freya den Kopf. »Ich kann das nicht glauben. Mir ist heiß!« Sie zerrt am Zipp ihres Anoraks, reißt ihn von den Schultern und wirft ihn neben Targa auf den Boden.

»Es ist ihr Lügengebilde. Kein Wort davon stimmt. Deine Geliebte ist ein durch und durch verkommenes Wesen, das nur seine eigene Haut retten will. Und jetzt geh zur Seite, damit ich sie liquidieren kann!«, befiehlt Rittberg hektisch.

»Warte!« Freya hebt die Hand und dreht sich wieder zu Targa. »Hast du Beweise für deine Behauptung?«

»Aber natürlich. Hol dein Tablet und such im Internet die Seite ›Rittbergswahrheit.com‹. Dort findest du Fotos und Dokumente«, sagt Targa.

Bei ihren Recherchen ist Rita durch Zufall auf ein altes Dokument gestoßen, in dem die Konvertierung von Rachel Rosenbaum amtlich bestätigt wurde. Da in dem Dokument auch der Name Rittberg auftauchte, wurde Rita stutzig. Neugierig suchte sie weiter und wurde bald fündig. Tatsache war, dass Thorwald ein Halbjude ist. Diese Informationen hatte Rita Targa mitgeteilt. Targa hatte dann die Idee, die Fotos und Dokumente für alle Fälle online zu stellen, um gegen Freya einen letzten Trumpf in der Hinterhand zu haben. Dieses Ass spielt sie jetzt aus und sieht zu, wie Freya auf das Display ihres Tablets tippt.

»Die Seite ist passwortgeschützt«, sagt Freya.

»Das Passwort ist ›Freya‹.«

»Du hast das Passwort nach mir benannt?«

»Ja, denn deinen Namen werde ich mir immer merken.«

Freya antwortet nicht, sondern tippt das Passwort ein. Dann starrt sie auf das Display. Scrollt weiter, bewegt die Lippen, liest lautlos. Vergrößert ein Foto ihrer Urgroßmutter, das sie im Kreise der chassidischen Juden auf dem Marktplatz von Czernowitz zeigt. Rita hat den Kopf von Rachel Rosenbaum markiert. Langsam lässt Freya das Display sinken und dreht sich zu ihrem Großvater.

»Du bist also ein halber Jude. Das ist doch grotesk.« Freya reißt sich die blonde Perücke vom Kopf und beginnt, laut zu lachen. »Wozu dann das ganze Theater mit den Perücken, wenn alles eine Lüge war?«, fragt sie atemlos. »Alles war eine einzige große Lüge, ein Lügengebilde, das mein Leben zerstört hat.«

»Diese Behauptungen stimmen nicht. Geh endlich zur Seite, damit ich diese Frau töten kann.«

»Du wirst niemanden mehr töten, Großvater. Ich werde es allen erzählen. Deine Lebensborn-Kinder werden dich verachten, niemand wird mehr seine schützende Hand über dich halten. Du wirst zum Gespött von all deinen Anhängern.«

Freya ballt die Fäuste und reckt ihr Gesicht in den bleiernen Himmel. »Ich habe gemordet, um mein Blut reinzuwaschen, um dadurch Vergebung zu erlangen. Aber du bist genauso mit bösem Blut verseucht wie ich.«

»Öffne meine Handschellen, Freya, du musst mich jetzt nicht mehr töten. Denn jetzt bist du frei und brauchst keine Vergebung«, flüstert Targa. Sie spürt, dass sie langsam immer schwächer wird. Wie viel Blut hat sie in der Zwischenzeit wohl schon verloren? Egal, solange sie nicht ohnmächtig wird, hat sie noch eine Chance.

Freya reagiert nicht. Sie steht vor ihrem Großvater und verdeckt Targa die Sicht. Immer wieder schüttelt sie den Kopf und schlägt sich die Hände vors Gesicht.

»Das sind Fälschungen!«, brüllt Rittberg. »Dieses Weib will uns nur auseinanderbringen. Geh mir endlich aus dem Weg, du unwerte Kreatur. Das ist ein Befehl!«

»Nein«, antwortet Freya und sieht auf. »Das sind keine Fälschungen. Das ist die Wahrheit.«

»Halt den Mund. Ich verbiete dir jeden Widerspruch!«

»Du hast keine Macht mehr über mich. Jetzt stehen wir auf derselben Stufe. Wir sind beide unwertes Leben.«

»Wie kannst du nur so mit mir reden?«, Rittbergs autoritäre Stimme beginnt zu zittern. »Wenn du nicht sofort aus dem Weg gehst, werde ich eben auch dich erschießen.«

»Dann tu's doch!«, zischt Freya und reckt sich in die Höhe. Sie ballt die Fäuste und macht einen Schritt auf Rittberg zu. »Los, töte mich. Du bist ein Lügner, und ich verachte dich. Du hast versagt, und du weißt es. Also, drück endlich ab.«

»Jetzt ist es dafür zu spät. Ich hätte dich als Kind wie eine räudige Katze ertränken müssen. Damals war ich der irrigen Überzeugung, ich könnte dich zu einem nordischen Menschen formen. Aber du bist nur eine widerliche Kreatur, für die jede Kugel zu schade ist. Es stimmt, bei dir habe ich versagt. Aber Vergebung erhältst du von mir niemals.«

»Ich brauche dich und deine Vergebung nicht mehr! Jetzt habe ich Targa!«

Plötzlich zerreißt ein Schuss die angespannte Stille.

60

Targa sieht Rittberg, der tot im Schnee liegt. Freya stürzt nach vorne.

»Großvater! Was hast du getan?«, schreit sie und lässt sich neben ihn in den Schnee fallen.

In der Hand hält Rittberg noch immer die Pistole. Aus dem klaffenden Einschussloch in seiner Schläfe strömt Blut. Es ist von Knochenpartikeln und Hirnmasse dunkel gefärbt. Rittberg war einmal in seinem Leben nicht feige und hat sich selbst das Leben genommen.

Freya hockt zusammengekrümmt neben ihm und streichelt seine faltige Haut. Tränen rinnen ihr über die Wangen. Auf Targa macht sie einen völlig weggetretenen Eindruck. Diese Situation muss sie nutzen.

Mit dem Fuß zieht sie Freyas Anorak näher heran. Dann schwingt sie mit dem Stuhl vor und zurück, bis sie nach hinten in den Schnee kippt. Trotz der Müdigkeit und des immer stärker werdenden Schwächegefühls dreht sie sich zur Seite. Greift nach dem Anorak. Sie erinnert sich, dass Freya den Schlüssel für die Handschellen in die Seitentasche gesteckt hat. Mit den Fingerspitzen ertastet sie das kalte Metall. Zieht den Schlüssel heraus und versucht, ihn in das Schloss zu stecken. Doch sie zittert zu sehr.

Freya hockt noch immer neben ihrem toten Großvater. Sie hat ihren Pullover ausgezogen und unter Rittbergs Kopf gelegt. Jetzt trägt sie nur noch ein Tanktop, scheint aber nicht zu frieren. Mit den Fingern greift sie in die Blutlache neben Rittbergs zerschossenem Schädel. Lange starrt sie ihre Hände an, von denen Blut und Hirnmasse tropfen. Dann schmiert sie sich alles über ihre tätowierten Arme. Targa hat sie mittlerweile völlig vergessen. Sie ist jetzt in ihrer eigenen Welt.

Nach mehreren Versuchen gelingt es Targa, eine Handschelle zu öffnen. Dann die zweite. Durch die Anstrengung beginnen die Wunden heftiger zu bluten. So wird sie nicht mehr lange durchhalten. Sie krallt die Finger um ihr Halstuch. Muss die Zähne zusammenbeißen, um nicht vor Schmerz aufzuschreien. Sie zerreißt das Halstuch und bindet die Streifen über ihre Handgelenke, um die Blutung zu stoppen. Keuchend versucht sie aufzustehen. Fällt aber sofort wieder in den Schnee. Noch einmal probiert sie es. Schafft es aber nicht. Auf den Knien rutscht sie zu ihrem VW-Bus. Dort gibt es Verbandszeug und das doppelläufige Jagdgewehr. Damit kann sie sich gegen Freya verteidigen. Hinter sich hört sie noch immer deren Klagegesang. Noch hat sie Targas Befreiung nicht bemerkt.

Dem Bus nähert sie sich nur quälend langsam. Targa hat den Eindruck, als würden Kilometer zwischen ihr und dem Fahrzeug liegen.

»Ich schaffe es«, motiviert sie sich leise. Die Fetzen um ihre Handgelenke sind durchgeblutet. Immer wieder muss sie pausieren, um ihre letzten Kräfte zu mobilisieren.

Über die gewundene Küstenstraße nähert sich ein Leichenwagen. *Merkwürdig, dass Freya ein Bestattungsinstitut angerufen hat,* denkt Targa und robbt verbissen vorwärts. Plötzlich hört sie ein trockenes Ratschen in ihrem Rücken. Targa kennt das Geräusch. So klingt es, wenn eine Pistole entsichert wird.

»Das war nicht ausgemacht. Noch harrt mein letztes Kunstwerk auf die Vollendung«, hört sie die Stimme von Freya über sich. Targa dreht sich auf den Rücken und blickt in die Mündung einer Pistole.

61

Freya verliert sich für einen Moment in den Augen von Targa. Diese hellen Augen sind wie Eisblöcke, die in einem Meer ohne Zukunft treiben. Denn für Targa und sie gibt es nur mehr die Gegenwart, weil das Spiel vorbei ist. Gleich wird sie ihr Springmesser ziehen und ihr Werk vollenden. Aber noch zögert sie, denn ihr ganzes Leben liegt in Trümmern. Sie kann diese Scherben nicht mehr zusammenfügen.

Targas Gesicht ist bleich wie der Schnee, und ihre Lider flattern. Sie atmet hektisch, der Blutverlust macht sich jetzt bemerkbar. Trotzdem redet sie weiter. »Dein Großvater kann dir keine Vergebung geben. Das kannst nur du selbst. Mach Frieden mit deiner Vergangenheit.«

»Mit welcher Vergangenheit? Ich habe nichts mehr, woran ich mich festhalten kann. Kennst du dieses Gefühl, Schwester?«

Freya hebt den Kopf, als sie ein Motorengeräusch hört. Ein Leichenwagen fährt schnell auf den Parkplatz. Er dreht sich einige Male um die eigene Achse, ehe er zum Stehen kommt. Die Tür wird aufgerissen, und ein hagerer Mann springt heraus. Sein langer grauer Mantel flattert im Wind. In der Hand hält er eine Pistole.

»Werfen Sie die Waffe weg, Freya von Rittberg! Es ist vorbei, Sie haben keine Chance mehr!«, ruft er.

»Bleiben Sie stehen, sonst erschieße ich meine Schwester!« Freya drückt den Lauf der Pistole direkt auf Targas Stirn.

»Bevor du mich tötest, musst du mir noch einen Namen nennen. Das hast du mir versprochen, Schwester«, flüstert Targa mit matter Stimme.

»Es ist das erste Mal, dass du mich Schwester nennst«, sagt Freya. Ihr Zeigefinger spielt mit dem Abzug. Wenn sie Targa jetzt tötet, wird der Mann schießen. Dann sind sie beide tot und als Schwestern vereint in einem anderen Leben. »Wieso tust du das?«

»Ich nenne dich so, weil ich dich liebe. Aber ehe ich sterbe, will ich den Namen meines Vaters wissen. Das ist meine Vergangenheit.«

»Immer wenn du tötest, was du liebst, bin ich bei dir«, flüstert Freya und muss an ihren toten Großvater denken. Den Mann, den sie beeindrucken wollte und der sein Leben auf einer großen Lüge aufgebaut hat. Seinetwegen hat sie ihren Hund Odin getötet. Soll jetzt auch Targa sterben?

»Freya von Rittberg. Geben Sie auf! Gleich wimmelt es hier von Polizisten. Sie haben nicht den Funken einer Chance«, hört Freya den hageren Mann rufen.

»Wer ist dieser Mann?«, fragt sie Targa.

»Das ist Lundt. Mein Vorgesetzter«, sagt Targa mit stockender Stimme. »Ich bin von der Polizei.«

»Du bist eine Polizistin?« Freya reißt die Augen auf. In ihrem Kopf überschlagen sich die Gedanken. Plötzlich ist sie völlig allein auf der Welt. Sie steht auf dem sturmumtosten Parkplatz. Hält eine Pistole an den Kopf der Frau, die ihr so viel bedeutet. Diese Frau, die mit ganzem Einsatz versucht hat, sie zu überführen. Die alles nur vorgetäuscht hat. Sie erinnert sich an die intensiven Küsse. Die Stunden, die sie gemeinsam im

Bett verbracht haben. An die bedingungslose Leidenschaft, die auf die eisige Distanz folgte, mit der Targa sie lockte. Sie denkt zurück an die Entregelung aller Sinne, als sie sich ineinander auflösten. »Dann war deine Liebe zu mir nur gespielt?«

»Nein, diese Liebe ist echt. Darum will ich auch nicht, dass du jetzt stirbst. Du musst weiterleben.« Targa hebt einen Arm mit dem blutdurchtränkten Verband und will die Pistole wegschieben, die Freya noch immer gegen ihre Stirn drückt. »Gib mir die Waffe.«

»Warum? Ich bin am Ende angekommen und werde hier sterben wie mein Großvater. Werft unsere Leichen einfach in die See des Vergessens. Denn es wird niemand an meinem Grab stehen und um mich trauern.«

»Doch, ich werde um dich weinen.«

Freya wirft einen Blick nach unten auf die Küstenstraße. Sie ist von den zuckenden blauen Lichtern der Polizeifahrzeuge, die sich nach oben schlängeln, hell erleuchtet. *Es stimmt, ich habe nicht den Funken einer Chance. Ich habe Targa die Morde gestanden, und man wird mich bis ans Ende meines Lebens in eine Zelle sperren. Aber ist das so schlimm? Komme ich vielleicht dort zur Ruhe? Kann ich in der Abgeschiedenheit eines Hochsicherheitstraktes mein Leben neu ordnen? Das wäre eine Option.*

»Sag mir jetzt den Namen meines Vaters«, reißt sie die schwache Stimme von Targa aus ihren Gedanken. »Halte dein Versprechen.«

Das stimmt. Ich habe es Targa versprochen. In meinen Träumen habe ich mir oft ausgemalt, wie ich gemeinsam mit Targa diesen Mann, der Targas Vater ist, aufsuchen und zur Rechenschaft ziehen würde. Gemeinsam hätten wir ihn getötet, als Schwestern des Blutes. Aber jetzt ist alles anders.

»Brückmann kannte nur seinen Decknamen. Er nannte sich ›Der Boxer‹.«

»Der Boxer? Das ist unglaublich.« Targa öffnet den Mund und beginnt, hektisch zu atmen. »Ich habe in Kopenhagen einen Brief erhalten. Darin war von einem Boxstudio die Rede. Das ist eine Spur, die ich weiterverfolgen muss.« Targa bäumt sich auf, dann verdreht sie die Augen. Ihr Kopf rutscht langsam zur Seite.

»Halte durch, Schwester. Du darfst nicht sterben.« Freya fällt auf die Knie und küsst Targas eiskalte Wangen. Doch Targa rührt sich nicht mehr.

Freya steht abrupt auf und hält ihre Waffe auf die reglose Targa. Drei weiße ›Politi‹-Geländewagen rasen auf den Parkplatz. Norwegische Polizisten springen aus den Fahrzeugen. Sie tragen Schutzwesten und haben Schnellfeuerwaffen im Anschlag.

»Freya von Rittberg. Zum letzten Mal: Lassen Sie die Waffe fallen!«, ruft der hagere Mann, den Targa Lundt nennt. »Sie sind verhaftet.«

»Schicken Sie die Polizisten weg«, ruft sie Lundt zu. »Ich habe mindestens ein Dutzend Menschen getötet. Da kommt es auf einen mehr oder weniger auch nicht mehr an.«

»In Ordnung«, erwidert Lundt. »Dann können wir vernünftig reden.«

»Wozu sollen wir reden? Es ist bereits alles gesagt. Ich habe meiner Schwester die Morde gestanden.«

An der Klippe ist noch immer Targas Hund an dem Ast angebunden. Das Tier heult ununterbrochen in den bleiernen Himmel. Freya wirft einen letzten Blick auf ihre geliebte Schwester. Targas Zöpfe haben sich gelöst. Ihr langes blondes Haar ist aufgefächert im Schnee. Es wirkt wie Sonnenstrahlen. Freya kann nicht erkennen, ob sie noch lebt oder schon tot ist. Thorwald, ihr Großvater, liegt neben dem umgestürzten Campingstuhl. Das Blut aus seinem Schädel ist bereits im Schnee versickert. Der Scheinwerfer aus dem Leuchtturm kreist über die schwarze See. Die Wellen klatschen gegen die schroffen Felsen.

Bis zur Klippe sind es nur einige Meter. Von dort stürzt man an die fünfzig Meter in die Tiefe. Schlägt auf dem Wasser auf, das wie Beton ist. Man wird ohnmächtig und von der Strömung nach unten gezogen. Hinaus in das unendliche Polarmeer geschleudert. Ein schöner Tod.

Freya ist durchtrainiert und kann es schaffen. Wenn man sie nicht vorher erschießt. Aber es ist einen Versuch wert. Sie hebt ihr Tanktop und streicht mit den Fingerspitzen über das halb fertige Tattoo unter ihrem Nabel. Es stellt eine Frau auf einem Stuhl dar. Aus ihren geöffneten Pulsadern rinnt Blut. Daneben sitzt ein großer Hund. Diese Berührung gibt ihr Kraft. Sie holt tief Atem. Dann rennt sie los.

62

Drei Wochen später

In der Laubenkolonie angekommen, steigt Targa aus ihrem VW-Bus. Edgar lehnt am Gartenzaun. In der Hand hält er ein Textbuch.

»Ich kann mich eben nur vor der Waschmaschine auf den Text konzentrieren«, meint er, während er ihr mit dem Buch zuwinkt.

»Ich habe jede Menge Schmutzwäsche. Da können wir tagelang waschen«, sagt Targa und geht auf ihn zu.

»Wo warst du so lange?«, fragt er neugierig.

»Im Krankenhaus. Eine Serienkillerin wollte mich töten.«

»Ich habe deinen abgefahrenen Humor schon vermisst.« Edgar lacht. Er fasst Targa um die Schulter und drückt sie fest an sich. »Ich muss besser auf dich aufpassen.«

»Noch nicht.« Targa windet sich aus der Umarmung. »Pass auf Hund auf. Ich habe noch etwas zu erledigen.«

Sie deutet auf den grauen Wagen, der vorne an der Einfahrt zur Schrebergartensiedlung steht. Mit gesenktem Kopf geht sie auf das Auto zu. Sie weiß, was sie jetzt tun muss. Als sie die Beifahrertür öffnet, schlägt ihr dicker Rauch entgegen.

»Steig ein, ich bring dich zum Klinikum«, sagt Lundt.

Schweigend sitzt Targa neben ihm, während Lundt sich in den Verkehr einfädelt. Dann lässt sie das Seitenfenster herunter und beginnt zu reden: »Ich habe gespürt, dass Otto Brückmann von Freya ermordet wurde. Sie hat mir in ihrem Penthouse ein Gemälde gezeigt. Ich hätte es dir gleich sagen müssen. Aber Brückmann hat Freya den Namen meines vermeintlichen Vaters verraten. Damit hat sie mich erpresst. Und ich hatte nur Yella und meine Mutter Luisa im Kopf.«

Targa macht eine Pause, dann dreht sie sich zu Lundt.

»Das war ein Fehler. Es tut mir leid.«

»Es ist das erste Mal, dass du einen Fehler eingestehst.« Lundt schnippt die Kippe an Targa vorbei aus dem geöffneten Fenster. »Das ist doch schon mal positiv. Wenn zwei Menschen so intensiv zusammenarbeiten, wie wir das tun, dann passieren eben diese Dinge. Ich habe keinen Augenblick lang an dir gezweifelt. Ja, ich habe immer gewusst, dass du auf der richtigen Seite stehst, wenn es darauf ankommt. Schön, dass du wieder da bist, Targa.«

Lundt bremst den Wagen ab und fährt in eine Parklücke.

»Ich konnte letzte Nacht nicht schlafen und musste an meine tote Tochter denken«, sagt er nachdenklich. »Dabei ist mir plötzlich bewusst geworden, dass ich schon ziemlich alt bin und das Leben bald vorbei ist.«

»Aber das weißt du doch schon länger, dass du alt bist und bald sterben wirst.«

»Ich liebe deine Direktheit, Targa, und wie du die Dinge immer auf den Punkt bringst.«

Lundt deutet aus dem Fenster.

»Da sind wir.«

»Danke«, sagt Targa und steigt aus. Sie bleibt auf dem Bürgersteig stehen und blickt Lundts Wagen hinterher. Dann dreht sie sich um und geht schnell auf das Gebäude zu.

Das psychiatrische Klinikum ist ein riesiger weißer Bau, der sich endlos lang am Horizont zu verlieren scheint. Hunderte psychisch kranker Patienten werden hier stationär behandelt, können aber die Klink jederzeit wieder verlassen. Nicht so die Patienten, die in einem eigenen Trakt untergebracht sind. Denn hier werden psychisch kranke Schwerverbrecher therapiert. Deshalb ist es auch fast unmöglich, eine Besuchserlaubnis zu erhalten.

»Kann ich mit ihr reden?«, fragt Targa und hält zum wiederholten Mal ihren Besucherausweis einem misstrauischen Wachbeamten entgegen.

»Das ist völlig ausgeschlossen«, sagt der Beamte und schiebt den Ausweis durch den schmalen Schlitz in der Panzerglasscheibe wieder zurück. Er greift zum Hörer, und wenig später kommt ein junger Arzt in den Warteraum. Auch er überprüft den Ausweis.

»Warum darf ich nicht mit ihr sprechen?«, fragt Targa den Arzt.

»Anweisung von oben«, antwortet der Arzt kurz angebunden.

»Aber ich darf sie doch wenigstens sehen.«

»Nur über den Monitor.«

»Weiß sie, dass ich hier bin?«

»Nein. Sie ist auf der geschlossenen Station. Bis zum Prozess gibt es für sie keinen Kontakt zur Außenwelt.«

»Wieso das?«

»Es gab einen Zwischenfall, deshalb mussten wir sie isolieren. Kommen Sie jetzt. Sie haben nur fünf Minuten.«

Targa folgt dem Arzt durch einen breiten, grauen Korridor. Es gibt weder Türen noch Fenster. Am Ende des Gangs befindet sich ein grauer Tisch. Darauf steht ein Bildschirm von der Größe eines Heimkinos.

»Das war früher der Fernsehraum für die Patienten. Aber jetzt haben sie eigene TV-Geräte in ihren Zimmern«, erklärt der Arzt.

Er drückt auf eine Taste der klobigen Fernbedienung, und der Bildschirm flammt auf. Aus der Nähe ist das Bild grobkörnig und unscharf. Targa muss einige Schritte zurücktreten, um etwas deutlich zu erkennen.

Sie sieht einen fast leeren Raum. Es gibt ein Bett, ein Waschbecken und eine Toilette, die nur durch einen halbhohen Sichtschutz abgetrennt ist. In der Mitte des Raums hängt ein unförmiger Sack von der Decke.

»Was ist das?«, fragt Targa. »Es sieht aus wie ein Sandsack.«

»Das ist ein Sandsack. Sie trainiert damit. Ihre Anwälte haben das durchgesetzt. Sie beschäftigt eine ganze Kanzlei mit ihren Eingaben. Aber ich habe nichts dagegen, denn es mildert ihre Aggressionen.«

»Woher hat sie das Geld für die Anwälte?«

»Wissen Sie das nicht? Ihr letztes Gemälde wurde für fünfzehn Millionen Euro versteigert.« Der Arzt zieht sein Handy aus der Tasche und scrollt durch seine Fotogalerie. »Hier ist es.« Er hält Targa das Display entgegen.

Sie sieht einen fotografierten Zeitungsartikel mit einem Foto des Gemäldes: Eine Frau, von hinten, sitzt mit aufgeschnittenen Pulsadern auf einem Stuhl, daneben ein großer Hund. Beide starren auf ein stürmisches Meer. Darunter steht »Mut zur Vergebung«.

»Das gleiche Motiv hat sie sich unterhalb des Bauchs in die Haut tätowiert«, sagt der Arzt. »Das zeugt von einer wahnhaften Obsession für die Frau auf dem Bild.«

»Sie halten sie also für verrückt?«

»Ich erlaube mir noch kein Urteil. Doch die Symptome sind vorhanden. So steht es jedenfalls in den Fallbeispielen«, murmelt der Arzt neutral und räuspert sich. »Aber deswegen sind Sie ja nicht gekommen, sondern um Freya von Rittberg zu sehen.«

Das stimmt. Targa ist wegen Freya hier. Ein letztes Mal will sie Freya sehen, um dann endlich mit diesem Fall abschließen zu können.

Targa denkt an die letzten Wochen zurück: Als sie im Krankenhaus aufgewacht ist, hat ihr Lundt alles erzählt. Dass Freya versucht hat, über die Klippe in den Tod zu springen, und er sie mit einem gezielten Schuss außer Gefecht gesetzt hat. Dass sie sofort nach Deutschland überstellt wurde und ihre Anwälte auf unzurechnungsfähig plädiert haben. Er hat ihr auch gesagt, dass Zac noch immer im Koma liegt und wahrscheinlich nie wieder aufwachen wird. Der geheime Zirkel aus perversen Superreichen, die Zac mit Kunstfotos von sterbenden Menschen versorgt hat, ist zwar bekannt, aber wer hinter den Tarnnamen steckt, wurde noch nicht aufgeklärt. Mehr als zwei Wochen war Targa anschließend in der Klinik. Sie wollte keinen Besuch, weder von Margarete noch von Lundt oder von Rita. Sie wollte allein sein und über ihre Erlebnisse mit Freya nachdenken, sich über ihre Gefühle klar werden. Schließlich hat sie Lundt so lange bekniet, bis er ihr einen Besuchsausweis für das psychiatrische Klinikum besorgt hat.

Und jetzt ist sie hier, steht vor einem riesigen Monitor und sieht in ein leeres Zimmer.

»Ich kann sie nirgends sehen.«

»Sie weiß, dass sie rund um die Uhr beobachtet wird. Deshalb hockt sie im toten Winkel. Aber wir haben sie ausgetrickst.« Der Arzt lächelt und schaltet auf eine andere Kamera. »Die ist in der Lampe über dem Waschbecken installiert.«

Targa zuckt zusammen, als sie die Frau sieht, die in der Ecke kauert. Sie hat einen rasierten Schädel und mit Mullbinden umwickelte Hände. Immer wieder streicht sie sich über den Kopf. Doch plötzlich schreckt sie hoch und starrt in die Kamera. Langsam steht sie auf und hinkt auf das Objektiv zu. Noch immer laboriert sie an der Schussverletzung, die ihr Lundt zugefügt hat, um zu verhindern, dass sie sich von den Klippen stürzt. Ihr Gesicht wird größer und größer. Die Augen der Frau sind verquollen, und sie hat mehrere Cuts auf den Wangen.

Das ist nicht Freya. Das ist ein anderer Mensch, denkt Targa.

»Was ist mit ihr passiert? Wieso ist sie verletzt?«

»Sie hat sich mit einer ehemaligen Profiboxerin angelegt. Na ja, und die war dann doch stärker als sie«, ergänzt der Arzt. »Deshalb mussten wir sie von der Gruppe isolieren.«

»Malt sie wieder?«

»Nein. Sie rührt weder Pinsel noch Farbe an. Sitzt nur in der Ecke oder trainiert ihren Körper.«

Jetzt steht Freya direkt vor der Lampe und starrt in das Licht. Ihr Gesicht erscheint riesig auf dem überdimensionierten Bildschirm. Die Wunden auf ihren Wangen sind brutal verschorft. Die dunklen Augen glänzen fiebrig. Ihre Lippen bewegen sich, und sie scheint etwas zu sagen. Aber es gibt keinen Ton in dem Zimmer. Doch Targa glaubt, Worte zu hören, Worte, die nur für sie bestimmt sind. Sätze, die klingen wie: »Bist du hier, Targa? Ich liebe dich bis ans Ende meiner Tage. Du bist meine Schwester.«

Aber Freya ist eine Serienkillerin, und Targa ist Polizistin. Sie hat einen Auftrag abgeschlossen und diese Serienkillerin überführt. Sie denkt an die vielen Opfer und weiß, dass sie wieder auf der richtigen Seite steht. Sie hat den schmalen Grat nie aus den Augen verloren, obwohl sie in der schwarzen Welt eine etwas andere Liebe kennengelernt hat.

Deshalb dreht sie sich abrupt um. Die Narben an ihren Handgelenken glühen rot auf und beginnen, heftig zu jucken. Nervös beginnt sie, sich zu kratzen. Sie konzentriert sich auf ihren Puls und will, dass ihr Blut gefriert. Langsam breitet sich das Eis in ihrem Inneren aus, umschließt schließlich ihr Herz, das noch immer ein gebrochenes Herz ist.

63

Am nächsten Tag steht Targa vor der Wohnungstür ihrer Mutter. Immer waren die Besuche bei ihrer Adoptivmutter positiv besetzt. Doch diesmal lastet ein dunkler Schatten über ihrer Beziehung. Die Tür steht weit offen. Der Flur ist jetzt rundum mit Plastikfolie abgedeckt und sieht aus wie die Röhre zu einem Raumschiff. Zwei Männer lehnen mit schweren Hämmern an einer halb eingeschlagenen Wand und reden auf Polnisch miteinander. Die Luft ist staubdurchzogen, und es riecht nach Zigaretten.

Das ist nicht mehr Targas Wohnung, in der sie groß geworden ist. Nichts ist mehr, wie es war, auch die Beziehung zu ihrer Mutter hat sich verändert. Margarete steht in der fast leer geräumten Küche und stapelt Einmachgläser auf dem Tisch.

»Targa, was für eine Freude, dich zu sehen!«, ruft sie fröhlich. »Entschuldige die Unordnung, aber ich möchte die Küche in den Wohnbereich integrieren. Das habe ich in einem Einrichtungsmagazin gesehen.« Wie immer geht sie mit ausgebreiteten Armen auf Targa zu, um sie zu umarmen.

Doch diesmal weicht Targa zurück und lehnt sich mit verschränkten Armen gegen die mit einer knisternden Plastikfolie bespannte Wand.

»Wer ist der Boxer?«, fragt sie unumwunden.

»Wie bitte?« Margarete verharrt wie angewurzelt und lässt die Arme sinken. »Wer soll das sein? Was ist los mit dir, mein Kind? Ich verstehe nicht, was das jetzt soll.«

»Das ist doch nicht so schwer zu begreifen. Ich will nur eine Antwort: Wer ist der Boxer?«

»Ich habe keine Ahnung, wovon du redest.« Margaretes Stimme klingt mit einem Mal angespannt. Unruhig blickt sie umher und blinzelt mit den Augen. »Der Zeitpunkt deines Besuchs ist leider ziemlich schlecht gewählt. Du siehst ja, dass die Bauarbeiter hier sind. Vielleicht kommst du ein anderes Mal wieder.«

»Du brauchst mir nur eine Antwort zu geben, dann bin ich auch schon wieder weg.« Targa greift in die Tasche ihrer Lederjacke und zieht den Brief von Carlos heraus. »Das hat Carlos in einem Postfach in Kopenhagen für mich deponiert«, sagt sie. »Es ist ein Brief, in dem auch du vorkommst.« Sie räuspert sich und beginnt, laut daraus vorzulesen: »Sein Name ist mir leider entfallen. (…) es hatte mit einem Boxstudio in Berlin zu tun. (…) Deine Adoptivmutter Margarete muss ihn ja kennen, da sie mit ihm damals eine stürmische Liaison hatte.« Targa lässt den Brief sinken. »Was hast du dazu zu sagen?«

»Carlos muss sich irren. Ich kenne niemanden aus einem Boxstudio.« Nervös überprüft Margarete den Sitz ihrer hochgesteckten Frisur. Auf ihren Wangen bilden sich hektische rote Flecke. Sie weicht Targas Blick aus.

»Mama, warum lügst du? Du hast mir nie gesagt, dass du Carlos Schmidt gekannt hast. Mehr noch, du warst in der Clique, in der auch meine Mutter verkehrte.«

Targa kann die Situation nicht begreifen. Ihre Mutter kennt vielleicht den Namen ihres Vaters und hat sie all die Jahre darüber im Unklaren gelassen? Mehr noch, sie hat ruhig zugesehen, wie sich Targa auf der Suche nach ihrem Vater beinahe verrückt gemacht hat? Was ist Margarete in Wirklichkeit für ein Mensch?

»Bitte sag mir die Wahrheit.« Beinahe flehentlich kommen die Worte aus Targas Mund, und sie sieht ihre Mutter verzweifelt an.

Margarete schweigt und presst die Lippen zusammen. Lange starrt sie an Targa vorbei auf die Wand. Aus dem Flur hört man plötzlich das ohrenbetäubende Krachen der Hämmer, und eine Staubwolke weht in die Küche.

»Gehen wir ins Treppenhaus«, sagt Margarete und verschwindet nach draußen. »Setz dich zu mir.« Margarete klopft mit der Hand auf die Holzstufen, und Targa setzt sich neben sie.

»Es stimmt, was Carlos schreibt. Ich habe jemanden aus einem Boxstudio gekannt«, sagt sie schließlich mit gedehnter Stimme. »Aber auch ich weiß seinen richtigen Namen nicht. Alle Welt nannte ihn nur ›Den Boxer‹, weil er eine platt gedrückte Nase hatte und in dem Boxstudio in unserem Kiez verkehrte. Er war wohl sogar einmal deutscher Meister im Weltergewicht. Ist aber dann ins Milieu geraten, wie man so sagt.«

»Du hattest eine Affäre mit ihm. Stimmt's?«

»Ja, das ist richtig. Es war ein kurzes heftiges Verliebtsein, und es ging nur um Sex, mehr nicht.«

Targa sieht ihre Mutter von der Seite an. Bisher hatte sie Margarete nie als eine Frau mit sexuellen Bedürfnissen wahrgenommen. Doch Margarete war in jungen Jahren sicher ausnehmend hübsch gewesen, denn sie wirkt auch jetzt noch sehr attraktiv.

Targa zieht das zerrissene Foto von Carlos aus ihrer Latzhose.

»Die beiden fehlenden Personen auf dem Bild. Das seid ihr, du und der Boxer«, sagt sie und hält Margarete das Foto hin. »Es ist deine Uhr.«

Margarete nickt wortlos.

»Und du wusstest natürlich auch, dass er es war, der Yella und mich vor dem Krankenhaus abgelegt hat.« Jetzt wird Targa mit einem Mal klar, warum es ausgerechnet dieses Krankenhaus gewesen ist. Der Boxer wusste ja sicher, wo Margarete arbeitete.

»Nein, natürlich nicht. Und er hat auch nicht den Porsche Targa in jener Nacht gefahren. Das steht fest.«

»Warum bist du dir da so sicher?«

»Weil er in meiner Wohnung war, als ich zum Nachtdienst musste.« Margarete reißt nervös ein Papiertaschentuch in kleine Fetzen.

»Ist er mein Vater?« Targa rutscht auf dem Treppenabsatz hin und her.

»Nein, das ist er nicht«, antwortet Margarete zögerlich.

»Aber er kennt ihn«, schlussfolgert Targa.

Margarete nickt bloß stumm und starrt auf ihre Hausschuhe.

»Hast du seine Adresse?«, fragt Targa und steht auf. Es ist zwar unwahrscheinlich, dass der Mann noch unter dieser Adresse zu finden ist, aber ein Anhaltspunkt ist es trotzdem. Und vielleicht hat sie ja auch Glück.

»Ja, ich habe sie hier gespeichert.« Margarete tippt sich mit dem Finger an die Schläfe.

»Du merkst dir dreißig Jahre lang die Adresse von einer flüchtigen Liaison?«, fragt Targa ungläubig.

»Vielleicht ist jetzt der richtige Zeitpunkt, um reinen Tisch zu machen.« Margarete steht ebenfalls auf. »Ich hätte dir das schon viel früher sagen müssen.«

»Noch ist es nicht zu spät. Fahren wir zu der Adresse, und dann sehen wir weiter.«

Targa wartet, bis Margarete in ihre Straßenschuhe geschlüpft ist und einen Mantel übergeworfen hat. Dann gehen sie schweigend zur nächsten U-Bahn-Station.

»Wo ist Hund?«, fragt Margarete, um die angespannte Stimmung ein wenig aufzulockern.

»Bei Edgar«, antwortet Targa kurz angebunden.

»Ist das der Schauspieler, der seine Wäsche immer bei dir wäscht?«

»Ja, das ist er.«

»Wir müssen bei der nächsten Station aussteigen«, sagt Margarete. Als die U-Bahn hält, beginnt Targas Herz plötzlich heftig zu klopfen. Vielleicht hat sie tatsächlich Glück, und der Boxer lebt noch unter dieser Adresse. Dann kann sie ihn nach ihrem Vater fragen, und die Suche hat endlich ein Ende. Mit der Rolltreppe fahren sie nach oben. Als sie in der Mitte der Straße aus der Station kommen, deutet Margarete die Häuserzeile entlang. »Dahinten ist es.«

»Wo?«, fragt Targa ungeduldig. Links und rechts ist die Straße von alten und neuen Bauten gesäumt.

»Das letzte Haus links mit den Marmorsäulen«, präzisiert Margarete.

»In dem Neubau?«

»Das ist kein Neubau. Das Haus ist dreißig Jahre alt«, korrigiert sie Margarete.

Targa sieht sie skeptisch an. »Ist das so wichtig?«

»Ja, das ist es. Und du wirst auch gleich wissen, warum«, antwortet Margarete geheimnisvoll.

Als sie vor dem Haus stehen, steuert Targa sofort auf die Eingangstür zu. »In welchem Stock hat er gewohnt? Hier stehen keine Namen.«

Erst jetzt fällt ihr auf, dass nur Firmenschilder an dem marmorverkleideten Portal hängen. Das ganze Haus wirkt wie ein Bürogebäude und nicht wie ein Wohnhaus.

»Es sieht aus, als würde es hier nur Büros geben.« Sie dreht sich zu Margarete. »Bist du sicher, dass es die richtige Adresse ist?«

»Ich bin mir vollkommen sicher.« Margarete steckt die Hände in die Taschen ihres Mantels. Sie lehnt sich an einen marmorverkleideten Pfeiler. Ihre Gesichtsmuskeln zucken, und ihre Augen sind plötzlich feucht. Eine graue Haarsträhne hat sich aus ihrer Frisur gelöst und weht über ihr Gesicht. Die kalte Luft hat ihre Wangen gerötet, die Falten geglättet. Auf Targa macht Margarete den Eindruck, als wäre sie mit der Erinnerung an die stürmische Beziehung wieder jung geworden.

»Hier ist der Boxer!« Margarete klopft auf den Marmorpfeiler. »Das ist seine letzte Adresse.«

»Ich verstehe nicht, Mama.« Targa schüttelt verwirrt den Kopf.

»Der Boxer liegt seit dreißig Jahren unter diesem Betonfundament. Ich habe ihn für dich getötet.«

Danksagung

Wir freuen uns sehr, dass unsere ungewöhnliche Ermittlerin Targa Hendricks schon so viele LeserInnen gefunden hat. Dafür bedanken wir uns von ganzem Herzen bei unseren Fans, Buchhändlern, Bloggern, Journalisten ...

Ein großes Dankeschön geht auch an unsere Agentin Lianne Kolf und ihr tolles Team, die uns professionell mit ihrem Know-how unterstützen.

Ganz liebe Besitos an Emilia, Iris, Diana, Kirsten, Sascha, Patricia, Sylvia und Bärbel, die uns in den Social Media immer unterstützen und uns persönliche Tipps für die Weiterentwicklung von TARGA gegeben haben.

MIX
Papier | Fördert
gute Waldnutzung
FSC® C083411

Zeitfracht Medien GmbH
Ferdinand-Jühlke-Straße 7
99095 Erfurt, Deutschland
produktsicherheit@kolibri360.de

Druck:
CPI Druckdienstleistungen GmbH
im Auftrag der
Zeitfracht Medien GmbH
Ein Unternehmen der Zeitfracht - Gruppe
Ferdinand-Jühlke-Str. 7
99095 Erfurt